"인간을 행복하게 하는 의도는
신의 창조계획엔 포함되어 있지 않다."

행복어사전 4

이병주

한길사

행복어사전 4

지은이 · 이병주
펴낸이 · 김언호
펴낸곳 · (주)도서출판 한길사

등록 · 1976년 12월 24일 제74호
주소 · 413-832 경기도 파주시 교하읍 문발리 520-11
　　　www.hangilsa.co.kr
　　　E-mail: hangilsa@hangilsa.co.kr
전화 · 031-955-2000~3　　팩스 · 031-955-2005

상무이사 · 박관순 | 영업이사 · 곽명호 | 편집주간 · 강옥순
편집 · 배경진 이현화 유진 | 전산 · 한향림 김현정
마케팅 및 제작 · 이경호 | 관리 · 이중환 문주상 박경미 김선희

출력 · 지에스테크 | 인쇄 · 현문인쇄 | 제본 · 쌍용제책

제1판 제1쇄 2006년 4월 20일

값 9,000원
ISBN 89-356-5947-9　04810
ISBN 89-356-5921-5　(세트)

잘못된 책은 구입하신 서점에서 바꿔드립니다.

이 도서의 국립중앙도서관 출판시도서목록(CIP)은 e-CIP 홈페이지
(http://www.nl.go.kr/cip.php)에서 이용하실 수 있습니다.
(CIP제어번호: CIP2006000776)

행복어사전 4

행방불명된 마음의 주소

―우프살라에서의 통신입니다. 발신자는 박문혜.

편지는 이렇게 시작되어 있었다.

일순 나는 그 편지를 그저 읽어 내려가는 것이 아까운 기분이 되어
봉투를 이곳저곳 뒤져보았다.

봉투의 빛깔은 분홍이 약간 섞인 회색, 그 감촉은 부드러운 스펀지를
더듬는 기분. 우표는 첨탑이 군집한 어느 사원인 듯싶은 건물의 약화略
畵. 볼펜으로 쓴 듯 글자의 획은 유연히 흐른 필기체. 우프살라란 이름,
스웨덴이란 국명. 그 봉투에 스웨덴이란 나라가 담겨져, 서울 청운동의
시민아파트의 일실로 운반되어 온 것이다. 한 통의 편지 속에 나라 전
체가 옮겨져 왔다는 기분은 새로운 감각이었다. 나는 천천히 천천히 박
문혜의 편지를 읽기 시작했다.

―고국에 편지를 쓸 대상자를 가지고 있다는 것을 알았을 때의 기쁨
을 이해하실 수 없겠죠. 물론 외로운 나라라고 해서 안부 편지쯤 쓸 곳이
없는 것은 아닙니다. 선생님도 계시고 동료들도 있었으니까요. 그러나

이러한 성질의 편지를 쓸 수 있는 상대라곤 서재필 씨, 당신밖에 없다는 것을 확인하고 그 확인이 이처럼 기쁜 것입니다.

만일 그날 내가 북악산에 올라가볼 생각을 않았던들, 그리고 그 팔각정에서 넋을 잃고 앉아 있지 않았던들, 그리고 내가 탄 택시에 당신을 태워줄 호의를 내가 갖지 않았던들, 그리고 또 서대문 옆 다방까지 같이 가지 않았던들, 도가니탕 식사를 같이 하지 않았던들, 그리고 또 관철동의 그 다방엘 같이 가지 않았던들 나는 나의 정감을 전할 곳을 갖지 못했을 것입니다.

결론부터 말하면 나는 스웨덴에 오길 썩 잘했다고 생각합니다. 학문도 결국 사람이 하는 것이니까 바로 그 사람을 비행기에다 싣고 이국의 태양이나 바람 속에 바래게 해볼 필요가 있는 것이란 점을 절실히 느꼈습니다.

고국에서의 나의 생화학은 고립된 왕국이나 다를 바가 없었습니다. 같은 길을 걷는 선배와 후배에 둘러싸여 외계와는 전연 절연되어 있는 그야말로 고립된 왕국이었던 것입니다. 그런데 이곳에 와보니 생화학은 이웃 학문과 더불어 오손도손 잘 지내는 사교적인 학문이란 것을 알았습니다.

생화학자들이 모여 하는 이야기란 주로 철학과 문학, 그리고 음악, 가끔 정치 토론입니다. 그들은 오늘의 정설이 내일 무너질 것을 확신하고 그 계기가 철학이나 문학에서 올 것이라고 기대하는 것 같습니다. 발견은 영감의 작용인데, 그 작용의 근원이 철학이나 문학, 예술에 있다는 거죠. 우리는 모노그래프專門論文 한 편을 쓰려면 거의 사력을 다하는데 그들은 스포츠를 즐기는 식으로 쓰고 있습니다. 보다 놀라운 것은 이 우프살라 대학의 생화학교수들은 이른바 '우프살라 그룹'이란 것을 만들어 각기 전문분야를 세분하여 담당하고 있지만 '모노그래프'를 만들 땐 전원이 합동한다는 사실입니다. 그리고 더러는 '그룹' 이름으로 발표하기도 하지만, 개인 서명으로 되어 있는 것도 전부 합동 연구의 결과라고 보는 것이 타당할 정도로 서로의 연결은 완전무결하다는 겁니다.

소설을 쓰시겠다는 서재필 씨에게 이런 내용을 쓰는 것은 우프살라에선 문학이나 철학을 하는 사람들이 그 대학에서 진행되고 있는 다른 연구영역을 등한히 하지 않는다는 것, 특히 생화학에 관심이 많다는 것을 본 때문입니다.

어떤 문학자는 생화학 연구실에서 살다시피 합니다. 그의 말로는 생명의 신비를 현재의 과학이 규명한 한도를 파악해야만 그들의 철학, 그들의 문학을 그 바탕 위에서 진전시킬 수 있다는 것입니다. 요컨대 사회과학자는 자연과학자의 힘을 빌려야겠다는 것이고 자연과학자는 사회과학과 예술에서 영감의 원천을 찾으려는 것입니다.

이곳에 와서 처음으로 안 일입니다만 스트린드베리란 문학자가 이곳 우프살라 대학 출신이랍니다. 나와 같이 있게 된 여자동료의 하나는 이왕 우프살라에 왔으니 스트린드베리를 공부해보라는 충고를 했습니다. 그래 그 충고에 따를 작정을 하고 목하 열심히 그를 공부하고 있습니다. 생화학을 공부하러 와서 문학을 공부하는 셈이 되었습니다만 그 동료의 말로는 스트린드베리를 연구하는 것이 생화학 연구에 크게 도움이 될 거라는 겁니다. 스트린드베리에 관한 연구가 어느 정도 진척을 보이면 그 감상을 적어 보내겠습니다.

아무튼 나는 문학이 이곳에서처럼 판을 치고 있는 나라가 다른 곳에 또 있을까 하는 생각을 해봅니다. 솔직한 얘기로 문학이 뭣 때문에 있는질 나는 모르고 있었던 것입니다.

어느 날이었습니다. 동료의 하나가 휴게실의 소파에 앉아 열심히 무언가를 읽고 있기에 뭣을 그렇게 읽고 있느냐고 물었더니 소설을 읽고 있다는 답이었습니다. 나는 다시 물었습니다. "소설이 그처럼 열심히 읽어야 할 책이냐."고.

그랬더니 그는 정색을 하고 다음과 같이 말했습니다. "인간의 행복에 과학은 성립되지 못한다. 오직 문학이 가능할 뿐이다. 생화학을 인간의 행복을 위해 봉사케 하려면 문학에서 그 지혜를 얻어올 수밖에 없다."

그때 나는 서재필 씨를 생각했습니다. 그래 내게도 문학하는 친구가 있다고 했죠. 그 동료의 말이 "그 친구를 소중히 하세요." 그리고 창 너머 왼편 쪽에 있는 과학도서관을 가리키며 덧붙였습니다. "저 도서관에 꽉 차 있는 과학의 성과는 톨스토이의 『전쟁과 평화』 같은 문학이 없을 땐 쓰레기의 더미에 불과하지요." 그래서 일시 물었죠. "그렇다면 왜 당신은 문학공부를 안했느냐."고. 그의 답은 "나는 문학을 직업으로 안했다 뿐이지 이렇게 문학 속에 살고 있지 않소." "이왕이면 직업으로 하실 것을." "그렇다고 해서 생화학의 연구에 의미가 없다는 것은 아닙니다. 본질을 따지면 그렇다는 얘깁니다. 본질적으로 따지면 농업이 최고의 직업 아닙니까. 그러나 모두 농사를 지을 순 없지 않소."

그러고 보니 이 첫 통신은 내가 이곳에 와서 문학소녀가 되어간다는 사실의 보고처럼 되어버렸습니다. 그런 만큼 서재필 씨의 작품을 기대하는 마음이 간절합니다.

우프살라는 스톡홀름에서 북방 사십일 마일 지점에 있는 인구 십만 가량의 조그마한 도시입니다. 인구 십만에 대학 인구가 반을 넘으니 그 분위기는 대강 알 만하시죠? 우프살라는 문자 그대로 우프살라 대학을 위해 존재하는 도시예요. 그 주업은 서적 인쇄입니다. 연간 수천만 권의 책을 생산한다니 그 인쇄시설은 장관입니다. 그러니 공해란 건 전연 없습니다. 우프살라의 하늘은 우프살라 대학이 창립된 십오 세기의 하늘 그대로라고 합니다.

혹시 서대문교도소에 있는 서상복 씨를 찾아보셨는지요. 스웨덴에 앉아 곰곰이 생각하니 그는 태어날 곳을 잘못 택한 것 같습니다.

떠나 있으면 조국이 그리워지는 건가 보죠? 나는 지금의 내 주변이 너무나 아름답고 문학적으로 세련되어 있을수록 내 조국에 한없는 애착을 느낍니다. 나는 뭐니뭐니 해도 한국의 딸이란 생각으로 해서 울먹이는 기분이 되기도 합니다. 이런 심정 또한 문학의 힘을 빌리지 않고는 어떻게 할 수가 없을 것 아닙니까.

나는 서울의 거리를 회상하기만 하면 이십수 년의 기억은 깡그리 없어진 듯하고 서재필 씨와 같이 걸었던 정경만이 뚜렷이 떠오른답니다. 만남이 동시에 헤어짐이 된 운명이 슬프기도 하지만 이렇게 편지를 쓸 수 있다는 것만으로도 행복한 기분이라면 우프살라에 있는 이 소녀가 안타깝지 않으세요?

우프살라에 있는 박문혜를 잊지 마세요. 안녕.

이 편지는 나를 우프살라로 데리고 갔다. 보지도, 상상할 수도 없는 인구 십만가량의 도시가 나름대로의 빛깔을 띠고 고색이 창연한 대학의 건물을 곁들여 눈앞에 선명하게 펼쳐지는 것이다. 나는 박문혜의 얼굴을 기억 속에 더듬었다. 아슴푸레 윤곽만 남았을 뿐이다. 평범한 얼굴이었기 때문인지 몰랐다. 나는 나의 공상력을 동원해서 우프살라에 있는 박문혜의 모습을 나의 망막에 정착해두려고 애썼다.

그리고 편지지를 꺼냈다.

답장을 쓸 작정이었다.

나는 꾸밈없이 순서를 가릴 필요 없이 써내려갔다.

—내 조그마한 방에 스웨덴이 옮겨왔소. 우프살라의 도시도 옮겨져 왔소. 한 통의 편지가 그런 기적을 만들어낼 줄이야 누가 꿈으로나 상상할 수 있었겠습니까.

분명 나는 스웨덴에, 우프살라의 도시에 앉아 있는 기분이오.

그러나 스웨덴이 아무리 좋아도 당신의 스웨덴은 아닌 것이오. 우프살라의 시가가 십오 세기의 하늘처럼 맑아도 당신의 우프살라는 아닐 것이오. 당신의 말마따나 당신은 한국의 딸이니까. 당신의 검은 머리 검은 눈동자는 한국의 태양과 한국의 바람이 만들어놓은 것이오. 너절해도 별 수 없고 덜 문화적이라도 할 수 없는 일 아닙니까. 한국이 당신의 나라인 것을.

당신이 문학소녀로 되어간다는 것은 반가운 일입니다. 그러니까 당신의 생화학에 기대해볼 만하다는 생각도 듭니다. 나는 극단적으로 말해 모든 과학은 문학적이어야 한다고 생각합니다. 이를테면 문학적 물리학, 문학적 생화학. 그러나 나를 문학지상주의자라곤 생각하지 마십시오. 자연과학이 문학을 결缺한 데서 그 선의의 학문들이 선의를 다하지 못하고 악의를 대표하는 역사상의 실례를 만든 것이라고 할 수 있지 않습니까. 오늘날 의학은 눈부신 발달을 하고 있습니다. 그러나 그것이 사람을 구하는 것은 소매적입니다. 한편 사람을 죽이는 방법은 도매적으로 발달되어 있는 현실입니다. 이러한 괴리가 어디에서 생겨났느냐고 하면 정치가들과 과학자들의 두뇌에 문학적 윤활유가 부족한 탓이라고 말할 수밖에 없습니다.

잘은 모르지만 당신이 있는 우프살라 대학은 그러한 자각에 이르고 있는 것으로 보입니다. 과학을 무시한 문학이 있을 수 없다는 자각에도 이르고 있는 모양이구요. 아무튼 당신은 학문을 하는 덴 행복한 환경에 있는 것 같습니다.

당신이 스트린드베리를 연구하고 있다니 나는 생화학을 연구하는 것이 격에 맞을 것 같습니다만 지금 그럴 엄두를 낼 수가 없습니다. 나도 덩달아 스트린드베리를 주의 깊게 읽어볼 참입니다. 나는 토마스 만의 '아우구스트 스트린드베리는 내적 규모로나 외적 규모에 있어서나 거의 인간의 기준을 넘는 작품을 남겼다. 때론 그로테스크하기도 하고 때론 혐오의 감정을 자아내기도 하는, 때론 숭고한 감동을 안겨주는 인간성을 체험하게도 하는 그의 작품은 내 청춘시대에 있어서 필수적인 예비교육이었다. 이러한 사정은 그가 죽은 뒤 삼십육 년이 지난 지금에 와서도 변동이 없을 것이다. 작가·사상가·예언자·새로운 세계 감정의 체험자로서 그는 너무나 앞서 있었기 때문에 오늘에도 그의 작품의 호소력은 시들지 않고 있다.'는 1949년에 쓴 글을 읽고도 스트린드베리에 접근하지 못하고 있었던 것인데 당신을 통해 그에게 접근하게 되었다는 것을 반갑게 생각합니다.

문제의 서상복 씨를 만나 보았습니다. 한마디로 말해 그와 나와는 전연 다른 천체에 살고 있다는 것을 확신했습니다. 나는 그의 저항정신, 바꾸어 말해 현실부정을 무지의 소치가 아니면 오만의 소치라고 생각합니다. '현실적인 것은 합리적'이라고 한 헤겔의 말을 그대로 믿고 있는 것은 아니지만, 나는 오늘의 현실이 이처럼 되어 있기 위해선 역사 이래의 인과가 축적된 강력한 바탕이 있는 것이며 역사의 심처에까지 그 뿌리가 박혀 있는 것이라고 일단 생각합니다. 그렇지 않고서야 이 세상이 다르게 되어 있지 않고 오늘처럼 이 모양 이 꼴이 되어 있겠습니까. 생화학을 하시는 당신에겐 부처님께 설법하는 얘기로 들리겠으나 한 그루의 나무, 한 포기의 풀도 그 씨앗이 지닌 소질과 그것을 가꾸어낸 토양의 질·비료·병충, 또는 풍우와의 작용·반작용의 규제하에 있는 것이 아니겠습니까. 나는 혁명의 뜻을 품을 수도 있고 개혁의 의지를 가꿀 수가 있다고도 생각하지만 일단은 우리를 둘러싼 현실에 대한 일차적인 긍정은 있어야 할 줄 압니다. 그것은 역사에 대한 존경까진 못 되더라도 역사에 대한 겸손은 되겠지요. 이러한 겸손이 없고선, 아니 흥분된 감정만으로선 세상을 있는 그대로, 강한 것은 강한 대로 약한 것은 약한 대로 볼 수가 없는 것이라고 생각합니다. 세상을 있는 그대로 볼 수 없으면서 어떻게 세상을 개혁할 수가 있겠습니까. 미움만으로 악을 퇴치할 순 없는 것이 아니겠습니까. 철벽을 흙벽이라고 잘못 알고 두드리는 것은 용기가 아니고 바보짓입니다. 나도 역사를 통해 금성철벽인 제국이 붕괴한 과정을 잘 알고 있습니다. 철벽이 토벽만도 못한 경우가 있다는 것도 잘 알고 있습니다. 그러나 나는 그러한 제국의 붕괴가 반항자의 의사에 의해 결과된 것이 아니고 그 붕괴의 과정이 몇 사람에게 반항자의 역할을 주었다고 생각하는 사람입니다. 그런데 내가 발견한 것은 반항자이자 승리자는 예외 없이 역사에 대해 비상할 만큼 겸손했다는 점입니다.

역사에 대한 겸손이란 것을 나는 문제를 문제의 크기대로 보아야 한다는 말로 바꾸어 말할 수도 있습니다. 하나의 종기는 사소한 피부현상으로 나타나 있지만 그 뿌리는 결핵성 병균에 있을지 모를 때 보통의 외상에 대한 처리법으로썬 감당하지 못하는 것입니다. 요컨대 벼룩을

14

죽이는 데 도끼를 들고 덤비는 것도 희극적이거니와 바위를 깨려고 하면서 달걀을 갖고 덤비는 것도 우스운 일입니다. 저항을 하려면 저항을 하는 것처럼 해야 한다는 뜻입니다. 다이너마이트의 준비도 있어야 할 것이고 불도저의 준비도 있어야 할 것이 아닙니까.

그런데 서상복 씨는 어쩌자는 겁니까. 나는 그가 그런 준비를 하고 서둘렀다고는 생각할 수가 없습니다. 현실이 마음에 안 드니까 어린애처럼 보채어본 것에 불과했다고 생각합니다. 트집을 잡아보았을 뿐이라고 생각합니다. 그러고는 교도소에 갇혀 순교자연한 포즈를 취하고 있는 것입니다. 물론 나름대로의 계산은 있겠지요. 자기의 행동이 일종의 연쇄반응을 일으킬 것이란 것, 장차 큰불이 되기 위한 불씨의 하나쯤은 될 것이란 것, 기왕으로부터 이어져온 저항의 흐름 속에 스스로를 투입함으로써 언젠가는, 자기의 사후에라도 세상을 변하게 하는 결정적인 힘이 될 수 있을 것이란 것, 보다도 옳지 않은 것은 옳지 않다, 부정은 부정이다, 하는 태도 표시를 명백하게 해두는 것이 참된 인간으로서의 위신이며 면목이다, 이렇게 생각하고 있는 것인지도 모릅니다. 그런데 그것을 나는 무지 아니면 오만이라고 보는 것입니다. 나는 오늘, 우리의 현실은 허다한 모순으로 벅차 있지만 변명되어야 할 부분도 적잖이 가지고 있다고 생각하기 때문입니다. 부정적인 면을 창조하는 나머지 긍정적인 면까질 보지 못하는 것이 곧 무지의 탓이며, 달걀로써 철벽을 깨려고 덤비는 노릇에 동조하지 않는다고 해서 일반대중을 무시하는, 그런 태도가 오만하다는 것입니다.

대중은 어떻게 하건 이 현실 속에서 살아갈 수 있는 방도를 찾아내려고 애쓰고 있습니다. 그러니 일단은 현실을 긍정하고 살고 있는 것입니다. 그런데 서상복 씨는 이 현실을 부정되어야 한다는 것으로만 취급하고 있는 것입니다. 사람은 저마다의 생각을 가질 수 있는 것이니 서상복 씨의 생각에 대해서 이러니저러니 할 건덕지는 없습니다만 그의 생각만을 옳다고 하고 이 현실 속에서 살 자리를 찾으려는 대중을 멸시하는 오만에 대해선 용서할 수가 없습니다. 옥중에 있는 사람에게 대해 약간 가혹하지 않을까 하지만 옥중에 있다는 그 사실로서 옥외에 있는 사람을 깔볼 수 있는 자격을 얻은 것처럼 오만해 있는 그에게 동정심을 가진다는 것 자체가 우습다는 얘깁니다.

당신의 부탁을 받고 서상복 씨를 찾은 이상, 이만한 보고는 있어야 할 것이라고 믿고 장황하게 써본 것이지만 쓰고 나니 뒷맛이 개운하지가 않습니다. 저항할 용기가 없는 자가 저항할 용기를 가진 자를 헐뜯는 것 같아서 말입니다. 그리고 이 문제는 결코 단순하지 않아 많은 토론을 필요로 해야 하는 것인데 내 일방적인 생각만을 늘어놓았다는 것도 뒷맛을 쓰게 하는 것인지도 모릅니다.

당신은 여기서 비겁자의 논리, 또는 변명을 읽으실지도 모릅니다만 나의 입장이 소설을 쓰겠다고 하는 사람의 입장이라는 것을 알아주시기 바랍니다. 저항의 수단으로 쓰는 소설도 물론 가능하고, 더러는 그런 소설이라야만 진정한 문학일 수 있다는 견해를 가지고 있습니다. 그런데 나는 저항보다도 더 소중한 것이 인생엔 있다고 믿는 소설가가 되려는 것입니다. 그것은 가족에 대한 사랑일 수도 있고 친구에 대한 우정일 수도 있습니다. 처자를 버리고 용감하게 대의를 위해 죽는 영웅적인 행동을 존중하지 않는 바는 아니지만, 자기를 쳐다보는 처자식의 굶주린 눈동자가 안타까워 스스로 종으로 팔려가는 사나이의 심리도 무시해선 안 된다고 생각하는 것이 나의 입장입니다. 나는 지금 가난한 아파트에 가난한 사람들과 이웃하여 살고 있는데 나는 그들에게 저항을 가르치고 싶지가 않습니다. 내일 복된 나라를 주겠다는 약속으로 데모에 동원하려고 선동하는 사람이 있으면 나는 한사코 이웃사람들을 말릴 그런 마음으로 있습니다. "당신이 죽으면 당신만 믿고 있는 저 선량한 아내는 어떻게 될 것인가. 저 천진한 아이들은 어떻게 될 것인가." 하고. 어느 인생에 있어선 대의보다도 아내와 아들이 더 소중하기도 한 것입니다. 나는 아직 처자식을 갖지 못해 그런 실감을 해볼 수 없지만 내 바로 이웃집에 선량하기 짝이 없는 아주머니가 살고 있습니다. 그런 아내는 어떠한 대의와도 바꿀 수 없다는 생각을 해보곤 했던 것입니다.

이렇게 말하고 있으면 단번에 반론이 있을 것을 나는 예상할 수 있습니다. "그것은 사람의 노예근성에 편승하는 노예의 문학이며, 비겁자의 문학이며, 인류의 진보를 믿지 않는 퇴보의 문학이며 동시에 인류를 모독하는 패배주의의 문학이다. 그러니 일고의 가치도 없는 문학이다." 하는.

그러나 나는 알고 있습니다. 혁명 전 러시아의 저항작가들은 특수한 몇 사람을 제외하곤 전부 숙청되어버렸습니다. 멀게 러시아까지 갈 필요가 없습니다. 일제 이래의 이른바 저항파라고 할 수 있었던 문학자들은 '진보적'이라고 믿었던 북한의 체제 속에서 모조리 숙청되고 말았습니다. 어느 지방 신문의 교정을 보고 있는 처지이긴 하나 아직도 생명을 유지하고 있는 문학자로서 이태준이 있다고 하는데 그가 살아남은 결정적인 이유가 그는 남로당에 입당하지 않았다는 것이라고 합니다.

'일고의 가치도 없는 문학'은 절대로 만들지 않으려고 애썼던 사람들의 운명이 이렇게 되었다고 할 때 나는 생각하게 된 것입니다. 그들의 문학이라도 남았느냐 하면 그것도 아닙니다. 그들이 '일고의 가치도 없는 문학'은 절대로 만들지 않겠다고 하고 만든 문학은 그들의 생신生身의 죽음보다 먼저 죽어버린 것입니다.

그렇다고 해서 대의가 소중하지 않다는 얘기는 아닙니다. 이데올로기가 필요 없다는 것도 아닙니다. 저항 또한 중요한 일이라고 알고 있습니다. 그런데 나는 그러한 사실을 알고 있는 정도로 문학자는 충분하다고 생각하는 것입니다. 대의를 지키고 이데올로기에 고립하고 저항 행동을 하는 것은 혁명가나 정치가에게 맡겨버리고 문학자는 문학자에게 있어서 가능한 일만 하자는 겁니다. 왜 문학자이길 택했느냐, 내겐 정치가로서의 소질이 없습니다. 내겐 혁명가로서의 용기가 없습니다. 그래서 문학자가 되리라고 결심한 것입니다. 그러니 소질이 없어서 포기했던 정치가의 노릇, 용기가 없어서 못한 혁명가 할 짓을 문학의 힘을 빌려 하자는 말이 바탕적으로나 심성적으로 가능한 일이겠습니다. "그러니까 그런 문학이 무슨 소용이 있느냐."는 말이 들리는 것 같습니다. 그래도 내겐 할 말이 있습니다. 정치가가 안 되고 혁명가가 안 된 패배한 인간군 속에 나의 문학의 원칙이 있을 것입니다. 나를 비겁자라고 해도 좋습니다. 왜 나는 비겁자가 되지 않을 수 없었던가를 밝히는 것만으로도 나는 문학이 가능하다고 생각합니다.

한동안 "문학은 인민에게 봉사해야 한다."는 슬로건이 있었다고 합니다. 이 슬로건이 나타났을 때 모두들 꿈쩍도 못했다고 들었습니다. 그런데 알고 보니 "인민의 이익을 옹호하는 당은 공산당이다. 그러니 인민에게 봉사한다는 것은 곧 공산당에 봉사하는 것으로 되어야 한다."는 내용이었다고 합니다. 여러 말 하지 않겠습니다. 공산당에게 봉사하는 것이 인민에게 봉사하는 것으로 직결된다는 것은 공산당원 이외의 사람들에겐 통할 까닭이 없을 겁니다. 문학자는 자기의 독자에게 봉사하면 그만입니다. 그리고 그 봉사는 조그마한 진실을 나눠갖는 것만으로도 족한 것입니다. 각기 바람직한 문학에 관한 의견을 갖는 것은 좋지만 그 의견을 강제하려고 할 땐 인간의 다양성을 무시하는 그 사실만으로 해서 이미 문학적 발언의 정도를 넘어서는 과오를 범하고 있는 것입니다.

앙드레 지드는 "문학은 대중의 편에 서야 한다."는 지극히 당연한 말을 했습니다만 이 치밀한 심리가도 대중을 어떻게 이해하고 있는가에 대한 설명을 결한 때문에 중대한 실수를 했습니다. 이념적으로 파악된 대중과 현실에 있는 대중과는 현격한 차이가 있다는 것은 오르테가가 설명하고 있는 그대로입니다. 지드는 소비에트의 편에 서는 것이 대중의 편에 서는 것이라고 오인하고 대중들을 스스로의 감옥을 만드는 방향으로 몰아붙이는 데 성원하는 결과를 가져왔습니다.

아직도 작품 하나 쓰지도 않은 주제에 서툰 문학론을 펴놓고 보니 쑥스러운 마음이 없지 않습니다. 멀리 우프살라에서 보내온 당신의 마음에 우정을 느껴 이런 터무니없는 소리까지 하게 된 것이니 과히 나무라진 마십시오. 나의 문학론은 결점투성이인 데다가 말이 안 되는 부분도 있을 것으로 압니다. 그러나 다듬지도 않고 그대로 보내는 것은 큰소리하지 않고 내 힘에 자라는 방식으로 나의 문학을 진행시키겠다는 정직한 마음의 고백이기도 하기 때문입니다. '문학이 할 수 있는 일이 무엇인가.' 하는 것이 요즈음 파리의 일각에서 나타나고 있는 논의인 모양입니다만 나는 그런 것에 구애받지 않고, 거리를 걷고 있다가 우연히 박문혜 씨 같은 생화학자를 만날 수 있었다는, 그리고 한 달 전만 해도 알지도 못했던 그분에게 이런 열띤 편지를 쓰고 있다는 그런 우연에 놀라는 이야기를 꾸미는 문학을 할 작정입니다.

그렇지 않습니까. 당신으로 인해 우프살라라고 하는 전연 상상하지도 않았던 도시가 내 방에 옮겨왔다는 건 놀라운 사실이 아닙니까. 나는 그것만으로도 문학이 가능하다고 생각하고 있는 올챙이일 뿐입니다.

그런데 한 가지 걱정이 있습니다. 스웨덴은 '프리섹스'의 나라라고 들었는데 한국의 딸인 당신이 과연 그런 조류 속에서 순결을 유지할 수 있을까 어쩔까 하는 문제입니다. 생리적인 문제로 보아버리면 평범하지만 고귀한 여인상이란 관념으로 볼 땐 이만저만한 문제가 아니기 때문입니다. 그러나 부질없는 얘깁니다. 당신은 당신의 최선을 살 수 있는 슬기가 있는 분이니까요.

당신이 원하는 대로 나는 우프살라에 있는 당신을 잊지 않겠습니다. 당신도 서울 청운동의 시민아파트에서 당신을 잊지 않고 있는 나를 잊지 마시기 바랍니다.

써놓고 읽어보니 지저분하기 짝이 없었다. 논리도 서툴고 정리情理도 거칠다. 나는 모두를 찢어버리고 다시 쓸까 했지만 하룻밤을 그냥 재워둬 보기로 했다. 하룻밤 재워둔 후 찢고 싶은 생각이 나면 찢어버릴 작정이었던 것이다.

이튿날 아침 나는 미련 없이 어제 써놓았던 편지를 불살라버렸다.

글을 쓰는 데 있어서 쓰는 것도 중요하지만 써놓은 후 하룻밤, 또는 며칠 밤을 재워둔다는 것이 중요하다는 것은 큰 발견이었다. 그 발견으로 해서 '나는 혹시 꽤 괜찮은 작가가 될 수 있을지 모르겠다.'는 흐뭇한 생각을 하며 박문혜에게 보낼 편지를 다시 쓰기 시작했다.

그것은 다음과 같이 되었다.

— 우프살라에서의 통신 반가웠습니다.

벌써 그곳의 생활에 적응하신 것같이 보여 대견하다는 느낌을 가졌습니다.

당신이 염려하고 계시는 서상복 씨를 만났습니다. 그는 옥중생활을 하고 있는데도 몸과 마음이 같이 건전한 것으로 보였습니다. 순교자와 같은 의연한 태도였습니다. 젊은 남자가 갈 곳도 많을 텐데 필연 감옥 생활도 불사하겠다는 그 용기는 부러웠습니다. 부럽기는 하지만 추종할 생각은 없습니다. 사람이란 모두 혁명가가 될 수는 없는 일 아니겠습니까. 그도 당신이 떠났다는 소식에 충격을 느낀 것 같았습니다만 잘한 일이란 칭찬도 있었습니다. 당신으로부터의 편지를 기대하는 눈치였습니다. '서울시 서대문구 현저동 1번지 서대문교도소 ×××번 서상복'으로 편지를 쓰시기 바랍니다. 큰 위로가 될 줄 압니다.

당신은 정감을 가진 편지 쓸 곳으로서 나밖에 없다고 하셨는데 교도소에 있는 서상복 씨도 그런 편지를 보낼 대상이 될 것이라고 믿습니다. 외면은 태연한 체하고 있지만 그 마음은 얼마나 황량하겠습니까. 부디 그에게 편지를 쓰시도록 간청합니다. 사람은 나면서부터 타협형과 저항형으로 나뉘는 것이 아닌가 하는 생각을 해봅니다. 나와 서씨와는 같은 나이 또래인 것 같은데 내가 타협형의 대표라고 하면 서씨는 저항형의 대표라고나 할까요. 어느 편이 옳고 어느 편이 옳지 않다는 일반론은 성립되지 못할 것으로 압니다만 나는 그와 같은 인물에 대한 경의는 잃지 않을 작정입니다. 문학의 태도는 갖가지의 생활방식을 일단 승인하고 들어가야 하는 것이란 마음으로서입니다. 아무튼 서상복 씨를 위로해주십시오.

스트린드베리를 공부하기 시작했다니 반갑기도 하고 두렵기도 합니다. 반갑다는 것은 문학을 이해하시려는 능동적인 자세에 대한 감정이고 두렵다는 것은 그러한 대문학자에 친숙하게 된 당신을 감당할 수 있는 문학을 내가 생각하지 못할 것이란 데 관한 감정일 것입니다.

아무러나 모처럼 시작하신 일, 유종의 미가 있도록 바랍니다. 문학의 과학화도 중요한 일이지만 과학의 문학화도 못지않게 중요한 일이 아니겠습니까. 이 경우의 문학화란 말을 나는 인간화란 뜻으로 쓰고 있습니다.

대문학이 있으면 소문학도 있어야 하지 않겠습니까.

나는 스트린드베리 같은 대문학은 꿈에도 꿀 수가 없고 사로얀 같은 작으나마 인정이 훈훈한 그런 작품을 쓰는 소설가가 되었으면 합니다. 사로얀 같은 작가라고 한 것은 실수인 것 같습니다. 사로얀을 스트린드베리처럼 크다고는 말할 수 없지만 그렇다고 해서 작다는 말은 부당할 것 같습니다.

나는 최근 다음과 같은 시를 읽고 크게 감동한 바 있습니다.

'한 편의 시가 탄생하기 위해선 우리들은 죽여야만 한다. 많은 것을 죽여야만 한다. 많은 사랑을 사살하고 암살해야만 한다……. 기억하라. 우리들의 눈은 보이지 않는 것을 보고, 우리들의 귀는 들리지 않는 것을 듣는다. 한 마리 떠돌이 개의 공포를 공포하기 위해 사천야四千夜의 상상력과 사천일四千日의 차가운 기억을 독살하지 않았느냐……'

감동한 까닭을 설명하겠습니다. 여기 이 한 편의 시는 한 편의 소설이라고 바꿔놓아도 좋습니다. 한 마리 집 없는 개의 공포를 누가 알아주기나 하겠습니까. 그 개의 공포가 어떻단 말입니까. 그러나 문학하는 사람은 이 한 마리 개가 느끼는, 아니 느낄지 모르는 공포에 사로잡혀 버리는 경우가 있습니다. 그 개의 공포가 나의 공포라는 것을 깨닫게 됩니다. 나의 존재의 뿌리가 이 공포 위에 있다는 것을 뼈저리게 느끼게 됩니다. 그렇게 되면 이 공포를 알리고 싶어집니다. 네게 이런 공포가 없느냐고 묻고 싶어집니다. 이것이 문학의 충동입니다. 이 충동으로 해서 사천야에 갖가지로 해볼 수 있는 상상력을 전부 희생시켜버리고 이 공포의 전달에 애쓰게 된다는 겁니다. 사천일에 할 수 있었던 갖가지 가능과 그 가능에 따른 기억을 압살하고 그 떠돌이 개의 공포에 골몰하게 된다는 겁니다.

우연한 일치일는지 모릅니다만 당신이 연구하기 시작한 스트린드베리는 이 한 마리 떠돌이 개의 공포와 동질의 공포에 사로잡힌 사람입니다. 사로얀에게도 이 공포는 있습니다. 다만 그는 공포의 심처에까진 가지 않으려고 애썼던 것뿐입니다. 한 마리 떠돌이 개의 공포를 외면하는 문학이 있을 수 없다는 생각까지 할 정도로 나는 그 시에 감동한 것입니다. 작가의 대소는 있을망정 문학엔 대소가 있을 수 없다는 이유에 관한 설명이 될 수 있었는지 모릅니다.

우프살라의 하늘이 십오 세기 이래의 하늘이란 얘긴 좋았습니다. 그리고 당신이 한국의 딸이란 자각도 좋았습니다. 그런데 이에 따른 걱정이 있습니다. 스웨덴은 '프리섹스'의 나라라고 들었는데 그러한 풍조가 우리 한국의 딸에게 어떻게 작용할까 해서입니다. 생리적으론 평범한 문제일지 모르나 당신의 마지막의 서울을 같이 걸었던 나에겐 중대한 관심사가 아닐 수 없습니다. 그 총명한 두뇌를 지닌 육체가 몇 사람의 유럽인을 낳은 밭이 됨으로써 유럽문명에 기여하는 것이 나쁠 것도 없지만, 특히 당신이기에 검은 머리, 검은 눈동자를 가진 한국인을 낳아주었으면 하는 것입니다. 그러나 이건 부질없는 나의 소망일 뿐이니 부담은 갖지 말아주시기 바랍니다.

지금 서울은 춥습니다. 하지만 견디기 힘든 그런 추위는 아닙니다.

두툼하게 외투를 입고 나서면 다정한 서울의 추위가 되는 거죠. 그런데 어젯밤에도 연탄중독으로 몇 사람인가 죽었다는 기사가 신문에 나 있습니다. 우프살라에선 그런 일이 없겠지요.

항상 몸과 마음을 편히 가지시는 꾸준한 정진이 있어 한국의 퀴리 부인 되실 것을 기원해 마지않습니다.

우프살라에 있는 당신을 잊지 않겠습니다. 당신도 나를 잊지 마소서.

나는 이 편지도 하룻밤을 재워두기로 했다. 감정의 부식이 심해 약간의 왜곡이 있는 것처럼 느꼈기 때문이다.

아니나 다를까 하룻밤을 자고 나니 먼저 쓴 편지 이상으로 쑥스러웠다. 그래 찢고 구겨 휴지통에 넣고 말았는데 이렇게 하길 수 번째, 나는 박문혜에게 쏠린 내 마음의 깊이와 농도를 느끼게 되었다. 그것은 등골을 싸늘케 하는 놀람이기도 했다.

'나는 지금 정명욱을 배신하고 있다.'는 죄의식을 갖기에 이른 것이다.

그리고 이어 정명욱을 배신했을 때의 결과를 상상해보았다.

정명욱의 얼굴이 이웃집 지함직공의 아내의 얼굴과 겹쳤다.

우프살라에의 환상을 동반한 박문혜의 눈부실 만큼 화려한 후광 속에 있는 얼굴과 비교할 때 정명욱의 얼굴은 이웃집 아주머니의 얼굴과 동질적인 빛깔로 물들어가고 있었는데 그것이 너무나 처량했다. 나는 바깥으로 뛰어나가 공중전화를 걸었다. 내 마음속에 배신자가 꿈틀거리고 있었다는 사실을 알 까닭이 없는 정명욱은 태평한 말투로 물어왔다.

"방 춥지 않으세요?"

"춥지 않아, 연탄이 활활 타고 있는 모양이야. 그런데 그 도서실에 스트린드베리의 책이 있는가 찾아보고, 있거든 오늘 밤 그걸 가지고 와요."

"오늘 밤?" 하는 정명욱의 음성은 들떠 있었다. 토요일 밤 이외의 방문을 엄금하고 있는 내 태도에 적잖이 불만이었던 그녀는 목요일의 초청이 무척 반가웠나 보았다.

"그래, 오늘 밤." 하고 나는 약간 경망스러운 투를 섞어 덧붙였다.

"스트린드베리가 없어도 좋아, 그건 미끼구 당신이 보고 싶을 뿐야. 사랑한다는 말 이상으로 강력한 말이 없는지 사전을 한번 뒤져봐. 지금의 내 심정이 사랑한다는 말만으론 부족해."

"내 양주 한 병 사가지고 갈게."

감정을 억누른 정명욱의 말에 나는 찔끔 눈물을 짰다.

전화를 끝내고 아랫골목의 다방에 들러 나는 박문혜에게 답장을 썼다.

일체의 수식어를 빼버리고 명사와 동사만으로 된 깔끔한 문장이 되었다.

─우프살라에서의 통신 읽었습니다.

스트린드베리는 공부해볼 만한 작가입니다. 귀녀의 생화학을 인간화하는 데 도움이 될 것입니다. 분부대로 서상복 씨를 만났습니다. 저항파의 대표적인 인물인가 보았습니다. 그에게 위로의 편지를 내시도록 부탁드립니다.

우프살라의 하늘 아래서 한국의 딸임을 자각하셨다는 사실을 치하합니다. 정진이 있어 장차 한국의 퀴리 부인이 되시도록 빌겠습니다. 우프살라에 있는 귀녀를 잊지 않을 것입니다. 안녕.

프리섹스 얘기를 쓸까 말까 망설이다가 결국 쓰지 않기로 하고 국제우체국으로 가서 이 편지를 부쳤다.

예수 그리스도는 웃지 않았다. 아니 웃을 줄을 몰랐다

창문이 어두운 것을 보면 아직 날이 새진 않았는데 이웃집에선 벌써 딸가닥거리는 소리가 난다. 잠이 아직도 무겁게 남아 있는 눈을 비벼 뜨고 아주머니는 일찍 일 나가는 남편을 위해 아침식사를 준비하고 있는 것이리라. 어느 때는 그 소리를 다소곳한 행복의 소리로 듣는다. 가난하지만 부지런하게, 궁하면서도 정답게 아무튼 평화롭게 하루를 시작할 수 있다는 것이 얼마나 반가운 일이냐 하는 생각으로 이웃집 아주머니를 축복하는 기분이 된다.

그런데 어느 때는 새벽부터 딸가닥거리는 그 소리가 침울하기 짝이 없다. 기껏 김치 한 접시, 된장찌개 한 뚝배기, 잡곡을 섞은 밥 몇 그릇을 만드는 일을 단잠을 깨워서까지 서둘게 뭐 있느냐는 심술이 발동한다. 빵 한 조각, 햄이나 소시지 한 조각을 씹어 돌리고 끓인 물 한 모금이면 되고도 남을, 기껏 그 정도의 영양가면 될 아침식사 때문에 저런 수선을 피우고 있는 우직한 버릇이 안타깝다 못해 미워지기까지 한다.

때론 식생활을 개선해보는 것이 어떠냐고 권해보고 싶은 충동이 빈번히 일기도 하는데 그때마다 그만두어버리는 것은 그것이 그 아주머니의 생활이며, 생활의 의미라는 것을 깨달았기 때문이다.

그런데 그날 아침의 나의 심상풍경은 좀더 복잡했다. 저렇게 소박한 이웃과 벽 하나를 사이에 두고 살면서 엉뚱한 자의식에 사로잡혀 있는 스스로가 괜히 죄스럽게 느껴지기 시작했다.

'문학을 한다구? 소설을 쓰겠다구? 그것이 도대체 뭐냐 말이다. 허영심을 빼버리면 남을 것이 뭣 있을까. 새로운 발전이 있을 것도 아니고 톨스토이처럼 대문학을 남길 것도 아니고, 설혹 그런 문학을 남겨보았자…….'

나는 드디어 그날 아침 내가 염세적으로 되어 있는 기분의 원인을 알았다. 지난밤 나는 며칠을 걸려 읽었던 트로얏의 『톨스토이』를 끝낸 것이다. 그리고 그것을 읽고 느낀 허망감이 아침에까지 꼬리를 끌고 있던 것이다.

'톨스토이, 참으로 이상도 한 사람이다…….'

나는 트로얏의 『톨스토이』, 그 두툼한 책을 읽고 돌연 다음과 같은 생각을 했었다.

'톨스토이는 행복의 모든 가능을 봉쇄해버린 사람이다!'

톨스토이의 인생은 인간의 참된 행복을 가르치기 위해서 바쳐졌다. 트로얏은 그러한 톨스토이 상을 제시하기 위해 깨알만한 활자로 천 페이지 부피의 책을 썼다. 그런데 내가 이런 감상을 가졌다는 것은 나의 비뚤어진 심정의 탓일까.

곧이곧대로 말해서 톨스토이는 모든 행복의 조건을 완벽하게 갖추고 있는 사람이었다.

그는 야스나야 폴리아나의 광대한 토지를 가진 대영주이며 백작 칭호를 가진 대 귀족이며, 노년에까지 연애할 정력을 가지고 팔십여 세의 고령을 산 건강체였다. 이것을 통속적인 행복의 조건이라고 한다면 그는 수백만의 독자를 가진 대문호이며 육체적으로나 정신적으로 자기가 하고 싶은 일이면, 인간이 할 수 있는 일이면 다 할 수 있는 처지에 있었던 사람이다.

결론부터 말하면 이런 사람이 행복할 수 없다면 세상의 어느 누구도 행복할 수가 없다. 그런데 그는 끝끝내 행복하지 못했다. 그런 까닭으로 그는 자기의 일생을 증거로 해서 인간의 행복은 불가능하다는 것을 선언한 결과가 되었다.

보다 착하게 살려고 노력하는 한 행복은 무망한 노릇이라고 바꾸어 말해도 좋다. 물론 톨스토이의 일생이 보여준 모순당착을 지적하고 그것이 바로 그의 불행이었다고 논단할 순 있다. 그는 한없는 자비심을 가지고 있는 동시, 다시없는 구두쇠였다. 그 인색에 관한 에피소드는 많다. 그는 성욕을 죄악시하는 퓨리턴인 동시에 늙어서까지 성교를 하지 않곤 배겨내지 못한 정력의 소유자이기도 했다. 옳은 일은 도맡아놓고 하고 싶은데 이기심은 남보다 몇 배나 강했다. 그는 예술의 거인인 동시에 종교의 거인이었다. 예술과 종교는 절대로 화해하지 못하는 절대적인 요소를 각기 포함하고 있는 것인데 이 양 거인이 동일인 속에서 격투를 벌인 것이다.

그러나 이러한 모순당착을 그 불행의 원인이라고 한다면 결국 인간은 불행할밖에 없다는 결론으로 되는 것이 아닌가. 인간 곧 모순당착의 현상이기 때문이다.

문학이란 비록 그것이 졸렬할망정 행복의 사전으로서의 의미를 가져야 한다. 행복에의 메시지, 행복에의 메시지라야 한다. 그런 뜻에서 톨스토이가 실패했다면 누가 감히 성공을 꿈꾸겠는가 말이다. 그렇다면 문학이란 결국 허망이 아닌가.

새벽부터 일어나 연탄에 불을 지펴 종이상자를 만들러 가는 남편을 위해 된장찌개 하나라도 맛있게 끓여야 하겠다는 마음과 동작은 구체적이며 보람이 있다. 그 마음과 동작만한 보람을 가진 소설이 가능할 것인가. 문학이 가능할 것인가.

톨스토이도 이런 생각을 했다는 것은 그가 자기의 영내에 학교를 만들어놓고 농노들의 아이들에게 몸소 글을 가르치기 시작한 사례를 통해서 알 수가 있다. 전 세계의 독자들이 톨스토이의 펜 끝에서 나오는 한 줄 한 줄의 문장을 복음처럼 기다리고 있는데 그는 자기가 하지 않고 남을 시켜서도 될 일을 몸소 함으로써 시간을 낭비하고 있었다. 그런데 그 학교가 또한 묘했다. 학교의 입구에 '들어오고 싶으면 들어오고 떠나고 싶으면 떠나라.'고 써 붙였다. '인간을 행복하게 하는 교육'이란 목표가 뚜렷이 있었기 때문에 교육하는 방법 자체부터 자유로워야 한다고 그는 믿었다. 그는 이때를 가장 행복했던 시기라고 하고 1904년의 일기에 다음과 같이 기록했다.

'나는 나의 생애에 있어서 가장 빛나는 시절을 여자에의 사랑으로써가 아니고 민중에의 사랑, 특히 어린이들에 대한 사랑으로써 가질 수가 있었다.'

만일 이 말에 조그마한 위선도 없는 것이라면 이웃집 아주머니는 톨스토이 이상으로 빛나는 시간을 일생 동안 유지할 수 있는 셈이 된다.

그래도 톨스토이의 문학은 위대하다. 그것은 지하수처럼 인간의 마음에 침투해서 마음의 황무를 막았을 것이기 때문이다. 그러나 그 문학을 만든 톨스토이 개인은 약했다.

톨스토이는 문학을 통해선 민중에게나 자기 자신에게 행복을 마련할 수 없다는 사실을 깨닫고 그리스도처럼 순교자가 될 작정을 했다.

만일 톨스토이가 예수 그리스도처럼 십자가를 질 수만 있었더라면 그는 행복을 전도하는 인간으로서의 역할을 완수할 수 있었을 것이었다. 그런 뜻에서 알렉산드로스 황제는 톨스토이를 행복에 이르지 못하게 한 최대의 적이었다고 할 수가 있다…….

겨우 창이 밝아왔다.

어린아이들이 깨어난 모양이었다.

나도 생리적인 필요상 일어나지 않을 수가 없었다. 그 용무를 마치고 이웃집으로 갔다.

"아이구 선생님 빨리 일어나셨네예." 하는 아주머니에게

"아주머니께선 잠도 없으신 모양이죠." 하고 더운 물을 얻어 와서 네스커피를 탔다.

씁쓸한 커피를 한 모금 마시면 위장이 잠을 깬다. 그리고 생각했다.

'톨스토이로부터 그만한 충격을 받고도 문학을 버릴 생각을 못하는 것은 도대체 어떻게 된 숙명일까.'

영하 십 도의 기온은 건강체에는 적당히 자극적이다. 나는 커피 한 잔을 마저 마시고 목욕탕으로 갔다.

아침 일찍 목욕탕에 사지를 뻗어 잠겨 있으면서 하루의 일을 계획해 본다는 것도 나쁜 짓이 아니다. 좋으나 궂으나 하루 이십사 시간을 내 자유의사대로 쓸 수 있다는 것은 우선 반가운 일이다. 취직할 의사가 없는 무직 상태란 것은 때에 따라선 지복의 시간일 수가 있지만 현재의 나로선 그럴 처지가 못 된다.

조카의 상경은 이, 삼주일 후로 박두해 있었는데 정명욱의 제안을 수락할 작정을 한 것도 아니고 적극적으로 취직할 생각도 않고 있는 형편

인 것이다.

'그러나 요 며칠 동안만은 그 생각을 않기로 하자.'
며 나는 그날의 계획을 세웠다.

햇살이 따스해지면 서울역으로 가서 구두닦이 소년을 만난다. 그 구두닦이 소년과는 며칠 전 우의友誼를 틔워 놓았었다. 역경에 있는 소년답지 않게 맑은 얼굴과 맑은 눈동자를 가진, 약간의 익살까지 섞어 자기의 생각을 명료하게 발음하는 소년이었다. 그 소년을 만난다는 것이 일종의 기쁨이었다.

그러고는 점심은 북창동 시장에서 먹을 작정을 세웠다. 복매운탕을 곁들여 밥을 먹고 소공동으로 해서 명동으로 나가 달러 골목의 헌책점을 뒤져 값이 싸고 재미가 있을 성싶은 포켓북을 한 권만 산다. 그런데 요즘엔 좋은 책이 나오지 않는다.

값싸고 좋은 책을 찾으려면 두세 시간은 걸린다. 거기서 관철동으로 나와 양춘배가 있는 출판사를 찾는다. 일전 무슨 번역할 만한 것이 있거든 내게 맡겨달라는 부탁을 해두었다.

그리고 그 후 정명욱에게 전화를 걸어 차를 같이 하고…….

목욕탕에서 돌아와 빵을 먹고 우유를 마시고 다시 커피를 하고 있는데 뜻밖인 손님이 들이닥쳤다.

정진동의 누님인 정진숙이었다.

"진동인 시골 갔기 때문에 제가 왔습니다." 하고 앉는 정진숙은 점점 전도부인을 닮아가는 것만 같았다.

나는 윤두명 씨의 안부를 먼저 물었다.

"공판이 또 연기됐어요." 할 때 진숙은 우울한 표정이었다.

"왜요?" 하고 묻지 않을 수 없었다.

"검사가 추가기소를 했어요."

"이번엔 또 무슨 일인데요?"

"부끄러운 애깁니다."

잠깐 망설이더니 진숙이 덧붙였다.

"나오시는 날짜가 다소 늦어지니 그게 큰일이지 사건 자체는 별 게 아닙니다."

본인들이 별 게 아니라는 것을 이편에서 걱정할 것은 없다.

나는 일어서서 커피잔을 꺼내 커피를 따라 진숙 앞에 밀어놓았다.

"서 선생님은 이런 생활에 만족하세요?"

진숙은 커피잔엔 손도 대지 않고 방안을 둘러보며 물었다.

"만족하고 안 하고도 없습니다. 선택의 여지란 게 없으니까요."

"우리한테로 오시면 될걸. 조용한 방을 만들어드릴 수도 있는데."

"교도도 아닌 사람이 어찌 그런 델 가서 살겠습니까."

"전 서 선생님이 입신하시질 않는 까닭을 모르겠어요."

"모르겠습니까?" 하고 나는 애매하게 웃었다. 솔직했더라면 다음과 같이 말할 것이었다.

'나는 상제교에 입신하는 사람들의 정신상태를 의심하고 있습니다.'

정진숙이 엄숙한 표정이 되더니,

"서 선생님, 우리 교단에 들어오십시오. 여러 가지 좋은 일이 많습니다. 첫째 교조님의 서 선생님께 대한 신뢰가 이만저만이 아닙니다. 선생님의 신앙만 돈독해지면 부교주가 되실 수도 있을 겁니다. 선생님의 그 좋은 두뇌로 상제님의 가르치심을 전파하시면 교세를 얼마든지 확장할 수도 있을 겁니다. 지엽적인 일이지만 교단에 들어오시기만 하면 생활의 걱정은 전연 할 필요 없이 하고 싶은 공부를 얼마든지 할 수가 있을 것 아닙니까. 좋은 규수도 교단 내에 얼마든지 있습니다. 이 나라를 지키는 신은 이 나라의 신이라야 안 되겠습니까. 이 나라 사람치고 옥황상제를 믿지 않는다는 건 이 나라의 사람임을 스스로 포기하는 거나 다른 바가 없습니다. 큰 죄악이지요……."

나는 정진숙의 설교가 무한히 계속될 것 같아서 겁을 먹었다. 그래 기회를 보아,

"그런데 오늘 모처럼 오신 것은……."

하고 화제를 바꿨다.

"교조님의 분부를 받들고 왔습니다. 어제 교조님을 면회했는데 아직도 선생님께 생활비를 갖다주지 않았다고 듣자 노발대발했습니다. 선생님이 받지 않아 드리지 못했다고 해도 노여움은 진정되지 않았습니다. 저희들의 성의가 모자라서 그렇다는 것입니다. 그리고 오늘 어떤 일이 있더라도 갖다드리라는 엄명이었습니다."

정진숙은 백에서 봉투를 꺼내 내 앞에 밀어놓았다.

"삼십만 원입니다. 부족하겠지만 한 달치 생활비로 써주십시오."

나는 그 봉투를 도로 밀어놓았다. 그리고 결연하게 말했다.

"나는 이 돈을 받을 수 없습니다."

"왜 그러십니까, 선생님."

진숙이 얼굴을 찌푸렸다.

"이유가 없지 않습니까. 이유 없이 돈을 받을 순 없습니다."

"교조님의 호의라고 생각하면 되잖겠어요?"

"호의에도 까닭이 있어야 하는 겁니다."

"호의면 그만이지 무슨 까닭이 필요합니까."

"첫째 나는 이 돈이 없어도 살아갈 수 있습니다. 보시는 바대로 아침

이면 커피까지 마시구요. 내가 정 딱하다면 또 모르죠. 구걸이라도 해야 할 판이니까요. 그런데 난 지금 그런 처지에 있진 않습니다."

"하여간 교조님의 호의를 무시하시면 안 됩니다."

"무시하는 게 아니라 나의 신념을 말하는 겁니다."

"안 됩니다. 받으셔야 합니다."

이때 나는 엄필순 모녀에 대한 윤두명의 매정스러운 태도에 언급하고 그런 창피스러운 돈을 씀으로써 공범이 되기 싫다고 말하고 싶었으나 참았다.

"아무튼 나는 이 돈 받지 않겠습니다."

"꼭 그러시다면 이 돈 가지고 계셨다가 교조님이 나오시면 그때 교조님께 돌려주시도록 하십시오."

"뭣 때문에 그런 복잡한 짓을 합니까."

나는 분노가 끓어오르는 것을 느꼈다. 그 분노는 내 자신에 대한 분노이기도 했다. 나는 그 돈을 보자 당장 탐이 났다. 곧 상경할 조카의 하숙을 구하는 데 그 돈은 충당될 수가 있고 용돈을 주는 데도 생광스럽기도 할 것이었다. 그러니 그 돈에 탐이 난 것이다. 그런 만큼 화도 났다. 굶주린 사람에게 빵을 보이고 군색한 사람에게 돈을 보인다는 것은 최대의 약점을 이용한 가장 악질적인 유혹의 수단이 아닌가. 그 유혹에 넘어갈지도 모르는 내 스스로에게 돌연 미움을 느꼈다.

"교조님의 엄명입니다. 우리 교도는 교조님의 엄명을 죽음을 걸고 이행해야 합니다. 만일 선생님께서 이 돈을 받지 않으시면 전 이 자리를 떠날 수가 없습니다."

"마음대로 하시오." 하는 말이 입 밖으로 나올 뻔했다.

진숙은 애원하다시피 했다.

"이 돈은 결코 부담을 지우기 위한 것이 아닙니다. 선생님을 교단으로 모시기 위해 드리는 것도 아닙니다. 교조님의 순수하신 호의일 따름입니다."

나는 대꾸를 하지 않았다.

그러자 정진숙은 붙들까봐 겁이 난 듯 얼른 일어서서 바깥으로 나갔다.

나는 인사도 하지 않았다.

정진숙도 말이 없었다.

나는 정진숙이 떠나가는 것을 보지도 않았다.

복잡한 심정으로 방바닥의 봉투를 보고 있었다. 당장에라도 들고 뒤쫓아나가야 한다는 마음이 없지 않았지만 나는 그냥 앉아 있었다.

내겐 돈을 멸시할 수 있는 철학이 없었다. 동시에 돈을 존경해야 한다는 철학도 없었다. 다만 돈이 얼마나 겁나는 것인가를 느끼게 한 무서운 현장은 몇 번인가 보아왔다. 그래서 돈에 사로잡히진 말자는 신념을 가꾸어왔다. 돈에 사로잡히지 않으려면 남의 돈을 경계할밖에 달리 수단이 없다. 남에게서 돈을 빌려 배불리 먹는 것보다는 그냥 굶어죽는 편이 오히려 마음이 편하다는 인식은 사소한 돈을 원인으로 해서 파멸하는 사람들을 보아왔기 때문이다. 돈에 관한 실수만 피하면 인생 가운데 하나의 난관은 무사히 통과하는 셈이 된다……

이런 생각을 하면서 나는 그 돈 봉투를 바라보고 앉았다가 문득 어느 아이디어가 번뜩하는 바람에 일어섰다.

외투를 꺼내보았다. 소매 끝이 닳아 실밥이 주렁주렁하다. 그놈을 입으면 영락없이 룸펜의 몰골이 될 것이었다.

낡았지만 점퍼를 입으면 그처럼은 초라하지 않을 것 같았다. 햇빛이

나 있으니 바람만 불지 않는다면 점퍼 차림으로 견디지 못할 바가 아닐 성싶었다.

점퍼를 상의 위에 덮어 입고 아파트를 나섰다. 겨울의 거리는 한산하다. 효자동·옥인동·체부동으로 해서 내자동을 빠져나오면서 나는 추위를 잊어감에 따라 제임스 조이스가 더블린을 묘사한 것처럼 서울을 묘사해보는 것도 멋이 있지 않을까 하는 생각에 몰두하기 시작했다.

조이스의 주인공 스티븐 디덜러스는 더블린 시 북방의 마테로 탑을 기점으로 해서 움직이기 시작하는데 그 '일시는 1904년 6월 16일 아침 여덟 시. 그로부터 칠십 년이 지난 겨울의 아침, 나의 주인공인 나는 아일랜드 더블린에선 극동의 방향에 있는 서울시의 역시 북방인 청운동 시민아파트를 기점으로 해서 행동을 개시한다……

여기까진 무난한데 스티븐과 벅 멀리건의 대화에 대응할 건덕지가 없다. 그들은 라틴어를 사용하여 그 해학조차도 고상하기 짝이 없고 간혹 희랍어가 섞이기도 하는데 나는 도대체 누구를 상대로 하여 그들의 라틴어에 해당하는 한문지식을 번득인단 말인가. 내 자신도 모르는 한문을……

나는 한문문화권에 생을 받아 자라면서 한문을 무시한 교육으로 인해 막대한 피해를 입은 참담한 상황에 생각이 미쳤다. 편리하고 아름답고 간단명료한 한글! 그러나 문화는 편리한 것만으로, 편리한 말만으론 그 본질에 육박하지 못하게 하는 보수성과 배타성을 가지고 있는 것이 아닐까. 줄잡아 삼천 년 동안 축적되고 정선되어 오늘에까지 남은 그 무진장의 보고를 불편하고 어렵고 비국수적이란 이유만으로 폐품창고처럼 돌보지 않는다면 그 벌을 받는 것은 결국 우리들이지 다른 사람들이 아니다. 하기야 한문을 몰라도 사장이 되고 대학교수가 되고 소설가·문인도 될 수가 있다고 하면 한문의 존귀성을 운운하는 자는 죽은 어머니 무덤 앞에서 울고 있는 사람이나 다를 바가 없을지 모른다. 그런데 선진국 프랑스나 영국에선 무슨 분야로 가건 학문을 할 사람이면 국민학교 때부터 라틴어와 희랍어를 배워야 한다고 하니 그들의 시대착오를 우리가 가르쳐줘야 하는 것일까. 그들의 덜된 국수주의를 멸시해야 하는 것일까.

길을 걸으며 하는 생각이 맥락이 있을 까닭이 없다.

나는 다시 조이스의 『율리시스』로 생각을 돌렸다.

'그 현란한 재능! 그러나 현란한 재능에 현혹당했다 뿐이지 감동을 느낄 순 없었다. 나의 감수력이 부족한 탓일까. 근본의 역량이 모자라는 탓일까. 유행가에 심취하는 인간들이 베토벤을 이해할 수 없듯이······'.

그러면서도 다시 새벽의 감상으로 되돌아갔다.

'톨스토이의 충격이 있고 조이스의 압도가 있어도 문학을 포기하지 못한다는 것은?'

병이다, 병. 병일 수밖에 없다. 그것도 고질인······.

덕수궁 뒷담길을 걸으면서 차성희를 생각했다. 지금쯤 뭘 하고 있을까. 사소한 오해가 불씨로 되어, 유행가 사설대로 한백 년 그 속에 살았을지 모르는 사랑의 궁전을 흔적도 없이 불살라버린 것 아닌가. 그러나 후회는 없었다. 정명욱을 만났으니. 사람을 함부로 비교할 건 아니지만 내게 있어선 정명욱이 월등한 가치를 가졌다. 나는 차성희의 생각에서부터 정명욱에의 사랑을 확인하는 결과가 되었다.

'도서실의 올드미스! 그러나 그녀는 행복할 것이다!'

오늘은 아직 정명욱에게 전화를 하지 않았다는 사실을 발견했다.

'서울역에 가서 하지.'

거기서 서울역은 얼마 되지 않는다.

추운 날씨인데도 사람들은 가고 오고 할 일이 있는가 보았다. 맥이 빠진 것 같은 태양의 광선이 빛만을 남겨 쇠잔한 병자의 입김처럼 서려 있는 광장에 껴입은 옷으로 넝마뭉치처럼 된 사람들이 우왕좌왕하고 있었다.

늘어선 공중전화의 박스는 전부 메워져 있을 뿐 아니라 몇 사람씩 대기하는 사람이 박스 앞마다 줄을 서 있었다. 나는 어느 개소를 골라 그 줄 말미에 붙었다.

서 있으니 발부터 시려왔다. 제자리걸음을 하며 실히 이십 분 동안은 기다렸을까. 정명욱의 소리가 그럴 수 없이 반가웠다.

"나 서울역에 와 있어."

"서울역엔 또 왜요?"

아차 했다. 나는 서울역에 이렇게 나와보길 벌써 세 번인데 그 얘기를 명욱에겐 하지 않았었다.

"서울역에서 시작하려구."

"서울역에서 시작하다뇨?"

"시골 사람의 서울 생활은 서울역에서부터 시작하는 것 아니오?"

"소설의 구상이 섰다 이 말예요?"

"구상이 서기까지야 했겠소만 서울역을 기점으로 해서 한국판 율리시스가 혹시 가능할지 모르겠소."

"나쁘지 않은 아이디어군요."

"아이디어, 거품처럼 사라져버릴 아이디어!"

"헌데 거기 춥지 않으세요?"

"영하 십 도 정도가 춥기야 하겠소."

"신선한 정돈가요?"

"그보다는 조금."

"감기 드시겠어요."

"마음이 단단하면 감기 안 들어."

"점심 같이 안 하겠어요?"

"점심 그만두고 저녁식사 같이 합시다. 관철동쯤에서 전화할 테니까."

"그럼 그래요."

공중전화의 숨이 끊어질 찰나였다.

"나중." 하자,

"감기 조심해요." 하는 정명욱의 소리. 그것이 신호가 된 듯 전화는 끊어졌다.

내가 찾아간 소년은 귀를 덮은 털모자를 눌러쓰고 양지쪽에 앉아 있었다. 구두통을 앞에 하고 앉아 눈을 가느다랗게 뜨고 팔짱을 끼고 있는 그 모습은 약간의 거리를 두고 보면 영락없이 노인의 몰골이다. 하기야 하룻밤 사이에 소년이 노인으로 될 수도 있는 것이다. 아니 그 소년은 평범하게 산 노인보다 더 많은 풍상을 이미 겪고 있는지 몰랐다.

"오늘은 어때."

하고 나는 비어 있는 의자에 걸터앉으며 구두를 구두약통 위에 얹었다. 요전번 상냥했던 표정이 되살아나지 않았다. 굳은 표정엔 무슨 적의 같은 게 느껴졌지만 그럴 리가 없었다. 추우면 누구나 표정이 굳어질밖에 없다고 나는 짐작했다.

"춥지?" 하고 묻고 물으나마나한 말이었다고 나는 곧 후회했다.

소년은 말이 없이 구두를 닦기 시작했다.

'요전번 얘기는 어디까지 했더라?' 하고 나는 기억을 더듬곤 물었다.

"중학교는 일학년 이학기까지 다녔다고 했지?"

"그래요."

무뚝뚝한 대답이 돌아왔다.

"동무들은 학교에 다니는데 넌 이렇게 여기에 앉아 구두를 닦고 있으니 별로 유쾌한 기분은 아니지?"

"……."

"야학교엔 나가나?"

"가지 않아요."

"왜?"

"학교 안 가도 돈만 벌면 될 게 아니오."

"돈 벌 수가 있니?"

"있구말구요. 아저씬 이 장소가 얼마나 좋은 장손지 모르죠?"

"내가 그걸 어떻게 알겠나."

"이런 장소를 만날 수 있다는 건 행운입니다. 물론 많은 돈이 들긴 했지만서두요."

"얼마나 들었지?"

"그건 말할 수 없어요."

"왜?"

"그렇게 돼 있어요."

"집은 아현동에 있다고 했지?"

"그래요."

"아버진?"

"중풍으로 누워 계세요."

"어머닌?"

"안 계세요."

"돌아가셨나?"

"남의 가정사정을 그처럼 꼬치꼬치 물어 뭣할 거예요."

아무래도 소년의 기분은 풀리지 않은 것 같아 물었다.

"넌 무슨 걱정이라도 있니?"

"걱정 없어요."

"형님이 있나?"

"있어요. 철공소에 다녀요."

"누님은?"

"누님도 있어요."

"누님은 뭣하니."

"보세가공을 하는 공장에 다녀요."

"그럼 집엔 아무도 없겠구나."

"누이동생이 있어요."

"나이가 몇인데."

"지난봄에 국민학교를 졸업했어요."

"중학교엔 안 가구?"

"아버지가 꼼짝도 못하고 누워 계시는데 학골 어떻게 가요."

"약값이며 뭐며 해서 돈이 많이 들지?"

"……"

"내가 좀 도와줄까?"

"아저씬 돈이 많아요?"

"많긴 하겠나만."

"그런데 왜 남을 도우려는 거예요."

"그러나 삼십만 원쯤의 돈으론 도울 수 있어."

"삼십만 원요?"

"그렇지."

"그처럼 큰돈 우린 소용없어요."

"그럼 십만 원쯤 도와줄까?"

"십만 원도 소용없어요."

"아버지 약값에 보태 쓰면 될 텐데 왜 그러니."

"까닭 없는 동정은 받기 싫어요."

이건 내가 그날 아침 정진숙에게 한 말이었다. 나는 윤두명이 보내온 그 돈을 소년에게 주어버리면 만사가 후련할 것 같은 생각을 했던 것인데 그 생각이 점점 굳어져갔다. 한때나마 그 돈을 탐한 스스로의 불결한 마음을 그렇게 함으로써 씻을 수 있을 것이었다.

'나는 당신이 항상 마음을 쓰고 있는 소년들과 같은 하나의 소년에게 그 돈을 줬소.'

하고 윤두명에게 이르며 떳떳할 수가 있는 것이다.

"내가 네게 주겠다는 돈을 부담스럽게 생각할 필요는 없어. 그건 내 돈이 아니니까."

나는 타이르듯 말했다.

"아저씨 돈이 아닌 것을 어떻게 아저씨가 남에게 줄 수 있는 겁니까?"

"아냐, 그건 먼 곳에서 어느 사람이 너와 같은 소년을 위해 쓰라고 보내온 돈이다. 그러니까 나는 네게 그 돈을 줄 수가 있어."

"난 받지 않겠어요. 절대로 받지 않겠어요."

"어렵게 생각할 것은 없어. 그저 받으면 되는 거다."

"아저씨, 하필이면 왜 내게 그 돈을 주겠다는 겁니까. 나와 비슷한 아이들이 많은데요."

"네가 마음에 들어서다. 사정을 들으니 네 집안일이 딱하기도 하구."

"그래 아저씬 내게 무엇을 바라는 거예요?"

"아무것도 바라는 건 없어."

"그렇다면 더더구나 받을 수가 없어요."

"아니 있지, 있긴 해. 가끔 내게 네 얘길 들려주면 돼. 살아가는 데서 느낀 기쁨이라든가 슬픔, 형과 누님이 직장에서 겪는 얘기. 이웃사람들의 사는 모양, 가끔 싸움도 있겠지, 그 싸우는 모양, 네 마음속에서 돋아나는 불만, 네가 견딜 수 없다고 생각한 일들, 어른들의 행패, 그런 걸 가끔 얘기해주면 되는 거야."

"그런 걸 들어 아저씬 뭣에 쓸 거예요?"

하고 내 구두를 툭툭 쳤다. 다 닦았다는 시늉이었다. 그런데 나를 쳐다보는 소년의 눈엔 여전히 차가운 빛이 있었다. 나는 소설을 쓰는 재료로 하겠다는 말을 하기가 쑥스러웠다. 사실 그럴 목적으로 소년의 얘기를 들으려고 한 것도 아니었다. 그래 이렇게 답했다.

"나는 그런 얘길 듣는 데 취미가 있어. 그것뿐이다."

하고 점퍼 안주머니에서 진숙이 두고 간 돈 봉투를 꺼내 소년에게 내밀었다. 소년은 무슨 무서운 것이나 본 듯 벌떡 일어서며 손을 저었다.

"난 안 받아요, 절대로 안 받아요."

하곤 변소 있는 곳으로 달려가버렸다.

나는 한동안 의자에 앉은 채 기다렸지만 소년은 나타나질 않았다. 나는 그것을 소년의 결벽으로 보았다. 어디선가 숨어서 보고 있으며 내가 떠나기만 기다리고 있는 것인지 모른다는 생각이 들었다. 소년도 또한 한편 거절하면서도 한편 유혹을 당하려는 마음의 경사를 느끼고 있을지 몰랐다. 그렇다면 나는 그 자리를 피해주어야 하는 것이다. 백 원짜리 주화 몇 개를 그의 구두통에 넣어두고 나는 천천히 광장을 걸어 나왔다.

'가난 속에서도 결벽을 지켜나가는 품성이란 아름다운 것이다. 고귀한 것이다.'

나는 그 소년에 대한 애착이 더욱 굳어져가는 것을 느꼈다. 그리고 나는 이러한 감정이 결코 일시적인 센티멘털리즘으로 끝나선 안 된다는 생각도 했다. 한때 가난한 소년들을 위해 헌신한 톨스토이의 전기를 읽은 기억이 남아 있었던 탓인지 모른다.

'가난한 소년들을 위해 할 수 있는 일이 무엇일까.'
하다가 문득 나는 윤두명의 소년들에 대한 사랑만은 진짜일 것이란 추측을 했다. 윤두명은 어두운 소년시절을 지낸 사람이다. 그 기억이 가난한 소년들에 대한 사랑으로 자란 것인지 모른다. 그리고 그 사랑을 보다 확대하고 심화하기 위해서 상제교라는 구상으로 발전되었는지 모른다는 짐작으로 이끌려갔다. 사실 과학적인 인식, 인간의 호의에 바탕을 두었을 뿐인 조직의 힘만으로는 한량없는 마음과 눈물을 필요로 하는 소년들을 구할 수가 없는 것이다.

달러상 골목에 들어서자 소년에 관한 나의 상념은 끝났다. 그 골목은 너무나 비좁아 다른 생각을 하면서는 걸을 수가 없다. 뿐만 아니라 그 골목에서 전개되는 일에만 사고를 유도하는 독특한 분위기를 가지고도 있다.

달러를 사고 파는 여자들! 나는 아직도 그 직업이 어떻게 성립되어 있는질 알 수가 없다. 백주의 서울에 있어서 어두컴컴한 골목이긴 하나 사람들의 시선을 완전히 가릴 정도론 어둡지도 않고 비밀스럽지도 않다. 그런 곳에서 어떻게 암달러 상인이 법망을 피해 상행위를 할 수 있는가 말이다. 공공연한 비밀은 이미 비밀이 아니며 공공연한 범죄는 범죄가 아니란 말인가. 내가 언제나 궁금하게 느끼는 것 가운데 하나가 암달러상의 존재이며 문제이다. 그 메커닉을 모르고 무슨 소설이 가능할까 하는 의혹마저 든다.

세상에 아는 일보다 모르는 일이 더 많을 테니까 예사로 여기고 지내버림직도 하지만 백주의 암달러상의 그 생태를 모른대서야 말이 되는가. 법치국가의 경제 질서 속에서 이중의 환율이 허용되고 있다는 자체가 벌써 우스운 노릇이다. 그 차액 속에서 돈을 버는 사람이 있고 치부하는 사람이 있다면, 그것을 공공연하게 허용하고 있다면 돈을 벌기 위해선 수단과 방법을 가리지 않아도 좋다는 본보기를 그 골목에 전시해놓은 셈이 되는 것 아닐까.

나는 단골인 고서점으로 들어가서 페이퍼백의 책더미 속에 묻혔다. 추리소설·치정소설·전쟁소설·인디언소설, 이를테면 미국 출판문화의 쓰레기통에 들어앉은 셈이다. 속절없는 넝마주이다. 나는 그 쓰레기 속에서 내 구미에 맞는 한 권의 책을 구해내야 한다. 대단한 끈기를 필요로 하는 작업이다. 그런데 나쁜 기분일 순 없다. 일등국민들이 이처럼 너절한 책들을 많이 생산하고 있다는 사실을 인식하는 것은 우리들의 콤플렉스를 해소하는 덴 다소나마 효과가 있는 것이니까.

나는 드디어 아나이스 닌이란 친숙한 이름을 발견하고 그의 『에로티카』를 더미 속에서 빼냈다.

"얼마냐."고 물었다.

"오백 원."

아나이스 닌의 책이 오백 원이면 비싸지 않다. 나는 아나이스 닌을 좋아하기 때문이다. 아나이스 닌은 결코 대작가가 아니다. 여성으로서 특유한 작가라고 할 수밖에. 그녀는 너무나 너절한 책을 많이 썼다. 한 동안 경멸하려고도 했다. 그러나 나는 젊을 때 헨리 밀러, 안토닝 아라 토, 오토 뱅크를 비롯해서 수많은 작가들의 영감을 불러일으킨 이 여인을 경멸할 수가 없었다. 그런데 경멸하지 않은 것은 잘한 일이었다. 나는 그녀의 1947년부터 1955년까지의 일기를 읽곤 적잖게 감동했다. 아나이스 닌은 성실한 사람이었다. 그 성실이 범인보다 다른, 수신책의 표준으로선 다룰 수 없는, 인간의 기본적인 성실에, 그리고 재기와 정열이 동반해 있는 성실에 감동한 것이다.

나는 좀더 그곳에서 서성거리다가 다른 책점으로 갔다. 그러나 이미 그날의 예산은 써버렸다. 다시 책을 살 엄두는 내지 못했다. 사지도 못할 책을 뒤지고 있다는 것도 피로한 노릇이다. 가까이에 있는 다방으로 가서 아나이스 닌의 『에로티카』를 폈다.

아나이스 닌의 책이기에, 그리고 책명이 『에로티카』이기에 관능적인 분위기를 예상하지 못한 바는 아니었지만 나는 몇 줄을 읽어 내려가자마자 "앗." 하고 놀랐다.

『에로티카』는 아나이스 닌이 파리에서 궁박한 생활을 보내고 있었던 이십 대에 어느 늙은 놈팡이의 청으로 한 페이지당 일 불씩을 받고 쓴 호색소설이다. 그 한 줄만이라도 옮겨놓기만 하면 우리나라에선 그 잡지나 신문이 폐간처분을 당할 농도나 색채가 짙은 성교묘사가 벽두에서부터 나타나 있었다.

나는 귀밑까지 빨갛게 된 얼굴을 돌려 주위를 살펴보고 얼른 그 책을 포켓에 집어넣어 버렸다. 암달러상이 들썩거리는 골목에서 한 페이지당 일 달러 값의 호색소설을 읽는다는 건 그로테스크한 실감으로 사람을 자극하기도 하는 것이지만 나는 예사로울 수가 있었다. 스물몇 살의 처녀가 어떻게 그런 농도 짙은 성교소설을 쓸 수가 있었을까. 사람은 굶주림을 면하기 위해선 얼마든지 추잡하게 될 수 있다는 증거를 아나이스 닌은 남긴 셈인데 그 서문에 의하면 사십 년 전에 보잘것없는 호색본이었던 그 작품이 오늘날 복간을 필요로 할 만큼 문학적인 메리트를 가지고 있다는 얘기다. 나는 다시 끄집어내어 읽어보고 싶은 유혹을 가까스로 참고 『에로티카』를 산 죄의식을 보상할 셈으로 아까 책점에서 보아둔 스윈번의 시집을 샀다. 물론 예상 외의 지출이었다.

관철동으로 갔다. 근처의 다방에서 양춘배에게 전화를 걸었다. 양춘배는 기다리고 있었다는 듯 한 권의 책을 들고 나타났다. 그러고는,

"서 선배, 이것 번역해주실 수 없겠소?" 하고 그 책을 내밀었다.

저자의 이름은 루트비히 마르쿠제, 책명은 『나의 20세기』였다. 마르쿠제는 귀에 익은 이름이다. 유명한 신좌익의 이론가였으니까. 그러나 루트비히라면 다르다. 신좌익의 이론가는 헤르베르트란 이름인 것이다.

나는 우선 책 벽두를 열어보았다.

'정신의 눈은 육체의 눈이 그 날카로움을 잃어가기 시작할 때 비로소 날카롭게 사물을 보기 시작한다.'는 플라톤의 『향연』에 있는 일절이 제1장의 제사題辭로서 인용되어 있었다. 그것이 우선 마음에 들었다. 독일어란 점에 약간의 망설임을 느꼈다. 사전을 찾으며 서두르면 못할 바 없다는 마음이 있기는 했지만 선뜻 해보겠다는 대답은 쉽사리 나오질 않았다.

"서 선배, 어떻습니까?"

양춘배의 말이었다.

"글쎄요." 하고 펴놓은 책을 훑어보기 시작했다.

"그런데 번역료가 너무 싸요."

"……."

"이백 자 원고지 한 장에 칠백 원을 내겠답니다. 번역 원고료는 오백 원인데 이건 특별로 해서 그렇게 하겠다는 겁니다."

나는 번역료엔 개의하지 않고 말했다.

"이건 어느 정도의 매수일요."

"이천 장 이상이겠죠."

나는 이천 장이면 백만 원이 넘는다는 계산에 이어,

'전력투구를 하면 두 달? 석 달? 석 달치의 노동력이 백사십만 원이면 나쁘지 않다.'는 생각을 했다.

나는 곧 승낙하고 싶었으나 그럴 순 없었다.

"양형, 루트비히 마르쿠제에 관해 아시는 게 있습니까."

"전연 모릅니다. 나는 헤르베르트 마르쿠제와 처음 혼동을 했어요."

"어떤 사람일까?"

"잘은 몰라도 상당히 유명한 사람인 것 같습니다."

"이 책이 나온 게……." 하고 나는 책을 뒤져 보았다. 1960년의 출판이었다.

"1960년의 『더 타임스』의 문예부란을 한번 찾아봐야겠네요. 이 책이 유명한 책이라면 서평에 취급하고 있지 않겠습니까."

"『더 타임스』의 서평에 나려면 영역이 되어 있어야 하지 않겠소."

"유명한 책이면 근해 안으로, 늦어도 그 이듬해쯤엔 영역되지 않았겠소."

"글쎄요. 그러나 서평을 뒤지다간 시간이 걸릴 테니 우선 번역부터 해보시죠. 여하간 우리 출판사에선 이 책을 번역 출판할 계획을 세웠으니까요."

"그럼 이 책을 제게 주십시오. 오늘 밤 대충 읽어보고 내일 아침 가부를 통지해드리겠습니다."

양춘배는 좋다고 했다. 그러고는 회사에 들렀다 나오겠다며 양춘배가 자리에서 섰다.

나는 그동안 그 책을 띄엄띄엄 읽기 시작했다. 읽어가는 도중 그 저자가 독특한 뉘앙스를 가진 사상가일 것이란 짐작이 아슴푸레 들기도 했다. 좋은 저자를 만났다는 느낌과 아울러 내게 유익한 전기가 될지 모른다는 기대를 가져 볼 수가 있었다.

'나의 풍부하고도 망막한 과거를 살펴보기 위해 하나의 객관적인 전망도를 만들어야 하는데 그러기 위해선 보조도표가 필요하다. 그것은 세 개의 시대와 세 개의 장소로서 구성되어 있다. 내 생애를 간단하게 말하면 나는 십구 세기에 탄생하여 일차대전까진 청년으로서 지냈고, 양대 전쟁 사이에 성년이 되었다. 이십오 세 이후 나는 현자가 되어야 한다는 압력을 받았다.'

'나의 좁은 공간은 가련한 자유다. 나는 평생 동안 자유로운, 그러나 가장 싼 원고료를 받은 저작가이며, 자유로운, 즉 어떤 당파에도 속한 적이 없는 시민이며, 자유로운 사상가였다. 양심의 가책 없이 자기모순을 범할 수 있을 정도로 자유였다. 어떤 세계관에 의해 보호되지 않은, 그런 만큼 언제나 바깥으로부터의 사상에 감염될 위험에 놓여 있는 자유로운 인간이다. 특히 1925년 사이의 나는 극평가였다. 나는 돈을 벌

수가 없었고 남에게 공포심을 일으키기도 했었기 때문에 고용된 신분에 있었으면서도 얼만가의 자유는 있었다. 그리고 1945년부터 1959년까지 나는 해직될 수 없는 대학교수였다. 그러나 나의 자유는 나의 직업 때문에 손상되는 일은 없었다. 내가 남의 노예가 될 수 없었던 것은 나의 공적에 의한 것이 아니고 커다란 행운에 의한 것이었다.'

나는 서서히 감동의 늪 속으로 빠져 들어갔다.

여기에 독립독행獨立獨行한 사람이 있다는 느낌이 짙어갔다. 로맨틱한 합리주의자, 보수적인 아나키스트, 그러면서도 끝끝내 이성을 믿는 전투적인 자유인을 보는 느낌이었다.

아무튼 나는 읽음직한 책을 만난 것이 반가웠다. 세상을 보는 렌즈를 또 하나 보탰다는 느낌과 더불어 소설공부에도 무익하진 않으리란 흐뭇한 생각도 동시에 가졌다. 나는 당분간 이 일에 몰두할 작정을 하며 계속 책을 읽고 있는데,

"뭘 그렇게 열심히 읽고 있나." 하고 어깨를 치는 사람이 있었다. 배성환이었다.

'나사렛'에서 무슨 선한 것이 날 수 있으랴!_요한복음 1장 46절

배성환이란 인간.

칠팔 년 전이니까 아득한 옛날이라고까진 말할 수가 없다. 그런데도 나는 내 어깨를 친 사람이 배성환이란 것을 알자 아득한 옛날을 느꼈다. 보다도 완전히 잊혀졌다고 생각하고 있던 과거가 불쑥 내 눈앞에 나타난 것이다.

"이거 얼마 만인가." 하고 나는 그가 내미는 손을 잡았다.

"내가 학교를 퇴학당한 후론 처음이지, 아마."

그는 내 앞에 자리를 잡고 앉으며 동행인 듯한 두 청년에게 앉으란 시늉을 했다. 하나는 배성환의 옆에 앉았고, 하나는 내 옆 빈자리에 앉았다.

"인사를 하게. 자네들에겐 선배다." 하고 배성환이 담배를 꺼내 물었다.

"전 신도형입니다."

"전 나옥주입니다."

두 청년의 자기소개가 끝나자 배성환이 담배 연기를 뿜어내며 말했다.

"둘 다 작년에 퇴학당한 불량학생들이야."

"불량학생은 좀 심합니다, 선배님."

신도형이란 이름의 청년이 응석 비슷하게 받았다.

"공부는 안 하고 말썽만 피워 학교를 쫓겨난 정도이면 불량학생으로서의 자격은 충분하지, 왜."

배성환이 웃지도 않고 말했다

그렇게 말하는 배성환 자신도 대학 삼학년 때 퇴학을 당한 사람이다.

스트라이크의 주모자로 몰린 것이다.

우리 학과에서 스트라이크가 있었는데, 그것을 수습하기 위해선 몇 사람의 희생자를 필요로 했다. 그 몇 사람 몫을 배성환이 짊어지고 퇴학을 자청했다. 이를테면 기골이 있는 학생이었다.

그 시절 나는 그와 가까이할 생각은 없었다. 영웅이란 존경은 하되 가까이할 필요는 없다는 그런 생각으로서가 아니라, 배성환이 언제나 깃발처럼 휘두르는 원리원칙론이 부담스러웠던 것이다.

그러나저러나 오래간만에 만난 터라 반갑지 않을 까닭이 없었다. 배성환은 내가 읽고 있다가 덮어버린 책을 집어들었다.

"루트비히 마르쿠제로군." 하고 다시 놓으며 애매하게 웃었다.

"자네 이것 읽은 적이 있나?"

내가 이렇게 물었더니

"있다."는 답이어서

"이 사람, 대강 어떤 사람이냐."고 다시 물었다.

"글쎄, 한마디로 말하긴 뭣하지만 원칙이 없는 사람인 것 같애."

그 말투는 옛날의 배성환 그대로였다.

"문명비평에 원칙이 너무 뚜렷해도 재미없지 않은가."

"잘 봐주려면 유연성이 있다고나 할까? 아무튼 나는 그다지 존경하지 않아. 루트비히 마르쿠제로부턴 힘이 나오질 않거든. 사회주의자도 아니고 반사회주의자도 아니구, 엉거주춤한 휴머니스트란 말이 가장 적절할 것 같은데 엉거주춤한 휴머니스트 갖고 일을 할 수 있느냐 말이다."

나는 배성환의 의중을 읽을 수가 있었다. 그에게 있어선 사회를 움직이는 데 결정적인 정치력으로 될 수 없는 사상은 있으나마나 한 것이었다. 그 점이 나완 달랐다.

"자네 얘긴 언제나 명백해서 좋아. 나 자신은 너무 명백한 의견에 의혹을 갖고 있지만!"

"자넨 언제나 그랬지. 진실은 명백하지 않은 데 있을지도 몰라. 그러나 비누방울 같은 진실을 나는 원하지 않아. 거짓이 약간 섞인 것이라도 쇠뭉치라야 하는 거야, 난."

"헌데 참 자네 요즘 뭣하나?"

"큰일을 하고 있지." 하며 배성환이 장난스러운 얼굴이 되었다.

"큰일이라니?"

"민주주의를 발전시킬, 그런 작업을 하고 있어."

"그렇다면." 하고 나는 루트비히 마르쿠제의 『나의 20세기』를 두드렸다.

"잠깐 동안 읽은 데 불과하지만 이 사람 같은 존재를 무시해선 안 될 텐데?"

"이런 걸 무시하지 않으면 혼선이 생겨, 혼선이."

다방에 앉아 그 이상의 토론을 전개할 순 없었다. 결혼했느냐는 피차의 질문이 있었고 만나지 않았던 칠팔 년 동안의 일들에 관한 얘기도 띄엄띄엄 있었다. 내가 신문사를 그만두고 실직 상태에 있다고 들어도, 그럼 뭘 먹고 사느냐는 따위의 질문이 없어서 좋았다. 도시 먹고 사는 문제는 배성환에게 있어선 문제도 되지 않는 것이다.

나는 신도형과 나옥주에게로 화제를 돌렸다. 그것이 후배들에 대한 선배로서의 도리라고 느꼈다.

"요즘 뭣을 합니까?"

배성환이 대답을 대신했다.

"이 사람들도 나와 같이 민주주의를 찾아 돌아다니지."

"그런데 좀처럼 찾아질 것 같지 않네요." 하고 신도형이 웃었다.

"Y씨 얘길 하세요."

나옥주의 말이었다.

"Y씨 얘기?"

배성환은 빙그레 웃었다. 그러곤,

"참 기가 막혀서." 하고 배성환이 나를 향해 물었다.

"자네 Y라는 소설가 아나?"

"잘은 몰라."

"지금 우린 그 사람을 만나고 오는 길이다."

"그래?"

"그 사람 가끔 진보적인 글을 쓰지, 왜."

"글쎄."

"헌데 그 친구 돼먹지 않았어."

배성환의 얼굴에 살큼 흥분하는 빛이 돋았다. 그러자 신도형이 불쑥 말했다.

"그치 얘긴 마십시오. 기분 나쁩니다."

"아냐." 하고 나옥주가 신도형의 말을 막았다.

"이런 얘긴 서 선배에게 들려줄 필요가 있어. 되도록 널리 알려야……"

그들의 응수엔 아랑곳 않고 배성환이 얘기를 시작했다.

"우린 어떤 항의서에 그 사람의 서명을 받을 작정으로 갔지. 양심이 있는 사람이면 서명하지 않을 수 없는 그런 항의서야. 하여간 Y씨 같은 네임 밸류가 있는 사람의 서명을 받기만 하면 약간의 효력이 없지 않을 것 같고, 보다도 그런 사람의 서명을 받았다는 사실에 의미가 있다고 싶어 찾아갔었는데……"

"거절당했단 말인가?"

"결과적으론 그렇지. 그러나 거절을 당했다는 사실에 문제의 초점이 있는 건 아냐. 그런 항의서엔 서명할 수 없다고 정정당당한 이유를 내세워 거절을 했다면 나쁜 놈이라고 할 수는 있어도 비겁한 놈이란 욕은 할 수 없을 것 아닌가. 그런데 말야, 그자의 하는 소리가 그 항의서가 옳으니 옳지 않으니 하는 말은 하지 않겠다는 거야. 구차스런 변명을 늘어놓으면서 심지어 미학적인 문제까지 들먹거리지 않겠어."

"그런 게 작가라고 생각하니 어이가 없어." 하고 나옥주는 침이라도 뱉고 싶다는 표정이 되었다.

배성환의 말이 계속되었다.

"일편의 양심도 없는, 손톱만한 정의감도 없는 그런 치가 작가라고 으스대고 있으니 한국의 문단도 알아볼 만하지. 왜 항의서의 내용에 등조할 수 없다고 떳떳하게 말할 수 없는가 말이다. 미학의 문제라구? 옳은 일은 옳다고 하고 옳지 않은 일은 옳지 않다고 할 수가 없으면 가만히나 있지."

"일편의 양심도 없는 그런 매문업자賣文業者를 일소하는 것이 사회정화의 급선무라고 생각해."

그 말투가 너무나 강렬했기 때문에 나는 엉겁결에 말했다.

"혹시 자네 같은 사람이 권력을 잡으면 단번에 언론탄압이 시작되겠구나."

"어째서 그게 언론탄압인가. 양심 없는 자를 청소한다는 건 언론의 옹호가 되었으면 되었지 탄압으로 되진 않아."

"결국 옳은 언론만 육성한다, 그 말 아닌가."

"그렇지."

"히틀러의 언론탄압도, 스탈린의 언론탄압도 모두 그렇게 시작한 것이 아닐까?"

"방향이 다르지 않은가, 그들과."

"방향이 민주적 언론에 있다면 작가의 양심문제를 따져선 안 되지."

"아무리 민주주의라도 나쁜 놈의 민주주의까지 어떻게 용납하겠나."

"그런 사고방식이 독재, 또는 전제가 되는 것 아닐까?"

이때 옆에서 신도형의 말이 있었다.

"무한량한 민주주의란 있을 수 없는 것 아녜요?"

내겐들 할 말은 있었으나 입을 다물어버리기로 했다.

무한량의 민주주의는 인정할 수 없다는 그들의 사고방식과 그들이 적대시하고 있는 사람들의 사고방식은 근본에 있어서 일치되어 있는 것이다.

'민주주의를 찾겠다고 돌아다니며 민주주의의 씨앗을 꺾어버릴 마음부터 먼저 준비하는 셈으로 되었구나.'

싶었지만 나는 그런 것을 지적해서 또 다른 토론의 계기를 만들긴 싫었다.

그들 사이에 다시 Y씨에 대한 욕설이 오가기 시작했다.

다음은 나옥주의 말이다.

"Y씨는 항의서에 서명함으로써 얻는 성과는 모호하고 막연한 게 아니냐는 말도 했는데, 인류의 역사는 막연한 성과를 믿고 나간 인간들의 승리를 기록하고 있는 것 아닙니까."

Y씨에 대한 욕설 끝에 인류의 역사가 튀어나오는 바람에 나는 속으로 웃었다.

그러나 그들의 논법은 선명하다. 그들은 필요하다고 느끼기만 하면 어떤 말도 어떤 형용, 어떤 수식도 사양하지 않는 것이다.

선거 때의 연설은 무책임한 말과 극채색의 형용이 혼합된 괴상망측한 일종의 사술이다. 누구나 그 사술을 비웃을 순 있다. 그러나 지배하는 것은 그들인 것이다.

나는 민주주의를 찾겠다는 그들이, 그들의 적과 꼭 같은 수사를 하는 것도 무리가 아니란 생각과 더불어 정치란 결국 허망이란 상념을 가꾸게 되었다.

그런데 그들의 말이 자기들과 의견을 같이하지 않는 사람들을 인간 이하의 존재처럼 멸시하는 방향으로 번지자 나는 가만있을 수가 없었다.

"의견을 달리한다고 해서 그 사람을 멸시한다는 건 민주주의의 정신에 위배된 것 아닐까?"

"의견이 달라진 분기점에 비열한 심정이 있는 것이니까 그들의 태도를 용납할 순 없어."

배성환이 단정적으로 말했다.

"Y씨만 해도 그런 것 아닙니까. 당당한 이유가 있어서 반대하는 것이 아니라 비겁한 이유로 서명을 하지 않는 거니까 용납할 수 없는 거죠." 하고 신도형이 거들고 나섰다.

"요컨대 Y씨는 그 항의서에 반대한 거요. 당당한 반대 이유가 있었을지도 모르지. 그러나 그런 말을 하기가 쑥스러웠던 거라. 이렇게도 이해할 수 있잖아? 토론하기가 싫으니까 비겁한 이유를 꾸미기까지 해서 그 이상 퇴각할 필요가 없는 선으로 후퇴해버린 거라. 그런 뜻에서 나는 Y씨의 태도를 그처럼 나쁘게 해석할 순 없는데? 오히려 소설가다운 거절 방법이라고 생각해."

나의 이 말에 배성환의 비위가 거슬렸던 모양이다.

"그런 게 소설가다운 태도라면 소설가란 구제불능이구먼." 하고 혀를 찼다.

그 말엔 나도 가만있을 수 없었다.

"반대하거나 거절할 땐 갖가지 레토릭을 쓸 수 있는 거야. 꼭 본심을 밝혀야만 하는 건가? 세상이란 그렇지 못하다는 걸 가장 잘 알고 있는 사람이, 아니 알려고 하는 사람이 소설가라고 생각한다면 Y씨의 태도가 그랬대서 구제불능이란 말까지 쓸 필요가 없지 않은가?"

"자네 말에도 일리는 있어. 그러나 세상이란 건 사람의 마음의 그런 뉘앙스까질 살펴줄 만큼 관대하진 않아. 적이냐, 동지냐 이게 문제로 되는 거라."

이렇게 배성환이 단정적으로 나왔다.

"자넨 지금 민주주의를 찾고 있는 것 아냐?" 하는 말로써 나는 그 자리에서 일어섰다. 무슨 말을 해도 평행선일 바에야 말을 하는 것 자체가 시간낭비라고 생각했기 때문이다.

"오래간만인데 어딜 가?"

배성환이 만류하는 것을,

"그랬으면 좋겠는데 약속이 있어." 하고 그 다방에서 나와버렸다.

약속이 있다는 말엔 거짓이 없었다. 정명욱에게 전화를 해서 만날 장소와 시간을 정해야 했으니까.

나의 전화를 받자 정명욱이,

"퇴근시간이 다 돼가는데 전화가 오질 않아 조마조마하고 있었어요." 하고 반가움에 겨운 웃음을 웃었다.

나는 말 대신 한숨을 쉬었다. 예기치 않았던 일이었다.

"한숨을?"

정명욱이 물어왔다.

"기뻐서 그래. 이 세상에 당신처럼 선량한 여자가 있을까 하구."

"잘 보셨어요. 아무리 생각해도 나처럼 선량한 여자가 이 지구상엔 있을 것 같지 않거든요. 그건 그렇구 어디서 만날까요?"

"시청 앞 지하철 입구에서 만납시다. 다방은 진절머리가 났어." 하자,

"오케이 써." 하는 응답이 있었다.

나는 지하철 입구를 향해 걸으면서 생각했다.

'행복이란 건 별 게 아니다. 사랑하는 사람이 있는 곳을 향해 걸어가고 있는 것이 행복이다.'

거리에 전기가 꽃처럼 피고 전등 불빛이 미치지 못한 곳에 어둠이 다소곳이 괴었다. 고통에까지 이르지 않는 차가운 바람은 정신을 각성시키는 자극으로 알맞다.

정명욱은 찰싹 내게 몸을 붙이고 걸었다. 명욱의 외투 포켓에 나의 오른손이 들어가 있고 왼손엔 책 꾸러미가 있었다. 휘황한 헤드라이트의 범람과 소음은 우리들의 행복을 비추는 조명이며 반주음악이다.

"욱아." 하고 내가 불렀다. 나는 얼마 전부터 정명욱을 "욱아." 하고 부르기로 하고 있었던 터였다.

명욱은 대답 대신 얼굴을 내게로 돌렸다. 눈이 가로등에 반짝했다.

"욱의 신장은 얼마지?"

"백육십 센티."

"체중은?"

"오십 킬로? 사십구 킬로의 사이."

"이제사 알았어."

"뭣을?"

"행복의 크기와 무게를 알았어."

"그럼 나두 알아둬야지." 하고 명욱이 물었다.

"우린 신장이 얼마지?"

내가 명욱을 '욱'이라고 부르게 되었을 때 명욱은 나를 '우리'라고 부르기로 했던 것이다.

"백칠십오 센티."

"우리의 체중은?"

"칠십 킬로."

"아이구 좋아라."

명욱이 나직하게 환성을 올렸다.

"내가 가진 행복이 당신이 가진 행복보다 크기론 십오 센티가 더 크고 무게론 이십 킬로가 더 무거우니까요."

"아아 그렇군."

"수지가 맞은 건 나죠?"

"수지가 맞은 건 나야."

"어째서?"

"내가 가진 행복보다 크기와 무게가 더한 행복을 가진 행복을 내가 가지고 있으니까."

"그런 식이라면 역시 수지맞은 건 나예요. 내가 가진 행복보다 크기나 무게가 더한 행복을 가진 행복을 또한 가지고 있으니까요."

"그럼 무한급수가 되는 게 아닌가."

"그럼요."

"그렇다면 비교할 순 없어. 무한과 무한을 어떻게 비교하노."

"무한과 무한?"

"헌데 욱인 무한이란 걸 수학적으로 어떻게 정의하는가를 알아?"

"몰라요."

"가르쳐줄까?"

"응."

"언제나 1을 더 보탤 수 있는 가능의 연속을 무한이라고 하는 거요."

"언제나 1을 더 보탤 수 있는 가능의 연속? 대단한 걸 배웠어요. 오늘 집에 돌아가면 동생에게 뽐내줘야지." 하고 명욱은 소녀처럼 웃었다.

나는 이런 씨알머리 없는 얘기들을 나누고도 기분이 좋은 상태가 곧 행복의 상황이 아닐까 하는 상념을 가져보았다.

우리들은 목적하는 식당에 도착했다.

오늘 밤은 양식을 먹기로 하고 무교동의 경양식점을 찾은 것이다.

수프는 오니온, 생선은 새먼, 고기는 비프스테이크, 술은 포도주, 디저트는 애플파이…….

이런 성찬을 한 달에 한 번씩 갖기로 한 것인데 그걸 오늘 밤 하기로 했다.

수프를 두어 숟갈 떠넣고 정명욱이 얘기를 시작했다.

"오늘 오후 여성들의 모임에 나갔었죠. 거기서 재미있는 강연을 들었어요."

"좋은 일 하셨군."

"강사는 소설가 Y씨였어요."

"Y씨?" 하고 나는 약간 놀라는 표정을 했다.

"왜 그러시죠?"

"당신에게 전화를 한 직전까지 Y씨에 관한 얘기를 듣고 있었거든."

"그래요? 어떤 얘긴데요."

"그보다도 욱이가 들은 얘기부터 해봐요."

"역시 소설가는 다르다는 느낌을 갖게 하는 강연이었는데 제목부터 근사해요. 방법적 행복이란 거였어요." 하고 정명욱이 그 강연을 간추렸다.

레오나르도 다 빈치는 방법으로써 미에 도달한다고 믿었다. 그와 마찬가지로 방법에 의해 행복을 구성할 수가 있다. 세밀하고 적절한 방법의 발견이 곧 행복의 발견이다…….

"그런데 그 말 가운데 가장 감동적인 대목은 사랑의 보람은 방법을 통해서만이 발휘될 수 있다는 얘기였어요. 그러고는 몇 가지의 본보기로 방법을 제시했는데…….""

그의 말에 따르기만 하면 생리적인 반발을 느낀다거나, 불구대천의 원수가 아닌 이상 사랑마저도 창조할 수 있겠더라며,

"좋은 소설가를 가진다는 건 그 나라나 민족의 행운이라고 칠 수 있겠어요." 하는 결론을 내렸다.

나는 선뜻 체호프의 「귀여운 여인」을 상기했다. 그래서 말했다.

"욱이도 닮아가는구만."

"누구에게?"

"귀여운 여인을."

"귀여운 여인?"

"체호프 말요."

"그래요?" 하고 명욱이 웃었다.

"내가 소설을 쓰겠다고 하니까 갑자기 소설가를 높게 보는 그런 마음먹이가 체호프의 귀여운 여인을 닮았잖아?"

"그런가 보군요." 하고 명욱이 덧붙였다.

"그러나 그런 것만은 아닌 게 있었어요. Y씨의 강연은 정말 좋았어요. 앞으로 그분의 소설을 열심히 읽어봐야지."

나는 오늘 오후 있었던 얘기를 나의 의견을 섞어 말했다. 배성환이 Y씨를 혹평하는 부분에 이르자 명욱이 상을 찌푸렸다. 그러곤 뱉듯이 말했다.

"사람을 그렇게 몰라보고 무슨 정치운동을 하겠어요."

"나도 처음엔 그렇게 생각했었지. 그런데 곰곰이 생각해보니 그런 게 아니더면. 사람을 몰라봐야 정치가 가능할 것 같애. 더욱이 후진국가나 후진사회에 있어선."

"그런 게 어딨어요."

명욱의 즉각적인 반발이었다.

"아냐, 좀더 들어봐. 적과 동지를 구별할 줄 알아야 정치는 가능한 거야. 적은 누르고 동지는 높이고……. 이게 정치의 시작이거든. 사람이란 걸 치밀하게 알게 되면 적과 동지를 구별하는 작업을 못해. 사람을 치밀하게 안다는 것은, 그 일면만을 극단화해서 말하면, 적 가운데 동지가 있고 동지 가운데 적이 있다는 사실의 인식이 아닐까? 좀더 구체적으로 말하면 사람을 선악의 이분법, 적과 동지의 이분법으로 본다는 것은 일종의 미망이란 인식이야. 그런데 이런 인식 갖곤 정당을 만들 수가 없어. 단적으로 말하면 정치는 그 기본에 있어서 과감한 사상작용捨象作用이거든. Y씨가 그들이 내미는 항의서에 서명을 하지 않았다. 그러니 그들의 적이다. 그들의 적이면 나쁜 놈이다. 나쁜 놈의 사정을 볼 필요는 없다. 요컨대 그들에게 있어서 인간이란 그들의 항의서에 서명을 하는 동지와 서명을 거절하는 적으로 구분되는 거야. 그런 점 배성환이 말 잘했어. 순수란 비누방울 같은 것이라서 쓸모가 없고 거짓이 섞인 쇠뭉치가 필요하다고 했어. 그들의 판단에 의하면 나 같은 건 버러지나 다름없는 존재이겠지. 그러니까 나는 문학이 필요하다고 느껴. 오늘 사회를 움직일 수 없더라도 진실은 필요하다는 것과 진실이 있다는 것을 밝히는 건 중요한 일이니까. 그 일을 문학 이외의 무엇이 할 수 있겠어. 아무튼 정치는 어느 정도 이상은 인간을 이해하지 않겠다는 결의를 바탕으로 하고 있어. 이와는 반대로 문학은 이해할 수 있는 데까진 인간을 이해해야 한다는, 이해해야 된다는 결의라고 할 수 있다구."

"우리의 말씀 알 수 있을 것 같애요." 하더니 정명욱이 물었다.

"우리에겐 그 항의서에 서명하라고 하지 않던가요?"

"그런 말은 없었어."

"네임 밸류가 없다고 생각한 때문이겠죠?"

"물론."

"만일 항의서를 내놓았더라면 우린 무슨 이유로 거절했을까요?"

"글쎄." 하고 나는 생각했다.

'나는 과연 어떤 이유를 내세워 거절했을까!'

좋은 생각이 떠오르지 않았다.

"준비해두세요. 그럴 경우를 예상해서 말예요."

"그렇게 해야겠군."

파이를 먹으며 명욱이 물었다.

"조카가 올라올 때가 되지 않았어요?"

"참 그렇군. 일주일쯤 후면 그 애가 올라오겠구나."

"대책은 섰어요?"

나는 곧 대답을 못했다.

"내 하자는 대로 해요. 조카의 하숙비와 용돈은 내가 낼 테니까요."

하고 명욱은 핸드백을 열곤 이십만 원짜리 수표를 꺼내놓았다.

"이것 받아두세요."

"오늘은 돈이 마구 들어오는 날이군." 하고 정진숙이 가져온 돈이 포켓 속에 있다는 데 마음이 미쳤다.

그 얘길 듣자 정명욱이 그 돈 빨리 돌려주라고 했다.

그러자 양춘배로부터 받아온 책 생각이 났다.

"욱아."

"예?"

"조카의 문제는 해결된 거나 마찬가지야."

"어떻게요."

나는 루트비히 마르쿠제의 책을 내보이며 설명을 했다.

"이걸 번역하면 백사십만 원은 받을 수 있게 돼. 석 달이면 해낼 수 있을 거야. 그럼 해결될 것 아냐?"

정명욱이 그 책을 들고 이곳저곳을 뒤져보더니,

"이것 독일어 아녜요?" 하고 불안한 표정을 지었다.

"사전 찾아가며 할 작정이니 걱정 말아요."

나는 자신만만하게 말했다.

"그러나 그 번역이 끝나야 돈이 될 게 아녜요?"

"그렇긴 해."

"그러니 그동안은 이걸 쓰세요."

"그동안의 일은 걱정 없어. 통장에 다소 남아 있으니까."

"통장에 있는 것은 비상용으로 할 작정하고 손대지 마세요."

"그렇게 합시다."

내가 이렇게 순순히 승낙하자 정명욱의 얼굴이 활짝 꽃피듯 했다. 그러고는 어린애가 어른에게 무언가를 조르듯 하는 아연한 표정으로 바뀌가면서 속삭였다.

"나 오늘 밤 집으로 돌아가기 싫어."

분명히 토요일은 아니었지만 나도 다음과 같이 속삭였다.

"내가 부탁을 하려고 했어. 오늘 밤은 나와 같이 가자구."

루트비히 마르쿠제의 책을 번역하는 것이 나의 일과가 되었다. 생각하기보다는 어렵지 않았다. 자기의 편력을 기록한 것이 대부분이었기 때문에 문장이 비교적 쉬운 편이었다. 하루 원고용지 삼십 매의 분량으로 진행할 수 있었다. 그런 속도를 지속하면 두 달 안으로 완성할 수 있을 것 같았다. 두 달 안에 완성한다는 것은 두 달 동안에 백사십만 원을 번다는 뜻으로 풀이되는 것이다.

나는 우리로선 상상도 못할 생활의 폭을 가진 그의 기록을 통해 많은 경험을 얻는 느낌이었다. 돈을 번다는 의미 이상의 것이 있을지도 몰랐다.

어느 부분에서 배성환이 루트비히를 원칙이 없는 사람이라고 한 까닭을 알았다. 소비에트 러시아에 관심을 갖고 그곳으로 직접 가보기도 하면서도 궁극적으로 루트비히는 반소적反蘇的이었다.

다음과 같은 대목이 있다.

—앙드레 지드의 기행은 신경질적으로 되어 있다……. 1931년 5월 13일. 스페인에서 승원이 불탔다. 지드는 쓴다. '이런 폭행에 충격을 받았다는 사람에게 묻고 싶다. 어떻게 병아리가 껍질을 깨지 않고 달걀로부터 나올 수 있을 것인가.'

1931년 11월 15일. 지드는 썼다. '나는 칸트를 생각한다. 칸트는 프랑스혁명에 관한 뉴스를 듣기 위해 그의 습관으로 되어 있던 아침 산책을 중단했다. 나도 러시아의 뉴스가 듣고 싶다.' 1935년, 스탈린이 정치적 숙청을 시작했다. 10월 30일, 지드는 쓰고 있다. '얼마 전까지 스탈린은 인간이 소중하다는 생각을 하고 있었다. 모럴의 문제가 사회적 문제보다 중요하다고 느꼈던 것이다. 그런데 지금 그는 사회적 상황을 수정해야겠다는 생각을 하고 있다.' 이상이 소비에트 여행 전의 소비에트에 관한 지드의 기록이었다. 여행 후, 1937년 여름. 지드는 레닌의 『국가와 혁명』을 기억 속으로부터 인용한다. '종래, 결국 행정적 기구의 강화로 낙착되지 않은 어떤 혁명도 없었다.' 지드는 이에 덧붙여 '헌데 소비에트 연방은 어떻게 되어 있는가. 무서운 관료정치. 보다 가혹한 행정기관.'을 들먹이며 억압을 없앤다는 명목으로 만들어진 소비에트 국가의 무서운 억압에 관해 긴 문장을 계속한다.

나는 이 부분을 번역하며 시냐프스키를 상기하고 시냐프스키의 책을 꺼내 위의 루트비히가 인용한 문장에 대비되는 곳을 찾았다. 지드의 소비에트 여행이 있은 지 삼십 년 후 소비에트의 작가 시냐프스키는 무서운 탄압 속에 있으면서도 이런 문장을 남기고 있는 것이다.

—우리들은 새로운 신에게 우리들의 생명·피·육체를 바쳤을 뿐만이 아니라 우리들의 무구한 혼을 제물로 바치곤 그것이 갖은 오욕을 받도록 내맡겼다.

착한 사람일 수 있다는 건 좋은 일이다. 잼이 섞인 차를 마시는 것도 꽃을 재배하는 것도, 사랑도, 용서도, 폭력으로 악에 대항하지 않는 것도, 그밖에 갖가지 박애주의도 좋다. 그러나 이러한 것이 누구를 구제했단 말인가. 이 세상의 무엇을 바꿨는가. 늙어빠진 동정童貞과 처녀들, 인색하게 결백한 양심을 저장해놓곤 사후의 양로원에 미리 자리를 확보해둔 이들 이기적 휴머니스트들이 한 짓이 무엇이란 말인가.

우리들이 원한 건 우리 자신들만의 구제가 아니었다. 전 인류의 구제였다. 감상적인 한숨, 개인적인 자기완성, 기아 구제의 자선흥행 대신 우리들은 기왕엔 있어보지 못했던 최량의 표본, 우리들을 맞이할 빛나는 목적을 따라 세계의 수정에 착수했던 것이다.

결국 시냐프스키는 감옥으로 들어갈 수밖에 없었다. 이래도 공산주의가 겁나지 않는가. 끝내 진실에의 동경을 잃지 못하겠다면 공산주의와 나와의 사이에 일정한 거리를 둘 수밖에 없는 것이다.

사람은 나름대로 살밖엔 없다.

나는 나의 문학의 주제가 이런 문제의 언저리에 있는 것이 아닐까, 하는 생각을 해보게 되었다.

조카 형식이 회오리를 몰고 올라왔다.

"우윗, 우윗." 하는 짐승이 포효하는 것 같은 이상한 소리가 들려 나가 보았더니 트렁크랑 보퉁이는 팽개쳐 놓고 아파트 앞 좁은 뜰에서 놀고 있는 어린애들을 향해 돌진하면서 형식이 질러대는 소리였다.

아이들 쪽에서도 환성이 일었다.

와 하고 밀려가더니 일제히 형식에게 달라붙었다. 두 달 전쯤에 일주일쯤 사귀었다는 그 정분이 한꺼번에 되살아난 모양이었다.

"흠, 호길이란 놈 제법 컸구나."

"준철인 아직도 오줌싸갠가." 하며 형식은 일일이 이름을 들먹이며 애들을 얼러댔다. 언제 애들의 이름은 다 외웠을까. 참으로 귀신이 탄복할 지경이었다.

애들을 조랑조랑 달고 깔깔대고 웃기도 하고 웃기기도 하고 있던 형식이 내 모습을 보자,

"이거 안 되겠다. 우리 삼촌에게 절부터 먼저 해야 하는 긴디." 하고 애들을 떼어놓곤 트렁크는 들고 보따리는 어깨에 메고 계단을 올라왔다. 나는 방에서 절을 받고 고향의 소식을 물었다.

"다 편합니더." 하곤 씨익 웃었다.

"헌데 삼춘, 걱정 마이소."

"무슨 걱정을 말라는 거니."

"사정상 하숙을 해야겠다고 하고 그 비용을 삼촌이 대주겠다고 말하더라고 했더니예, 하숙비 반과 용돈 반을 아부지가 부담하겠답니더. 솔직한 얘기로 나는 그러지 말라고 했지예. 삼촌에게 전액을 부담시켜야 한다고 고집을 부렸지예. 그래도 아버지는 안 된다는 깁니더. 삼촌은 아직 장가도 안 가고 월급을 받아도 별 수 없을 것인께 그런 부담을 시켜선 안 된다 않캅니꺼. 하는 수 없이 내가 졌어예. 삼촌 명심하이소. 삼촌은 참말로 좋은 형님 가졌습니더."

이렇게 한바탕 떠들곤 트렁크를 열었다. 잡동사니가 들어 있는 한구

석에서 큼직한 종이뭉치를 꺼냈다.

떡이었다.

"떡은 뭣하러."

내가 물었다.

"아파트 사람들에게 조금씩 나눠줄 작정입니더. 대학에 입학했다는 축하를 할 참이지예."

그러고는 떡 몇 조각만 남겨놓고 형식이 떡 꾸러미를 들고 나갔다.

형식이 나간 동안 나는 멍청히 앉아 있었다. 놈의 행동이 이번에도 기상천외하여 나의 의표를 찌른 것이다.

삼십 분쯤 후에 헐떡거리며 돌아온 형식을 보고 한마디 안 할 수가 없었다.

"이제 대학생이 되었으면 조금 침착하게 굴어야지."

형식은 의아한 표정으로 나를 바라보고 있더니 내 말뜻을 겨우 알아차린 모양으로,

"점잖게 행동하라 이 말씀이죠." 하고 씨익 웃었다. 그러고는 퍼져 앉더니 다음과 같은 말을 늘어놓았다.

"삼촌, 난들 공자님을 통째 삶아 묵은 것처럼 점잔을 뺄 수 있어요. 고등학교 때 연극부에도 관계가 있었으니 무슨 연기라도 해낼 수 있어요. 그러니 필요에 따라 얼마라도 점잖게 굴 수 있으니까 안심하시이소."

"누가 너더러 연기를 하라고 하느냐. 자세를 근본적으로 고치라는 거지."

"허어 참, 삼촌. 근본적이란 게 어디에 있습니꺼. 촌놈 서울에 와갖고 연기 안 하고 우찌 살 깁니꺼. 나는 대학생 노릇을 할라꼬 서울에 온 깁니더. 말하자몬 대학생으로서 연기를 멋지게 할라는 깁니더. 삼촌은 세

상 물정을 좀 아는 줄 알았더니 영 파이네예. 연기 않고 세상을 우떻게 살 깁니꺼."

선불리 삼촌으로서의 충고를 했다가 나는 수세에 몰리게 되었다.

"요컨대 사람은 성실해야 한다는 말이다."

했을 때의 내 말은 거의 비명에 가까웠다. 그런데 이것이 또 형식에게 반격의 기회를 준 결과가 되었다.

"성실 없이 좋은 연기자가 되는 줄 압니꺼. 바꿔 말해봅시더. 연기로서 성공할 수 없는 성실이 맥이나 출 줄 압니꺼. 연기를 하는 데 성실하면 되는 깁니더. 그 이상의 성실은 필요 없어예. 그 이상으로 성실할라 쿠몬 나는 서울까지 올 필요도 없었던 깁니더. 비싼 돈 디려갖고 대학에 다닐 필요도 없는 깁니다. 시골에서 농사나 지으며 아버지를 거들고 책이나 사서 주경야독하몬 최고로 성실한 사람이 될 수 있는 깁니더. 그럼에도 불구하고 왜 대학엘 다닐 생각을 했느냐. 남은 몰라도 내 사정은 보다 넓은 무대에서 놀아보자, 내 연기의 폭을 넓혀보자, 이깁니더. 그래서 나는 내 연기에 필요한 공부 이외는 안 할 끼다 하고 마음을 먹은 기거던요. 똑바로 말해 나는 고등고시에 필요한 책 이외의 책을 사지도 않을 것이며 읽지도 않을 깁니더. 도중에 생각이 바뀌면 몰라도요. 나는 그런 방침을 관철하는 데 성실할 참입니더."

"알았다, 알았어." 하고 나는 이윽고 항복하고 말았다.

"삼촌은 떡보따리를 싸들고 내가 이 아파트의 방방을 찾아 돌아댕기는 기 경박스럽다고 생각하고 있는 기요?"

형식이 싱글싱글하며 물었다.

"알긴 아는군." 하고 나도 웃었다.

"그런디 그런 기 아닙니더."

형식이 말소리를 낮추었다.

"나는 만일 무슨 선거라도 있을 때 내가 출마했다고 치고 단 한 표라도 더 얻을 수 있도록 행동하고 있는 깁니더. 가령 이 아파트에선 나와 같은 행동을 하지 않고선 많은 표를 얻지 못 합니더. 떡보따리를 들고 아무 방에나 밀고 들어서며 아주머니, 하고 부르곤 절을 꾸벅 하고 떡을 갖다주면예, 십 년쯤 친했던 사람처럼 되어버리는 깁니더. 내 나이, 내 처지로선 그렇게 할 수가 있거던예. 요 다음 무슨 일이 있어서 내가 출마했다고 하입시더. 그로써 표를 얻을 수 있을까 없을까는 몰라도 수월하게 선거운동을 할 수 있는 터전은 잡힌 것 아닙니꺼?"

이건 정말 놀라지 않곤 배겨낼 수 없는 말이었다. 그래 물었다.

"너 어린애들허구 어울려 노는 것도 그런 의도로 하는 짓인가?"

"어렵쇼. 어린애들은 노리개 아닙니꺼. 세상에 어린애들보다 재미나는 노리개는 없어예. 난 어린애를 좋아합니더. 하모니카를 불고 내가 선두에 서면 온 동네 아이들이 내 뒤를 줄줄 따라옵니더. 신이 나거든요. 어디쯤에 내가 하숙할지 모르지만 나는 앞으로 그곳의 골목대장을 할 참입니더. 어린애들허구 표하고는 아무 관계 없습니더. 내가 하숙을 나가도 일주일에 한 번쯤은 여게 와서 이 아파트 어린애들허구 어울릴 참입니더."

나는 어느덧 살큼 감동하고 있는 나 자신을 발견했다. 형식의 말은 우악스럽긴 해도 그 바닥엔 비단결 같은 마음이 있는 것이다.

"형식아."

"예?"

"우리 구차스러워도 이 아파트에 같이 있을까?"

형식은 주춤하는 표정으로 되더니 곧 그 표정을 풀었다.

"그건 안 되겠습니더."

"왜?"

"삼촌에겐 독립된 성이 있어야 한다는 것을 알았거든요."

"성?"

"캐슬이란 성 말입니더."

"어떻게 그런 걸 알았니?"

"아버지가 삼촌과 같이 있으면 안 되겠느냐고 했지만, 삼촌은 좋다고 해도 내가 안 되겠다고 버텼어요."

"……."

"그라고 돈 걱정은 마이소. 하숙비와 용돈의 반은 삼촌이 부담해달라 꼬 했지만 형편이 어려우면 그럴 필요가 없습니더. 이래뵈도 난 부잡니 더. 국민학교 육 년 동안에 저금해놓은 돈을 찾고 거게 조금 보태어 중 학교 일학년 때 암송아지 두 마리를 사서 배내길 주었더니 지금 스물세 마리로 불어 있습니더. 한 마리에 삼십만 원을 받는다고 해도 칠백만 원 가까운 돈 아닙니꺼. 그러니 그걸 팔아도……."

나는 얼른 형식의 말을 막았다.

"너 그런 걱정은 말어. 하숙비와 용돈의 전부라도 내가 거뜬히 부담 할 수가 있다."

"그럴 필요는 없어요. 반만으로 돼요. 아버지와 그렇게 결정했는걸요."

"좋아, 아무튼 반은 내가 부담하겠다. 그건 그렇고 오늘은 밖에 나가 식사를 할까?"

"그럴라몬 숙모님을 모셔야 안 되겠습니꺼."

형식이 말하는 숙모란 물론 정명욱이다.

"좋지."

나는 형식을 데리고 아파트를 나왔다.

담배가게의 공중전화에서 명욱에게 전화를 걸었다.

"형식이 왔어."

하자,

"아, 그래요." 하고 반기는 소리가 전화통을 넘쳐 나왔다.

"전화 좀 바꿔주이소." 하는 바람에 송수화기를 넘겨주었더니 형식이 대뜸,

"숙모님." 하고 부르는 것이 아닌가.

정명욱의 놀라는 표정이 눈에 보이는 것 같았다. 무슨 소릴 하는진 들리지 않았다.

"아부지에게 숙모님 자랑 되게 안 했습니꺼. 나도 숙모님 같은 마누라 구할 끼라고도 했지요. 그랬더니 입학식도 안 한 놈이 여편네 얻을 생각부터 먼저 하느냐고 나무래더먼요. 그러나 좋은 숙모님 만났다고 한께 되게 기뻐합디더……." 하고 있는데 공중전화의 숨이 끊어진 모양이었다. 삼 분이 넘으면 그렇게 되는 거라고 했더니 형식은 제기랄이란 말이 튀어나올 듯한 표정으로 송수화기를 걸며,

"서울 인심 고약하다는 걸 전화통이 알려주는 모양이구마." 하고 혀를 찼다.

점이 공간이 아니듯 현재는 시간이 아니다 _짐멜

사람이란 약간 들뜬 기분이 될 경우도 있다. 가령 그날 밤처럼…….

이월 말인데도 사월 말의 저녁나절 같은 기온이며 공기며 곱게 치장한 거리를 괴물을 닮은, 조카를 닮은 청년을 데리고 정명욱의 상냥한 웃음을 마중하러 걸어가고 있을 때 나는 약간 들뜬 기분이 되지 않을 수 없었다.

더구나 우리가 걸어가고 있는 노순路順이 또한 이 나라에선 최고로 매저스틱한 길인 것이다. 청와대·경복궁·중앙청을 옆으로 낀 최고로 포장된 도로, 최고로 청소된 도로, 최고로 정비된 도로였으니까 말이다.

형식도 권좌에 대한 경의만은 지켜야 한다는 자각쯤은 가진 모양으로 숨소리마저 억제하고 걷다가 경복궁 담이 끝나는 지점에 와서야,

"휴우."

한숨을 쉬곤,

"발뒤축 소리가 되게 커서 민망스럽던데."

하며 씨익 웃었다.

"그러니까 고무바닥 댄 신을 신어."

징까지 박아 덜거덕거리는 신을 신고 아파트의 시멘트바닥에 요란스

런 소리를 내고 돌아다니는 형식에게 벌써 했어야 할 말을 그제야 했다.

"고무바닥을 대놓으몬 구두 신은 기분이 나야재 뭐."

"촌놈 할 수가 없군."

"그럼 삼촌은 서울놈 됐다 이겁니까?"

여기까진 형식이 그래도 말소리를 가만가만 하더니 중앙청 모퉁이를 돌면서 아연 옥타브를 올렸다.

"촌놈이라도 서울깍쟁이 안 바꿔줄 끼거만."

"너 말 왜 그렇게 하니?" 하고 나는 형식을 나무라줄 참으로 시작했다. 역시 들떠 있던 탓이다.

"내가 뭐라 캤는데예."

"아까 너 서울 인심 고약하다고 했지?"

"그럴 만 안 합니꺼. 통화료 이십 원에 삼 분이면 너무 짜다 아닙니꺼."

"그것하구 서울 인심허구 무슨 관계가 있어."

"물론 체신청에서 정한 긴께 서울하고 관계는 없겠지예. 그러나 기분이 그렇다, 이겁니더."

"그러나 아무리 농담이라도 터무니없는 말을 하면 안 되는 거라." 하고 나는 웃음을 섞었다.

"터무니가 약간 없어야 농담이 되는 것 아닙니꺼."

"그것도 정도 문제야. 서울깍쟁이가 뭣고, 서울 인심 고약하다는 건 또 뭣고."

"모두들 그렇게 말하데예."

"우리 고향엔 서울 인심 욕할 만큼 인심이 훈훈하나?"

잠자코 듣고 있더니 형식이 불쑥 말했다.

"이상하네예, 오늘 밤의 삼촌은."

"뭣이?"

"아무 것도 아닌 말을 갖고 트집을 잡을라 안 쿱니꺼."

나는,

"앗하." 하고 웃었다. 그리고 다음과 같이 이었다.

"난 오늘 밤 자네에게 서울 사람에게 관한 설명을 할 작정이다. 그래서두 겸 그렇게 시작해본 것뿐이다."

"설명 좀 해보이소."

"설명을 하라고 하니까 김이 빠져버리는구나. 그다지 알맹이가 있는 얘기는 아냐."

"알맹이가 있어야 꼭 이야기가 되는 깁니꺼."

나는 형식에게 다소의 참고는 될 것이 아닌가 하는 마음으로 다음과 같은 얘기를 했다.

재작년 겨울에 있었던 일이다. 무교동 어느 술집에서 우연히 정치부 기자 몇 사람과 어울렸다. 그 가운데 청와대 출입기자 L씨가 있었다. 한창 술잔을 주거니 받거니 하고 얘기꽃을 피우고 있는데 탁자 위에 놓여 있는 L씨의 담배 케이스가 눈에 띄었다. 사각형으로 네모가 난 진유眞鍮 테의 케이스였는데 겉은 까만 가죽이었다. 무심코 들어봤더니 아주 가벼웠다. 그만한 부피의 깃을 든 것 같은 무게였고 촉감이 또 그러했다. 게다가 담배를 한 개비씩 늘어세울 정도로 얇았다. 가볍고 단단하고 얇고 우아하고 포켓에 넣어도 조금도 부담스럽지 않을 것 같아 담배케이스로서 일품이란 생각이 들었다.

그래 물어보았다.

"이것 국산품입니까."

L씨는 빙그레 웃는 얼굴로 나를 보고 있더니,

"아마 국산은 아닐 겁니다. 작년 대통령을 따라 뉴질랜드에 간 적이 있었는데 그때 대통령이 동행한 기자들에게 선물로 준 거요."라고 했다.

"썩 좋은데요." 하고 나는 납득이 간다는 뜻으로 고개를 끄덕였다.

그러고도 나는 그 술자리가 진행되는 동안, 틈을 보아서라기보다 자주 그 담배케이스로 시선을 돌렸다. 간혹 만져보기도 하고 여닫아보기도 했다. 나는 무엇을 만드는 덴 전연 소질이 없으면서도 그다지 크지 않은 물건으로서 정교하게 된 것이 있으면 관심이 끌리곤 하는 버릇을 가지고 있었다. 귀금속점을 비롯해서 완구점 같은 데의 쇼윈도에 붙어서서 넋을 잃을 때도 간간이 있었던 것이다. 어느 상품이 정교하다는 것은 정교한 기술의 소산일 테고, 그 정교한 기술은 거기에 맞먹는 정신의 정교함을 뜻하는 것이란 인식이 감동적이 아닐 까닭이 없었기 때문이다. 정교하다는 것은 또한 고독하다는 뜻이기도 했다. 그러나 공동에 찬바람이 부는 그런 고독이 아니라 남과 단절된 시간이면서도 차분한 염원에 꽉 차 있는 고독 같은 것, 그것이 나의 곧 동경이기도 했기 때문에 나는 그날 밤, 어딜 돌아보아도 조잡한 물건들이 너절한 그 장소의 유일한 정교라고 할 수 있는 그 담배케이스에 마음을 빼앗겼던 것이다.

술자리가 끝나고 그 집에서 나왔다. 나는 인사를 하고 그들 옆을 떠났다. 댓 발자국 떼어놓았을 때,

"서형." 하고 부르는 사람이 있었다.

되돌아보았다. L씨였다.

가등에 비친 L씨의 얼굴에 수줍은 웃음이 있었다.

L씨는 포켓에서 아까의 담배케이스를 꺼내선 내 앞에 쑥 내밀었다.

"서형의 마음에 든 것 같아서." 하는 말과 동시에,

"내겐 또 하나 있습니다. 사양 마시고 이것 가지십시오." 하고 얼른 내 포켓에 그 담배케이스를 밀어넣어 놓곤 총총히 일행이 있는 곳으로 되돌아가버렸다.

나는 순간 당황했지만 어쩔 수가 없었다. 뒤쫓아가기도 쑥스러웠다. 한편 그 정교하게 만들어진 물건을 갖게 된 것이 한량없이 기쁘기도 했다. 물론 후회도 있었다. 남의 물건을 탐하는 것처럼 눈독을 들인 꼴로 보이지 않았나 하는 기분이기도 했던 것이다.

그런데 다음에 만나 고맙다는 인사를 할 겨를도 없이 이른바 기자파동이란 것이 발생했다. L씨는 그 파동에 있어서 리더의 한 사람이었다. 이윽고 L씨는 퇴사하고 말았다.

뒤에 안 일이지만 L씨는 그 담배케이스를 두 개 갖고 있지 않았다. 청와대 출입기자의 수에 맞추어 산 것인데 어느 기자에게만 한 개를 더 줄 리가 없었고 L씨 자신이 남은 한 개를 받았는데 두 개를 받을 인품이 아닌 것이었다. 요컨대 L씨는 내가 그 담배케이스를 마음의 부담을 느끼지 않고 받을 수 있도록 하기 위해 자긴 하나 더 가지고 있다고 말한 것이다.

물건을 주는 행위, 즉 선심을 쓰면서도 그만한 배려를 한다는 건 퍽이나 세련된 심정이라고 느끼고 나는 오랫동안 그런 세련된 심정이란 것에 대한 생각을 해보기도 했다. 그러다가 어떤 기회에 나는 L씨가 오대째의 서울 사람이란 사실을 알았다. 그래 문득 L씨의 그런 매너와 그가 서울 사람이란 사실과 무슨 관련이 있지나 않을까 하는 생각을 해보게 되었다. 그리고 세밀하게 서울 사람들을 관찰하는 눈을 가졌다. 아니나 다를까 토박이 서울 사람들은 남으로부터 무엇을 받는다든가 얼어내는 데 있어, 우리 경상도 사람관 전연 달리 굉장히 수줍어하는 동시 남에게 물건을 줄 때도 수줍어한다는 것을 알았다. 예를 들면 우리 경상도인은 집에서 잔치를 했을 때 장만한 음식을 거리낌 없이 이웃 사람들에게 돌린다. 음식을 돌리면 당연히 받는 사람들이 좋아하리라 믿으며,

"이것 한번 먹어보이소." 하고 호기 있게 주는 것이다.

그런데 서울인은 그렇지가 않다. 이 보잘것없는 음식을 돌렸다가 괜히 남에게 폐를 입히는 꼴이 되지 않을까, 식성에 맞지도 않은 음식을 받아 거북하게 느끼지 않을까, 혹시 돌리는 동안 병균 같은 것이 섞여 식중독을 일으키는 결과가 되지 않을까, 이런 것을 생각하곤 그만두는 게 낫겠다고 음식 돌리는 것을 포기한다. 그리고 그런 사고방식을 바탕으로 미리 이웃에 돌릴 만큼 음식을 만들지 않는다. 이처럼 음식을 주기가 아까워서가 아니라 마음씀이 섬세해서 푸짐한 선심을 쓰지 않는 것이다. 그것이 호기로운 경상도 사람의 눈으로 볼 때 깍쟁이로 보인다.

또 나는 이런 것을 보았다. 내가 먼저 있던 하숙집엔 고등학교에 다니는 학생이 있었는데 간혹 친구들이 찾아오곤 했다. 그런데 그 친구들은 반드시 학생을 문간으로 불러내어 물을 말을 묻고 빌릴 노트나 책을 빌리곤 그 자리에서 돌아갔다. 피차 입학시험 공부를 하는 처지에 남의 방해가 안 되겠다는 마음먹이다. 이편에서 초청한 경우, 특수한 경우가 아니고선 나는 하숙집 학생을 찾아온 친구들이 집 안에 들어서는 것을 보지 못했다. 경상도 학생인 경우엔 집 안에 친구가 있다는 확인만 하면 밖에서 부를 것도 없이 그냥 방으로 몰려든다. 심지어는 뭐 먹을 것 없느냐고 익살을 부리기도 한다. 학생이 아닌 사회인일 경우라도 서로 친한 사이면,

"있나?" 하고 들어서선,

"있다."는 대답이 있으면 허물없이 격식을 차리지 않고 안으로 쑥 들어가선,

"아주머니요, 술이라도 한 잔 가지고 오이소." 하는 따위로 능글거리는 게 경상도인의 버릇이다. 그런데 서울인일 경우 아무리 친한 사이라도 그렇게 하는 예는 드물다.

나는 대강 이런 말을 하고 다음과 같이 결론을 지었다.

"물론 서울 사람이면서 경상도인의 기질을 닮은 사람이 더러는 있을 게고 경상도인이라고 해도 서울 사람 이상으로 섬세한 매너를 가진 사람도 있을 테지만 나는 L씨의 그러한 심정, 그러한 매너에 서울인적인 것을 느낀 거다. 서울 사람은 원래 도시인으로서 살아왔기 때문에 선심을 쓸 때도 그 범위가 너무 넓고, 많은 사람들 틈에 살려니까 인간관계가 복잡하고 해서 남에게 폐를 끼치지 않도록 사는 것이 최량의 생활방식이라는 심성에 익숙한 탓으로 그런 매너가 생겨난 것이라고도 하겠지만 나는 나의 관찰을 통해서 역시 서울인은 섬세하고 얌전하고 깔끔하다는 인식을 갖게 된 거다. 그래 서울깍쟁이니 하는 말을 함부로 안 하기로 했다."

형식은 묵묵히 듣고 있더니,

"그런 것이 이른바 문학적인 인식이라고 하는 기거만요." 하고 그답지 않게 차분히 말했다.

"문학적 인식에 앞서 인간적인 인식이겠지."

오늘 장광설을 한 것이 조금 부끄럽기도 해서 이렇게 얼버무렸다.

"앞으로 서울 사람 대할 땐 되게 신경을 써야겠네예."

"자네의 바탕 그대로 행동할 일이지 그렇다고 해서 엉뚱한 신경을 쓸

것까지야 있겠냐만 솔직하고 직선적이기도 하면서 섬세한 심정, 델리케이트한 사고방식을 가진다는 것도 중요한 일이 아닐까?"

"이래저래 어렵게 되었구만." 하더니 형식이 물었다.

"그런데 아까 말씀하신 그 담배케이스는 가지고 계십니꺼?"

"없어." 하고 나는 웃었다. 웃은 까닭은 그 담배케이스를 L씨로부터 얻은 후 며칠 안 가서 경상도 친구에게 넘겨주고 말았다.

"서울인에 대한 코페르니쿠스적인 인식을 갖게 한 기념적 물건을 없애버렸다니 될 말입니꺼."

형식이 빈정대는 투가 되었다.

나는 그것을 넘겨준 경위를 설명했다. 그랬더니 형식이 하는 소리가 그런대로 위트를 띠고 있었다.

"서울인적으로 얻은 담배케이스를 경상도인적으로 넘겨주었구면요."

그처럼 섬세한 심정에 관한 얘기를 했으니 조금쯤 달라질 것이란 기대를 한 건 아니지만 형식이 정명욱을 만나자마자,

"숙모님." 하고 어리광조로 나오는 덴 정말 어리둥절했다.

"어디로 갈까요?" 하는 명욱의 말엔,

"불고기를 실컷 먹여주는 데로 데려다주이소." 하는 따위로 서슴이 없었다.

헌데 그게 정명욱에겐 반가운 모양이니 안심은 되었지만 명욱이 서울 사람이었고 보니 다소의 불안이 없을 순 없었다.

"그럼……." 하고 명욱이 내게,

"당주동 그 집으로 갈까요?"

물었을 때 형식이 또 하지 않아도 될 말을 끼워넣었다.

"비싼 덴 가지 마이소. 삼촌은 실업자고 숙모님은 박봉 월급쟁이인데

괜히 과용해갖고 후회 안 하도록요."

명욱이 어이가 없었던지 애매하게 웃곤 눈짓으로 나의 동의를 청했다.

"당주동으로 갑시다." 하고 내가 앞장을 섰다.

당주동 그 집은 거의 만원을 이루고 있었다. 가까스로 큰방 한가운데 쯤에 자리를 얻을 수가 있었다. 바로 옆에도 손님이 있었다. 형식이 이 곳저곳을 두리번거렸다. 딴으론 주위의 손님들이 어떤 종류인가 하고 관찰을 하는 모양이었다.

형식의 옆구리를 쿡 찔렀다. 그리고 낮은 소리로 주의를 주었다.

"그렇게 두리번거리지 말어."

"촌닭 장에 온 기분이거마예."

형식의 그 소리가 너무 컸기 때문에 바로 옆자리에 있던 중년신사가 힐끔 돌아보았다.

"학생 뭘을 할까요, 갈비? 불고기?"

명욱이 물었다.

"뭐든 좋습니다. 맛있고 배만 부르면."

형식의 텁텁한 답이었다.

명욱이 내겐 눈으로 물었다.

"불고기로 하지."

내가 이렇게 말한 것을 형식이 갈비를 뜯는 동작을 예상하고 거기에 신경이 쓰였기 때문이다.

고기가 오고 숯불이 왔을 때 나는 소주를 시켰다. 그러자 대뜸 형식의 말이 있었다.

"나는 술 안 묵을 깁니더. 아부지하고 약속했거던예. 검사가 되기 전 엔 술 안 묵을 끼라고."

대각선 건너편에 앉아 있던 청년이 술잔을 입에 갖다대다 말고 형식을 일순 스쳐보는 것 같더니 얼른 술잔을 비우고 고개를 돌렸다.

나는 얼굴이 화끈하는 느낌이었다.

그걸 또 어느새 눈치를 챘는지 형식이,

"헷헤. 삼촌, 나의 이런 매너 되게 비서울적이지예."

한 것까진 좋았는데,

"숙모님." 하곤 익살을 부리기 시작했다.

그러고는 첫마디가,

"삼촌 문학 할 수 있겠어예. 좋은 소설가 될 깁니더."

나는 그 자리에 앉아 있을 기분이 되질 않았다. 바로 옆자리에 있던 일행 네 사람의 손님이 그때 일어서지 않았더라면 나는 화장실에 간다는 핑계라도 대고 슬큼 꺼져버릴 생각까지 했었다.

형식은 아까 내가 말한 서울인에 관한 얘기를 명욱에게 샅샅이 고해 바치기 시작했다. 듣고 있으니 어안이 벙벙했다. 내 말을 귀담아 들었던 모양으로 내가 한 순서 그대로 내용 한 군데 빼지 않고, 단 자기의 레토릭을 간간이 섞어 나를 비판까지 하며 말을 엮어나갔다.

나는 그만두라고 제지할 수도 없었다. 정명욱이 그 얘기에 대단한 흥미를 가진 것 같았기 때문도 있었지만 서툴게 제지하다가 듣지 않으면 위령불행威令不行으로 소위 삼촌이란 것의 체면이 말이 아닌 것이다.

나는 잠자코 술을 마셨다.

형식은 불고기를 씹고 있으면서도 연신 얘기를 계속하고 있더니,

"숙모님, 삼촌은 서울인의 섬세한 심성 또는 매너에 대단히 탄복하고 계시는 모양이지만 서울 사람의 그런 섬세한 심성을 이해할 수 있었다는 삼촌의 심성도 여간 섬세한 게 아니지 않습니꺼. 그런께 경상도 사

람도 서울 사람 못지않게, 아니 그 이상으로 섬세하다, 이 말입니더. 안 그렇습니꺼?" 하고 동의를 구했다.

그러자 명욱은 씹고 있던 것을 마저 씹어 넘기곤 보리차를 한 모금 마시고 진지한 표정이 되었다.

"학생."

"학생이라고 하지 마이소. 조카라 하던지 형식이라고 이름을 부르든지예."

형식이 불만스럽다는 시늉을 했다.

명욱이 살큼 미소를 띠었다.

"그런 건 중요한 문제가 아녜요."

그러고는 조금 사이를 두고 조용하게 말했다.

"학생의 삼촌은 경상도인이니 서울인이니 하고 들먹일 인물의 차원은 넘어서 계시는 분예요. 세계인으로서의 견식을 가진 훌륭한 분예요. 학생의 삼촌이라고만 알고 마구 어리광 마세요. 학생이 훌륭한 사람이 되려면 먼 곳에서 스승을 찾을 것이 아니라 삼촌한테서 스승을 찾아야 할 거예요."

나는 아직껏 그때처럼 당황해본 적이 없다. 엉겁결에,

"욱이 무슨 그런 소릴 하지?" 하는, 둘만 있을 때 쓰는 말이 튀어나왔다.

"우린 가만 계세요."

명욱도 엉겁결에 이렇게 응수했다.

형식은 여느 때와는 다른 명욱의 태도를 짐작했음인지 잠자코 있었다.

"나는 학생이 좋아요. 패기가 있고 청년답구 장차 이런 조카를 가졌다는 것을 자랑하게 될 거예요. 그러나 학생, 내 솔직한 말 한마디 할까요?"

"하십시오." 하고 형식이 명욱의 다음 말을 기다리는 자세를 취했다.

"약간 자존심이 상해도 용서하세요."

명욱이 장난스런 표정으로 살큼 웃곤 말했다.

"학생은 장차 검사나 판사는 되겠지만 삼촌처럼 훌륭한 인물이 되진 못할 거예요. 삼촌에 대한 인식이 너무너무 부족한 것 같아서 참고로 드린 말예요. 용서하세요."

"나도 아닌 게 아니라 그런 생각하고 있습니다." 하며 형식은 구김살 없이 웃었다.

"그럼 됐어요. 불고기 더 시킬까요?"

"더 시켜주이소."

나는 술을 한 병 더 청했다.

"그렇게 자시구?"

명욱이 나를 쳐다봤다.

"난생 처음으로 엄청난 칭찬을 들었는데 술 안 마시고 되겠소."

나는 그렇게라도 말하고 겸연쩍스런 기분을 풀어야만 했다.

형식은 순환열차를 타고 올라오면서 기차간에서 겪은 얘기를 하기 시작했다.

어떤 할머니가 서울에서 하동 가는 기차표를 사서 탔는데 도로 서울로 올라오고 있더란 것이다. 어떻게 해서 그렇게 되었느냐고 했더니 그 할머니는,

"하동에 닿으몬 가르쳐주만다고 말을 한 사람이 아무 말도 없어서 그 사람이 나타날 때까지 기다리고 있는 중이다."라고 했다. 그래 그 사람이 어디에 있느냐고 채차 물어보았다.

할머니의 답은,

"몰라요." 하는 것이었고,

어떻게 생긴 사람이었더냐는 물음에도,

"모른다."는 답이어서,

그럼 어떻게 할 작정이냐고 묻자,

"그 사람 나타나기만을 기다릴 끼요." 하더란 것이다.

식사를 한 것 같지 않아서 떡을 주었더니 잘 먹더란 얘기였고 돈도 없어 보이던데 서울역에 내려 어떻게 되었는지 모르겠다고 했다.

"그래 그 불쌍한 할머니를 그냥 두고 네만 내렸단 말인가?"고 물었다.

"우쩝니꺼 그걸. 그러나 마음에 걸리네요." 하고 형식이 우울한 표정을 했다. 그것은 내가 형식의 얼굴에서 처음 본 우울한 표정이었다.

불고기집에서 나와 나는 형식을 아파트로 돌려보냈다. 약수동까지 가야 할 명욱을 그 밤엔 어쩐지 혼자 보내기가 싫었기 때문이다. 공교롭게 그날 밤이 토요일 밤이었다.

"늦으면 돌아가지 못할 테니까 그리 알고 돌아가서 자라."

고 이르고 명욱과 나는 광화문으로 나와 택시를 탔다.

"욱이 아까 왜 그런 엉뚱한 소릴 했지?"

택시가 움직이기 시작했을 때 물었다.

"못할 소리 했수?"

"괜히 필요 없는 말, 아니 당치도 않은 말을 한 것 같애."

"왜 당치를 않아요? 전 제가 믿고 있는 그대로를 말했어요."

"아니, 지금 한창 성장할 아이를 보구 누구보단 훌륭하게 될 수 없을 것이란 그런 말이 어떻게 가능하지?"

"싹을 보면 알아요. 우리 조카는 세속적으론 틀림없이 성공할 거예요. 검사가 아니라 장차 장관쯤 될지도 모르죠. 그러나 인간적으론 약간 곤란하지 않을까 해요."

"젊은 사람을 두고 그런 망언을 해서 쓰나. 사람은 백 번 되는 건데."

"그러니까 단서를 붙이지 않았어요? 삼촌을 배우라구. 우리를 배울 생각을 한다면야 싹이 있죠."

"나를 끌어넣지 말아요. 훌륭한 것하구 나하군 아무런 상관도 없어."

"그게 또 우리의 좋은 점예요."

"봐줘서 고마워."

"아녜요. 젊은 사람한텐 간혹 따끔하게 일러줄 필요가 있어요. 물론 삼촌한테 하는 어리광이겠죠만 얘기를 그대로 전해도 될 걸 비판 같은 걸 섞는 게 약간 비위에 거슬렸거든요. 전 그런 걸 봐내지 못해요. 제 동생이 그런 투로 나오면 어림이 없어요."

"성장하는 과정엔 그런 익살도 해보고 싶어지는 거요."

"호박에 대침 같은 소리만 하셔. 우리는 그저 조카가 좋아 죽겠는 모양이죠?"

"그렇지도 않아. 억진지 무신경인지 알 수 없는 짓을 하는데 정말 질색이야. 아까 검사가 되기 전엔 술을 안 마시겠다고 했을 때 찔끔했어. 소설가 운운할 때도 그랬고."

"그러니까 그럴 경우엔 따끔하게 일러줘야 해요."

"난 그러진 못 하겠어."

"그건 애정의 부족예요."

"자각에 맡기자는 거지. 애정의 부족은 아냐. 원래 애정이란 게 없으니까. 애정이란 게 있다면 가만있지 않을지도 모르지. 애정도 없는 자가 상대방의 잘못을 나무란다는 건 비난이고 감정표출이거든."

"우리는 너무 정직해요."

"그렇지도 않아."

"그런데 서울 사람의 섬세한 심성에 관한 얘기는 그럴싸해요. 사실이 그런지 아닌지를 골고루 검증할 순 없지만요. 그런 어프로치는 좋다고 생각해요. 역시 우리다 싶으네요."

"그 얘기 내가 한 적이 없었던가?"

"들은 얘기 같기도 한데, 그럴싸하다고 느낀 건 오늘 밤이 처음인 것 같아요."

우리들의 얘기는 형식의 하숙문제로 옮아가고 이어 내가 하고 있는 번역으로 번졌다.

나는 루트비히 마르쿠제로부터 배운 몇 가지 얘기를 했다. 유럽에선 이류로 치는 사상가일지 몰라도 일류에 속하는 발상이 있더라는 얘기였고 그 정도의 사상가도 가지지 못한 우리의 사정에 대한 한탄이 섞였다.

"사상가를 일류 이류로 나누는 기준이 뭐죠?"

정명욱이 장난스럽지 않게 물었다.

"이거 중대한 질문을 받았군."

"한번 대답해보세요."

정명욱의 얼굴이 장난스럽게 변했다.

대답이 없자 명욱이 말을 보탰다.

"적절한 대답을 당장에 못하실 그런 정도이시라면 예사로 일류, 이류란 말을 쓰지 마세요, 네?"

"이것 따끔한데."

"저도 요즘 생각하는 게 많아요. 우리의 도움이 될까 해서 책도 읽구요. 그러다가 느낀 건데요, 요즘 글을 쓰시는 분, 평론하시는 분들이 너무나 무책임한 말을 함부로 쓰시는 것 같애요. 일류, 또는 이류라는 따위의 말이 그런 거라고 생각해요."

"그럼 내가 설명을 해보지."

명욱이 답을 기다리는 눈초리가 되었다.

"어떤 문제이건 대상으로 한 문제의 한계에 대한 철저한 인식과 동시에 그 한계를 초월하려고 하는 의욕이 설득력 있게 전개되어 있는 사상은 일류의 사상이고 그렇지 못한 사상은 그 정도에 따라 이류, 삼류로밖엔 칠 수 없는 사상이다……."

나는 조심조심 이렇게 말했다.

"예를 들면?"

"가장 좋은 예가 불교."

"불교?"

"그렇지, 불교의 근본문제는 생의 문제가 아닌가. 그런데 불교에서처럼 생의 한계가 철저하게 나타나 있는 인식은 드물어. 동시에 불교는 또한 그 한계를 초월하려는 의욕이기도 해. 그리고 그 의욕이 불교에서처럼 철저하고 설득력 있게 전개되어 있는 사상이란 흔하질 않아."

"그럼 우린 불교신도?"

"아니오."

"일류의 사상이라고 하면서?"

"종류로서 따지면 일류에 속한다는 것이지 그렇다고 해서 그걸 신봉하고 안 하고는 별도 문제거든."

"그런 게 어딨어."

"왜 없어. 가까운 예를 들어볼까? 헤겔의 사상은 일류의 사상이라고 인정은 하지만 추종할 수 없다는 사람은 얼마라도 있어. 마르크스의 경우도 꼭 같지. 마르크스의 사상은 랭크하려면 일류라고 해야지. 그러나 추종하진 않겠다는 태도는 있을 수 있잖아? 다른 예를 들까? 바티칸 궁전은 일류의 건축이다, 그러나 거기서 살긴 원하지 않는다. 좀더 구체적으로 말하면 일류의 사상으로서 인정은 한다, 그러나 정당성은 인정할 수가 없다."

"무슨 소릴 하는 거죠? 정당하지 않고서 일류의 사상이 될 수 있어요?"

"모르는 소리 말라구. 아무리 위대한 철학이라도 따져보면 전부 일면적인 것이거든. 세계는 무한히 다양하고 우리의 해석 가능성은 극히 제한되어 있거든. 그러니 어느 사람은 그 일면성을 정당하다고 하고 어느 사람은 그것의 일면성을 지적하고 부당하다고 할 수 있는 거야. 그 많은 기독교도가 있고, 그 많은 비기독교도가 있는 까닭을 생각해봐. 그러니까 다음과 같은 현상도 생기는 거야. 헤겔의 철학을 일류라고 생각하면서도 그것을 등한히 하고 이류라고 인정하면서도 키에르케고르의 철학에 동조하는……."

"알 것도 같구, 모를 것도 같구. 우리의 말은 너무 어려워."

"나는 쉽게 설명하고 있는데두?"

"하여간 어려워. 헌데 우린 앞으로 그런 식으로 글을 쓸 거야?"

"왜?"

"그런 식으로 썼다간 독자가 한 사람도 없겠다."

"걱정 마. 칸트도 헤겔도 마르크스도 각각 독자를 가지고 있으니까."

"결론이 났어."

"무슨 결론?"

"결국 내가 우리를 벌어 먹여야 하겠다는 결론."

"비장한 각오로군."

"그다지 비장하지도 않아."

"그러나 걱정 마시오. 스피노자는 안경 렌즈를 갈아먹고 살았으니까."

"그야말로 비장한 각오로군요."

"비장은 좋아. 적어도 너절하진 않으니까."

택시는 장충단을 올라가고 있었다. 체육관 정면 가득 차게 체육대회의 간판이 걸려 있었다. 돌연 체육에의 향수가 일었다. 팔 다리 몸통 전체를 미치듯 놀려보고 싶어졌다. 어줍잖지만 학년대표, 중대대표의 선수는 되었다. 축구도 배구도 농구도 경주도 태권도도. 별반 이겨보진 못했지만……. 그러나 나는 그 말을 명욱에게 하지 않기로 했다. 그런 화제 아니라도 그 밤은 실컷 즐거웠던 것이다.

약수동으로 빠져 어느 골목의 어귀에 내려섰을 때 문득 기억에 떠오른 게 있었다.

"이 근처에 바가 있었지? 욱의 친구가 한다는."

"아아, 그만뒀어요, 그 사람."

나와 명욱과의 로맨스의 움은 거기서 싹텄었다. 그 기념장소가 없어졌다고 들으니 섭섭한 마음이 들었다.

조금을 걸었을 때 여관의 문등이 보였다. 그곳은 바로 우리들의 로맨스가 컨슈메이트한 여관이었다.

나는 그 문등 앞에 섰다.

"늦고 하니 여기서 자고 갈란다."

"집으로 가요."

명욱이 끌었다.

나는 명욱 어머니의 얼굴을 일순 뇌리에 그렸다. 언제나 겁을 먹은듯

한 표정으로 나를 바라보는 노녀老女.

명욱의 어머니를 만난 것은 네댓 번 되었다. 그때마다 명욱의 어머니는 나를 거북해하는 눈치였다. 결혼식을 미루고만 있는 사위의 후보가 어쩌면 밉게 보이는지도 모른다.

나는 과일점에 들러 사과·배·밀감 등을 이것저것 사모아 한 봉지를 만들었다. 그래도 걸음은 무거웠다.

"어머니가 기뻐하실 거예요."

명욱의 속삭임이 귓전에 있었다.

어머니와의 인사는 끝났다.

"일 년만 더 먹여 살려주이소. 내년 이맘때는 데리고 가겠습니더."

무슨 까닭인지 명욱의 어머니를 만나기만 하면 경상도 사투리가 저절로 나와버린다.

"먹여 살리는 게 어디 대단한 일이유. 정해놓은 일이면 빨리 해야죠."

명욱의 어머니는 이렇게 고지식하다.

명욱은 자기 방을 내게 맡겨놓고 자기는 어머니와 같이 자겠단다.

"자긴 거기서 자더라도 조금 있다가 가요."

하고 나는 명욱의 방을 두리번거렸다. 아무리 보아도 서른 살이 넘은 여자가 혼자 있는 방 같지가 않았다. 국민학교 육학년짜리 계집애와 여중학생과 여고생·여대생, 그리고 직장여성, 줄잡아 여섯 명의 여자가 동거하고 있는 분위기인 것이다. 방이 넓대서가 아니다. 테이블이 있고 앉은 책상이 있고 찬장이 있고 책꽂이가 있고 진열선반이 있고. 헌데 그 곳곳마다에 놓인 세공물·그림·사진 등이 국민학교 학생으로부터 직장 여성까지의 각 계층 여자의 취미를 총망라한 느낌이었기 때문이다.

언제인가 내가 처음 명욱의 방에 왔을 때 이상하다는 눈초리로 방안을 둘러보고 있는 나더러 명욱이 물었다.

"이 방 이상하죠?"

대답을 않고 있었더니,

"전당포 주인 외딸 방 같지 않아요?" 하고 명욱이 웃었다.

그리고 다음과 같이 설명했다.

"물건을 잡긴 했는데 값은 나가지 않구 그렇다고 해서 버리긴 아깝구, 그래서 딸이 주워다놓은 그런 방, 안 그래요."

나는 그때의 그 말을 상기하고 빙그레 웃으며 담배를 피워물었다.

명욱의 동생, 이번 삼월에 고 삼이 된다는 명호가 파자마 바람으로 들어와서 절을 꾸벅했다. 나는 앉으라고 이르고 학교 다니기가 어떠냐고 물었다.

"그저 뭐." 하고 명호는 왼손으로 자기의 중대가리를 쓰다듬었다. 그러곤 돌연,

"서 선생님은 수학을 잘 하신다죠?" 했다.

나는 무슨 말인가 하다가 어느 날 밤 명욱과 수학 얘기를 한 것을 상기했다.

"그건 허위정보다."

"날 거짓말쟁이로 만들 참예요?"

명욱이 나를 째려봤다.

그러자 명호는 후다닥 일어서 나가더니 수학책을 가지고 와서 내 앞에 펴놓았다.

"이 문제는 선생님이 몇 번을 설명했는데도 이해가 안 가요."

"날 테스트할 셈이로구나."

"아아뇨, 절대로 그렇진 않아요."

명호는 얼굴을 붉혔다.

나는 이 소년을 좋아했다. 그런 까닭도 있어 명호가 가리키는 문제를 들여다보았다.

그것은 다음과 같았다.

—평면에 있어서의 사각형 ABCD에 관해 AB, CD 밑 도표 중의 EF의 중점이 일직선상에 있다는 것을 증명하라.

나는 문제를 읽고 고등학교 삼학년에 오를 학생이 이걸 몰라 절절맨다는 게 사실이라면 큰일이란 생각을 문득 가졌다.

그래 말했다.

"날 테스트할 양이면 이런 문제 갖곤 어림도 없어."

"테스트가 아니라니까요."

명호는 정색을 했다.

"참말로 몰라?"

명호는 난처한 표정을 했다.

"이건 유명한 문제야. 유명하다고 해서 어려운 건 아니구. 뉴턴의 정리 아닌가. 설혹 납득은 못하더라도 암기라도 해둬야지." 하고 나는 종이와 연필을 가져오게 해서 그 뉴턴의 정리를 알기 쉽게 풀어주었다.

그렇게 하길 두 번을 되풀이해주었을 때 명호의 얼굴이 활짝 밝아졌다.

"알겠어요. 알겠어요." 하고 명호는 환성을 올리기까지 했는데 기쁨의 정도로 말하면 명욱이 훨씬 더한 것 같았다.

그것이 계기가 되어 수학에 관한 얘기가 다음 다음으로 번져나갔다.

나는 거북보다 열 배의 속도로 달리는 아킬레스가 백 미터 앞에서 동시에 출발한 거북을 영원히 추월하지 못하는 희랍의 산술 얘기도 하고

에른스트 마흐와 아인슈타인이 기하학에 관한 종래의 견해를 변혁했다는 등의 얘기도 했다.

열심히 들어주는 사람이 있으면 신이 나게 마련이다. 내일은 일요일이란 안심감도 거들어 커피와 과일을 먹어가며 밤늦도록 우리들은 얘기에 열중했다.

그러는 동안 내 머릿속에 아이디어가 생겼다. 중학교부터의 수학 교육은 수학사 교육으로서 대신하는 것이 효과적일 것이라는 아이디어다.

가령 어떻게 해서 대수라는 학문이 생겨났는가를 그 발상으로부터 설명하며 그 발달의 과정에서 생겨난 문제를 단계적으로 풀어나가도록 하면 학생들의 흥미를 끌 수 있을 것이 아닌가. 수학을 전공할 학생은 시간수를 증가해서 공부하고 수학을 전공하지 않을 학생은 수학사의 지식만을 익히는 결과가 되니 그만큼 유익할 것이었다.

새벽 세 시의 시종이 울렸을 때에야,

"안 되겠다, 자자." 하고 명욱이 폐회를 선언했다.

일어서는 명호를 보고 명욱이 한마디 했다.

"누나의 애인 실력 있지?"

"응, 누나의 애인 실력 있어. 빨리 자형이라고 부르고 싶어." 해놓고 명호는 자기 방으로 뛰어 들어가버렸다.

자리를 깔아놓곤 명욱이,

"잘 자요." 하는 인사를 남겨놓고 어머니 방으로 건너갔다. 명욱의 체취가 향기처럼 서려 있는 침구 속에서 나는 미끄러지듯 잠들 수가 있었다.

늦잠을 잔 탓으로 점심식사와 아침식사를 겸해서 먹고 청운동 아파트로 돌아온 것은 오후 세 시쯤 되어서였다.

아파트의 좁은 뜰에서 개구쟁이들과 섞여 놀고 있던 형식은 싱글벙글 웃으며 나를 따라 방으로 들어왔다.

그러고는 옷을 벗어 걸고 방바닥에 앉자마자 따라 앉으며,

"삼촌 안 되겠는데예." 하고 여전히 싱글벙글했다.

"뭣이 안 되겠단 말인가?"

그 말엔 대답을 않고,

"편지 왔습디더." 하며 반닫이 서랍을 열었다.

"일요일에 우편이?" 했지만 집배인의 사정인가 왕왕 그런 일이 있었다.

형식이 꺼내놓은 편지는 그 봉투의 모양으로 보아 스웨덴에서 온 것이었다. 스웨덴이면 박문혜, 가슴이 뭉클했다. 어서 받아들었다.

"삼촌 참말로 안 좋습니더이."

그런데 봉투가 열려 있었다.

화가 급격히 치밀었다.

"너 이 편지 읽었군."

"헤헤."

형식이 웃었다.

나는 편지를 꺼내려다가 말고 형식을 노려보았다. 그러나 형식이 여전히 싱글벙글하며,

"삼촌 안 좋습니데이."

그 말엔 상대도 않고 나는 소리를 높였다.

"왜 남의 편지를 봤어?"

"비밀 편지라고 생각하지 않았습니더."

"비밀이고 비밀 아니고 그게 무슨 관계가 있어?"

"삼촌한테 온 편지, 조카가 좀 읽었다고 그게 뭐 나쁩니꺼."

"삼촌이건 조카이건 남에게 온 편지를 읽어선 안 된다는 예의쯤은 알 만하지 않으냐."

"삼촌이 어디 남입니꺼. 아부지한테 오는 편지는 제가 다 읽어예. 아부지도 읽으라 쿠고예. 그래서 삼촌에게 온 편지도 버릇이 돼서 그만 먼저 안 읽었습니꺼."

나는 네 아버지와 다르다.

아버지와 삼촌과는 다르다는 말이 목구멍까지 나오다가 걸렸다.

"앞으론 그런 일이 없도록 해."

조금 음성을 낮추어 말했다.

"지금부터 주의하지예. 헌데 그건 그렇구 삼촌 나빠예."

나는 잠자코 편지 알맹이를 꺼냈다.

"기막히게 농후한 연애편지데예. 삼촌 그럼 못 씁니다. 아, 그 좋은 숙모를 두고예."

"시끄러워, 네가 참견할 문제가 아냐. 이 편지를 쓴 사람과는 그저 안 다 뿐야."

"사진 보십시오. 예쁘긴 숙모보다 더 예쁘던데예. 그저 아는 정도의 남자에게 와 사진을 보냅니꺼, 그것도 두 장이나."

"시끄럽다니까."

나는 신경질을 냈다.

"아무리 삼촌이 듣기 싫다 캐도 난 할말은 해야겠습니더. 삼촌 나빠예."

"이 녀석이!"

정말 화가 났다.

"삼촌이 결혼을 미루고 있는 건 그 여자 때문이 아닙니꺼?"

"닥치지 못해?"

그래도 형식은 늠름하게 앉아 있다가 훌쩍 일어나 바깥으로 나갔다. 나가면서 한다는 소리가,

"그 편지 몰수할라 쿠다가 드린 겁니더. 하여간 편지나 읽으이소."

형식의 발소리가 멀어지고 난 후에 편지를 폈다. 편지 속에서 두 장의 사진이 나왔다.

검은 털모자를 쓰고 하얀 머플러를 두른 박문혜의 얼굴과 모습이 거기 있었다. 그 배경 때문인지 문혜의 주위에서 엑조티시즘이 무럭무럭 피어오르고 있었다. 아름답다느니, 우아하다느니 하는 표현으로는 아득히 미치지 못하는 정감이 그 조그마한 두 장의 사진에 넘쳐 있었다.

뒤를 돌려 보았다.

하나는 '스칸센 야외박물관에서'라고 씌어 있었다. 또 하나엔 '라플란드에서'라고 씌어 있었다. 나는 다시 한 번 사진을 들여다보곤 편지를 읽기 시작했다.

물리적 거리와 심리적 거리

—우프살라에서의 제2신입니다. 발신자는 박문혜.

편지를 써서 보낼 사람을 고국에 가지고 있다는 것이 고국을 실감케 하는 사실을 새삼스럽게 느꼈습니다. 제1신에도 그런 뜻을 썼으리라고 생각합니다만 지금 그 느낌은 더욱 절실합니다.

서재필 씨! 이것은 바로 당신의 이름이자 조국의 이름입니다. 내겐 조국 바로 그것입니다. 과학, 특히 생화학이라고 하는 국적을 갖지 않는 세계의식에 몰두하고 있는 내가 이처럼 조국에의 애착을 가꾸고 있다는 것은 참으로 알고도 모를 일입니다. 물론 이곳의 밤이 긴 탓도 있겠지요. 지금 내가 살고 있는 이곳의 밤은 장장 이십 시간입니다. 이십 시간의 밤에 침잠하고 있으면 박박 긁어내듯 기억의 바닥까질 들춰야 하는데 내겐 한줌에도 차지 못할 과거의 인상이 있을 뿐입니다. 책, 책상, 흑판, 현미경, 레토르트, 휑하게 맑은 하늘, 흐린 하늘, 비 오는 날, 눈 오는 날, 그밖엔 아무것도 없습니다. 더러 사람들의 얼굴이 나타나지 않는 바는 아닙니다. 그런데 모두들 하나같이 앨범에 붙여놓은 명함판 사진처럼 움직이지 않으니 무슨 까닭일까요. 그 가운데 오직 서재필 씨만이 전신적全身的으로, 동태적으로 말하며 웃으며 나타난다는 것도 또한 이상한 일입니다. 사랑이냐, 그런 것은 아닌 것 같습니다. 그런 감정을 가지기엔 나의 소질이 너무나 석녀적이고, 서로를 알기엔 너무나 짧은 시간밖에 없었으니까요. 그렇더라도 서재필 씨의 답장은 내 마음을 괴롭게 했습니다. 마드모아젤 박, 편지가 왔어요, 하는 말을 들었을 때 내 심장이 얼마나 뛰었는지 모릅니다. 실망이 반가움과 싸웠습니다. 전보를 닮은 그 편지를 어떻게 이해해야 할지 몰랐기 때문이었죠. 편지를 들고 멍청히 앉아 있었더니 이웃방의 헬더란 여자동료가 찾아와서 왜 그렇게 슬픈 얼굴이냐고 물었어요. 아주 센티멘털한 기분이었던가 봐요. 나는 그 편지를 내밀어놓고 한 자 한 자 번역을 해주었습니다. 그러고는,

"고국에서 온 제1신이 이런 편지였을 때 헬더, 당신은 슬프지 않겠느냐."라고 물었습니다.

헬더가 되묻습니다.

"남자냐 여자냐."

"남자."

라고 했죠. 그랬더니 헬더는 다시 한 번 그 편지를 읽어보라고 하고 내가 읽는 소릴 조심스럽게 듣고는 다음과 같이 말했습니다.

"보아하니 이 편지는 열 줄로 되어 있는데 열 장으로 쓴 편지보다 더 많은 얘기를 하고 있소. 모든 수식어를 굳이 배제하고 이와 같은 편지를 쓰기 위해선 줄잡아 당신의 보이프렌드는 열 장, 스무 장 이상의 편지를 두세 번은 썼을 것이오. 그래도 넘쳐 남은 정열을 어떻게 할 수가 없어 이렇게 압축한 것이오. 기막힌 성의와 불같은 정열 없인 이런 편지를 쓰지 못하오. 지구의 끝에서 지구의 끝까지 편지를 보내야겠다는

마음을 가진 사람이 짧은 편지를 썼을 때의 심리를 상상해보시오. 당신이 읽은 그대로라면 거기 한마디의 형용사, 부사도 없었소. 예사로 쓴 편지라면 이렇게 짧은 문장에라도 두세 마디의 수식어는 끼이는 법이오. 그걸 보아도 극도의 긴장감으로 이 편지를 썼다는 것을 알 수 있지 않소. 그런 당신의 보이프렌드를 소중하게 하시오."

이 말을 듣고 나의 얼굴이 조금 밝아졌나 봅니다. 헬더는 웃으면서,

"생화학은 우주의 심리를 연구하는 학문이야. 우주의 심리를 연구하는 사람이 인간의 심리를 몰라서야 쓰나."

이런 말을 덧붙여놓고 돌아갔습니다.

헬더의 말에 위안을 얻은 건 사실입니다만 다시 의혹이 돋아났습니다. 모처럼 편지를 받고 답장을 안 보내는 것도 너무 매정스러우니 극도로 말을 절약한 편지로써 체면 수습을 한 것이 아닌가 하는. 아무튼 기호적 사고에 익숙해 있는 과학자가 이처럼 긴 감상적 편지를 쓰는데, 문장 만들기를 전문으로 하겠다는 사람이 기호적·전보적 편지를 썼다면 그 까닭을 알아보고 싶어지는 것도 당연한 노릇이 아니겠습니까. 서재필 씨, 과학자는 사실을 그대로 보고자 하고 확인하고자 하는 의지를 가지고 있는 것입니다. 아무쪼록 사실을 알려주십시오. 사실이라면 어떤 사실에도 놀라지 않을 것입니다.

나는 한편 헬더의 레토릭에 놀라기도 했습니다. 만일 헬더의 추측이 사실과 부합되는 것이라면 이 얼마나 놀라운 일입니까. 헬더는 생화학을 우주의 심리를 연구하는 학문이라고 했는데 이는 물론 엄격하게 말하면 얼토당토않은 말입니다만 가만히 생각하니 생화학의 어느 측면을 기막히게 표현한 것이란 감탄을 금할 수가 없습니다. 생화학은 화학의 이론과 방법으로써 생명 현상을 해명하려는 학문입니다. 그런데 물질

이란 것을 그 근본까지 파고 들어가면 전자, 또는 에테르라고 하는 그 실체를 파악할 수 없는 존재로 화해버리듯, 생명이란 것도 이것을 분석해 들어가면 실질이 없는 어느 현상으로 도달하고 맙니다. 결국 우주의 심리라고 할 수 있는 것만 남게 되는 거죠. 나의 연구과제는 유전정보가 자손에게 전달되어가는 메커니즘입니다. 이것을 알기 쉽게 설명하면 다음과 같이 되는 겁니다. 생물은 유전에 지배됩니다. 돼지는 돼지를 낳습니다. 빨간 꽃의 식물에선 빨간 꽃의 식물이 생깁니다. 이처럼 각각 동식물은 그 종류에 특유한 단백질을 가지고 있어서 그 단백질의 구조가 유전적으로 지배되고 있는 거죠. 그런데 유전을 지배하는 유전자의 본태를 핵산이라고 합니다. 말하자면 나는 이 핵산이 유전정보를 자손에게 다음 다음으로 전해나가는 기구를 연구하고 있는 겁니다. 현재 이 방면의 연구는 굉장한 진척을 보이고는 있으나 아직은, 하는 단계에 있습니다. 그러니까 나 같은 사람이 연구할 분야가 아직 이 방면에 남아 있다는 얘기가 되는 겁니다. 그러고 보니 유전정보라는 이 신비한 현상을 우주의 심리라고 하는 말로 비유할 수도 있는 것이니 헬더의 레토릭에 더욱 감동하지 않을 수 없다는 얘깁니다. 그러나 생각해보면 이상한 일입니다. 분할할 수도 없고 결합할 수도 없이 정교하고 치밀하고 신비롭게 생명은 수십억 년 전에 이루어져 있는데 뒤쫓아 그 신비의 근원을 캐어 무엇하겠느냐는 것입니다. 혹시 공리적으론 먼 장래 인간을 인공 생산할 수가 있고, 따라서 암 같은 병을 치료할 수 있게 될지 모르나 나는 그 시기를 인류가 멸망 단계에 들어섰을 때가 아닐까 하는 상상을 해봅니다. 인간이 생명의 비밀을 완전히 마스터했을 때와 인류의 절멸 시기가 일치하리라는 것입니다. 말하자면 생화학은 인류의 절멸 시기와 시간을 다투고 있다는 얘기가 되겠지요.

그런데 얼마 전 내가 속해 있는 연구실의 주임교수인 보겔 씨가 이런 말을 해서 모두를 웃겼습니다. "가장 둔하다는 돼지, 아니 존재로서 취급해주지도 않을 미생물도 쾌락본능에 이끌려 즐기며 생명을 만들어내고 있는데 우리와 같은 엘리트들이 막대한 연구비를 받아 주야로 노력하는데도 생명을 만들기는커녕 생명현상의 기초적 과정 하나 해명하지 못하고 있으니 절망해야 하지 않겠는가.

그러나 내가 절망하지 않는 까닭은 세계적이라고 자부하는 내 두뇌가 하지 못하는 일을 눈도 코도 없고 입밖에 없는 놈이 나보다 우수한 두뇌의 생명현상을 만들 수 있다는 자신 때문이다. 그러니 여러분도 연구에 자신을 잃을 성싶으면 빨리 부인이나 애인 곁으로 돌아가 천재를 만들 작업이나 하게."

모두들 와아, 하고 웃기에 나도 따라 웃다가 그게 지독한 음담이란 것을 알고 얼굴을 붉혔던 것입니다.

서재필 씨! 내가 왜 이렇게 긴 편지를 쓰고 있는지 나도 모르겠습니다. 아까 말씀드린 대로 밤이 너무 길어서겠죠만 그건 이유의 하나이지 전부는 아닐 것입니다. 자칫 잊을 뻔했군요. 바로 어제 서상복 씨로부터 편지를 받았습니다. 엽서 꽉 차게 깨알만한 글로 쓴 편지였습니다. 그러나 답장을 쓸 작정이 없으니 어쩌다 만나실 기회가 있으면 그 뜻과 아울러 안부나 전해주십시오. 나는 연구실에서 생화학뿐만 아니라 정치도 많이 배웠습니다. 이곳 연구교수들의 정치 태도는 정치를 즐기는 사람으로 하여금 정치운동을 하게 하라는 것입니다.

나쁜 정치 속에서도 행복한 사람이 있고 좋은 정치 속에서도 불행한 사람이 있다고 하면 그 수의 다과가 어떻건 운명의 문제이지 정치의 문제가 아니라는 것입니다. 얼마 전 스톡홀름 대학의 정치학 교수가 강연하는 것을 스칸센 야외박물관을 구경하고 돌아오는 도중에 들었는데 다음과 같은 주목할 만한 발언을 하고 있었습니다.

"오늘날 후진국 국민에게 권할 수 있는 유일한 정치적 교훈은 운동이니 뭐니 하는 정치활동, 또는 유사 정치활동을 꾀할 수 있는 수단이 가능하다면 대다수의 국민이 정치에 관심을 갖지 않게 하라는 것이다. 정치에 무관심한 사람이 많으면 많을수록 권력을 쥔 자는 권태를 느낀다. 정치에 관심이 있다는 것은 곧 권력에 관심이 있다는 뜻이고 나아가 권력에 복종하고 아첨하게 된다는 얘기다. 정치에 무관심한 자의 안중에 권력이 있을 까닭이 없다. 아첨꾼이 주변에 없으면 권력자는 으쓱할 수도 없다. 그렇게 되면 권력자는 권력을 대단하게 여기지 않게 된다. 억지로라도 민주주의가 안 될 수 없는 것이다. 우리 스웨덴이 그 전형적인 예가 아닌가."

전부가 옳다고는 말할 수 없겠지만 서재필 씨의 긴 편지를 학수고대하겠습니다. 이곳의 밤은 기니까요. 그리고 빨리 서재필 씨의 문학을 읽고 싶습니다.

혹시 스웨덴에 오실 날은 없을는지요.

나는 이 편지를 읽고 멍청해지지 않을 수 없었다. 갖가지 복합된 이유 때문에. 그래 편지를 펴든 채 우두커니 앉아 있는데 형식이 불쑥 나타났다. 싱글벙글하면서,

"삼촌 나쁩니데이, 안 좋습니데이."

그런 형식에게 나는 맹렬한 미움을 느꼈다. 아무리 뻔뻔스럽게 되어먹었기로서니 남의 프라이비트한 일에 그처럼 뛰어들 순 없는 것이다.

"형식아." 노여움을 섞어 불렀다. 그리고 나는,

"뭣이 나쁘고 뭣이 안 좋다는 거냐." 하고 따지고 들었다.

"멀쩡하게 아주머니가, 아니 애인이 있는데 그런 편지를 주고받는다는 건 나쁜 일 아닙니꺼?"

형식은 능글능글 말했다.

"그런 편지라니? 이 편지에 불순한 대목이 있었단 말야?"

나는 무섭게 그를 노려봤다. 그제야 형식은 나의 분노가 진정이란 걸 알았던지,

"그렇게 화낼 일도 아닌데 괜히." 하며 우물쭈물했다.

"아무튼 남의 일에 참견하지 말아요. 쓸데없는 해석까지 붙여갖고 왈가왈부하는 건 참을 수가 없어. 잠깐 바깥에 나가 있어. 난 답장을 써야 하겠어." 하고 책상 앞으로 돌아앉았다.

형식이 도어를 열고 나가는 소리가 있었다. 이어 휘파람 부는 소리가 계단 쪽으로 사라졌다.

이런 한토막이 있었고 보니 편지를 쓰려고 마음을 진정시켜야만 했다.

―조국에서의 회신입니다. 서재필.

박문혜의 문투를 따서 이렇게 한 줄 써놓고 세계지도를 찾기 위해 서가를 뒤졌다. 지도는 곧 찾을 수 있었다. 그 지도를 펴놓고 스웨덴의 지형을 보았다. 그리고 한국을 보았다. 책상 넓이만한 작은 지도 위인데도 그 거리는 극서와 극동으로 멀었다. 나는 박문혜가 되풀이 쓰고 있는 '조국'이란 말에 주목했다. 극서의 땅에서 긴 밤을 지내고 있으니 자연 극동에 있는 조국이 생각난다는 얘길까.

나는 다음과 같이 편지를 쓰기 시작했다.

당신이 쓰고 있는 조국이란 말을 들여다보고 있으니 생각나는 문자가 있습니다.

Hic est locus patrine.

'여기에 조국의 땅이 있다.'는 라틴어입니다. 그런데 이것은 내가 알고 있는 몇 마디 안 되는 라틴어 가운데의 하나에 불과합니다. 내 가난한 지식 속엔 다음과 같은 라틴어도 있습니다.

Ducant Volentem fata, nonlentem trahunt.

'운명은 이에 순종하는 자는 태우고 가고, 항거하는 자는 끌고 간다.'는 세네카의 말입니다.

무슨 까닭으로 라틴어까질 인용하고 있는가 하면, 그 이유가 긴 편지를 쓰라는 당신의 요청에 있는 것이겠지만 나도 유식한 척해보고 싶은 허영심, 또는 페단티즘의 발현이라고 하는 것은 두말할 나위가 없습니다. 그런데 이처럼 유식한 척해보고 있으니 연상되는 대목이 있습니다. 원전을 펴볼 기력이 없으니 어림짐작으로 기억을 적습니다만 마르셀 프루스트의 작품 속의 한 장면은 이렇게 되어 있습니다.

"아무개는 모든 걸 잘하는 척하고 있는데 그게 사실일까요?"
이렇게 물었을 때 프루스트는 다음과 같이 답을 합니다.
"그게 사실이라면 뭣 때문에 '척' 하겠습니까."

기막힌 대목이죠? 진실로 유식하다면, 유식한 척할 까닭이 없지 않겠습니까.
고백하면 사실은 이런 꼴로 될 위험이 있었기 때문에 먼젓번 편지가 전보의 문안처럼 되어버린 것입니다. 페단틱한 냄새를 풍기지 않고는 긴 편지를 쓸 수 없었으니까요. 그런 점, 당신의 동료 마드모아젤 헬더는 기막힌 여성입니다. 보다도 무서운 여성이라고 할까요. 만일 그런 판단이 직관적인 통찰에서 나온 것이라면 그 천재적인 통찰력에 찬사를 보내지 않을 수 없고, 만일 그런 판단이 경험에서 비롯된 것이라면 그 섬세한 체험력, 이런 어휘가 가능할지 모르겠습니다만, 하여간 그 섬세한 체험에 찬사를 보내지 않을 수 없다고 마드모아젤 헬더에게 전해주십시오. 마드모아젤 헬더가 말한 그대로였으니까요. 열 줄의 편지를 보내기 위해 나는 열 장 가량의 편지를 세 번이나 썼던 것입니다. 그러나 내가 그 열 장, 스무 장으로 엮인 편지 대신, 전보의 문안 같은 답장을 보내지 않을 수 없었던 것은 아까 들먹인 '세네카'의 말이 염두에 있었기 때문이었습니다. 당신은 스웨덴에 있고 나는 한국의 서울에 있는데 백만 장으로 편지를 써보았자 그 물리적인 거리를 좁힐 수 없다고 생각한 것입니다.

박문혜 씨!

물리적인 거리는 좁힐 수 없는데 심리적인 거리만을 좁혀보았자 무슨 소용이 있겠습니까. 물리적 거리와 심리적 거리가 일치하지 못하는 곳에 비극이란 것이 싹트는 것입니다. 비극과 거리는 함수관계에 있는 것이라고 생각하는데 박문혜 씨는 어떻게 생각하실는지. 나는 운명에 순종하기 위해선 스웨덴과 한국과의 거리를 그냥 둘 수밖에 없다고 판단했습니다. 당신은 스웨덴에서 생화학의 연구에 열중하고 나는 한국에서 소설공부에 열중해야 하는 것입니다.

박문혜 씨!

우리의 만남은 이상한 것이었습니다. 신비로운 섭리의 작용이라고 하기엔 너무나 산문적이고, 그저 스쳐간 것이라고 생각하기엔 너무나

기적적인 만남이었습니다. 그래서 나는 당신과의 만남을 이 지구 위에 생화학이란 학문이 존재한다는 것과, 그것을 연구하는 박문혜란 여성이 존재한다는 것을 인식케 한 일종의 해프닝이라고 이해하고 그 이상의 의미를 부여하지 않기로 작정했던 것입니다. 굳이 이렇게 작정해야 했다는 덴 또 이유가 있습니다. 그러나 그 이유는 말하지 않기로 하겠습니다.

박문혜 씨!

나의 문학을 읽고 싶다고 했는데 그 문면을 읽자 식은땀이 났습니다. 나는 어쩌면 문학에 대한 불모성을 나 스스로 증명하기 위해 서둘고 있는 것이 아닌가, 하는 두려움에 사로잡힐 때가 있습니다. 예컨대 이런 문제를 생각해봅니다. 가까이에 있으면 견딜 수 없는 소음이 어느 정도의 거리를 두면 음악 이상의 감미로운 선율로 들리는데 음향의 실체가 어디에 있느냐 하는 것이 문제가 된다는 뜻입니다. 또 이런 문제도 있습니다.

어제 만났더라면 큼직한 의미를 만들어냈을 만남이 오늘 만났기 때문에 비극의 씨앗밖엔 되지 않는다고 할 때 인생이란 의미를 어떻게 해석해야 하나, 하는 것입니다. 따지고 보면 거리와 시간에 문제의 본질이 있는데 책임은 인간에게 물어야 한다면 이는 엉뚱한 노릇이 아니냐! 하는 회의도 없지 않은 것입니다.

요컨대 문학은 현실의 실사實寫일 수도 없고, 현실의 해석일 수도 없고, 어떤 문학공간과 문학시간의 구성이랄 수밖에 없는데 그것이 인생과 어떻게 유관하겠는가 하는 문제도 만만치가 않습니다. 똑바로 말하면 이러한 회의완 무관하게 메시지를 쓰든지, 얘기를 꾸미든지 해야만 될 터인데 내겐 메시지가 없습니다. 비유컨대 건물로 치면 움막과도 같은 얘기를 꾸며낼 재간도 없습니다. 진실의 탐구란 말은 수월하게 할수 있지만 탐구할 진실이 있는 것 같지도 않습니다. 얼마 전 나는 석탄을 파기 위해 지하 이천오백 미터까지 내려가야 한다는 얘길 들었습니다. 지열에 숨이 막힐 듯한 지하 이천오백 미터의 지점에서 파낸 석탄일 톤이 불과 육십 불이라고 들었을 때 나는 정말 놀랐습니다. 한 톤에육십 불밖에 안 되는 석탄을 캐려 지하 이천 미터까지 내려가야 한다면그러한 인간의 진실을 캐기 위해선 지하 오천 미터까지라도 내려가야할 의지와 노력이 필요하지 않겠습니까. 막말로 나는 그러한 노력 없이얻어진 진실이란 걸 거부합니다. 천재는 길가에 버려진 유리조각을 통해서도 월광의 신비를 묘사할 수가 있다지만 그렇게 묘사된 신비에 무슨 가치가 있겠습니까.

박문혜 씨!

내 이름은 서재필입니다. 우연으로써인지 고의로써인지 내 아버지는갑신정변의 등장인물인 서재필 선생님과 똑같은 이름을 내게 붙여주었습니다. 그런데 이 이름은 나의 의식이 발달됨과 동시에 커다란 부담이된 것입니다. 처음엔 내 나이 또래에 그 서재필 선생님은 무엇을 하셨을까! 하는 정도의 의식이었는데 차츰 그분의 생애가 지닌 의미를 찾게된 것입니다. 한마디로 말해 나는 허망을 느꼈습니다. 옳은 일, 바른 일을 위해, 진지하고 순수하게 살아간 그분의 생애를 허망하다고 말하는것은 죄스러운 일입니다만, 거리와 시간을 맞추지 못할 때 위대하다고도 할 수 있는 의지가 겪어야 하는 수모는 그것이 위대할수록 처참한꼴로 된다는 것을 확인한 것입니다. 나는 어느덧 그 서재필 선생관 반대되는 방향으로 걷기 시작하고 있는 스스로를 발견하게 되었습니다. 그 서재필이 지사로서의 인생을 걸었다면 이 서재필은 평범한 인간으로서 살려고 했습니다. 그 서재필이 인간답게 살았다면 이 서재필은 곤충처럼 살 작정을 한 것입니다. 바라는 게 적으면 얻지 못할 때의 실망도 적으리라는 것을 본능적으로 깨달은 탓이겠지요. 그 서재필이 운명이 작용하는 부분을 너무 많이 가졌다면 이 서재필은 운명이 작용하는 부분을 최소한으로 축소하려고 했습니다. 그러다가 보니 펜 한 자루, 얼만가의 종이만 있으면 가능할지 모르는 문학에 뜻을 두게 된 것입니다. 욕심을 크게 갖지만 않으면 운명의 간섭을 최소한으로 줄이고 살 수 있는 방법이 문학 속에 혹시 있을지 모르는 것 아니겠습니까. 그 서재필이 이 세상에 기여한 바가 있다면 그것은 지사로서가 아니라, 의사로서였다고 생각합니다. 그런 뜻에서 그 서재필이 이 서재필의 생활 설계를 납득해주리라고 믿습니다.

박문혜 씨!

우리가 만나 차를 마셨던 독립문 근처의 다방이 있었지요. 그 다방은 지금도 그 자리에 남아있습니다만 독립문은 자리를 옮겼습니다. 성산대로라고 하는 길이 트이는 바람에 만일 그 자리를 피하지 않고 있다간 육교에 깔려 볼품없이 되겠기에 살큼 비껴 선 것입니다. 하나의 도시가 살길을 찾으려는데 역사의 유물이 버틸 수 있었겠습니까. 나는 독립문의 이전에 그 서재필의 의미를 보는 것입니다. 그 서재필은 역사의 흐름에서 비껴서기만 하다가 드디어 시간의 흐름 속에 휘몰려 지금은 간 곳도 없이 되어버린 게 아닙니까.

박문혜 씨의 연구제목이 유전정보의 메커니즘이라고 들으니, 감회 또한 새로운 것이 있습니다. 유전정보의 메커니즘을 밝히는 데도 천재를 필요로 하는데 생명 자체는 곤충처럼 짓밟아 죽여도 무방하다고 생각하는 사회의 메커니즘을 생각하니 말입니다.

동봉한 사진 반가웠습니다. 그러나 그 사진이 풍겨내고 있는 엑조티시즘엔 살큼 슬픔을 느끼기조차 했습니다.

대담하게 한마디 할까요? 그 프리섹스의 나라에서 우리의 박문혜는 스스로의 처녀를 어떻게 지킬 것인지, 처녀 따위는 문제도 안 할 것인지 그게 궁금합니다.

또 한 가지 덧붙이고 싶은 말은 우리가 왜 그때 만나고 그보다 일 년쯤 전에 만나지 못했을까, 하는 문제입니다. 당신은 스웨덴의 우프살라에 있고 나는 한국의 서울에 있다는 그 공간적인 거리 이상으로 우리가 만난 시점이 중대한 의미를 가졌군요. 실로 운명을 느끼는 바입니다.

스웨덴에 오라고는 하지 마십시오. 그곳으로 태워다줄 운명의 배는 구하기 힘들 것 같습니다. 그런데도 당신의 권유가 강력하다면 운명의 파도를 역으로 헤엄쳐가는 모험을 범할 수밖엔 없으니까요. 그런데 그런 용기가 내게 있을 것 같지 않습니다.

그 정도로 써놓고 한 번 읽어보았다. 긴 편지를 쓰려니까 길게 썼다는 기분 이외엔 아무것도 나타나 있지 않은 무미건조한 문장이었다. 나는 찢어버릴까 하다가 봉투에 넣었다. 그리고 창밖을 보았다. 이제 삼월에 들어서려는 이월의 하늘이 펼쳐져 있었다. 그 하늘은 스웨덴의 우프살라에까지 이어져 있을 것이었다.

그 하늘을 날아 스웨덴으로 갈 편지가 들어있는 봉투를 살큼 한 번 만져보고 놓았다.

'내일 우체국으로 가자.'는 마음으로.

그리고 나는 루트비히 마르쿠제의 번역을 하기 시작했다. 앞으로 일주일만 서두르면 완성될 그 번역일에 나는 곧 몰두하고 있었다. 다음과 같은 대목에 부딪혔다.

　—왜 사람은 자기의 생애를 얘기하려고 하는가. 아마 다른 사람이 그걸 알고자 할 것이라고 믿기 때문이다. 큰 영향력을 가진 사람의 생애는 누구건 알고 싶어하게 되어 있는 것이다. 사람이 원인에 관심을 갖는 것은 어떤 결과가 있었기 때문이다. 만일 신이 우주를 만들지 않았더라면 신에 대한 관심도 없을 것이다. 처칠이란 어떠한 인간이냐. 그것은 그의 발언이 세계에 영향을 준 한도에 있어서의, 그의 말의 총량이다. 사람은 어떤 사람에 관해서건 개인적인 부분은 경시한다. 사람은 인간에 주목하지 않고 그 사람이 만들어낸 결과에 주목한다. 위대한 인간은 자전自傳을 쓰지 않고 세계사와 일체가 되는 한 세계사를 쓴다……

　나는 이 대목을 번역하며 생각에 잠겼다. 왜 사람은 자기의 생애를 얘기하려고 하는가, 하는 설문을 왜 사람은 문학작품을 쓰려고 하는가, 하는 설문으로 바꿀 수 있었기 때문이다.
　누군가가 쓴 다음과 같은 구절이 상기되기도 했다.

　—그는 창작가가 되기 위해선 너무나 비평적이었다. 비평가가 되기 위해선 너무나 많은 책을 읽었다. 그런데 그는 아카데믹할 만큼 동맥경화가 되진 않았고 저널리스틱하기엔 너무나 건강한 정신을 가지고 있었다……

　나는 나 자신을 내가 마음먹은 대로 발전시킨다면 결국 이런 꼴의 사람으로 될 것이 아닐까, 하는 생각에 주춤했다. 동시에 이런 설명이야말로 박문혜에게 전해야 할 것이 아닌가 하는 충동 같은 것을 느꼈다.

그 무렵,

"삼촌 손님 왔어요." 하는 형식의 소리가 있었다.

"손님?"

반쯤 잠에서 깬 듯한 대답을 한 채 나는 멍청히 도어 쪽을 바라봤다. 노크 소리가 있었다.

"들어오세요." 하면서도 나는 앉은 채로 있었다.

도어가 열렸다. 깡마르게 생긴 청년이 모습을 드러냈다. 전연 면식이 없는 사람이었다. 그 청년이 방 안으로 들어섰을 때 나는 반쯤 몸을 일으키고 그에게 자리를 권했다. 그는 튀어나올 만큼 눈동자를 굴리는 각박한 표정으로 인사를 했다.

"나는 박상희라고 합니다."

이어 내가 뭐라고 하기 전에,

"당신은 서재필 씨죠?" 하고 물었다.

"그렇습니다만……."

나는 불안하게 대답하고 그의 말을 기다렸다.

"박문혜 씨란 분 아시죠?"

그자의 질문은 심문조였다.

"압니다만……."

역시 내 대답은 어름어름했다.

"헌데 박문혜 씨완 어떤 관계입니까?"

그자의 질문은 이렇게 당돌했다.

"그저 안다는 것뿐이오."

내 대답이 자연 퉁명스럽게 되었다.

"서상복 씨란 사람도 아시죠?"

"한 번 만난 일이 있소."

"당신은 서상복 씨와 박문혜 씨가 어떤 관계에 있는가를 아시죠?"

"모릅니다."

"몰라요?" 하고 돌연 그자의 음성이 높아졌다. 나는 어이가 없어 한 동안 말없이 그자의 얼굴을 바라보고만 있었다.

고뇌는 드디어 그 비밀의 안식처마저 잃었다 _아나이스 닌

그자, 즉 박상희라고 자기를 소개한 사람은 놀란 토끼를 닮아 있었다. 툭 튀어나올 만큼 부리부리한 눈마저 토끼의 눈을 닮았다. 눈알이 빨갰다.

"참말로 몰라요?" 하고 되풀이한 그의 입김에서 나는 고약한 술 내음을 맡았다.

'이 사람 술에 취해 있구나.'

나는 비로소 그의 당돌한 행동의 일각의 이유를 알았다.

"남들의 관계를 내가 알고 있으란 법은 없지 않소."

내 말은 조용했다.

"가슴에 손을 대고 물어보시오."

맹렬히 휘두른 자기 손의 타세에 이끌려 그자의 앉은 자세가 기우뚱했다.

"가슴에 손을 얹어볼 것까지는 없소."

나는 여전히 냉랭한 투로 말했다. 그리고 그자와 상대하고 있는 한 영하 이십 도쯤의 차가움을 고집할 작정을 했다.

"당신 양심이 있소?"

그 말을 들으며 나는 확실히 이자가 한 대 얻어터지기를 바라고 왔구나 하는 짐작을 했다. 세상엔 별의별 장사도 다 있다더라, 하는 생각이 솟기도 했다. 일부러 자동차에 부딪쳐 상처를 내선 치료비의 몇 배를 우려내는 장사, 사람의 비위를 상해놓고는 폭력을 쓰게 해서 보상금을 받아내는 장사. 고런 의도가 없고서야 감히 술에 취해 남의 집에 난입해서 주인을 향해 양심의 유무를 따질 수 있겠는가 말이다. 그러나 그자는 그런 짓을 장사할 사람 같지는 않았다.

'그럼 무슨 까닭일까.'

나는 그의 물음엔 아랑곳없이 형식을 불렀다. 아이들과 뛰놀고 있던 형식이 숨을 헐떡거리며 뛰어올라왔다.

"뭡니까, 삼촌."

"근처를 한번 둘러봐라. 이 사람과 같이 온 사람들이 있는가 없는가."

제법 권위를 갖추고 나는 형식에게 이렇게 일렀다. 그때 그자의 말이 있었다.

"나를 테러리스트인 줄 아시오? 나는 시시하게 패거리를 데리고 다니진 않아요."

"테러리스트는 못 되고 깡패쯤은 되는가요?"

내 말은 싸늘했다.

"모욕하기요?"

그자의 고함이 높아졌다.

"모욕을 자청하기 위해 온 것 아뇨?" 여전히 조용하게 나는 말했다.

"이 사람 우찌 된 깁니꺼?" 하고 형식이 말을 끼웠다.

"넌 나가 있거라. 그리고 이 사람과 같이 온 성싶은 사람이 있으면 확인하고 데리고 오너라."

"그러죠." 하고 형식이 나가버렸다. 형식이 순순히 나가는 것을 보면 완력으로 보아 도저히 그 사내가 내 적수일 수 없다는 사실을 확인한 때문일 것이다.

"박문혜라는 분을 어떻게 알게 되었죠?" 이번엔 사문조로 나왔다.

"무슨 용무로 나를 찾아왔는지 그 얘기부터 먼저 말하시오." 하고 나는 담배를 피워 물었다.

"나는 당신에게 인간으로서 최소한도의 도의는 지키라고 충고하러 왔소." 그자의 말이었다.

나는 어이가 없었다. 그러나 어이없는 표정을 한다는 것도 영하 이십 도의 차가움에 변화를 주는 노릇일 게다 싶어, 무표정인 채로 침묵했다.

"당신은 서상복이란 사람이 어떤 사람인지 아시오?" 그자의 사문조가 다시 시작되었다.

"모르오."

"면회를 했다면서 몰라요?"

"의례적인 면회였을 뿐이오."

"그럼 내가 가르쳐드리지." 하고 침을 꿀꺽 삼키곤 장광설을 늘어놓기 시작했다.

"서상복 군은 국가와 민족을 위해 싸우는 투사요. 총명하고 용기가 있는 분이오. 아직 젊지만 당당한 인물이오. 당신에게 청년다운 기상이 있고, 민족에 대한, 민주주의에 대한 신념이 있고, 게다가 용기가 있다면 마땅히 당신은 그를 받들어야 할 거요. 서상복 군은 지금 나라와 민족을 위해 고초를 당하고 있소. 그는 애국지사요, 순교자요!"

"서상복 씨에 관한 계몽을 하러 왔다면 그 정도로도 충분히 알았소. 돌아가시오." 영하 이십 도의 소리로 나는 이렇게 그의 장광설을 막으려고 했다. 그러자 그는 버럭 고함을 질렀다.

"나의 용무는 아직 끝나지 않았소."

"그럼 빨리 용무를 끝내시오."

그는 핏발이 선 눈으로 나를 흘겨보더니 말했다.

"박문혜 씨로 말하면 서상복 씨의 약혼자요. 당신은 이 사실을 충분히 알고 있었겠죠?"

나는 대답하지 않았다. 터무니없는 말엔 반응을 보이지 말아야 하는 것이다.

"몰랐단 소린 못할 것이오." 그는 주먹을 쥐고 바르르 떨어 보였다. 나는 계속 영하 이십 도의 침묵을 유지하고 있을밖에 없었다.

"당신은 순교자의 애인을 가로챈 몰도의한 사람이오. 서상복 씨 같은 정의의 투사를 존경하진 않는다고 하더라도 어떻게 그럴 수가 있소. 이 나라의 청년이 말이오. 나라와 민족을 위해, 당신까지를 포함한 민족이란 걸 잊지 마시오, 감옥생활을 하는 사람의 애인을 유혹하다니 그게 될 말인가 한번 생각해보오." 앞에 탁자라도 있었더라면 쾅 치고 덤빌 듯한 제스처까지 써가며 웅변을 토했다.

하는 수 없이 물었다.

"당신은 무슨 근거로 그런 소릴 하는 거요."

"증거가 있잖소. 당신은 무슨 까닭으로, 아니 어떻게 서상복 씨를 알았길래 서대문교도소에까지 서상복 씨를 찾아갔죠? 박문혜 씨의 애인이 어떤 사람인가를 확인하기 위해 간 것 아뇨? 자기의 비열한 승리를 과시하려고 간 것 아뇨?"

"나는 박문혜 씨의 부탁을 받고 간 것뿐이오."

"웃기지 마시오. 박문혜 씨가 무슨 까닭으로 부탁했겠소. 상식에 어굿나는 거짓말을 꾸며대지 마시오. 박문혜 씨는 훌륭한 과학자요. 훌륭한 과학자가 이치에도 닿지 않는 부탁을 했단 말이오?"

"부탁을 했길래 찾아간 것 아니겠소. 부탁이 없었으면 어떻게 내가 서상복 씨의 존재를 알았겠소."

"박문혜 씨를 노리고 있었으니까 자연 알게 되었겠죠."

"나는 서상복이란 사람의 이름이나 사정을 박문혜 씨를 통해 처음으로 알았소. 나는 박문혜 씨를 노린 적도 없고 유혹한 적도 없고 유혹할 의사도 없소. 그러니 이상 더 치사한 말을 그만두고 돌아가시오." 나는 분노를 억눌렀다. 영하 이십 도의 차가움을 지키기 위해서였다.

"나는 당신이 박문혜 씨로부터 손을 떼겠다는 맹세를 받기 전엔 이 자리에서 움직이지 않을 것이오."

"……."

"맹세를 하시오."

"그따위 맹세는 할 수가 없소."

"이제사 본심을 드러내는구면. 그러나 당신 마음대로 되진 않을 거요. 내가 여기까지 찾아온 걸 소풍이나 하러 온 줄 아시오? 어림도 없소. 나는 당신의 맹세를 받지 않는 한 이 자리에서 움직이지 않을 거니 그렇게 아시오." 하곤 "내 물 좀 먹겠습시다." 하며 두리번거렸다. 나는 움직이지 않았다.

"찾아온 손님에게 물 한 그릇 줄 예의도 없소?"

"나는 당신을 손님으로 보진 않으니까요."

그러자 그자는 성큼 일어서더니 순간 비틀하고서 부엌과의 사이에 있는 장지문을 열었다. 그리고 쑥 부엌으로 들어가선 선반 위의 그릇을 떨그럭거리곤 물동이에서 물을 떠 벌컥벌컥 들이켰다.

다시 돌아와 앉아서 대뜸 하는 소리가 이윽고 내 감정을 폭발시키고 말았다.

"너절하게 사는 주제에 남의 애인을 뺏는 배짱만은 대단하군."

"나가요, 당장 나가요!" 나는 나도 모르게 고함을 지르고 말았다.

"안 나가면?" 이번엔 저편에서 침착하게 나왔다.

"안 나가면 끌어내겠다."

"끌어내도 안 나가면?"

"……."

"경찰을 부를 텐가? 겁쟁이들이 곧잘 쓰는 수단이지." 하고 그자는 냉소를 띠었다.

나는 행동의 순서를 생각했다. 멱살을 잡는다? 멱살을 잡아끈다? 버티면 아랫도리를 차서 양다리를 마비케 한다? 그래갖고 방 밖으로 끌어낸다?

바쁘게 이런 계산을 하고 있는데 뜻밖에도 그자의 입에서 부드러운 소리가 나왔다.

"서재필 씨, 부탁이오. 옥중에 있는 서상복 씨를 생각해서 양보하셔야 하겠소. 서상복 씨는 지금 허탈 상태에 있습니다. 솔직하게 말하면 박문혜 씨는 서상복 씨의 생존목표였소. 서군이 그처럼 줄기차게 반항할 수 있었던 것도 박문혜 씨의 사랑을 받고자 하는 염원이 치열했기 때문이오. 물론 그것만은 아니었겠지만 아무튼 지금의 서상복 씨는 절망 상태에서 헤매고 있소. 허무주의자가 되어가고 있소. 전도 유위한 청년 투사를 그처럼 실망시켜서 되겠습니까. 그분에게 안심을 주기 위해서만이라도 서 선생의 아량이 있어야 하겠소. 서 선생 부탁입니다." 하고 그자는 두 손을 모았다. 그 부드러운 말을 듣곤 거칠게 나올 수 없

124

었다. 나도 조용히 말했다.

"나는 맹세고 뭐고 할 처지에 있지 않소. 나와 박문혜 씨 사이엔 아무런 일도 없으니까요."

"그러나 서상복 씨는 박문혜 씨가 자기로부터 멀어진 원인이 서 선생에게 있다고 생각하고 있으니 도리가 없는 일 아닙니까. 서 선생께서 박문혜 씨를 단념하겠다고만 하면 그것만으로도 다소의 위안은 되지 않겠습니까."

"설사 내가 그런 연극을 했다고 해도 사태가 달라지진 않을 것이오. 박문혜 씨의 마음은 이미 서상복 씨를 떠나 있으니까요."

"그 원인이 서 선생 아닙니까." 다소 거칠게 발음된 말이었으나 그자의 태도는 아까완 전혀 달라 있었다. 냉수 한 사발이 그로부터 취기를 없애버린 때문이 아닐까도 했다.

"결코 제게 원인이 있는 건 아닙니다." 하고 나는 박문혜와 나 사이에 있었던 사연을 간단하게 설명하고 서상복에 대한 박문혜의 태도 표명이 어떠했다는 것을 기억에 남아 있는 대로 정확하게 전했다.

"그럴 리가 없을 텐데요." 하고 그자는 고개를 갸웃했다. 그리고 그자가 덧붙인 말은, "나는 서상복 씨로부터 그와 박문혜와의 결합은 숙명적인 것이란 말을 들은 적이 있습니다. 아닌 게 아니라 서상복 씨의 박문혜 씨에 대한 사랑은 그야말로 순애보가 될 만한 것입니다."

"그러나 그게 일방적인 것이었다면."

"일방적이었던 것도 아니죠. 나는 가끔 두 분이 만나는 것을 보았구요, 특히 서군이 끌려갔을 때 박문혜 씨가 당황하는 모습을 내가 직접 목격했으니까요. 서상복 씨의 석방을 위해서 자기가 힘이 될 수 있다면 무슨 일이건 하겠다고 했으니까요. 그게 불과 사오 개월 전의 일이었습니다. 보통의 여자이면 또 모르되 박문혜 씨 같은 훌륭하고 신중한 여성이 그렇게 쉽게 변할 수 있겠습니까. 변심한 게 사실이라면 그 원인이 서재필 씨에게 있는 것이라고밖엔 말할 수 없는 것이 아닙니까."

나는 뭐가 뭔지 분간할 수 없는 기분으로 되었다. 그때 팔각정에서 내려오는 도중에 나와 박문혜가 만나는 우연이 없었더라면 박문혜는 서상복을 만나러 갔을 것이고, 그랬더라면 교도소에서의 면회라고 하는 그 정황이 박문혜와 서상복을 보다 밀접하게 하는 작용력을 발휘했을지 모른다는 짐작이 든 것이다. 그러나 확실하게 단언할 수 있는 것은 그러한 가능은 어디까지나 일종의 추측이지, 박문혜의 마음은 그때 서상복 가까이에 있지 않았다는 사실이다. 그러나 그런 구구한 설명을 할 필요를 느끼지 않았다.

그러자 다시 한 번 나에게 머리를 숙였다.

"서 선생, 옥중에 있는 서상복 씨를 살려주시오. 그 뒤의 사태는 어떻게 되었건 다신 박문혜 씨완 상관하지 않겠다는 맹세를 해주십시오."

"아까도 말했지만 나와 그분과의 사이엔 맹세고 뭐고 할 건덕지란 전연 없습니다. 그저 아는 사이이며 그분은 스웨덴에 있고 나는 이곳 서울에 있는 그 거리만큼 서로의 거리는 멀어 있는 겁니다. 내가 부탁하고 싶은 것은 서상복 씨와 박문혜 씨와의 문제에 나를 개재시키지 말아달라는 것뿐입니다."

그러고도 나는 얼만가의 설명을 보탰다. 그 설명에 납득이 갔는지, 안 갔는지 그자는 일어서며 이런 변명을 했다.

"서군을 위해서 서재필 씨를 만나야겠다고는 생각했는데 용기가 나질 않아, 쇠주를 몇 잔하고 그 술기운으로 왔던 것인데 이만저만한 실례가 아니었습니다. 용서해주십시오."

"친구를 위한 충정으로 하신 일이니 탓하진 않겠습니다만 대단히 불쾌했습니다." 솔직히 이렇게 말하고 복도로 그를 전송하며 물었다.

"서상복 씨는 형을 얼마나 받았습니까?"

"일심에서 오 년을 받고 이심을 청구 중에 있습니다만 형이 줄어들 가망은 없습니다." 하는 그자의 대답이었다.

해프닝의 일종으로 쳐버리기엔 너무나 무거운 사건이었다. 나는 창밖으로 바스락거리며 자라나고 있는 듯한 봄의 태동을 느꼈다. 하늘은 먼지가 낀 자색의 기분으로 저물어가고 이곳저곳에 전등이 꽃피기 시작했다.

오 년 형을 받았다는 서상복의 얼굴이 세계의 고민을 대신하여 고민하고 있는 듯한 표정으로 내 심상 위를 스쳤다. 그러나 그 고민 가운데 가장 심각한 것은 박문혜에 대한 이루지 못한 짝사랑의 상흔일 것이었다. 사랑의 좌절에서 비롯된 상처는 끝끝내 혼자서 견디어야 하는 것이 아닐까. 헌데 사랑이란 무엇일까. 따지고 보면 일종 환각일 테지만 실체를 가진 무엇보다도 무겁다고 하는 것은 도대체 어떻게 된 까닭일까. 나는 차성희의 사랑을 잃었을 때의 상처를 회상했다. 이미 아물었다고 생각한 그 상처가 뜻밖에도 아물지 않는 부분을 남기고 있다는 발견은 나를 당황하게 했다. 그러나 가만가만 살펴보니 그건 사랑의 상처가 아니고 자존심의 상처였다.

'흥.' 하고 속으로 웃었다. 변소의 걸레조각만도 못한 자존심이라면 걸레조각에 상처가 생길 여지가 있는가 말이다. 나는 그것이 사랑의 상처가 아니라는 것을 확인하고 안심했다. 이 안심은 또한 정명욱을 배신하지 않고 있다는 안심이기도 했다. 그런데 박문혜는? 나는 불현듯 박문혜의 이름과 얼굴과 그녀가 써 보낸 편지의 내용이 기묘한 무늬를 내 가슴 꽉 차게 엮어놓고 있는 데 놀랐다. 박상희란 자의 자극이 얼만가의 영향을 끼친 것은 분명하다. 인생이란 누군가의 말 그대로 헝클어진 채 둘둘 말려 있는 실타래나 다름이 없는 것이다.

이데올로기는 헝클어진 실타래를 싹둑싹둑 가위로 잘라 정돈하려고 드는 의지라고 할 수가 있다. 그런데 가위로써 처리된 실타래는 풀어진 것이 아니고 낭패를 만들어놓은 데 불과하다. 인생이란 힘이 들더라도 한 올 한 올씩 실타래를 풀어나가야만 하는 데 의미가 있고 보람이 있다. 차성희로부터 받은 자존심의 상처를 한구석으로 밀쳐놓고 정명욱이 꽉 차게 들어앉아 있는 가슴팍에 박문혜가 덧붙여 꽉 차게 무늬를 엮는다면 사람의 가슴팍은 북극에서 남극까지의 바다를 전부 수용할 수 있을 만큼 넓단 말인가, 헝클어진 실타래란 말인가. 괴테의 말이었다.

—풍요하고 복잡한 인생은 풍요하고 복잡한 그대로도 좋은 것이다. 무슨 의미를 부여할 필요조차 없다.

인생은 헝클어진 채 방치된 실타래 그대로라도 무방하다는 얘기다. 그런데 이건 혹시 열 손가락을 총동원해서 헤아려도 못다 헤아릴 복수의 애인을 가지고 풍요하고 복잡했던 스스로의 인생에 대한 괴테의 변명이 아니었을까……. 이데올로기를 가장 미워한 사람이 괴테였다는 것은 불초 서재필의 발견이다. 아니, 내 앞에 한 사람의 선구자가 있었다. 그 이름은 나폴레옹. 마리엔바트에서 괴테와의 대면 후 나폴레옹은 부관 스탕달을 보고 다음과 같이 말했다.

—오늘 나는 진실로 인간다운 인간을 만났다.

그것은 곧 이데올로기에 사로잡혀 있지 않을 뿐 아니라 이데올로기를 미워하기조차 하는 인간을 만났다는 뜻으로 풀이할 수 있다. 파리에서 나폴레옹은 천재라고 자부하는 갖가지 이데올로기의 기수들에 의해 지칠 대로 지쳐 있었으니까.

저녁 밥상이 들어왔다. 이웃방 아주머니의 정성이다. 형식을 불렀다. 보리 반, 쌀 반의 밥 한 숟갈 떠넣고, 생마늘 한 쪽 깨물고, 우거지국을 퍼넣어 씹어 돌리는 맛이란 한반도에 생을 받아 아직껏 살고 있다는 중대한 의미의 표명이다. 우거지국은 굴이 들어 있어 각별히 맛이 좋았다. 괴테와 나폴레옹을 초빙해놓고 스탕달 이상으로 모사꾼적 소질이 풍부한 조카 형식과 더불어 우거지국으로 만찬을 성찬화한다는 것은 다시없는 호사가 아닌가. 그런데 촌놈 형식은 이런 호사를 모른다.

"동물이 식물성에만 의존한다는 것은 동물의 식물화적 경향을 촉구하는 것 아닙니꺼."

루트비히 마르쿠제의 번역을 완성했다. 이백 자 원고용지로 쳐서 이천육백 장이다. 그 원고의 부피를 보며 드디어 하나의 일을 해치웠다는 자족감을 느꼈다. 독일을 몽땅 눈앞에다 옮겨놓은 기분이다. 살큼 눈물이 났다. 사람이란 이렇게 조그마한 일에 만족해선 눈물을 질금거릴 수 있을 정도로 감동하기도 하는 동물이다. 마찬가지로 사소한 일에 세계가 무너진 듯 놀라고 슬퍼하기도 하는 것이 인간이다. 그러니까 인간이라고 하는 것인지 모른다. 인간이란 한자로 '人間'이라고 쓴다. 어느 학자는 이 인간이란 한자를 두고 사이 間, 즉 관계 속에 있는 사람, 이를테면 아버지에겐 아들의 관계, 형에겐 동생으로서의 관계, 이웃에겐 이웃의 관계, 애인에겐 애인으로서의 관계를 가졌다는 뜻으로 풀이하고 굳이 윤리적 인간, 사회적 인간이란 점을 강조하려고 들었다. 그 의견에 동조하지 않는 바는 아니지만 나는 나의 의견을 제시하고 싶다. 인간이란 슬픔과 기쁨의 사이를 동요하며 사는 존재이기 때문에 인간인 것이라고.

이천육백 장의 종이 꾸러미는 건장한 사나이가 감당 못할 만큼 무거운 것은 아니지만 그걸 들고 먼 길을 걸어가긴 거북한 무게다. 그러나 나는 청운동의 아파트에서 종로 이가에 있는 출판사까지 걸어가기로 했다. 거리엔 봄빛이 부드러운 바람 속에 갖가지의 그림자를 엮으며 화려한 미소처럼 번지고 있었다. 화려한 서울 봄날의 어느 아침. 보따리에 독일 문명을 싸들고 한 사나이가 광화문을 걸어가고 있었다……. 이렇게 쓰면 발자크풍 소설의 서두가 될 수 있지 않을까.

그러다가 돌연 나는 빌딩이 끝나고 상점가가 시작되는 길목에서 쇼윈도에 비친 나의 모습을 발견했다. 겨울의 점퍼를 입은 봉두蓬頭의 사나이가 허술한 보따리를 들고, 각양각색의 남녀 구두가 복주한 배처럼 떠 있는 바다 한가운데 유령처럼 서 있는 것이 아닌가. 유령처럼이 아니라 그건 분명 유령이었다. 나는 얼른 그 자리에서 떠나며 내가 들고 있는 보따리 속에 폭탄이 아니고 종이 뭉치가 들어 있는 것이 적이 한스러운 기분으로 되어갔다. 폭탄은 혹시 역사를 바꿀 수가 있다. 그러나 종이 뭉치로썬 아무것도 안 된다. 들고 있는 보따리 속에 기껏 루트비히 마르쿠제가 들어 있는 것에 대해 을씨년스런 기분이 되었다. 나는 이왕이면 보다 위대한 의미를 가지고 있는, 설명하지 않아도 모든 사람이 갈채를 보낼 수 있는 내용의 번역이 들어 있기라도 했으면 하는 안타까운 심정으로 변하고 있었다.

삐걱거리는 나무 계단을 올라 출판사의 도어 앞에 섰을 때의 나는, 하나의 일을 완성했다는 느긋한 기분으로 당당했던 모습은 온데간데가 없고, 하청을 맡은 일꾼이 제품을 들고 삯을 받으러 간 몰골로 바뀌어 있었다.

자욱한 담배 연기 속에서 양춘배가 선뜻 일어서서 반겨준 것이 구원이었다. 도어를 열고 출판사의 사무실에 들어선 순간의 나는 뻔뻔스럽게도 불합격품을 들고 와서 삯을 청구하는 입장에 놓인 것처럼 오들오들한 정신상태가 되어 있었기 때문이다. 방 한쪽 구석에 놓인 응접탁자 앞으로 데리고 가서 자리를 권하고는, "수고하셨습니다, 서형." 하는 말과 함께 그 보따리를 들며 나더런 잠깐 기다리라고 했다.

양춘배는 그 보따리를 자기 책상 위에 풀어놓고 한참을 뒤적거리고 있더니 그것을 다시 안아들고 창 쪽 책상 앞에 앉은 사람 앞으로 갔다. 두 사람 사이에 무슨 말인가가 장시간 오갔다. 그 장면을 나의 텔레파시는 다음과 같이 통역하고 있었다.

"번역이 제대로 되었을까?"

"그건 염려하지 마십시오."

"그래도 불안한데?"

"내가 책임지죠. 번역료나 빨리 지불합시다."

"천천히 지불하지 뭐. 번역의 정도를 살펴보기로 하구."

"안 됩니다. 그건 빨리 지불해야 합니다."

"서둘 것 없잖아……."

이러한 내용으로선 그들의 대화가 너무 길었다. 혹시 나의 텔레파시의 통역이 잘못된 것일지도 몰랐다.

나는 이럴 때 대범하지 못한 스스로를 힐난하는 마음이 되었다. 독립문을 세운 서재필 선생의 모습이 내 눈앞을 스쳤다. 그 순간 그들의 대화에 대한 나의 텔레파시는 작동을 멈췄다. 담배를 꺼내 물었다. 탁자 위에 있는 주간지를 집어들었다.

"너무 오래 기다리게 해서 미안합니다." 하는 양춘배의 소리에 고개를 들었다.

"차나 한 잔 합시다."

양춘배의 말이었다. 다방에 가서 자리를 잡았을 때 양춘배는 두툼한 봉투를 꺼내 탁자 위에 놓았다.

"이백만 원 입니다."

귀가 번쩍했다.

"한 장에 천 원은 쳐드리려고 애썼는데 여의치 않았습니다." 미안하다는 여운이 양춘배의 말꼬리에 남았다.

"양형 고맙습니다."

가까스로 이렇게 말하고 나는 고개를 숙였다. 어쩐지 눈이 부셔서 양춘배를 곧바로 보지 못할 심정으로 되어 있었던 것이다.

나는 번역료의 지불에 관해서 갖가지로 들은 말이 있었다. 소액일 경우엔 달라지겠지만 고액일 경우엔 여러 차례로 분할해주는데 그 돈을 받으러 가기가 쑥스러운 경우도 있다는 얘기도 있었다. 그런 사정으로 미루어 이렇게 한꺼번에, 그것도 이름 없는 역자에게 고액의 번역료를 지불하게 되었다는 것은 오로지 양춘배가 노력한 보람일 것이었다.

"또 부탁할 일이 있을지 모르겠습니다." 하는 양춘배의 말이 있었다.

"내가 할 수 있는 일이라면." 하고 나는 순순히 승낙했다. 얼마 전까지의 심정으로선 다신 번역 같은 건 안 할 작정이었다. 스스로 어떤 충동을 받아 이 작품은 꼭 번역해보고 싶다는 의욕이 생기지 않는 한 번역은 안 하겠다고 마음먹었던 것인데 양춘배의 호의를 앞에 하고선 어떠한 조건도 달 수가 없었던 것이다.

이백만 원을 호주머니에 넣고 있다는 사실의 인식은 확실히 나쁜 기분은 아니었다.

공중전화 박스를 찾았다. 거리의 군데군데에 공중전화가 있다는 것도 반가운 일이다. 박스 속엔 중년의 사나이가 있었는데 통화 중 신호가 나와 전화를 걸지 못했는데도 자리를 양보해주었다. 오늘따라 모든 사람이 친절해 보이는 것이 이상할 정도였다.

다이얼을 돌렸다. '딸까닥' 하는 주화가 가라앉는 소리가 그처럼 고마울 수가 없다.

"××신문사입니다아." 하는 귀에 익은 소리가 울려나왔다.

"도서실 부탁합니다."

"감사합니다아."

그 교환양의 말소리는 실러블 하나하나가 진주알 같은 결정체다. 진주 빛깔의 음색이 또렷또렷하면서도 부드러운…… . 솜털에 싼 것처럼 몽롱하고, 시궁창에 뒹군 것처럼 추잡하고, 나무토막을 자르는 것처럼 무뚝뚝하고, 돌밭에 구르는 바람처럼 걸걸한, 신문지를 찢는 것처럼 히스테리컬한 음성이 범람하고 있는 소리의 바다 속에 진주알 같은 음색과 경도로 빛나는 음성의 소유자는 확실히 축복을 받은 사람일 게다.

"도서실이에요."

사환아이의 음색도 나쁘지 않다.

"관장 바꿔주시오."

"기다리세요." 하는 말을 덮치듯,

"우리?" 하는 정명욱의 말도 청량했다.

"퇴근길로 그 다방으로 나와요."

"그러겠어요."

"오늘 당신은 기대해도 좋소."

"뭘을?"

"오늘 아마 우리 욱이는 백만장자를 만나게 될 거요."

"백만장자?"

"백만장자에다 알파가 붙은……."

"무슨 말씀이죠?"

"너무 빨리 알려고 하는 것도 결점이 되는 거요."

"그럼 힌트만이라도."

"나는 지금 퀴즈를 하고 있는 게 아닙니다." 하고 기분 좋게 웃었다.

"퍽이나 기쁘신 모양이네요."

"퍽이나 할 정도는 아니구 약간은 기쁩니다."

"그렇다면 저도 기뻐요."

"내용도 모르고서?"

"우리가 기쁘니까 따라 기뻐야죠."

"그럼 그 시간에."

"OK."

전화박스에서 나와 시계를 보았다. 정명욱의 퇴근시간까진 한 시간 반이나 남았다.

'이 시간을 어떻게 사용하느냐.' 서울역 앞에서 구두를 닦고 있는 소년의 얼굴이 떠올랐다.

"옳지." 나는 서울역을 향해 걷기 시작했다.

그 소년을 본 지도 두 달이나 넘었다.

윤두명의 명령이라면서 갖다놓은 돈 봉투가 두 개나 쌓여 있고 그 가운데 하나는 지금 내 왼편 포켓에 들어있다. 나는 그 돈을 어떻게 하든

병든 어머니를 모시고 있다는 그 구두닦이 소년에게 갖다주려고 마음을 먹었는데 차일피일 천연대고 있었던 터였다.

서울역을 향해 걷고 있는데 요전번 돈을 주려고 하니까, 까닭 없는 돈은 받을 수 없다며 거절한 소년의 말이 되살아났다. 그러니 까닭을 찾아야 하는 것이었다.

'소년이 돈을 받을 수 있는 까닭을 어떻게 만들면 좋을까.'

불쌍한 소년을 돕고 있는 윤두명의 뜻을 대행하는 것이라고 하면 될까. 사실이 바로 그것이니까. 그러나 그런 말이 그냥 통할 수 있을 것 같지는 않았다. 나는 나의 솔직한 심정을 털어놓을 수 있었으면 했다.

나의 솔직한 심정이란, 윤두명으로부터 그 돈을 받는 것은 상제교라는 그 집단의 올가미를 쓰는 결과가 되어 그게 싫었던 것이다. 그래서 그 돈을 거절했던 것이지만 상대방도 끈덕졌다. 돌려받으려고 안 했다. 교조의 명령엔 절대복종해야 하며 신성불가침이라면서. 그러니 그 돈을 구두닦이 소년에게 주어버리면 내 양심이 올가미를 쓰지 않아도 될 뿐 아니라 후일 돈의 사용방도를 윤두명에게 밝혀 떳떳할 수가 있는 것이다. 그러나 이런 설명은 그 소년에게 하기엔 너무나 구구하고 소피스티케이트하지 않는가.

문방구점이 눈에 띄었다. 아이디어는 그때 생겼다. 나는 노트 한 권과 볼펜 몇 개를 샀다.

소년은 그 자리에서 구두를 닦고 있었다. 나는 조용히 그 옆에 가서 섰다. 소년이 얼굴을 들었다. 반기는 빛이 얼굴에 번졌다.

"오랜만이군."

소년은 대답이 없었으나 눈꼬리에 웃음이 남실거렸다. 소년의 얼굴에도 봄이 와 닿아 있었다. 창백했던 얼굴에 보일 듯 말 듯 핏기가 올라 있었다. 한쪽 뺨에 묻어 있는 구두약의 흔적이 소년의 눈빛을 보다 맑게 보이게 하는 효과가 돼 있다는 것은 화장술에 있어서의 어떤 테크닉을 시사하는 것인지도 몰랐다.

구두를 마저 닦고 손님이 일어서자,

"앉으세요." 하고 소년은 비어 있는 자리를 가리켰다.

"구두를 닦을 때가 됐네요."

"내 구두는 닦으나마난데 뭐."

"그러지 말구 앉으세요. 닦으나마나한 구두란 건 없어요. 낡은 구두일수록 닦아야 해요." 하고 소년은 솔로 구두통을 두들겼다. 나는 자리에 가서 앉았다.

"오늘은 공짜로 닦아드릴게요."

소년은 솔질을 하기 시작했다.

나는 소년의 손놀림과 움직이는 뒤통수를 가만히 내려다보았다. 살기 위해서 일을 한다는 호모 파베르의 전형이 거기 있는 것 같았다.

"오랫동안 보이지 않아 궁금했어요." 소년이 불쑥 말했다. 고개를 숙인 채 손을 바쁘게 움직이면서.

"바쁜 일이 있어서."

얘기는 그것만으로 다시 침묵이 시작되었다. 붐비는 인파가 광장에 있고 폭주하는 자동차 소리가 공기를 메우고 있었지만 소년과 나 사이는 그곳의 공간만을 잘라내어 별도의 공간을 만들어놓은 것처럼 조용했다.

"아저씨 나쁜 사람 아니죠?"

여전히 동작을 멈추지 않은 채 물은 소년의 질문이었다. 나는 그 당돌하기도 한 질문에 어떻게 대답해야 할지 잠깐 망설였다.

"글쎄, 남은 어떻게 생각할지 모르지. 내 자신은 날 그다지 나쁜 사람이라곤 생각하지 않는데……."

"나도 아저씰 나쁜 사람이라고 생각하긴 싫어요."

나는 그 레토릭이 약간 이상하다고 느꼈다. 나쁜 사람이 아니라고 생각한다면 될 것을 나쁜 사람이라고 생각하긴 싫다는 말은 어색한 표현인 것이다. 하기사 요즘 소년과 소녀들은 엉뚱한 어휘를 쓰는 경향이 있었다.

며칠 전만 해도 국민학교 삼학년에 다니는 옆집 어린애가 그 어머니를 보고 한다는 소리가,

"엄만 주제 파악을 못하는 것 같애."

하는 말이 섞이는 것을 듣고 놀랐던 일이 생각났다.

"어머니 병환은 조금 나으시니?" 이번엔 내가 물었다.

"차도가 없어요. 의사선생님의 말씀으론 상당히 오래 끄는 병이래요."

아무렇지 않게 말하고 소년은 구두를 두들겼다. 구두를 바꿔 올려놓으란 신호였다.

그런데 또 이상한 소릴 했다.

"나쁜 사람도 경찰에 가서 뉘우치면 된다죠?"

"그렇지, 뉘우치면 되지, 헌데 그런 사람이 있나? 아는 사람 가운데."

하고 되묻지 않을 수 없었다.

소년의 답은 없었다.

그리고는 대화가 끊겼는데 구두가 두 쪽 다 닦였을 때 나는 앉은 채 소년에게 말을 시작했다.

"여기 노트와 볼펜이 있다. 이 노트에다 네가 듣고 본 여러 가지 일을 써봐라. 공부도 될 겸 우리가 살고 있는 사회를 보다 잘 알 수 있을 거다."

소년의 얼굴에 겁에 질린 듯한 표정이 돋았다. 아랑곳없이 나는 계속했다.

"공장에 다니는 형님으로부턴 공장 얘기를 듣고, 학교에 다니는 누이동생으로부턴 학교 얘기를 듣고, 병중에 있는 어머니의 말씀도 듣고, 이웃에서 일어나는 갖가지 얘기도 듣고 해서 이 노트에 적어넣으면⋯⋯." 하고, 그 노트가 소설공부를 하는 나에게 대단히 유익한 것으로 될 거라는 말을 덧붙이려다가 말고 대신,

"내게도 여러 가지로 참고가 되겠다." 고만 하고 돈이 든 봉투를 꺼냈다.

"그 대가로 이십만 원을 주겠다."

소년은 주위의 눈치를 살피는 것 같더니 어름어름 그 돈 봉투를 받아 구두통 속에 집어넣었다.

"그런데 참 네 이름을 모르는구나." 하고 물었다.

"하준호예요."

소년의 말소리는 떨리는 듯했는데 그건 마음의 탓만은 아닐 것이었다. 나름대로의 감동이 그렇게 된 거겠지, 하고 나도 내 이름을 밝히고 청운동에 있는 아파트에 살고 있다고 알렸다.

나는 큰 짐을 내려놓은 것 같은 가벼운 기분으로 일어서며 "또 만나자."는 말을 남기고 그 자리를 떠났다.

그러나 꺼름한 찌꺼기 같은 것이 가슴의 바닥에 괴인 까닭은 헤어질 때 보였던 소년의 표정이 이상했던 때문이다. 고맙다는 말을 안 한 것까지도 좋았다. 소년의 얼굴은 겁에 질린 사람처럼 굳어 있었고, 뭐라 말을 하려 해도 입이 떨어지지 않는다는 그런 표정이었다.

하지만 그런 것으로 신경을 쓸 상황이 아니었다. 정명욱이 나를 기다리고 있을 것이었고, 내 포켓엔 이백만 원이란 거금이 들어 있었다. 이

윽고 나는 정명욱 앞에 백만장자로서 모습을 드러낼 수 있었던 것이니
말이다.

역易에 말하길, 개읍改邑이언정 불개정不改井이니라

봄이 깔려 있는 거리에서 다방으로 간다는 것은 계절에서 무계절로 들어선다는 뜻으로 된다.

밝은 곳에 있었던 눈으론 다방 안이 지나치게 어둠침침했지만 정명욱의 모습을 어두운 해저와도 같은 그곳에서 당장 포착할 수 있었던 것은 이른바 텔레파시의 탓만은 아니다. 그녀의 눈은 커다랗게 뜨여 한결 높은 광도로 빛나고 있었다.

"욱이의 눈이 서치라이트 같애." 하며 나는 맞은편 의자에 앉았다.

"서치라이트가 될 만하잖아요." 하고 정명욱이 생긋 웃었다.

그제야 나는 아까의 전화를 상기했다. 백만장자 만나게 해주겠다고 으스댔던 전화를.

"백만장자 구경할 셈으로?"

"그럼요."

"그렇다면 약간 쑥스러운데."

"왜요?"

"피라미를 낚았을 뿐인데 잉어를 낚은 것처럼 으스대버렸으니."

"피라미건 잉어이건 상관하지 않아요. 무슨 일이죠?"

"얼만가 돈이 생겼다는 얘길 뿐야."

"돈이 생겨요?"

"응."

"복권이나 당첨됐나요?"

"천만에, 내가 복권을 하나 뭐."

"그렇다면 이상하지 않아요. 우리의 성격이 남의 돈을 까닭 없이 받을 턱이 없구? 유산을 남길 만한 삼촌이 미국에 이민 가서 부자가 되었다는 소식을 들은 적도 없구."

"쑥스러운 얘기 그만합시다. 사실은 루트비히 마르쿠제의 번역료를 받은 거요. 이백만 원."

"이백만 원이나? 한꺼번에?"

정명욱이 놀라주는 것이 반가웠다.

"양춘배 씨의 호의였지. 보통의 경우, 책이 나오고 나서야 준다든지, 분할해서 주든지 하는 건데 양춘배 씨가……. 고마운 일 아냐?"

정명욱의 얼굴에 너그러운 미소가 있었다. 그리고 묻는 것도 아닌 투로 말했다.

"우리 그 번역하느라고 석 달 걸렸나, 넉 달 걸렸나?"

"꼬박 석 달은 걸렸지."

"아무튼 장해요." 하고 정명욱이 손을 내밀었다. 나는 그 손을 잡았다. 콧등이 새큰한 기분이었다. 가난하고 가난한 남녀가 겨우 얼만가의 돈을 쥐고 서로 흡족해한다는, 어쩌면 오 헨리의 소설에 있음직도 한 장면이었기 때문이다.

나는 그 센티멘털한 분위기에서 벗어나기 위해 서울역에서 구두닦이를 하는 소년에게 윤두명 씨로부터 받은 돈을 건네주고 홀가분한 기분이란 말을 전했다. 정명욱은 그 얘기를 듣고만 있었다.

나는 이어 박문혜에 관한 이야기와 엊그제 있었던 일을 털어놓아 버릴까 하다가 자칫 잘못하면 오해를 살까봐 덮어두기로 했다. 그 대신 호주머니에서 이백만 원의 꾸러미를 꺼내 정명욱 앞에 내놓았다.

"이걸 왜?"

정명욱이 움찔했다.

"욱이가 맡아 있어."

"왜?"

"돈은 여자가 맡아 있는 것이 안전하대. 여성잡지에서 읽었지."

"우리가 갖고 계세요."

정명욱이 돈 꾸러미를 도로 내 앞으로 밀어놓았다.

"욱이가 가지고 있으래두."

꾸러미를 정명욱 앞으로 다시 밀었다.

"우리 통장에 넣어두시면 될 게 아녜요?"

명욱은 다시 돈 꾸러미를 내 앞으로 밀어놓았다.

"묘한 광경이군. 누가 이런 사정 알까봐 겁나오. 이걸 결혼 비용으로 합시다." 하고 나는 정명욱을 바라봤다.

"결혼 비용은 내가 맡기로 돼 있잖아요."

정명욱의 눈에 애원하는 빛이 있었다.

"실업자에 대한 동정인가?"

나는 부러 심술궂게 중얼거렸다.

"똑바로 그 이유를 설명해야 하나요?"

"이유가 있다면 설명을 들읍시다."

"올드미스가 젊고 훌륭한 남편을 가지게 된 데 대한 자축의 뜻이에요."

명욱의 그 말은 내 가슴에 만만찮은 충격을 주었다.

"무슨 그런 소릴 하지?"

"정직한 나의 의사표시예요."

"너무 정직한 것은 거짓말만도 못하다는 얘기 듣지 못했수?"

명욱은 고개를 숙였다. 그 어깨만을 보아도 어떤 복잡한 감정이 마음속에 굽이치고 있다는 것을 알 수가 있었다. 여자는 잠자코 있을 때 더 많은 말을 한다는 발견이 있었다.

'내 소설엔 이런 관찰을 활용해야지.' 하는 마음의 조각이 뇌리를 스쳤다.

"사실은요……." 하고 정명욱이 고개를 들었다. 큰 눈이 살큼 이슬져 있었다.

"전 불안해요. 지금 이 순간에도 우리와의 사이를 파괴할 어떤 힘이 은연중 작용하고 있지 않나 하는 생각이 뭉클 솟을 때가 있어요. 그럼 밤중에도 눈을 뜬 채……."

"욱이의 신경은 너무나 섬세한가 보군. 그런 걱정일랑 말아요."

"우리를 탓하는 소리는 결코 아녜요. 제 신경이 괜히 그렇게 비뚤어지는 거예요. 어떤 때는 미칠 것만 같아요."

"날 그렇게 믿지 못해요?"

"믿지요. 믿어요. 그러나 언제 누가 가로채갈지 모른다는 불안이 떠나질 않아요. 우리처럼 잘나고, 머리가 좋고, 마음씨가 아름다운 젊은 남자가 흔한 줄 아세요? 그런 남자가 어떻게 제 차지가 될 수 있을까 생각하면 오늘의 이런 관계가 거짓말 같단 말예요. 무슨 꿈을 꾸고 있는 것 같구요. 제가 그처럼 행운을 탄 여자가 아닐 텐데 하는 마음도 들구요."

"욱이는 뭔가를 오해하고 있는 것 같애. 날 과대평가하고 있어. 난 욱이가 지금 보고 있는 그대로의 실업자, 장래를 가늠할 수 없는 소설 지망생, 돈 이백만 원쯤 생겼다고 으스대기도 하는 쩨쩨한 놈, 그런 존재에 불과해. 그런 나에 비하면 욱이야말로 훌륭해. 과분해."

"그만하세요. 우리가 어떤 남자인가, 하는 것은 누구보다도 제가 잘 알고 있어요. 전 학교에서 직장에서 거리에서 친척을 통해서, 많은 남자를 알고 있어요. 그러니까 제겐 남자를 보는 눈도 있고 판단력도 있어요. 그러니까 우리는 제 앞에서 자기를 이리저리 해석해 보일 필요 없어요. 결정적인 얘기는 제가 매일매일 불안하다는 것뿐이에요."

"그 불안을 없애요. 나, 맹세를 하지."

"천재지변을 사람의 맹세로써 변경할 수 있나요?"

"천채지변?"

"그래요. 그와 유사한 일이 일어날 것만 같애요."

"이렇게 되면 완전히 노이로제가 아닌가?"

"그래요. 노이로제예요."

"그런데 갑자기 왜 지금 그런 얘길 하지? 그동안 아무런 사태의 변화도 없었는데."

"말을 안 했다뿐이에요."

"……?"

"참으려고 했는데, 견디려고 했는데 어쩌다 오늘 터진 거예요."

명욱이 고개를 숙이고 손수건을 찾았다. 나는 그 납득할 수 없는 정황에 어떻게 대처해야 할지 몰라서 멍하니 앉아 있었다. 나는 우는 여자는 질색이었다. 내 마음속엔 언제부터인가 눈물 한 방울 흘리지 않고 어떤 슬픔이라도 견디어내는 잔 다르크와 같은 이미지의 여자를 이상으로서 새겨넣고 있었던 것이다. 이상의 여자가 아니니까 싫어진다는 것은 거만한 얘기로 되는 것이지만 자기가 사랑하는 여자가 이상에 멀어진다는 것은 결코 유쾌한 기분이 아니다.

남 앞에서 눈물을 보이지 않겠다는 각오를 가지고 있지 않은 남자나 여자는 스스로를 컨트롤 못하는 사람이란 걸 표시하는 꼴이 아닌가. 산다는 것은 곧 컨트롤한다는 것일 텐데 말이다.

그렇다고 해서 정명욱이 울고 있는 건 아니었다. 그러나 누가 보아도 눈물을 닦고 있는 여자임엔 틀림이 없다. 재미나는 연극을 보러 갔다가 그 프로가 끝났다는 것을 발견했을 때의, 흥이 깨진 기분으로 내 표정은 멋쩍은 꼴로 되어간다는 것을 스스로 깨달았다.

"나갈까?" 하고 물었다.

고개를 끄덕거리는 듯하더니 손수건을 눈에서 떼어 핸드백에 집어넣었다. 눈이 빨갛게 되어 있거나 눈물자국으로 눈 언저리가 흐려 있거나 하지 않은 것이 다행이었다.

일어서는 나에게 탁자 위에 있었던 돈 꾸러미를 명욱이 내밀었다. 하는 수 없이 받아 안 포켓에 쑤셔넣었다. 그러나 그 돈은 이미 빛이 낡아 있었다. 그 부피의, 그 금액의 돈일뿐이다. 아까까지의 그 돈은 돈이 아니고 돈 이상의 그 무엇, 놀라운 기적을 만들어낼 수도 있었던 메시아였는데.

긴 봄날도 저물어가고 있었다. 황혼의 거리로 변하고 있었다. 여느 때 같으면 너그러운 기분으로 다소곳할 수도 있었을 것인데 그렇지가 않다. 회색의 거리에 을씨년한 전등의 나열, 잡스러운 광고판으로 해서 불결하기 짝이 없는 거리. 인간의 위신이란 위신이 상술에 억눌려버린

비정의 거리가 되어 있었다.

"어딜 갈까?" 내 말이 내 귀에 드라이하게 들렸다.

"어디라도 좋아요." 분명 그것은 올드미스의 음성이었다.

"어디라도 좋으면?" 하고 나는 무교동 네거리에 잠깐 멈춰 섰다가 건너편 낙지골목을 향해 걷기 시작했다. 명욱은 잠자코 따라왔다.

사실 나는 낙지가 싫었다. 그래 내 자유의사로 그런 곳에 가본 적은 한 번도 없었다. 그런데 그곳을 향해 가고 있다는 사실에 '아아, 지금 나는 적잖게 기분이 나빠 있구나.' 하는 생각을 했다. 동시에 '자칫하면 오늘 밤 나는 안할 소리, 못할 소리를 늘어놓을 위험이 있군.' 하는 예감이 들기도 했다.

가기가 싫은 곳으로 고집스럽게 걸어가고 있다는 사실, 마음에도 없는 불쾌한 짓을 하리라는 예감, 그러고도 미리 카타스토로프를 방지하지 못한다면 인간의 위신에 관계되는 일이다, 하면서도 내 걸음은 낙지골목으로 기어들고 있었다. 헌데 여자의 본능이란 비상한 것인가 보다. 욱이 내 소매를 끌었다.

"우리 낙지집으로 갈 거예요?"

"그래요."

"꼭 낙지가 자시고 싶어요?"

"……"

"낙지 좋아하시지 않잖아요."

"……"

"제가 좋은 델 안내할게요."

"어디라도 좋다고 해놓고서." 내 말이 투덜대는 투가 되었다.

"어디라도 좋다고, 싫어하시는 데를 가실 것 없잖아요."

"……."

"절 따라와요."

하고 명욱은 내 소매를 쥔 채 되돌아섰다. 굳이 반대할 근거가 없었다.

광화문 지하도를 건너 중앙청 쪽으로 명욱은 방향을 잡았다. 그러더니 대로를 살큼 비껴 선 곳으로 들어섰다. 거기 큼직한 건물이 있고 그 일부에 레스토랑이란 네온이 붙어 있었다. 나는 그 레스토랑이 바이킹 요리를 하는 곳이라고 듣고는 있었지만 아직 가본 적은 없었다.

"바이킹요린데요, 아주 값이 싸요. 한 사람 만 삼천 원만 내면 뭣이든 골라 배불리 먹을 수가 있어요."

내가 망설임을 보이자 정명욱이 미리 한 소리였다.

"결식아동에게 영양보충을 하겠단 말인가."

겸연쩍스러워 내가 한마디 했다.

그 말엔 대꾸도 않고 명욱이 레스토랑의 도어를 밀고 들어섰다. 이번 엔 내가 붙들었다.

"오늘은 이런 데 가기 싫어." 내 말이 필요 이상으로 강경했기 때문에 명욱은 도어를 밀고 들어서다가 말고 주춤 섰다.

"이리로 나와요." 내가 재촉하자 명욱이 얼른 바깥으로 나와선 내 눈 치를 살폈다.

"오늘 내 호주머니에 이백만 원이란 돈이 있어. 그러니 이런 덴 가고 싶지 않아."

나는 비로소 농담빛을 말 가운데 끼울 수가 있었다. 명욱은 나의 다 음 말을 기다리는 표정이 되었다.

"오늘 밤은 형편없이 궁색스러운 곳을 찾아서 가고 싶어. 이백만 원을 호주머니에 넣고 형편없이 궁색스러운 곳에 앉아 뭣을 먹어도 맛이 있을 것 같애."

그러자 명욱의 얼굴에 평상시와 같은 표정이 돌아왔다. 생기가 돌기 시작했다는 말이 옳을지 모른다.

"그럼 포장마차로 갈까요?"

"아니, 어디 시장을 찾아가자구. 시장 한가운데 있지 왜, 김이 무럭무럭 나는 돼지고기와 순대 파는 데 말야."

"좋아요." 하더니 명욱은 택시를 잡으려고 했다.

"그것도 안 돼. 남대문시장으로 가면 될 텐데 택시는 뭣 때문에. 꼭 걷기 싫으면 버스를 타자구. 여기선 두 정거장 가면 남대문시장이야."

"구두쇠 연수하실 참인가요?"

"이백만 원을 호주머니에 넣고 버스 타는 재미가 있을 것 아냐?"

"버스를 타선 이백만 원 소매치기한테 빼앗기는 재미도 있을 테구요."

"그렇지, 그렇게만 되면 최고의 재미를 볼 수 있겠지."

버스 정류소는 가까운 곳에 있었다. 몇 분도 기다릴 필요 없이 버스가 왔다. 남대문까지만 가려면 어느 버스를 타도 좋았다. 버스에 오르곤 빽빽한 손님 틈에 비집고 서서 명욱이 한 손을 뻗어 돈이 들어 있는 내 안 포켓을 누르고 있었다.

"날 어린애 취급 안하는 게 좋을 것 같은데." 하고 내가 속삭였다.

"최고의 재미를 방지하기 위한 심술이에요." 하고 명욱은 포켓을 누르는 손에 힘을 더했다.

버스간에서 대화는 이 정도로 끝났다. 시장 안으로 들어서자 순대집을 곧 발견할 수가 있었다. 이집 저집 가릴 필요도 없었다. 눈에 띈 첫집의 벤치에 걸터앉았다. 소주 한 병, 돼지 살코기와 내장을 어우른 것

한 접시, 순대 한 접시, 잔치의 수속은 지극히 간단하고, 그 집 할머니의 투박한 손가락은 매니큐어를 한 명동의 웨이트리스 손 이상으로 다정하고 매력적이었다.

"나도 꽤나 술꾼이 된 모양이지?"

"왜요?"

"소주 한 잔 마셔놓으니까 단번에 기분이 좋아지는데."

"술 마시고 기분 좋아진대서 자꾸 술을 마시는 건 결국 야만인의 정도를 벗어나지 못했다는 얘기가 아닐까요?"

"그럴지 모르지. 그러나 나는 야만인 만세다."

"술을 마시지 않아도 기분이 좋아질 수 있는, 술 마신 기분과는 물론 질이 다르겠지만 그런 지혜란 없는 걸까요?"

"어렵게 생각할 것 없어. 술 마시고 기분 좋아지는 걸 그냥 긍정하는 태도를 헬레니즘이라고 하는 거고 술 안 마셔도 기분 좋아질 수 있는 방법을 연구하는 태도를 헤브라이즘이라고 하는 거라."

"그게 더 어려운 얘기 아녜요?"

"헬레니즘만 갖고도 못 사는 거구 헤브라이즘만 갖고도 못 사는 거구. 적당하게 술을 마시기도 하고 술 안 마셔도 만족할 수 있는 방법을 강구하기도 하고, 생활이란 그렇고 그런 것 아닐까?"

"오늘 밤은 나도 한 잔쯤 마셔야겠다."며 명욱이 술잔을 입에다 갖다 댔다.

"좋아, 마셔보시구려. 헌데 취하기 전에 한마디 해둘 게 있어."

"뭔데요?"

"욱이는 영리한 여자야, 총명한 여자야. 게다가 현명해."

"그 이유는?"

"오늘의 행동을 한번 돌이켜 생각해봐요. 그럼 알게 될 거요."

"글쎄 뭔데요."

"설명은 않겠어." 하고 나는 만일 정명욱이 내가 낙지집엘 가는 걸 말리지 않았을 경우를 상상해보았다. 틀림없이 명욱의 그 경화된 태도에 대한 조건반사를 일으켜 안할 소리, 못할 소리를 지껄여댔을 것이었다.

"질질 짜는 여자는 질색이다."

"스스로의 매너조차 컨트롤 못하는 남자와 여자를 나는 경멸한다."

"사내가 맹세까지 하려는 걸 트집 잡는 건 이상성격의 발현이다."

"그렇게 믿지 못할 남자거든 미리 차 던져라."

"자신 없는 여자란 결국 사랑에 자신이 없다는 걸 고백한 거나 마찬가지다."

"올드미스가 나쁜 게 아니고 올드미스의 콤플렉스가 나쁜 것이다."

"천재지변까질 들먹여 미리 공포를 느끼는 병적 성격을 어떻게 감당할 수 있겠나." 등등.

그럴 때 그 결과가 어떻게 되었을까. 그런 말에 대한 명욱의 반응이 다시 나의 심성을 상승적으로 격화시켜 내일 아침 사과를 할망정 오늘 밤엔,

"아직 같이 생활을 시작도 않고 서로의 부담만 되는 이런 꼴이면 앞으로의 싹이 노오라니 당장 집어치우자."고 덤볐을지도 모르는 일이다.

그런데 정명욱은 민첩하게도 그 위기적인 상황을 미연에 방지해버린 것이다. 그래서 내가 물었다.

"지금도 불안해?"

"불안하지 않아요." 명욱의 맑은 소리였다.

"어째서? 술을 한 잔 하니까?"

"아녜요."

"아까는 그처럼 불안하다고 하더니."

"어쩌다 불안한 생각이 들 수가 있어요. 그럴 땐 생각할수록 불안하게 돼요. 그래서……. 아깐, 미안해요."

"나도 미안했어." 하면서도 나는 왜 아까 갑자기 대중 속에서 손수건 꺼내 눈을 가리기까지 감정이 격하게 되었는가, 하는 질문은 할 수가 없었다. 괜히 덤불을 쑤셔 뱀을 만나는 경우가 될지 모른다는 위구가 있었기 때문이다.

그 위구는 일종의 잠재의식이었다. 명욱에겐 몰래 박문혜와 편지를 주고받고 있는 사실에서 비롯한 막연한 죄책감, 즉 나는 정명욱을 배신하고 있는 것이 아닌가 하는 죄의식이라고 할 수가 있었다. 그런 의식 때문에 나는 자연스럽게 정명욱의 불안 고백을 웃어넘기지 못했던 것이 아닐까, 괜히 경화된 것이 아닐까.

그러다가 문득,

'녀석이?' 하는 생각이 들었다.

형식이 녀석이 자기 딴으론 우리를 위한답시고 박문혜와의 관계에 관해서 명욱에게 무슨 힌트를 준 것이나 아닌가 하는 생각이 든 것이다. 그런 가정을 할 때 정명욱의 아까의 태도와 지금 뭔가 내가 할 얘기를 기대하고 있는 것 같은 태도에 납득이 갈 듯 말 듯했다. 그러나 박문혜의 얘기를 새삼스럽게 끄집어 낼 수는 없었다. 괜히 설명이 구구해지고 그 때문에 분위기가 다시 어색해질 것 같은 느낌이 들었기 때문이다.

나는 얼른 화제를 물색했다.

"도스토예프스키의 소설에 『미성년』이란 게 있어. 읽어본 적 있소?"

"없어요."

"그 주인공의 소원은 돈을 천만장자, 억만장자로 벌어놓곤 거지꼴을 하고 거리를 걸어다니는 데 있는 거야."

"그것도 병적 취미군요."

"병적일지는 몰라도 멋이 있지 않겠어? 억만장자가 거지꼴을 하고 돌아다니면 말야. 『미성년』의 주인공은 실력과 자기 자신에 대한 자신만 있으면 그만이란 거야. 돈을 버는 것도 돈에 목적이 있는 것이 아니라 자신을 갖자는 데 목적이 있다는 거지."

"재미도 없어."

"재미가 없으면……." 하고 나는 다른 화제를 찾아 헤맸다.

"기껏 돈 이백만 원이 호주머니에 있다고 해서 도스토예프스키까지 동원하는 거유?"

"아냐, 나는 철저한 구두쇠가 되어볼 양인데."

"돈 이백만 원 가졌다구?"

"그 이백만 원을 들먹이는 건 그만둬. 그럼 내 재미나는 얘기할게, 구두쇠에 관한 얘기……."

"해봐요."

"어느 친구가 말야. 필요만 있으면 남의 집에 지도를 빌리러 오는 거야. 그런 일이 하도 빈번해서 세계지도 한 장쯤 사두라고 했더니 그 친구 한다는 소리가 세계전쟁이 언제 발생할지 모르니 그 전쟁이 끝나면 사겠다고 하더래."

명욱이 어이가 없다는 듯 웃었다. 얘기가 재미있대서 웃은 것인지 그 따위를 이야기랍시고 하는 내 꼴이 우스웠던 것인지 분간할 수가 없다. 나는 어느 편이건 좋았다.

"또 이런 얘기도 있지. 어떤 아낙네가 쥐틀을 사러 갔어. 쥐틀 알아? 쥐 잡는 덫 말야. 가게 주인이 쥐틀을 보였어. 아낙네가 얼마냐고 물었겠다. 가게주인이 천 원이라고 하니까 아낙네는 고개를 갸웃갸웃 하더니 나와버리려고 했어. 주인이 쥐틀 안 살 거냐고 물었지. 그랬더니 아낙네의 말은, 쥐가 아무리 먹는다고 해도 천 원어치나 먹을라구요."

이번엔 명욱이 조금 소리를 내어 웃었다. 나는 힘을 얻었다.

"스코틀랜드 사람이 구두쇠란 건 유럽에선 소문이 나 있는 모양이야. 이건 스코틀랜드의 얘기야. 두 여행자가 스코틀랜드를 향해 가다가 한 사람이 우리 스코틀랜드에 들어왔을까? 했더니 다른 한 사람이 말하길, 아냐 길옆에 빈 병이 떨어져 있는 걸 보니 아직 스코틀랜드가 아냐."

이번엔 명욱이 웃는 시늉도 안했다.

"좀더 재미나는 얘기할까? 스코틀랜드의……."

"그렇게 구두쇠 얘기가 재미나요?" 명욱이 이상한 눈초리로 물었다.

"나는 목하 구두쇠 연수 중이거든."

"구두쇠 연수 중인 사람이 구두닦이 소년을 찾아가서 억지로 이십만 원 줘요?"

"그것과 구두쇠는 별도의 문제 아닌가."

"무리하지 마세요. 시간을 메우기 위해 안간힘을 다하고 있는 것 같애서 도리어 미안해요."

"무슨 소릴 하는 거야. 듣는 김에 한 가지만 더 들어. 스코틀랜드인이 상등품 위스키 한 병을 얻었어. 그걸 궁둥이 포켓에 집어넣고 기쁜 마음으로 돌아오다가 트럭에 받혔어. 겨우 일어나 절뚝거리며 걷고 있는데 궁둥이 쪽에서 질퍽한 것이 흘러내리고 있는 것을 알았어. 그러자 그는 섬뜩한 생각으로 하느님, 지금 흐르고 있는 것이 피였으면 좋겠습니다, 하고 기도를 올리더래. 술병이 깨지지 않았으면 하고 비는 마음이 된 거지." 하면서 나는 명욱의 눈치를 옆눈으로 살폈다. 나는 그녀의 움직이지 않는 모습에 일종의 압력을 느꼈다. 명욱은 박문혜에 관한 이야기를 내 입으로 자발적으로 말해줄 것을 기다리고 있는 게 틀림없을 성싶었다.

'형식이란 녀석이 무슨 힌트를 준 것이로구나.'

그럴수록 나는 그 화제를 피하고 싶었다. 내버려두면 꺼지고 식어버릴 소풍길의 모닥불 같은 것인데 새삼스럽게 들먹이기 시작하면 방화범의 용의자처럼 되어버릴 것이 뻔했다.

소담笑談에 반응이 없는 것처럼 쑥스러운 노릇은 없다. 소주를 한 잔 마시고 돼지고기를 한 점 입에 넣었다. 몽땅 소금이 묻어 있었던 모양이라 오싹하도록 짰다. 나는 얼른 소주를 부어 마셨다. 그게 또한 이상스런 동작으로 비쳤던 모양이다.

"그처럼 빨리 취하고 싶으세요?"

정명욱의 그 말은 술에 취하지 않곤 그 얘기를 할 수 없느냐고 따져 묻는 것처럼 들렸다.

"내 얘기가 그렇게 재미가 없어?" 잠자코 있기도 부자연해서 물었다.

"왜 하필이면 구두쇠에 관심이 많죠?"

"구두쇠 연수를 할 작정이라니까."

"뭣 때문이에요."

"돈 많은 사람이 호사스럽게 사는 건 쉬운 일 아냐? 돈만 있으면 누구이건 할 수 있는 일 아냐? 그런데 가난하면서도 호사스럽게 산다는 건 어려운 일이야. 지혜가 있어야만 비로소 가능한 일이란 말이다. 가난하면서 호사스럽게 살 수 있는 지혜는 구두쇠가 됨으로써만이 얻어낼 수가 있어. 그래서 나는 열심히 구두쇠를 연수하려는 것이지. 진지한 얘기야 이건."

"그렇다면 그건 새삼스러운 얘기가 아니잖아요?"

"이야기는 새삼스러울지 모르나 구두쇠가 된다는 건 그다지 쉬운 일이 아냐. 그런데 나는 꼭 구두쇠가 돼야 할 필요를 느끼고 있거든."

"가난하게 그러면서 호사스럽게 살기 위해서?"

"이상은 그거지. 그러나 일단은 가난하게, 그러면서도 궁하진 않게 살기 위해서다. 궁하다는 건 필요불가결한 게 없어서 남한테 돈을 빌리러 가는 꼴을 말하는 게 아닌가. 세상에 뭐니 해도 남한테 돈을 빌리러 가야 하는 일처럼 비참한 노릇은 없어. 남에게 돈을 빌리러 가지 않기 위한 기본적인 방법이란 구두쇠가 되는 것 이외엔 없지 않은가."

"그렇다면 걱정하지 마세요. 제가 평생 동안 우리 돈 빌리러 남의 집에 가지 않도록 보장해드릴 테니까요. 콩나물 장사를 하더라도, 시청에서 하는 취업장에 나가더라도, 무슨 수를 써서라도 말예요. 돈 빌리러 안 가고 평생 소설만 쓰고 있을 수 있도록 보장해드릴게요."

"그건 너무나 엄청난 얘긴데." 나는 불안과 당황에 겨워 중얼거렸다.

"부부일신이라고 하잖아요? 나는 우리의 일부예요. 그런데 그게 어째서 엄청난 얘기죠?"

"그게 욱이의 진실이라면 내게도 나의 진실이 있지 않겠소."

"그 진실이 뭔데요."

"나는 소설을 쓰길 작정했지만 내 아내에게 생활에 대한 부담을 지우긴 싫어. 떳떳하게 사회의 상식은 지키고 살고 싶어. 그런데 그게 대단히 어려울 것이란 예감이 들어. 내가 결혼을 연기하고 있는 까닭을 욱이도 알고 있잖아?"

"알고 있어요. 그러나 자신이 없어졌어요. 내가 알고 있는 그 이유 이외에 또 무슨 이유가 있지 않을까 해서요."

"욱이가 이미 알고 있는 그 이유 이외엔 절대로 없어."

나는 힘을 주어 이렇게 말했다. 그러나 박문혜와의 관계를 만일 명욱이 의심하고 있다면 아무리 어조를 강하게 한다고 하더라도 소용이 없을 것이란 생각이 돋아났다.

'자초지종을 설명해버릴까. 그러나 이런 계기로 얘기한다는 건 오해를 더욱 심각하게 할 뿐.'이란 생각이 들었다. 그러나 아무튼 내 마음을 설명하고 싶었다. 그래 다음과 같이 시작했다.

"나는 지금 우리 주변에 성행하고 있는 문학을 보고 일종의 절망상태에 빠지고 있어. 문학이 이래선 안 되는 것인데 엉뚱하게 나가고 있단 말이다. 그러나 벌써 그런 식으로 문학을 시작해버린 사람들에겐 할 말이 없어. 그런 식이라도 도리가 없으니 그 가운데서나마 최선을 다하라고 용기를 줄 수밖에. 그들은 이미 직업으로서의 문학을 하고 있으니까 먹고 살기 위한 직업이라면 도리가 없잖아? 수요가 있으니 직업으로서 성립되었을 것이니 일단 승인해줄 수밖에. 실업자가 되라고 권할 순 없잖은가. 그러나 문학을 새로 시작하는 사람에겐 권하고 싶어. 문학을 직업으로 하지 말라고. 품팔이 노동을 하건 월급쟁이를 하건, 문학이 어떤 것인가를 똑똑히 잘 생각해갖고 그 문학관에 철저하게 충실해야 된다고. 문학을 직업으로 안 하면 그런 태도를 관철할 수 있을 거라고 나는 믿어. 나는 앞으로의 문학가는, 문학가란 이름에 합당하게 살려면 스피노자처럼 살아야 한다고 생각해. 생활은 다른 방편으로 유지하고 문학은 신념대로 해나가야 해. 나는 그럴 작정이야. 그러나 내겐 남들처럼 가족을 먹여 살릴 자신이 없어. 내 문학관을 관철하는 한 말이오. 그래, 나는 이렇게 마음을 먹고 있어. 번역에 의해 최저의 생활을 보장하고 나름대로의 문학에 정진하려고. 나는 아직 한 편의 소설도 쓰지 못했지만 문학에 대한 신념은 세울 수 있어. 그 얘길 하면 지루할 텐데 그만두지."

"아녜요. 얘기해보세요. 경우에 따라선 제가 포기하죠."

포기하죠, 하는 말이 벼락처럼 내 머리를 쳤다. 보통으로 생각하고 발성한 말이 아닐 것이란 짐작은 나를 긴장하게 했다. 그 긴장된 마음의 바닥에, 흔들리고 있는 물 속에 요동하고 있는 그림자처럼 박문혜의 모습이 나타났다. 나는 숨을 몰아쉬었다. 탄식을 숨기기 위해서였다.

'아아, 박문혜의 모습이 그처럼 깊게 내 가슴팍에 새겨져 있었다는 것은……' 확실히 놀람이었다.

명욱의 '포기하죠.' 하는 말은 확실히 나를 당황케 했던 것인데 동시에 그건 박문혜에의 방향을 비추는 불빛처럼 느껴졌던 것이니 내게 있어선 충격이 아닐 수 없었다. 나는 말을 계속할 수가 없었다.

"서 선생님의 문학에 대한 신념을 말해보세요."

명욱의 차분한 음성이 강철빛으로 빛났다. '우리'라는 용어가 '서 선생님'이라고 바뀐 것 따위는 문제도 안 되었다. 나는 나도 차분해야 한다고 스스로 타일렀다. 나는 차분히 시작했다.

"우리가 지금부터 해야 할 문학은 정치의 불능을 감정적만으로서가 아니라 과학적으로 인식한 연후의 문학이라야 한다는 게 첫째이구요, 종교의 불모를 역시 감정적만으로서가 아니라 종교 그 자체의 인식으로서 인식한 연후의 문학이라야 한다는 게 둘째구요, 절망에 가깝도록 인생은 슬픈데 세계관으로서의 철학은 파산한 지 오래라는 인식의 토대에 선 문학이라야 한다는 게 셋째구요, 그러나 뭔가 행복에의 지혜를 모색하지 않고서는 배겨낼 수 없는 갈증과 염원과 희망과 기원을 몸부림치며 표현하려고 하는 인간의 의지가 문학으로 되어야 한다는 게 넷째구요……. 나는 이러한 문학을 향해 정진하고 싶다, 이거요."

명욱은 단정한 옆얼굴에 칸델라의 불빛을 받으며 술병을 들어 비어 있는 내 술잔에 술을 따랐다.

나는 돌연 그 단정한 옆얼굴이 한량없는 슬픔을 뿜어내고 있다는 사실을 발견했다. 순간 나의 목이 메었다.

'문학이란 가장 가까이에 있는 사랑의 의미를 알아야 하는 것이며 그것을 소중히 할 줄 아는 마음이 아닌가. 문학이란 사랑할 줄을 가르쳐 주는 지혜의 작용 이상으로 뭣이 있겠는가.' 하는 마음이 메어 있는 목을 가득 채웠다. 나는 뭔가 말을 토해야만 했다. 가장 값이 있는 말, 가장 향기 있는 말, 어떤 변명도 더는 필요로 하지 않는 말, 지금 이 시간을 밝게 비출 말, 영원한 행복을 약속할 수 있을 말, 정명욱의 얼어붙은 가슴을 녹일 수 있는 말!

나는 술병을 놓고 무릎 위로 올라가는 명욱의 손을 덥석 잡았다. 명욱의 커다란 눈이 내게로 돌아왔다. 맺힌 이슬이 엷게 얼어붙으려는 감촉으로 명욱의 눈은 빛나고 있었다.

"욱아, 우리 내일이라도 결혼하자."

뚝, 시간이 끊기는 것 같더니 명욱의 머리가 내 가슴팍에 와 있었다.

목로술집의 주인 할머니의 눈이 크게 뜨이더니 주름잡힌 얼굴 위에 수줍은 웃음이 번졌다.

행복을 바라보는 사람의 얼굴엔 수줍은 웃음이 번지게 마련인 것이다. ……이것도 소설연수생이 발견한 인생의 단편이다.

나폴레옹의 최대의 적은 나폴레옹이었다

얼만가 조작된 감동이었고 정열에도 얼만가의 과장이 있었던 것인데 칸델라의 조명을 받으며 목로술집의 노파를 관중으로 한 러브신을 그 자리의 해프닝만으론 끝낼 수 없는 기분이었다.

"우리 어디라도 가요."

가등이 있기는 했지만 군데군데 어둠이 응결되어 무섭직한 시장바닥을 조심스레 빠져나오며 명욱이 내 팔에 자기의 체중을 걸면서 속삭였다.

"그래, 어디라도 갑시다." 하면서도 내 뇌리의 한 부분엔 아파트로 돌아가 형식의 고자질을 맹렬히 규탄해야지, 하는 의도가 뱀처럼 도사리기 시작하고 있었다. 그러나 박문혜의 일을 형식이 정명욱에게 고자질을 했다손 치고서 분개하고 있는 건 아니었다. 일반론적으로 규탄의 대상이 되니까 맹렬하게 규탄하겠다고 생각한 것뿐이다. 허나 그건 내일이라도 할 수 있는 일이다.

"어딜 갈까!"

"택시가 잡힐 때까지 생각해요." 명욱이 다소곳이 말했다.

큰거리로 나섰다. 아직 이른 시간이라서 젊은 남녀들의 아베크가 보도에 넘쳐 있었다. 갑자기 사랑이 범람한 느낌이었다. 직선으로 사십 킬로미터의 북쪽에 위험한 발화점을 두고도 서울의 하늘 밑엔 목하 사랑이 만발하여 범람 상태에 있다는 느낌은 짜릿한 자극이었다. 나는 문득 영하 삼십 도의 고지에서 경비 임무를 맡고 있었을 무렵의 졸병시대를 회상했다. 그 회상이 말이 되었다.

"평화롭지? 서울의 밤."

"그래요, 이렇게 둘이서 걷고 있으니."

나는 객관적인 의견을 말하고 있는데 명욱은 주관적인 감상을 말하고 있다. 그래도 좋았다. 나는 명욱의 감상에 내 감상을 일치시키기로 하고,

"나는 한때 서울의 밤을 이렇게 생각한 적이 있다."며 언젠가 일기장에 기입한 문장을 기억 속에서 끄집어냈다.

"매정스럽기 짝이 없는 서울의 밤, 평화도 위로도 없고 권태와 체관이 지배하고 있는 서울의 밤, 팔백만 군중의 무한량한 고독이 모래알처럼 퇴적되어 있는 밤, 인색한 네온빛이 도시의 체면을 간신히 지키고 있는 밤. 라디오에선 정열 없는 아나운서의 정열을 가장한 소리가 흘러나오고 있고, 곤충끼리의 성교, 비즈니스로서의 성교가 무수한 방안에서 이루어지고 있는 밤, 절망 상태에 있으면서 절망할 줄도 모르는 인간들이 밤의 뜻도 모르고 밤을 지내고 있는 밤. 괴테가 있을 까닭이 없고, 베토벤이 나타날 까닭도 없고, 아인슈타인의 가능도 없는 불모의 도시에 권세욕과 물욕만이 팽팽하게 긴장하고 있는 밤. 그러한 밤을 비생산적으로 헤매고 있는 나, 서재필이란 존재……. 그랬는데."

"그랬는데?"

"오늘 밤은 새로운 맹세가 있고 사랑이 있고, 비록 분화산 화구의 언저리에 있을망정 평화가 있고, 아, 저기 별이 보이고."

"어디에?" 하고 명욱이 멈춰 섰다.

요즘 서울의 밤에 별을 볼 수 있다는 건 그다지 흔한 일이 아니다. 나는 정동 쪽의 방향과 북악산을 이은 선상의 하늘의 일각을 가리켰다.

"참말." 하고 명욱은 살큼 놀라는 감정을 섞었다. 아아, 이 여자는 확대경적으로 내게 동조하려고 하는구나, 하는 상념이 일자 나는 돌연 쓸쓸함을 금할 수가 없었다.

이때 나는 결심했다.

"우이동으로 가자."

"우이동 좋아요."

"그럼 집에다 전화를 걸어요."

"가서 걸죠 뭐."

"전화가 없는 방갈로도 있을 테니까."

"그렇다면." 하고 명욱은 공중전화를 찾았다.

광화문 네거리를 조금 벗어난 곳에 공중전화는 있었다. 명욱이 전화박스 속으로 들어가고 나는 박스의 바깥에 섰다. 명욱의 전화는 간단했다. 그런데 귓전을 스친 이상한 단어가 있었다.

"서 서방……."

명욱의 집에선 나를 '서 서방'이라고 부르고 있는 모양이었다. 일이 그쯤 되어 있는데 나의 태도에서 불안요소를 발견했다고 하면 격한 심정이 될 수밖에 없었으리란 짐작이 갔다.

우이동의 산장.

한 평이 될까 말까한 좁은 방. 두 사람이 누우면 넘어지도 않고 모자라지도 않을, 어떤 산술이 계산해놓은 면적인진 몰라도 그 산술이 슬프게 느껴지는 방이다. 천장으로부터 드리워져 있는 삼십 촉광의 나전 구裸電球는 어떠한 로맨티시즘도 거부하겠다는 을씨년한 조명수단이고 벽지의 누르스름한 빛깔은 무늬 때문인지 유착된 먼지의 탓인지 분간하기 어려웠다. 다소라도 문화에 익숙하고 다소라도 선택의 능력이 있는 세련된 마음으로선 도무지 감당하기 어려운, 불결하리만큼 초라한 곳이라서 나는 정명욱의 눈을 살폈다.

이런 덴 안 돼요, 하고 일어설 명욱을 기대했던 것인데 명욱은 어깨에서 숄더백을 아무 일도 없는 것처럼, 아니 당연한 것처럼 내려놓는 게 아닌가. 그리고 한다는 말이,

"식사를 해야 하지 않겠어요?"

내가 말을 할 겨를이 없었다.

"무엇을 주문하시겠어요." 하고 사환이 끼어들었기 때문이다.

"뭣이 되죠?"

명욱의 묻는 말에,

"전부 다 돼요." 하는 엄청난 답이라서 그 전부라는 걸 들먹여보라고 하다가 정식 이인분에 맥주 한 병, 소주 한 병을 보태기로 했다.

사환이 물러가고 난 뒤,

"정세를 판단하건대 음식도 별 볼일 없을 것 같구먼." 하며 나는 주변을 두리번거리는데 명욱은 내 얼굴만 바라보고 있으면서 뚜벅 말했다.

"그런 데 신경 쓸 것 없잖아요."

정명욱의 모든 신경은 내일에라도 결혼하자는 아까의 내 말에 송두리째 점령당하고 있는 것으로 보였다.

이윽고,

"물소리가 들리네요." 한 것을 보면 차츰 명욱의 마음이 열리기 시작

하는 모양이었다. 아닌 게 아니라 물소리가 들렸다. 나는 물소리에 귀를 기울이고 있는 자세로 내 마음을 쫓았다.

'밤은 산을 안을 때 가장 고요하다. 산은 밤에 안길 때 가장 그윽하다. 밤은 요란한 불빛의 반항에 교란당하지 않고 스스로의 정적 속으로 침잠하며, 산은 밤의 깊은 사랑 속에서 스스로의 기교한 형태와 치장을 의식하지 않는다……'

"왜?" 하고 명욱이 내 눈을 들여다보려고 했다. 돌연 침묵해버린 내 태도에 불안을 느꼈는지 모른다.

"물소리." 나는 짤막하게 말했다.

물소리처럼 무한하리만큼 풍부한 해석을 용납하는 것도 아마 없을 것이 아닌가, 하는 생각이 들었다. 시간으로 말하면 지구 생성의 아득한 옛날부터 지구가 멸망할 아득한 미래에 이르기까지 물은 흐르고 또 흐른다. 공간적으로 말하면 이 산속의 가느다란 줄기물이 태양으로 흘러들어 이 지구를 몇 바퀴, 몇만 바퀴를 돌지 모른다. 오슬로·코펜하겐의 해안을 씻기도 하고, 새우의 등을 만지며, 고래의 뱃속으로 기어들기도 하고……. 철학적으론 파산된 세계관이 물줄기에 상념을 맡기면 만고불패의 세계관에 이를 수 있지 않을까, 하면 만물의 근원이 물이라고 단언한 밀레토스의 철인 탈레스가 그 모습을 나타낸다.

진리의 바닷가에서 조개 줍는 소년의 이미지는 아이작 뉴턴의 계시이고 창해일속이란 한탄은 소동파의 관조이다. 모든 일이 실패로 돌아갔을 때 수포로 귀했다고 하지 않는가. 그런데 인생은 필연적으로 실패일 수밖에 없다. 죽음보다 결정적인 실패의 증거란 찾을 수가 없다. 그러니까 문학은 필패의 기록인 것이다.

나는 언젠가 어느 선배 문인이 쓴 글 가운데서 문학은 필패의 역사란 대목을 읽은 적이 있는데 그 참뜻을 그날 밤 산장에서 파악한 셈이 되었다.

"뭘 그렇게 생각하시죠?"

명욱이 어름어름 물었다.

"생각하긴, 물소리를 듣고 있어."

이렇게 말하곤 나는 정명욱의 감정에 나의 감정을 일치시켜야겠다던 아까의 작정으로 돌아가며 명욱의 손을 잡았다.

이윽고 두 사람이 밥상을 들고 들어왔다. 그 밥상을 방 한가운데 놓고 보니 나와 명욱은 벽 쪽으로 밀려나갈 수밖에 없었다. 두 사람의 잔치가 시작되었다.

명욱의 잔엔 맥주를 따르고, 내 잔엔 소주를 따랐다.

"기뻐?" 하고 술잔을 명욱의 잔에 갖다댔다.

"우리도 기뻐?" 하며 찰그닥 명욱은 술잔을 내 잔에 부딪쳐 소리를 냈다.

"날짜를 언제로 할까?"

"알아서 하세요."

"오월 일일이면 어떨까?"

"좋아요."

어머니와 의논해야겠다는 답을 예상했었는데 명욱의 답은 이렇게 간단했다. 오월 일일이면 삼주일쯤 남았다. 그동안 내가 할 일이란 조카 형식을 시켜 고향에 있는 형님과 형수에게 알리는 일뿐이다.

동거를 하지 않고 있다는 것뿐이지 사실상 결혼한 것이나 다를 바 없었지만 날짜를 잡아놓고 보니 내 인생에 큰 결정을 지은 것처럼 되는 게 이상했다. 무슨 대단한 결정도 아니고, 대단한 인생도 아닌데 말이다.

그러고 보니 나라는 인간은, 인생이란 그다지 대단한 것이 아니란 사실을 증명하기 위해 살아가고 있는 것이 아닌가 하는 서글픈 마음이 들기도 한다. 내게 만일 문학이 가능하다고 해도 결국 대단치도 않은 인생을 산, 대단치도 않은 인간의 기록이 되고 말 것이 아닌가. 씁쓸하다. 그런데도 나는 나의 그러한 심정을 고백할 수가 없다. 기쁜 체 표정과 말을 꾸며야 하는 것이다.

예상한 대로 음식은 맛이 없었고, 그러고 보니 술맛이 있을 까닭도 없었다.

"좋은 재료를 가지고 애써 맛이 없는 음식을 만들기 위해 꽤나 연구한 것 같은 음식이구먼." 하고 나는 웃었다.

"음식을 두고 투덜대는 우리를 보는 것은 오늘 밤이 처음이네요." 하고 명욱도 웃었다.

"차차 너절한 대목을 많이 발견할 수 있을 거요."

"그래선 안 되겠죠?" 하고 명욱이 단호한 표정이 되었다.

나는 명욱의 다음 말을 기다렸다.

"모처럼 좋은 재료를 갖고 형편없는 인생을 만들어선 안 될 것 아니겠어요?"

"우리 욱인 몰라도 내가 뭐 좋은 재료나 될까?"

"사람은 자기에게 있어선 최고의 재료예요."

"도서관 관장다운 말씀이군."

"자기가 자기를 대접하는 데 따라 사회는 그 사람을 대접한다고 한 것은 누구의 말인데요?"

명욱이 나를 째려봤다.

"그렇다면." 하고 나는 잔을 놓고 말했다.

"우리 다른 데로 갑시다."

"왜요?"

명욱의 표정이 미묘하게 움직였다.

"아무리 내가 가난하기로서니 이런 방에 우리 욱일 자게 할 순 없어."

나는 단호하게 말했다.

명욱은 새삼스럽게 방 안을 둘러보는 눈으로 되었다.

"나도 이런 곳에 우리를 주무시게 할 순 없어요." 하고 명욱이 시계를 봤다.

"지금 열한 시야. 삼십 분만 걸으면 호텔이 있고, 호텔 아니라도 이보다 나은 곳을 찾을 수 있겠지."

두 사람은 일어섰다.

셈을 끝내고 숲 사이의 길을 서로 부축하며 조심스럽게 걸었다. 언젠가 갔던 도봉산의 산장으로 갔더라면 싶었지만 시간이 너무 늦었다.

"밤에 호젓한 산길을 걸어보는 것도 나쁘진 않지?" 내가 물었다.

"나쁘지 않은 정도가 아녜요." 명욱은 속삭이듯 했지만 숨소리는 들떠 있었다.

넓은 길을 나와 둘이는 손을 잡고 걸었다. 간혹 지나가는 자동차의 헤드라이트의 강렬한 빛을 받기도 했지만 우리는 잡고 있는 손을 놓지 않았다. 부앙천지에 부끄럼이 없다는 기분이었던 것이다.

G호텔에 도착한 것은 자정 가까운 시간이었는데 호텔은 그날 밤 기막힌 방을 우리에게 제공해주었다. 아무리 비싼 방이라도 미리 값을 물어보지 않고 예사로 들어설 수 있는 기분이란 나쁘지 않았다. 호주머니에 들어 있는 이백만 원의 의미를 비로소 알았다. 돈이란 이처럼 좋은 것일까.

어떠한 철학이 어떠한 교훈이 무슨 소릴 꾸며대도 인간이란 것은 육체에 불과하다. 사랑은 각기의 육체에 자리잡은, 육체를 바탕으로 한 자장磁場에 불과하다. 이 자장과 자장과의 견인력이 사람과 사람 사이에 무지개의 다리를 건다. 이 무지개를 일러 사랑이라고 한다. 무지개는 분명히 거기에 있고 그러면서도 없다. 사랑은 분명히 있는 것인데 붙들려고 하면 없다. 사랑과 무지개의 동질성! 그래서 우리는 서로의 육체를 포옹해야만 한다. 육체의 포옹 없이 사랑의 어떠한 확인도 없다. 성애는 그 자체에 의미가 있는 것이 아니라 서로의 사랑을 확인하기 위해 수속으로서 있는 것이다. 그러고는 그것이 목적으로 승화한다. 이럴 때 행복이란 것도 육체의 행복으로 되고 만다. 나는 내 행복의 실체가 정명욱이란 사실을 확인했다. 명욱에게 있어서도 내가 그녀의 행복의 실체임에 틀림이 없다. 하룻밤의 확인으로 천 년의 행복을 보장할 수도 있다. 엄격한 종교에 있어서 금욕이 결정적인 계율로 될 수밖에 없는 것은 이 지상적인 행복을 신이 철저하게 질투하기 때문이다.

볼륨을 낮추어놓은 라디오에서 새벽 두 시를 알렸다.

거의 동시에 우리는 포옹을 풀었다.

"아아." 하고 명욱이 꿈에서 깨어난 사람처럼 중얼거렸다.

"이런 침대를 가졌으면 해요."

나는 선뜻 시민아파트의 나의 방에 호화로운 침대가 놓인 광경을 상상해보았다. 어림도 없는 상상이었다. 책장과 책상이 복도로 밀려나고 방 안은 침대만으로 될 것이었다.

내 대답이 없자 명욱의 말이 계속되었다.

"방까진 필요 없어요. 침대만이라도 이런 것을 마련했으면."

명욱의 말투는 한결 뚜렷해졌다. 완전히 황홀감에서 깨어난 것이다.

나는 너절하게 웃었다.

"왜 웃으시죠?"

초라한 방에 침대만 호사스러운 광경이 섹스에만 악센트를 두고 그린 일본의 춘화를 연상케 했던 것인데 그 얘길 할 수가 없어서 나는,

"침대 때문에 방이 필요하고, 방 때문에 집이 필요하고, 집 때문에 돈이 필요하고……그렇게 필요의 연쇄에 말려들면 어떻게 할까 하고 웃었던 거요." 하고 얼버무렸다.

"우리가 금지하지 않는다면 집 걱정은 내가 하겠어요." 그러면서 팔을 뻗어 명욱은 내 목을 안았다. 나는 대답하지 않았다.

"우리에게 있어선 최저한도의 호사는 있어야 하는 거예요." 명욱의 말이 타이르는 투로 되었다.

말을 듣고 보니 명욱을 내 초라한 아파트에 언제나 뉘어둘 순 없었다.

"욱이 마음대로 해요."

명욱의 가슴에 얼굴을 묻은 채 나는 너그럽게 대답했다.

"아이구 좋아라, 언제라도 그처럼 관대하면 좋겠다."고 명욱이 내 목을 안은 팔에 힘을 주었다.

"평생 동안 관대할 거야. 그러나 관대한 남편이 되기 전에 목을 졸려 죽겠다."고 부러 비명을 올렸다.

"그럼 안 되지."

명욱이 장난스럽게 말하며 포옹을 풀고 일어나 앉았다. 그러고는 화장실엘 가더니 타월로 몸을 감싸고 돌아와선 구체적인 계획을 세워보았다.

"구체적인 계획은 욱이가 세워요. 나는 승인만 할 테니까."

"그런 것 싫어요." 명욱은 몸을 꼬고 흔들며 싫다는 시늉을 했다.

"사탕 달라는 유치원 아이 같군."

"그래요. 난 유치원생이에요."

"그것 큰일났군. 난 욱이에게 얹혀살 작정이었는데 유치원생에게 어떻게 얹혀사나."

"그 점은 또 걱정 말아요."

"그 점에 걱정이 없다면 계획은 욱이가 세워."

그러고는 명욱을 끌어 뉘었다.

"잠깐이라도 자둡시다. 나는 룸펜이니까 낮잠이라도 잘 수 있지만 욱이는 도서관장 일을 맡아봐야 할 것 아닌가."

"하룻밤쯤 밤샘을 해도 까딱없어요."

"하여간 잡시다." 하고 나는 스탠드의 불을 껐다. 한참을 지냈다.

"잠들었어요?" 하는 명욱의 말이 있었다.

"아직."

"그럼 물어볼 게 있어요. 꼭 한 가지만요."

"좋아요."

조금 사이가 있었다. 침을 삼키는 듯한 소리가 있더니 명욱이 물었다.

"우리 왜 빨리 결혼을 서둘 생각을 하셨죠?"

'드디어 왔구나.' 싶었지만 그 말은 입 밖엔 내지 않고,

"일일이 원인과 동기를 설명해야 하나?" 하고 되물었다.

"그런 건 아니지만."

"그런 건 아니면 그만둡시다."

"왜요?"

"나도 내 마음을 잘 모르겠는걸 뭐."

"자기 마음도 잘 모르고서 결혼식을 하자고 했어요?"

"아냐, 그런 건 아냐. 결혼할 작정은 벌써부터 있었지. 그런데 말이 잘 떨어지지 않더만. 잘 떨어지지 않던 말이 왜 오늘 밤 떨어지게 되었는질 모르겠다는 얘길 뿐야."

"아무래도 이상해요."

"뭣이."

"갑자기 결혼하자는 말이……."

"그래 불만이란 말인가?"

"천만에요."

"그렇다면 그만이잖아."

"그래두."

"꼬집어 말하면 욱이가 자꾸만 불안한 생각을 하는 것 같아서 용기를 낸 거지."

"내가 불안하게 여길 거라고 생각하게 된 동기가 있을 것 아녜요?"

"없어."

"참말?"

"결단코 없어."

나는 죽어도 박문혜의 이름을 꼬집어내지 않겠다는 각오를 어느덧 하고 있었다.

'아아, 박문혜!'

박문혜가 나의 선택권 내에 있었던 것은 아니지만 영원히 타인의 세계로 밀려나가 버렸다는 생각은 회한을 닮아 있었다. 어쩌면 가능했을지 모르는, 천재적인 두뇌를 가진 그 육체의 소유! 그러나 그녀는 남의 아내가 되기엔 너무나 아까운 재질이 아니었던가. 세속적인 행복을 탐하기엔 너무나 높은 곳에 있는 여자가 아니었던가. 박문혜의 손이 어떻게 된장찌개를 끓일 수 있겠는가. 박문혜의 팔이 어떻게 두부 한 모, 파한 단을 넣은 저자바구니를 들 수가 있겠는가. 나는 박문혜의 고독을, 슬픔을 이해할 수 있을 것 같았다. 지금 서대문교도소에 있는 그 서상복이란 사람이 절대로 열매를 맺을 수 없을 것이란 결론을 새삼스럽게 얻기조차 했다. 박문혜가 내게 보낸 편지의 센티멘털리즘은 도도히 생화학을 향해 흘러가는 강물이 강변의 수양버들가지를 스쳐 일으킨 비말에 불과한 것이다. 그러니 나는 어쩌다 박문혜의 육체를 안을 수 있는 요행을 얻을 수 있을지 모른다는 가정을 해볼 수는 있겠지만 박문혜의 전인간을 안아볼 순 도저히 없다는 얘기도 된다. 인간은 육체일 밖에 없다는 철학은 박문혜에 있어서 붕괴된다. 아인슈타인이 육체일 뿐일까. 도스토예프스키가 육체일 뿐일까. 육체뿐인 인간이 있고 육체뿐만일 순 없는 인간이란 것도 있다. 박문혜는 엄연히 후자에 속한다……. 박문혜에 있어서의 나는 도도한 강가의 수양버들이면 되는 것이다. 나는 그 비말을 받으며 은총을 느끼면 그만이다. 내게 있어서의 박문혜는 하늘의 별이다. 누구도 그 별을 독점하지 못한다. 그러나 그 별을 바라보며 느끼는 은총은 나의 것이다. 나만의 은총이다…….

나는 멀어져가면서도 찬란한 박문혜의 별을 느끼면서 정명욱이 내 아내일 수밖에 없다는 확신을 가졌다. 찬란한 별의 조명이 있기에 손아귀에 쥐인 꽃이 그처럼 아름다운 것이다. 나는 다시금 솟아오르는 맹렬한 정열을 느끼며 명욱을 안았다. 갑자기 불덩어리가 된 나를 그때 명욱은 어떻게 감수했을 것인가. 명욱은 그저 나의 격정에 밀려 반사적으로 몸을 열었다. 젊음이란 이래서 좋은 것이다. 풍부한 시간을 얼마라도 활용해서 사랑의 확인을 할 수 있는 것이니까 말이다.

"행복해요."

"나도 행복해."

명욱은 내가 되고 나는 명욱으로 되었다. 명욱은 나의 사랑을 의심하지 않았고 나도 또한 명욱의 사랑을 의심하지 않았다. 그런 시간에 어떠한 의혹이 스며들 틈이 있단 말인가?

그러나 그런 동안에도 내 뇌리의 일각엔 박문혜의 모습이 별처럼 빛나고 있었지만 내겐 명욱을 배신하고 있다는 잡스런 의식은 털끝만큼도 없었다.

목욕을 하고 크림으로 얼굴을 다듬고 빗질을 하곤 원피스를 입었다. 그리고 명욱이 물었다.

"지난밤 한숨도 자지 않은 여자같인 보이지 않죠?"

"그래." 하고 나는 명욱의 맑은 표정을 눈부시게 바라보았다.

호텔에서 택시를 탔다. 봄날 아침의 태양이 현란하게 깔려 있는 길은 출근하는 사람들과 자동차로 붐벼 있었으나, 우리는 이처럼 붐비면서도 기쁘게 살고 있어요, 하는 합창곡 속을 달리는 기분이었다.

신문사 앞에서 명욱을 내려놓고 아파트로 돌아왔다. 형식이 아파트의 뜰에서 꼬마들과 어울려 놀고 있었다.

"너 왜 학교엔 가지 않고."

"학교 가는 것보다 꼬마들과 어울려 노는 게 재미있어요."

엉뚱한 소리엔 상대하지 않는 게 낫다 싶어 계단을 올라가는데 형식이 따라오며 말했다.

"오늘 아마 학생대회가 있을 것 같애요. 그래 그런 대회에 참가하나 마나 싶어 안 나갔어요."

"학생대회에도 참가를 해야지."

"납득이 안 가는 대횐데요 뭐. 그보다도 오늘 밤 꼬마들 웅변대회를 할 작정입니더."

"꼬마들 웅변대회?"

"아파트의 주민들을 뜰에 모아놓고 꼬마들이 연설을 한다 이겁니더."

"무슨 연설인데."

"삼촌도 소설공부 할라몬 오늘 밤 한번 들어보이소. 아직 국민학교에
도 들어가지 않은 꼬마들이 하는 소리를 들어보면 기절초풍할 겁니더."

"네가 각본을 써놓고 시키는 연극이냐!"

"이왕 쇼를 하는데 각본이 없을 수 있습니꺼. 그러나 연설의 골자는
전부 그들의 것입니더. 이를테면 그들의 주장입니더. 그 앞뒤를 내가
조금 붙여준 정도, 하여간 오늘 밤 꼭 들어보이소." 하곤 형식은 꼬마들
이 있는 곳으로 달려가버렸다. 나는 계단 위에서 형식이 뛰어간 곳을
돌아봤다.

형식을 향해 꼬마들이 우르르 모여들고 있었다. 그것은 천진난만한
한 폭의 그림일 수가 있었다.

'하여간 저놈에겐 뭔가가 있어. 뻔뻔스러운 건지, 순진한 건지.'

나는 박문혜에 관한 얘기를 형식이 명욱에게 고자질을 했느냐, 안 했
느냐를 따지려던 마음을 포기하고 우선 한숨 자야겠다는 작정을 했다.

부스스 눈을 뜨자 전등이 켜져 있었다. 어떻게 된 셈인가 하고 얼른
일어나 앉았다.

"되게 잘 자데요."

형식이 싱글벙글했다.

시계를 보니 일곱 시. 오전 열 시부터 자기 시작했다고 치면 장장 아
홉 시간 잔 셈이다.

"낯이나 씻으이소. 밥 먹게요."

형식이 계속 싱글벙글하고 있었다.

저녁 밥상을 사이에 두고 나는 형식이에게 말했다.

"너 하숙집으로 옮기는 건 오월에 들어서 하도록 하자."

예정 같아선 일주일 후 형식은 대학이 있는 근처로 옮겨가게 돼 있었다.

"그렇게 하는 게 특히 나에게 유리한 일이 있습니꺼?"

"유리하고 안 하고보다 나는 오월 일일에 결혼하기로 했다. 내가 결혼하고 난 뒤 하숙으로 옮겨라, 하는 얘기다."

"듣던 중 반가운 소식이네요. 빨리 아부지에게 알려야겠구만요."

"네가 알려다오. 그런데 미리 형님의 허락을 받지도 않고 정해버린 게 마음에 걸리는구나……."

"누가 허락받고 연애하는 사람 있습니꺼."

형식이 입을 삐쭉했다.

"참 묻겠는데." 하고 나는 정색을 했다.

"너 박문혜 씨에 관한 얘길 명욱 씨에게 했지?"

"물론이죠."

"뭐라구? 물론이라구?"

"삼촌보고 말려봤자 되도 않을 끼고 숙모에게 말해버렸지 뭐."

어이가 없었다. 그러나 성을 낼 수도 없었다.

"그래 뭐라고 했나."

"박문혜란 사람의 이름을 대진 않았어요. 외국에 있는 어떤 여자와 정열적인 편지 왕래가 있는 것 같은데 삼촌과 꼭 결혼을 하실 의사가 있으면 단단히 단속하라고 한 것뿐입니더."

"그 이상의 말은?"

"안 했어요."

"참말?"

"숙모가 묻지도 않는데 뭣한다고 꼬치꼬치 고해바칩니꺼. 뭐라꼬 해도 숙모는 훌륭하데예. 보통 여자 같으면 여자 이름이 뭣이더냐, 어느 나라에 있는 여자냐, 혹시 편지 내용을 읽어보지 않았나 하고 물을 낀데 숙모는 그러키 안 했어요. 내가 그런 말을 하자, 쇼크를 먹었던 모양이지요? 잠깐 말이 없더니만 하시는 소리가 뭔지 상상할 수 있겠습니꺼? 학생은 삼촌의 그런 일에 참견해선 못 써요. 설혹 그런 일이 있어도 모르는 체해야 해요, 이러는 겁니다. 결국 나만 피를 본 셈이지예. 그래 나도 한마디 안 했습니꺼. 나는 우리 숙모 놓칠까봐 사내의 체면이구 뭐구 죄다 벗어던지고 용감하게 고자질을 했는데 상은 못줄망정 창피를 주다니 될 말입니꺼, 하고."

"그랬더니 뭐라고 하더냐."

"상은 줄 수 없으나 첩자로서의 수고비는 주겠다고 하데예."

"그럼 나도 한마디 하겠다."

형식이 그답지 않게 긴장한 얼굴이 되었다.

"어떤 일이 있어도 박문혜 씨의 이름과 뭣을 하는 사람이라는 것은 누구에게도 말하지 마라. 박문혜 씨는 사람이 아니다. 별이다. 나는 그렇게 인식하고 있다. 그런데 설불리 전해지면 별이 땅으로 떨어져 흙발에 채이게 되고 느그 숙모와의 관계도 이상하게 된다. 너만 가만있으면 박문혜 씨는 별인 그대로 남는다. 별이 땅에 떨어진다는 것도 박문혜 씨 본인관 상관이 없는 얘기다. 내 하늘에서 별이 떨어진다는 얘기다. 박문혜 씨는 별, 정명욱은 내 아내이며 서형식의 숙모, 이렇게 되면 될

게 아닌가."

"문학자의 말은 되게 어렵네예."

"차차 알아질 거다. 비밀은 지켜주지?"

"숙모와 결혼한다 카는데 고자질할 건덕지가 있습니꺼."

"믿겠다."

"믿고 우쩌고 그런 게 문제가 아니라." 하더니 시계를 보곤 후다닥 일어섰다.

"웅변대회 할 시간이 되었구만요. 삼촌도 빨리 나오시오." 형식은 회오리바람처럼 휭 바깥으로 뛰어나갔다. 이윽고 호각을 부는 소리가 났다. 꼬마들의 환성이 올랐다. 슬그머니 호기심이 일기도 해서 일어서려는데 옆집 아주머니가 부엌방 쪽으로 얼굴을 내밀었다.

"밥상은 그대로 놔두이소. 웅변대회 구경하고 갔다 와서 치울 깁니더. 선생님도 안 가보실랍니까."

"가겠습니다, 나도." 하고 아주머니의 뒤를 따랐다.

뜰 한가운데 켜진 가등 밑에 아파트의 주민들이 꽉 차게 모여 있었다. 언제 마련되었는지 흰 장막을 두른 연단이 있었고 연단 위엔 가슴에 빨간 꽃을 단 꼬마가 다섯 나란히 앉아 있었다. 놀랍게도 마이크 장치까지 되어 있었다.

나는 아파트로 오르는 계단 옆 잔디밭에 자리를 잡았다. 옆엔 지함공장에 다니는 직공 부부와 국민학교에 다니는 아이들이 앉아 있었다.

"지금부터 웅변대회를 시작하겠습니다. 먼저 대회장 서형식 선생의 인사말이 있겠습니다." 하는 꼬마의 목소리로 된 아나운스가 있었다. 서형식이 연단에 올라섰다.

"이처럼 많이 모여주셔서 감사합니다. 여러분은 지금 세계에서 아직 있어보지 못한 꼬마 웅변대회에 참석하는 영광을 누리고 있는 겁니다. 그런데 걱정이 있습니다. 보아하니 전부 집을 비우고 나오신 모양인데 허기야 도둑맞을 만한 신통한 물건이 있겠습니까만 아무리 가난해도 도둑이 가지고 갈 물건은 있다는 우리 속담이 있습니다. 그러니 조금이라도 불안을 느끼시는 분은 지금 잠깐 돌아가셔서 문단속을 단단히 하시고 오십시오. 도둑놈도 도둑놈이거니와 그보다 무서운 화재의 염려도 있습니다. 모처럼 영광스러운 꼬마 웅변대회를 열었는데 그 때문에 도둑을 맞았다거나 화재가 났다거나 하면 우리 경상도 말로 쪼맨히 재미 볼라 카다가 국 쏟고 뭣 데이고 둑바리 깨고 야단맞는 꼴이 됩니다. 그러니 웅변대회는 정확히 십오 분 후에 시작할 작정이니 당장 돌아가셔서 불단속·문단속하고 오십시오. 꺼진 불도 다시 보자, 잠근 문도 다시 챙겨 보자, 돌다리도 두드려보고 건너라, 바쁘거든 돌아가라, 이렇게 좋은 말이 풍부하지 않습니꺼. 십오 분 동안을 활용하지 못해 천추에 화를 남겨서야 쓰겠습니까. 다 집으로 가보이소. 꺼진 불도 다시 보이소, 잠근 문도 다시 한 번 챙겨 보이소, 자아, 자아."

형식의 마술에 걸린 듯 사람들은 일어서서 집안으로 들어갔다. 옆집 아주머니도 "참 그렇제." 하며 일어섰다. 모두들 도로 돌아와 앉았을 때 형식이 소리를 높였다.

"그러니 이제부터 마음 터억 놓으시고 우리 귀여운 꼬마들의 웅변을 들읍시다. 꼬마는 천사올시다. 천사의 소리를 들읍시다. 자 환영하는 뜻으로 박수……"

이곳저곳에서 박수소리가 요란하게 일었다. 서형식이 물러가고 꼬마 사회자가 나타났다. 마이크를 키에 맞추었다.

"그러면 제일 먼저 이백삼 호에 있는 김수동 군의 말이 있겠습니다."

가슴에 붉은 꽃을 단 연사가 나타났다.

"나는 김수동입니다. 명년 후명년엔 학교에 다니게 될 씩씩한 소년입니다. 처음에 나는 우리 아버지의 자랑을 하겠습니다. 아버지는 아침 다섯 시면 일어나셔서 중앙시장에 나가십니다. 아버지와 아버지의 친구들이 아침 일찍부터 서둘지 않으시면 우리는 그 맛좋은 채소를 먹을 수 없다고 합니다. 그러니 얼마나 자랑스런 우리 아버집니까. 그런데 아버지께 소원이 있습니다. 우리 아버지뿐만이 아니라 모든 아버지에게 하는 소원입니다. 술을 잡수시는 것은 좋지만 술을 잡수시고 집에 돌아오셨을 땐 특히 고운 말 쓰기를 하셨으면 합니다. 우리 아버지는 우리 가족 가운데 한 사람도 귀가 먹지 않았는데도 너무나 큰 소리로 하시며 가끔 고운 말을 쓰시지 않으십니다. 훌륭한 아버지가 왜 고운 말을 쓰시지 않을까 싶으니 눈물이 납니다. 먹고 싶은 과자 안 먹어도 좋으니 우리 아버지나 모든 아버지가 고운 말을 쓰셨으면 합니다. 내 소원을 말했습니다."

또렷또렷한 음성, 정확한 발성, 꾸벅 절하고 돌아서는 뒤통수가 귀여웠다. 모두들 김수동의 웅변에 박수를 쳤다.

다음에 등장한 꼬마는,

"나는 박학수입니다. 나는 우리 엄마의 자랑을 하겠습니다. 다른 집에는 아빠가 있는데 우리 집엔 아빠가 없어요. 엄마는 형과 누이와 나 셋을 키우느라고 무척이나 애를 쓰십니다. 엄마가 애쓰는 것을 보면 도와드리고 싶지만 넌 나가 놀라며 일을 시키지 않습니다. 얼른 커서 어른이 되어갖고 우리 엄마 편하게 모시고 싶은데 빨리 크지 않아 걱정입니다. 빨리 크게 해주었으면 하고 나는 하느님께 기도를 올립니다."

다음에 등단한 꼬마는 소녀였다. 붉은 대륜의 조화를 머리에 꽂고 다음과 같이 말했다.

"우리 엄마는 미역·김·북어·오징어 이런 것을 팔아서 우리 형제를 먹여 살리고 있습니다. 그런데 지난 이월부터 병들어 누워 있습니다. 아버지는 배를 타고 나가신 지 오래되는데 소식이 없습니다. 외할머니가 와서 밥도 해주고 친척집에서 얻어오기도 해서 우리는 아직 굶어보지는 않았습니다. 굶어도 좋으니 엄마의 병만 나았으면 합니다. 돈이 없어 병원에 못 가니 낫지 않는다는 할머니의 말씀입니다. 어머니 병 나으시고 아버지 돌아오시고 하면 얼마나 좋겠습니까……."

마지막으로 등단한 꼬마는,

"나는 네 살입니다. 이름은 주복열이라고 하고요. 나는 착한 꼬마가 아닙니다. 세발자전거가 타고 싶어 죽겠는데 아빠와 엄마는 그걸 사줄 생각도 안 합니다. 돈이 없으니 살 수가 없습니다. 세발자전거가 타고 싶어 죽겠는데 어느 날 보니 백오 호에 사는 수길의 세발자전거가 복도에 있었습니다. 몰래 그걸 탔는데, 탔는데 페달이 뚝 떨어져버렸어요. 나는 얼른 자전거에서 내려 집으로 와버렸습니다. 뒤에 보니 수길이가 울고 있었습니다. 나는 아무 말도 못하고 우는 것만 보고 있었습니다. 나는 착한 꼬마가 아닙니다."

왁자지껄 박수소리가 났다. 나는 박수를 칠 마음의 겨를이 없었다. 같은 아파트에 살면서 이 아파트가 지니고 있는 불행과 불운의 무게에 조그마한 관심도 없었다는 것이 부끄러운 마음이 들어서였다. 사람의 힘으로썬 어떻게 할 수 없는 불행이란 것도 있고, 웬만한 힘으로썬 어떻게 해볼 수 없는 불행도 있겠지만 조그마한 성의와 호의만으로도 고칠 수 있는 불행이란 것도 있는 것인데 싶으니 얼굴이 붉어지는 느낌이었고, 주위가 어두운 것이 다행이었다.

형식이 다시 연단에 섰다. 헌데 그놈이 하는 말이 가슴을 뜨끔하게 했다.

"여러분, 귀여운 꼬마들의 웅변을 들었으면 상을 줘야 하지 않겠습니까. 나는 꼬마들에게 상을 주기 위해 과자 몇 상자를 마련했습니다만 이건 그냥 나눠주기로 하고 시상식은 일주일 후에 가졌으면 합니다. 그 까닭은 꼬마들이 말을 잘했다고 상을 줄 것이 아니라 꼬마들이 제기한 문제에 대해서 해답을 주어야겠다고 생각한 때문입니다. 김수동 군이 제기한 문제에 대해선 앞으로 우리 이 아파트에 사는 사람은 꼬마들 보는 곳, 꼬마들이 듣는 곳에서만이라도 고운 말 아닌 말을 쓰지 말자고 다짐함으로써 해답으로 하고 상으로 합니다. 박학수 군이 제기한 문제에 대해선, 그와 비슷한 예가 많을 것이기도 하고 되도록이면 수익성이 많고 집에서 할 수 있는 일을 찾는 데 서로 정보를 모아 합심함으로써 해답으로 합시다. 꼬마 아가씨가 제기한 문제에 대해선, 이 아파트에 또 그와 같은 경우가 있는가를 챙겨 다소의 무리를 하더라도 치료비를 마련토록 합시다. 주복열 군이 제기한 문제에 대해선, 주군처럼 세발자전거를 타고 싶어도 못 타는 꼬마가 많을 것이니 다섯 대쯤 세발자전거를 사서 반장어른이 관리하여 그런 아이들이 탈 수 있도록 해주는 게 어떻겠습니까. 이런 제안을 하는 나는 이 자리에서 십이만 원을 반장님께 맡기겠습니다. 이 돈 십이만 원은 내가 하숙집으로 갔으면 한 달에 치러야 할 하숙비입니다. 그런데 나는 나의 삼촌집에 얹혀살고 있기 때문에 그 돈이 남게 된 것입니다. 그러니 이 돈은 우리 삼촌 서재필 씨가 내는 돈이나 마찬가집니다. 뿐만 아니라 우리 삼촌은 가난하지만 정이 있는 분이라서 팔만 원쯤 더 보탤 것이니 이십만 원이 마련된 셈입니다. 이걸로 세발자전거 사고 치료비 마련하는 데 보탬이 되도록 했으면 합니다. 여러분도 얼만가를 협조하면 우리 이 아파트만은 비참하게 사는 사람이 없는 아파트로 만들 수 있지 않을까 합니다. 나는 이런 말을 들은 적이 있습니다. 여유가 있으니까 남을 돕는다는 건 어려운 일이다. 어느 정도의 돈이 있어야 여유가 있는 것으로 되는지 모를 뿐 아니라 딱히 말하면 우리나라에서 여유 있는 사람이란 극히 드물다, 이겁니다. 그러니까 남을 도우려면 무리를 해서라도 도와야 하는 게 진짜로 돕는 것이다 하는 말입니다. 오늘 밤 우리는 참으로 듣기 어려운 천사들의 소리를 들었습니다. 그 천사들의 말에 보답하는 뜻으로서도 생각하는 바가 있어야 할 줄 압니다. 그래서 시상식을 일주일 후로 하자는 것입니다……."

밤늦게 형식과 단둘이 되었을 때 말했다.

"넌 참 대단한 놈이로구나."

"약간 사기성이 농후하지요?" 하고 놈은 피식 웃었다.

"헌데 그 꼬마들 훈련시키느라고 며칠이나 걸렸니?"

"하루 두 시간, 놀다가 하다가 했으니 정말론 한 시간, 닷새쯤 했더니 모두 그렇게 일류 배우가 되데요."

"하여간 대단한 놈이다."

"처음엔 비참의 원색을 강조적으로 드러낼까 했지요. 이 아파트엔 참으로 불쌍한 몇 가구가 있거든요. 허나 생각한 끝에 너무 비참한 건 피하기로 한 깁니다. 사기성이 노골적으로 나타나면 효과가 없거든요. 너무 비참하면 동정심이 나기 전에 외면하게 되는 게 사람의 심리거든요."

"문학은 네가 해야 하겠군."

"문학, 내 비위엔 안 맞아요. 직선을 자꾸만 피하려는 게 문학 아녜요? 게다가 문학은 사기를 못하지 않아요."

"사기, 사기 하지 말어. 위악도 위선과 마찬가지로 좋지 못한 거다."

"아닙니다, 삼촌. 나는 분명히 사기를 한 기분입니더. 오늘도, 아까도 말했지만 오늘 학생대회가 있었거든요. 학생대회에 나갔다면 나도 뭔가 한마디 해야 했을 겁니다. 누구의 미움을 사건 말건 내가 해야 할 말이 있잖았겠습니꺼. 학생대회의 의제가 될 만한 문제이면 학생에겐 중요한 문제일 거구 중요한 문제이면 반드시 그것에 관한 나의 의견이 있었을 테니까요. 나는 그런 기회를 피한 겁니더. 이 시기에 학생대회를 연다는 것 자체를 난 납득할 수 없다는 생각도 일었고요. 그러나저러나 학생대회를 피했다는 것은 뒷맛이 써요. 내가 비겁하구나 하는 콤플렉스를 지워버릴 수 없다 이겁니다. 그 콤플렉스를 지워버리기 위해 나는 꼬마 웅변대회를 오늘 하기로 한 겁니다. 요컨대 양심의 가책을 덜기 위해서 주복열이 같은 꼬마가 세발자전거를 타고 함박꽃 같은 웃음을 웃고 있는 걸 보면 학생대회에 나가지 않은 것쯤은 잊을 수가 있겠지요 뭐."

나는 할 말을 잃고 형식을 말끄러미 바라보았다.

'소설의 주인공은 바로 여기에 있다.'는 기분이었다. 그러나 그런 말 하기가 쑥스러워 나는 다음과 같이 중얼거렸다.

"너 때문에 룸펜이 팔만 원 손해 보게 생겼다."

성공한 착각, 그것이 피카소의 승리가 아니었던가

"왜 나는 학교엘 가야 하느냐."

책가방을 챙기며 형식이 중얼거린 소리다. 나는 그따위 소리엔 이미 놀라지 않게 되어 있다. 형식이 쪽을 보지는 않았다. 이어 "소를 팔아낸 등록금의 본전을 뽑아야지."

이런 소리를 중얼거리며 그는 바깥으로 나갔다. 매일처럼 무슨 익살감을 만들어내야 하니 저런 타작駄作도 나오게 되는구나, 하고 나는 속으로 웃었다. 형식이의 휘파람소리와 발자국소리가 멀어져갔다. 그러고는 이윽고 사라졌다. 담배를 꺼내 물었다. 형식이 옆에 있으면 마음 편하게 담배도 피울 수 없는 요즈음이었다.

"버릇 때문에 담배를 끊지 못한다는 건 의지의 나약 아닙니꺼. 그처럼 의지, 결단력의 부재에서 어떻게 대문학이 나오겠습니꺼."

전엔 이런 뜻의 말을 빈정대고도 고분고분 담배 심부름을 하더니만 언제부터인가,

"백해무익이라고 합디더. 담배 피우지 마이소." 하는 충고를 하기 시작했다. 그러고는 그 충고의 강도가 심해만 갔다. 이젠 담배를 꺼내기만 하면,

"삼촌, 안 됩니더이." 하고 말리는 것이다.

나는 항변을 했다. 육체의 건강만이 문제가 되는 게 아니라고. 정신의 평정, 또는 스트레스의 해소, 헝클어진 실꾸리 같은 사고의 난맥을 풀기 위해선 담배처럼 좋은 것이 없다고.

그러나 그의 충고도 결연했다.

"훈련입니더. 수양입니더. 셰익스피어는 담배 피우지 않아도 셰익스피어가 되었고, 뉴턴도 담배 피웠다는 얘기 듣지 못 했습니더."

"세상에 조카 녀석이 삼촌 앞에서 너처럼 뻔뻔스럽게 구는 놈은 처음 봤다."며 발끈, 진짜 성을 내기도 했지만,

"뻔뻔스러운 게 제 유일한 자본인 걸 어떻게 합니꺼." 하고 수양버들에 바람이었다.

그래 되도록이면 그가 있을 땐 담배를 피우지 않는다. 물론 담배를 끊을 생각은 없다. 담배를 끊는 것이 좋다는 이유에 백 가지가 있으면 끊지 않아도 된다는 이유에도 백 가지가 있을 것이란 나의 짐작이다. 보다도 나는 사람의 건강은 위생적인 문제이기에 앞서 운명적인 것이라는 묘한 관념을 지니고 있다. 생명이 원래 운명적인 것이 아닌가. 게다가 나는 담배에 관해선 기막힌 체험을 가지고 있다.

언젠가 있었던 얘기다. 어쩌다가 등산용 물통을 잃어버렸다. 잃어버린 것이 아니라 도둑을 맞은 것이었다. 물통이 없어 아쉽다기보다 그것을 잃고도 방관하기가 싫었다. 나는 내 물통을 훔쳐간 놈을 만나기만 하면 내 자신의 완력이 어떠했건 놈을 두들겨주리라고 입을 악물었다. 그러던 어느 날 사내의 동료들과 등산을 갔다가 어떤 친구가 내 물통을 차고 있는 것을 보았다.

어떻게 알 수 있었는가 하면 그 무렵엔 물통을 보기만 해도 관심이

쏠리곤 했었는데, 그 친구가 차고 있는 물통 벨트에 내가 새겨놓은 글자가 보였기 때문이다. 물론 내 이름은 지워져 없었지만 '로오 드 비'라는 프랑스어를 장난삼아 가느다랗게 새겨놓은 것이 반쯤 지워진 채 남아 있었던 것이다. 나는 당장 덤벼들어 그놈의 멱살을 잡을 참이었다. 그런데 그때 나는 담배를 꺼내 불을 붙이려던 찰나였다. 에에라, 담배나 마저 피우고 그놈을 족쳐도 늦지 않겠다고 생각을 고쳐먹고 그 놈의 얼굴과 모습만 똑똑히 보아두었다. 담배를 피우고 나서 생각이 달라졌다. 호되게 꾸지람을 듣기는 했으나 새 물통을 사서 현재 가지고 있는데 잃어버린 물통을 보았다고 해서 법석을 떨 것은 뭐냐, 피차가 어색스럽게 될 뿐이 아니냐, 하는 생각으로 바뀐 것이다. 그 이튿날 아침의 일이다. 지난밤 그 친구 혼자 산을 내려오다가 미끄러져 죽은 사건이 발생했다고 들었다. 그 사실을 알았을 때 내 가슴이 뜨끔했다. 만일 내가 그 친구의 멱살을 잡고 야료라도 부렸더라면 나는 평생을 두고 후회했을 것이라고 짐작했던 때문이다. 실로 담배 한 개비의 공덕은 컸다.

그 체험 때문에 담배를 끊을 생각을 하지 않는단 것은 아니지만 나는 나의 의지력이 약해서 담배를 끊지 못하고 있다는 생각은 하지 않는다.

나는 깊게 담배를 빨아 연기를 뿜어내면서,

'도대체 어떻게 되어먹은 놈이길래.' 하며 형식이란 놈을 생각했다.

삼촌간이라고 하면 퍽이나 가까운 사이다. 그런데 하나부터 열까지 그와 나와는 성격이 다르다. 형식은 나쁘게 말하면 뻔뻔스럽고 좋게 말하면 옳다고 믿는 일은 서슴없이 해치우는 결단력 있는 사나이다. 헌데 나는 그렇지가 못하다. 결코 뻔뻔스러울 수가 없는 대신, 옳다고 해서 결행하지 못한다. 남에게 호의를 베풀고 싶은 생각이 있어도 상대방이 과연 호의를 호의로서 받아줄 것인지 어떤지 하는 망설임이 앞서는 것이다.

형식은 혼자 있지 못하는 성미이다. 책을 보다가 바깥으로 뛰어나가면 서슴없이 어린애들과 어울려 논다. 어린애가 없으면 중년들 속에 끼어 주저 없이 말을 건네선 말동무가 된다. 중년들이 없으면 노인 사이에 끼인다. 그러곤 어리광을 섞어 익살을 부려선 모두를 웃긴다. 헌데 나는 그럴 수가 없다. 어린애들이 모여 놀고 있으면 가만가만 그 곁을 지나간다. 혹시 나의 존재를 의식하면 그들이 어색하게 느낄까봐서이다. 중년들이 모여 있는 곳도 피한다. 노인들의 경우는 더욱 그렇다. 요컨대 개밥에 도토리처럼 될까봐 겁이 나는 것이다. 나는 혼자 있기를 좋아하고, 다소 뜻이 통하거나 정이 통해 있는 사람이 아니면 섞이길 꺼린다.

'이를테면 형식은 적극적인 인간이고 나는 소극적인 인간이다. 형식이 같은 인간은 잘 도야되기만 하면 크리에이티브 캐릭터, 창조적 인격이 될 것이다. 잘못되면 떠들썩하기만 하고 보람이란 없는 정치가가 될 테구······.'

나는 국회의원이 된 형식을 상상하고 나도 모르게 묘한 웃음을 웃었다.

이때였다. 옆집 아주머니가 들어왔다.

"설거지할라꼬예." 하고 지저분한 밥상을 들려다 말고 아주머니는 선 것도 아니고 앉은 것도 아닌, 그러면서도 묘하게 평균을 잡은 자세로 만면에 웃음을 띠었다. 무슨 말을 하려고 할 때 지어 보이는 아주머니의 표정이었다.

"우리 어린애 아빠가예, 실직을 했어예."

'실직'이라고 하는 무거운 단어 자체가 아주머니에게 어울리지 않았지만 그 만면에 띤 미소와 '실직'이란 말과는 더더욱 어울리지 않았다.

"실직을 하다뇨?" 하고 되묻지 않을 수 없었다.

"아빠가 댕기는 지함공장이 파산을 했어예." 하면서도 아주머니는 여전히 웃는 얼굴이었다. 이 여자에겐 남편의 실직, 남편 직장의 파산마저도 이처럼 즐거운 것일까, 하는 야릇한 느낌이 솟았다.

"어린애의 아버지는 기술이 좋으니까 곧 직장을 찾을 수 있겠죠."

내가 한 말이었다.

"아니라예. 큰 공장이 생기는 바람에 소소한 공장은 전부 파이라예. 그런께 직장을 얻기란 힘들 끼라 카던데예."

"큰 공장으로 가면?"

"그게 그렇게 안 된다 캐예. 두 달인가 석 달 전에 우리 집 그 양반에게 권유가 왔거던예. 안 올라느냐꼬. 헌데 그땐 이때까지 정 붙이고 살던 델 돈 몇 푼 더 준다고 떠날 수 있느냐고 거절했어예. 공장이 망할줄 알았으몬 달리 생각을 했을 긴디……. 그러나 잘 한 기라예. 사람은 의리란 게 있어야 하는 기거던예."

"어떻게 해서 공장이 갑자기 망했을까요?"

"우리 집 그 양반 댕기는 공장은 과자공장과 전기제품공장에 납품하는 지함을 만들었거던예. 그런디 그 두 공장 다 자기들이 쓸 지함은 자기들이 만들게 되었어예. 아주 큰 새 기계를 채린 기라예. 그래서 우리 공장에선 열 사람이 하던 일을 한 사람이 해도 된다 캐예. 그라고 그 공장에선 즈그 쓸 것만 만드는 게 아니라 다른 공장에서 쓸 것도 만드는데 워낙 값이 싸게 나오는 바람에 우리 공장은 경쟁도 못하게 됐다 안 캅니꺼." 하면서도 아주머니는 연신 웃었다. 남편의 실직과 공장이 망한 것이 재미나서 죽겠다는 그런 말투이고 표정이었다.

"그럼 걱정되시겠습니다."

"웬걸예. 산 사람 입에 거미를 칠라꼬예."

"저금해놓은 돈이나 있습니까?"

"저금예?" 하고 아주머니는 소리를 내고 웃으며 덧붙였다.

"하루 세 끼 묵는 것도 꽉 채우지 못해 한 끼는 죽으로 때우는디 저금할 돈이 어디 있겠습니까예."

"그렇다면 큰일 아닙니까."

"큰일도 아니라예. 내가 함통이 장사라도 해야지예." 하고 아주머니는 밥상을 설거지하기 시작했다. 나는 할말을 잃었다. 거의 끝이 난 담배꽁초의 불을 새 담배에 옮겨 붙였다.

잠시 생각에 잠겼다. 내가 그들을 위해 도움이 되려고 하면 어떻게 해야 할까, 하고. 그러나 무슨 방책이 잡히질 않았다. 또 그런 게 있을 까닭도 없었다. 남의 걱정을 하기엔 내 생활이 너무나 군색하다는 핑계로 아주머니 집의 일을 생각 바깥으로 밀어버리려고 하는 찰나 형식의 얼굴이 선뜻 뇌리를 스쳤다.

'그놈이 내 처지에 있었더라면 당장 신문사로 달려가든지 아는 사람을 찾아가든지 해서 옆집 사람의 직장을 구해주려고 서둘 것이 아닌가?'

동시에 나는 사르트르의 말을 상기했다. 굶주린 어린애를 위해 문학이 할 수 있는 일이란 무엇일까.

나는 이 말을 문학자가 지녀야 할 자세에 관한 하나의 관념으로서 받아들였던 것인데 이제 현실적인 문제로서 제기된 것이다.

문학자가 아니라도 굶주린 어린애를 그저 보고 있을 순 없다. 하물며 문학자는 그 앞을 그저 지나칠 수는 없다. 그러나 나는 그러한 경우가 가난한 호주머니라도 털어 얼마간의 식량을 마련해줄 정도에서 끝난다. 사르트르는 그 사실 자체를 문제로 해서 무슨 캠페인을 벌이고 그

캠페인이 혁명적인 규모에까지 이르도록 해야 한다는, 이를테면 참된 문학은 사회의 가장 중요한 문제를 문제로 하고 때에 따라선 스스로의 문학을 포기하면서까지 행동으로 옮겨야 한다는 뜻을 아울러 말하고 있는 것이다. 그러나 나는 그렇게 할 수 없으니까 문학을 하겠다는 나약한 존재이다. 굶주린 아이를 위해 문학은 한 조각의 빵도 만들어주지 못할 만큼 무력하다. 문학이란 이처럼 무력하다는 것을 확인한 위에 나는 내 문학을 구축할 수밖엔 없다. 내겐 자력도 없고 시간도 없고 가장 중요한 것, 즉 용기도 없다. 결국 그러한 내 자신과 사회와의 관련을 나는 쓸 수밖에 없다. 사르트르의 말이 백 번 천 번 옳다고 해도 나는 어쩔 수 없는 것이다.

'베토벤의 위대한 음악도 굶주린 아이를 어떻게 할 수 없을 것이 아닌가. 음악회를 열어 그 수입으로 빈민을 구제한다고 해도 근본문제는 해결되지 않는 것이며, 엄격하게 말해 그와 같은 부분적 구제도 베토벤의 음악으로써 가능한 것이 아니라, 자선음악회를 열어야겠다고 마음먹은 사람의 의지로써 가능한 일 아닌가.'

물론 베토벤의 음악이 사람의 감정을 순화하는 데 성공하여 인류세계에서 가난을 추방하는 대운동에 인심을 결집시키는 계기가 된다면 음악을 비롯한 모든 예술이 무력하지 않다는 증명으로 되겠지만 현실의 세계에선 베토벤의 음악이 '히틀러 유겐트'의 단가가 되어 그들의 왜곡된 사상과 감정을 더욱 자극하여 드디어는 아우슈비츠의 학살마저 가능케 했다면 예술이 효용을 들먹이는 노릇은 자칫 예술이 극형을 자청하는 노릇에 통하게도 된다.

'톨스토이도 마찬가지가 아닌가. 그의 열렬한 인류애의 문학이 러시아에서 전개된 참혹한 학살극을 방지하는 데 조그마한 도움이라도 되었단 말인가. 차르의 학정을 막을 수 있었단 말인가. 볼셰비키의 잔인한 살육을 멈추게 할 수가 있었단 말인가.'

예술이, 또는 문학이 살아남기 위해선 스스로의 무력성을 자각하고 겸손해야만 한다. 그따위 무력한 것에 어떤 존재이유가 있느냐고 반문하면 그래도 그것을 필요로 하는 사람이 소수나마 있다고 하는 사실, 그것 없인 살아갈 수 없는 사람들이 얼만가는 있다는 사실을 지적할밖엔 달리 도리가 없다.

문학인으로서의 나와는 관계없이 이웃의 한 사람으로서 나는 이웃집의 실직에 무관심할 수가 없을 것이라고 생각하며 책상 앞으로 옮겨앉아 Y출판사가 번역해달라고 갖다놓은 책을 집어들었다. 알랭 투렌이 쓴 『라프레 소셜리즘』, 책 첫머리에 '사회주의는 죽었다.'고 씌어 있을 정도로 맹렬한 사회주의 비판의 책이다. 요약하면 사회주의는 그 이데올로기 때문에 망하고, 그 방법 때문에도 망했다는 것이다. 생경한 그 이데올로기로썬 변화무쌍한 현실에 대응할 수가 없고, 노동자의 권익에만 중점을 둔 방법이 국가이익을 두고 예각적으로 대립하고 있는 국제정세에 적응할 수가 없다는 이유를 설득력 있게 서술한 것이긴 한데, 이런 책이 이 나라에서 과연 얼마만한 독자를 가질 수 있느냐가 문제이다.

그러나 그런 문제는 출판사가 생각해야 할 일이고 나는 번역료만 받으면 그만인 것이다.

'아아, 이렇게 해서 나는 직업적 번역가가 되는 것이로구나.'

원고지를 꺼내 앞 몇 줄을 비워놓고 다음과 같이 쓰기 시작했다.

'사회주의는 죽었다……'

그러면서도 뇌리에 구르고 있는 관념의 방울방울은

'내 문학은? 내 작품은?'

내키지 않는 번역을 한다는 것은 상당히 고된 일이다. 그런데도 나는 하루 서른 장의 작업량을 채우기로 작정했다.

그럭저럭 열 장쯤 썼을까. 문 밖에 인기척이 있어서 내다보았더니 윤두명과 정진동이 복도에 들어서고 있었다.

"이거 어떻게 된 겁니까." 반가움에 겨워 이런 말이 되었다.

"나라구 평생 감옥에만 있으란 법 있소?"

윤두명은 거의 반 년 넘어 옥고를 치른 사람으론 도저히 보이지 않는 윤기가 흐르고 있는 얼굴에 미소를 띠고 있었다.

"그제 나오셨습니다." 정진동이 보충설명을 했다.

"그렇다면 제가 찾아갈 것을." 하고 나는 그들을 방 안으로 안내하고 앉을 방석을 꺼낸다, 찻잔을 준비한다는 등 법석을 떨었다.

윤두명은 방 안을 둘러보고 있더니 물었다.

"건강은 어떻소."

"그건 내가 윤 선배에게 물어야 할 말인데요. 난 여전히 건강합니다."

"나도 괜찮소. 헌데 서형의 혈색이 좋지 않아 물어본 거요."

나는 내 혈색이 남의 눈에 띌 만큼 나쁠까? 하는 마음이었지만 화제를 돌렸다.

"모든 일이 잘 해결된 거로구먼요."

"잘 해결된 건 아니죠. 집행유예 삼 년이니까." 하면서도 윤두명의 표정은 밝았다. 그리고 물었다.

"요즘 뭘 하시우."

"번역을 하고 있습니다."

이때 윤두명은 책상 위에 펴놓은 책을 집어들었다.

"『라프레 소셜리즘』이라. 꽤 재미가 있겠구먼요. 헌데 알랭 투렌은 어떤 사람이오."

"나도 잘 모르는 사람입니다. 책 껍질에 씌어 있는 저작목록을 보니 상당히 많은 책을 쓴 사람 같습니다만."

"그 내용이 대강 어떤 겁니까."

나는 간단히 그 내용을 설명하고 덧붙였다.

"프랑스의 젊은 지식인들 가운덴 반소 경향 반공 경향이 두드러지게 나타나 있는 것 같습니다. 솔제니친의 충격, 캄보디아의 폴 포트 정권의 출현 등이 계기가 된 것 같아요."

윤두명은 알겠다는 듯 고개를 끄덕거리곤 들었던 책을 책상 위에 도로 놓았다. 그러고는 다음과 같이 물었다.

"서형은 소설공부를 계속할 작정이죠?"

"그럴 생각으로 있습니다."

"그렇다면 인생의 근본문제에 좀더 관심을 가질 필요가 있지 않겠소?"

"그래야죠. 그러나 방향은 여러 가지로 다를 수가 있지 않겠습니까."

나는 윤두명이 다음에 무슨 말을 할 것이란 짐작을 했기 때문에 이렇게 예방선을 쳤다.

"아무리 방향이 다르다고 해도 인생의 근본문제는 달라지는 게 아니지 않소. 가령 행복의 문제라든가, 죽음의 문제라든가, 원한의 문제라든가……"

원한의 문제라는 말에 나는 약간의 저항을 느꼈다. 그러나 그걸 특히 문제로 하고 싶은 생각은 없었다. 그래 나는 다음과 같이 말했다.

"나는 행복이 뭐냐고 묻기에 앞서 행복을 느끼는 순간의 상황을 챙겨보고 싶은 겁니다. 어느 때는 아아, 꽃이 피었구나 하는 느낌만으로 행복할 때가 있습니다. 새가 우는 소리만으로도 행복한 기분이 될 때도 있습니다. 어린아이가 걸어가고 있으면 그 귀여운 종아리를 보고도 눈물겨울 만큼 행복을 느낄 때도 있구요. 결국 나는 행복이 뭐냐고 정면에서 묻지 말고 그런 미세한 상황을 캐보고 싶은 겁니다. 총론으로서의 행복론은 불가능하다. 행복론은 각론으로서만이 가능하다. 그러니까 소설을 써보고 싶은 겁니다."

"서형의 생각은 잘 알겠소. 헌데 서형! 서형의 그와 같은 생각과 조금도 충돌이 없을 것 같은데 나와 같이 일을 해볼 수 없겠소?"

윤두명의 말은 진지했다.

"어떤 일입니까?"

"이번 우리 교단에서 기관지, 기관지라기보다 회보를 낼까 해요. 정기적으로. 처음엔 계간으로 일 년에 네 번쯤. 그 회보의 편집을 서형이 맡아주었으면 하는데……"

"상제교의 회보를 말하는 겁니까?"

"그렇소."

"솔직한 얘기로 나는 상제교를 믿지 않습니다. 그런데 어찌 상제교를 믿지 않는 사람이 그런 중요한 회보의 편집인이 될 수 있겠습니까."

"믿고 안 믿고는 상관없습니다. 편집기술자로서 일만 해주면 됩니다. 서형더러 기사를 쓰라는 부탁은 안 할 테니까요. 모은 원고를 적당하게 배열하고 문장이나 오자만 고쳐주면 되는 겁니다."

"그것 곤란한데요." 하고 나는 어설프게 웃었다.

"뭣이 곤란합니까. 순전히 생활의 수단이라고만 생각하고 일할 수도 있는 것 아닙니까. 서형이 지금 번역을 하고 있는 것도 생활 때문이죠."

"그렇습니다."

"그렇다면 그 일과 이 일을 바꿨다고 생각하면 될 것 아닙니까."

"그렇게 단순하진 않을 겁니다. 번역을 하고 있으면 배울 것이 있거든요."

그러자 윤두명이 단호한 얼굴이 되었다.

"소설가로서 배울 것이라면 우리 회보의 편집을 하시는 게 프랑스나 독일의 책을 번역하는 것보다 훨씬 배울 게 많을 거요. 우리의 신도는 벌써 삼만여 명입니다. 이 삼만여 명은 각각 다른 인생을 가지고 있고, 입신의 동기도 각각 다릅니다. 서형은 편집인으로서 그들의 고백을 읽게 되고 그럼으로써 이 땅의 생의 갖가지 단면과 그 심처를 이해하게 될 겁니다. 보다도 진실과 행복을 찾는 성실한 심정에 접촉할 수 있을 거요. 그것이 문학의 재원이 되지 않겠소? 나는 서형의 문학을 위해서도 이 일을 꼭 맡겼으면 하는 거요."

그럴듯한 말이었다. 그럴듯한 말이고 보니 언하에 거절할 수가 없었다. 그러나 윤두명의 부탁을 승낙할 수는 도저히 없었다.

"모처럼의 애깁니다만 나는 어떤 직장에 얽매이긴 싫습니다. 가능한 한 자유로운 신분으로 있고 싶은 겁니다. 게다가 속된 말입니다만 수입면으로서도 나는 번역을 그만둘 수가 없습니다. 이 책 한 권을 번역하면 백오십만 원을 받습니다. 하루의 내 시간 삼분의 일쯤을 소비하면 월에 칠십오만 원 수입은 확보되는 셈이거든요."

"수입이 문제라면 내 한 달에 백만 원을 내지. 그러고도 서형은 하루에 두세 시간만 소비하면 되도록 하지."

이때 정진동이 말을 끼웠다.

"서 선배, 그렇게 하시오. 모처럼의 윤 선생님 부탁 아닙니까. 백만 원 수입이면 나쁠 게 없을 겁니다."

그러나 내 마음은 백만 원이 아니라 이백만 원을 준대도 싫다는 방향으로 굳어 있었다. 거절하는 말 대신 이렇게 말해보았다.

"월급 백만 원이면 이 나라에선 상지상의 수입일 겁니다. 한마디로 말해 내 분수를 넘는 금액입니다. 교단이 나를 위해 그런 무리를 한다는 것도 내 마음의 부담으로 될 겁니다."

"서 선배님, 그런 걱정은 마십시오. 우리 교단의 신도는 삼만 명이며 그 가운데 거의 반수는 매년 십만 원 이상의 성금을 낼 수 있는 신도들입니다. 서 선배에게 한 달에 백만 원의 보수를 지불한다는 건 조금도 무리가 되질 않습니다."

정진동이 열을 띠었다.

나는 어이가 없다는 심정이 되었다.

"신도에게 십만 원이란 성금을 내게 하는 것이 벌써 무리한 노릇 아닌가. 잘은 모르지만 기부규제법에 걸리는 것 아닌가……."

"서형, 내가 차근차근 설명하지." 하고 시작한 윤두명의 설명은 다음과 같았다.

"서형은 우리 상제교를 미신을 믿는 유사종교쯤으로 생각하고 있는 모양인데 그런 게 아냐. 우리는 섭리를 존중하는 거야. 섭리란 쉽게 말하면 인연이지. 우리가 이렇게 알게 된 것도 따지고 보면 인연 아닌가. 섭리의 작용 없이 인연이 성립되겠는가? 섭리가 행해지려면 섭리를 행하게 하는 무슨 본체가 있지 않겠는가. 그 본체를 가톨릭에선 천주라고 하고 도교에선 도라고 하고 회교에선 알라라고 하는데 우리는 상제라고 부르고 있는 거요. 이를테면 우리의 종교는 유럽에서 말하고 있는 데이즘, 즉 이신교라고 할 수가 있지. 그리고 또 타 종교와 다른 것은 섭리의 작용에 그저 순응하고만 있는 것이 아니라, 그 섭리의 작용을 보다 활발하게 하자는 데 우리의 목적이 있소. 바꿔 말하면 인연을 소중히 할 뿐 아니라 적극적으로 인연을 맺는 거요. 지금 우리는 삼만의 사람들과 인연을 맺고 사는데 이것은 곧 나를 위해주는 사람이 삼만이 있다는 얘기요. 신도 하나하나가 삼만 명이 지닌 힘을 가지고 있는 셈이오. 그러니 자연 공제조합, 서양에서 말하는 프리메이슨의 성격을 가지고 있는 겁니다. 가령 서형이 돈 삼억 원을 필요로 한다고 합시다. 서형이 고립해 있을 땐 그 삼억 원이란 돈을 만드는 건 지난한 일이오. 그러나 우리 교단에선 하루아침에 되는 일이오. 서형이 하고자 하는 일이 타당성을 가졌다고만 하면 삼만 명 신도가 만 원씩 갹출하면 되는 거니까. 이렇게 해서 우리는 농장도 마련했고, 공장도 마련했고, 고아들을 돕게도 되었고, 올데갈데없는 노인들을 부양하기도 하오. 기부규제법에 걸릴 까닭이 없는 것은 모두들 자기들을 위해 돈을 적립하는 것이지 남에게 기부하는 것이 아니기 때문이오. 이렇게 우리 교단은 종교단체인 동시에 공제생활단체입니다. 물론 궁극의 목적은 우리 모두가 상제의 귀염을 받는 아들이 되는 데 있지요. 우리 교단에 들면 일단 모두가 억만장자가 되는 겁니다. 삼만 교도의 재산이 내 재산이나 다를 바 없으니까요. 이 공동체를 보다 공고히 묶기 위해서, 보다 원활히 운영하기 위해서, 우리가 상제의 아들딸이란 인식을 보다 굳게 갖게 하기 위해서 기관지를 만들려고 하는 것인데 그 기관지 편집인에게 월 백만 원씩 낸다고 해서 대단할 것 없지 않습니까."

윤두명의 말은 거침이 없었고 자신만만했다. 그럴수록 나는 반발을 느꼈다.

"여하간 나는 그 상제교라는 것을 납득할 수가 없습니다. 상제교뿐만이 아니라 종교라는 것에 대해선 어떤 것이건 믿음을 둘 수가 없습니다. 그러니……"

198

"믿지 않아도 좋다고 하지 않소. 서형은 기술자의 자격으로서 일만 해주시면 되는 겁니다."

"그렇다면 굳이 내가 아니라도 편집기술자는 얼마라도 있을 것 아닙니까."

"그게 인연이란 거죠."

"교조님의 생각은 서 선배님을 꼭 모시고 싶으신 겁니다."

정진동은 애원하는 듯한 얼굴로 나를 보았다. 이때 윤두명의 말이 있었다.

"차성희 씨도 안민숙 씨도 서재필 씨가 편집장이 되어주시기만 하면 같이 와서 우리 기관지 일을 돕겠답니다. 마음이 맞는 옛날의 동료들이 한자리에 모여 일을 해보는 것도 재미가 있지 않겠습니까."

그 제안엔 다소 마음이 움직였다.

차성희·안민숙과 같이 교정부의 한구석에서 일하던 시절이 향수와 더불어 회상되었기 때문이다. 활자의 사막에서 무취미하게 나날을 보냈다고는 하나 회상 속에 전개되는 그 생활의 토막토막은 잃어버린 청춘처럼 그저 안타깝기만 했다.

"최근 안민숙 씨를 만났습니까." 하는 질문이 저절로 나왔다.

"어젯밤 차성희 씨와 같이 놀러왔습니다."

이렇게 말하고 윤두명이 중얼거렸다.

"모두들 좋은 사람들이야."

나는 생각에 잠겼다. 차성희·안민숙과 같이 일을 하게 된다는 건 매력 있는 유혹이었지만 상제교의 기관지를 편집하는 일은 내키지 않았다. 그렇다고 해서 그 자리에서 거절해버리는 것도 박절했다.

"며칠만 여유를 주시지요. 잘 생각해보고 대답을 드리겠습니다."

"서 선배님, 그러지 말고……." 하며 정진동이 무릎을 내밀자 윤두명이 만류했다.

"아냐, 서형에게 시간을 줘야지. 너무 당돌한 청이 돼놔서." 하고 윤두명이 말을 이었다.

"꼭 우리의 상제교를 고집하는 것은 아니오만 서형도 종교라는 것에 관심을 두어야 할 거요. 신을 믿든가, 자기 자신이 신이 되든가 하지 않고 어떻게 인생을 살겠소. 이 세상을 살겠소. 그 많은 불행 속에서 자기만의 행복을 추구할 순 없지 않소. 불행이 바다처럼 펼쳐져 있는데 자기만의 행복이란 것이 있을 수도 없구요. 언젠간 이런 불행을 벗어날 수 있을 것이란 희망 없이, 그 희망을 믿고 일하고 있다는 자각 없이 우리는 어떻게 살겠소. 세상이 항상 이 꼴이고 사람이 언제나 이 모양이라고 하면 우리는 사는 걸 그만두어도 조금도 아까울 것이 없지 않소. 그래도 생에 미련을 갖는다면 그건 동물의 본능일 따름이오. 어떻게 하건 사람답게 살아야겠다면 뭔가 믿는 게 있어야 할 것 아뇨. 더러는 돈을 믿기도 하고 더러는 권력을 믿기도 합디다만 따지고 보면 허망한 노릇이오. 돈이 필요하다면 확고한 그 무엇, 인간다운 삶을 마련할 수 있는 믿음을 더욱 공고히 하기 위해서 필요한 것이 되어야 할 것 아니겠소. 서형이 우리 교단에 와서 기관지의 편집을 해보면 믿음이란 것이 굉장하게 큰 힘이 된다는 것과, 마음은 연대의식으로써 얼마든지 클 수 있다는 것과, 그리고 신앙이 바다를 이루었을 때 진실로 안심입명할 수 있다는 것을 알게 될 거요. 나는 반년 동안 감옥살이를 했지만 신앙의 바다 위에 떠 있다 싶으니 그런 안심이 없습디다. 신의 존재를 따지기에 앞서 그런 안심이 가능하다는 상황에서 역산을 해보면 칸트의 말과는 다른 뜻으로 요청을 해서라도 신을 존재케 해야 한다는 갈증과 같은 것을 느낄 것이오. 어두운 밤길을 내 혼자 걷고 있다는 느낌과 어두운 밤길을 신과 더불어 걷고 있다는 느낌과는 다를 것 아니오. 하물며 수많은 동료신도와 더불어 받들고 있는 신과 같이 있다는 의식은 그대로 생의 충실감과 통하는 것이오. 문학도 결국은 인간 파악의 방법이 아니겠소. 서형은 그런 측면에서 인간을 파악하도록 해보시오."

나는 잠자코 듣고만 있으려고 했지만 윤두명의 말이 문학에 언급되자 가만있을 수가 없었다.

"종교가 범접할 수 없는 부분까지 문학이 감당해야 한다고, 나는 그렇게 생각하는데요. 윤 선배는 문학을 종교의 테두리 속에 집어넣으려고 하지만……. 물론 종교문학이란 것이 있겠죠. 종교미술 · 종교음악이 있듯이. 그러나 나는 종교가 문학 속에 포함될 수 있는 그 한도에서만 종교의 존재가치를 인정하는 겁니다. 즉 고민하는 사람이 종교로 향할 수가 있겠죠. 그것까진 인정한단 말입니다. 그러나 종교로선 끝내 구원을 받지 못할 것이란 전제를 두고 인정한다는 뜻입니다."

"종교가 인간을 구원하지 못하는데 문학이 구원한다 이 말입니까?"

윤두명의 말에 시니컬한 빛깔이 보였다.

"문학의 목적이 인간을 구원하는 데 있는 것은 아니니까요. 그런데 종교의 목적은 인간의 구원에 있는 것 아닙니까. 문학은 자체의 목적을 구원에 두지 않는 동시에 종교의 구원을 회의적으로 보는 태도라고 할 수 있겠지요."

"그렇다면 문학은 종교를 방해하는 작업이 된다는 거요?"

"방해라곤 할 수 없지요. 톨스토이의 종교적 태도는 문학적 태도이기도 했으니까요. 단적으로 말하면 문학은 사람이 가지고 있는 종교심에 이해를 갖기는 하지만 아무리 훌륭한 것이라도 종교의 교리에는 회의

심을 갖고 있다는 뜻으로 되겠지요. 예를 들면 기독교의 교리가 옳다고 인정되면 또는 불교의 교리가 옳다고 인정되면 나는 문학은 필요가 없다고 봅니다. 그 교리를 문학적으로 설명하기 위한 문학은 필요할는지 몰라두요. 기독교의 교리는 기독교 아닌 인생태도나 종교가 있다는 것을 전제로 한 일종의 주장 아닙니까. 불교도 그렇고 회교도 그렇구요. 그러한 대립과 차이점을 전부 포용하고 인생을 관조할 수 있는 입장을 상정할 수 있다면 문학 이외엔 없을 것 아닙니까. 물론 하나의 문학, 한 사람의 문학이 그 전부를 포용할 순 없겠지요. 문학이란 흐름 전체가 종교까지 포함한 인생 전부를 포용하고 관조할 수 있는 유일한 인식태도라는 겁니다. 좀더 구체적으로 말하면 문학은 예수나 석가나 마호메트나 윤두명 씨를 하나의 등장인물로 만들어 상대적으로 묘사하고 표현할 수 있다는 겁니다. 성공 여부는 고사하고 이상적으로, 아니 극단적으로 볼 때 문학이 종교보다 우위에 있다는 게 나의 신념입니다."

"그야말로 문학지상주의이군."

윤두명이 씁쓸하게 웃었다.

"그런 건 아니죠." 하고 나는 즉시 반론했다.

"화가가 하늘을 그렸다고 해서 하늘을 지배한 것도 정복한 것도 아니듯 문학이 예수를 등장인물로 해서 얘기를 꾸몄다는 것으로 그 작자가, 또는 그 문학이 예수교 이상이라는 주장은 있을 수 없지요. 다만 관조의 방식에 있어서 어떤 종교의 교조이건 작품의 등장인물로 취급할 수 있다는 점에서 문학이 인생을 관조하는 영역으로선 우위에 있다는 말을 한 것뿐입니다."

"그렇다고 해서 종교가 인간을 구원하지 못한다는 건 지나친 독단이 아닐까요?"

"문학적으로 볼 때 종교에 의한 인간의 구원은 불가능하거든요. 가령 어떤 고승이 대오일번했다고 합시다. 쉬운 말로 구원을 받았다고 합시다. 그럴 경우 그 고승은 자기의 수양 방식에 따라 그 혼자만이 구원을 받은 것이지 어떤 종교가 그에게 구원을 준 것이 아니라고 인식하는 것이 문학입니다. 냉철한 이상적 분석을 견디어낼 만한 종교라는 것은 없는 것 아닙니까. 좋게 말하면 이성적인 분석을 넘은 어떤 성역을 설정해놓은 것이 종교이고, 나쁘게 말하면 인간의 미망을 이용한 애매한 박명지대를 신비화하려는 게 종교 아닙니까. 문학은 그러한 성역, 그러한 박명지대를 납득하지 못하고 인간을 때론 한없이 강하고, 때론 한없이 약하며 때론 아름답고, 때론 추하고, 때론 행복할 수도 있고, 때론 고독하기 짝이 없는 실상 그대로를 파악하여, 가능하다면 그대로 살아볼 만한 것이 인생이란 증명을 해보려는 작업이란 거죠. 종교처럼 사람의 정신에 마취를 걸지 않고 깨어 있는 그대로의 상태로써 같이 인생의 어느 국면을 직시해보자는 마음먹이기도 하구요. 하느님이니 천주님이니 상제님이니 하는 부름을 앞세우지 않고 그저 허공을 향해 지성을 드리는 기도라고나 할까요. 그걸 나는 문학이라고 생각하고 이에 충실하려는 겁니다."

"서형은 스스로의 고독을 견딜 수 있다는 말이군요."

"견디고 못 견디고가 있습니까. 사람은 죽음까지도 견뎌야 하는 것 아닙니까?"

"서형은 주변의 불행에 무감각할 수 있습니까?"

"무감각 아니면 어떻게 하겠습니까. 내 힘으론 어떻게 할 수 없는 일을 한탄한들 무슨 소용이 있습니까."

"혁명이라도 해서 그 불행을 배제해보겠다는 생각을 해본 적은 없습니까?"

"그럴 용기가 없다는 걸 내 자신 너무나 잘 알고 있으니까요."

"혁명할 용기는 없으니까 위험이 없는 방법으로 이 세상의 불행을 없애보자 또는 적게 해보자는 생각은?"

"그런 방법을 나는 상상도 못해봤습니다."

"그 방법이 있다고 하면? 그리고 그 방법에 납득이 갈 수 있다면 어떻게 할 거요."

"납득이 간다면야 물론."

"어렵게 생각할 것 없어요. 내가 하자는 게 바로 그거요. 교리에 대한 시비는 고사하고 현재 우리의 신도 삼만은 줄잡아 생활난으로 인한 불행에선 해방되어 있소. 그러니 우리의 방식대로 하면 점차 우리의 주변에서 생활난을 극복할 수 있다는 자신을 가질 수가 있지 않겠소. 우리가 서형과 같은 사람을 필요로 하니까 간청하는 것입니다만 서형 자신이 우리의 실적을 확인해본 연후 협력해주길 바라오. 우리에게 협력한다고 해서 서형의 문학수업엔 하등의 지장이 없을 테니 말이오."

나는 그 끈질긴 권유를 어떻게 받아넘겨야 할지 몰랐다. 그래서 다음과 같이 물었다.

"윤 선배께서 하시는 일은 옛날 푸리에가 실험해본 팔랑스테르를 모방한 것 아닙니까?"

푸리에의 팔랑스테르는 일종의 공동생활체로서 그 이상은 좋았으나 불과 얼마 안 가 실패로 돌아간 실험이다.

내 질문을 받자 윤두명은 "푸리에의 팔랑스테르 같은 것이니 불원 실패할 것 아니냐는 말 아니우?" 하며 웃곤 다음과 같이 말했다.

"푸리에가 실패한 것은 그 근본적 유대가 약했기 때문이오. 즉 얄팍

한 휴머니즘이 그 바탕의 사상이었거든요. 그런데 우리에겐 강력한 종교적 유대가 있습니다. 상제를 믿는 강한 신앙심, 상제의 어명엔 절대 복종하는 규율이 있다, 이겁니다. 푸리에에겐 사상이 있었을 뿐이지만 우리에겐 신앙이 있습니다. 반석과 같은 신앙, 어떤 지형이라도 뚫고 나가는 물의 원리를 닮은 신앙이 있단 말입니다. 그러니 절대로 실패할 까닭이 없습니다. 실패하면 모두가 자멸할 줄 아는데, 상제의 은총을 잃게 되는데 어떻게 실패할 수가 있습니까."

나는 윤두명을 계속 보고 있을 수가 없었다. 세상을 너무나 호락호락하게 보고 있는 것인지, 참으로 그런 신념을 가지고 있는 것인지, 어느 정도가 진정이고 어느 정도가 기만인지 분별할 수 없는 마음이 된 것이다. 한편 '조직의 천재'란 말이 있는데 이 사람은 그러한 '조직의 천재'일지 모른다는 생각도 들었다. 혹시 무슨 신통력을 가지고 있는지도 몰랐다. 비가 오기만 하면 정신착란을 일으키는 순자라는 창부가 윤두명이 나타나기만 하면 조용해진다는 어느 해 여름에 들은 얘기가 생각나기도 했다.

윤두명은 계속해서 교단 내부의 얘기를 소상하게 설명하기도 하고 감옥생활을 하는 동안 같이 있던 수인들을 전부 감화시켜 신도로 만들었다는 얘기도 했다. 그는 하나의 유토피아를 설정하고 그 유토피아의 건설에 열성을 다하고 있는 것이라고 나는 믿을 수밖에 없었다. 그가 설명하고 있는 도중 물었다.

"그럼 안민숙 씨와 차성희 씨도 상제교에 입신한 겁니까?"

"아직 형식을 갖추지는 않았으나 입신한 거나 다름이 없죠." 하는 윤두명의 대답이 있었다.

안민숙은 몰라도 차성희는 가톨릭 신도이다. 가톨릭 신도가 어떻게,

하는 마음이 있었지만 따져볼 마음은 없었다. 아무튼 나는 시간의 여유를 달라고 하고 내가 결혼하게 되었다는 사실을 알렸다. 윤두명이 물었다.

"언제?"

"일주일 후입니다."

"그래요? 상대는? 혹시 내가 아는 사람인가?"

"그렇습니다." 하고 나는 정명욱의 이름을 댔다.

"그것 반가운 소식이군. 정명욱 씨는 훌륭해. 역시 서형은 행운아로군."

윤두명은 마음으로 기뻐하는 눈치였다. 그러고는 결혼식을 성대하게 해야 한다며 자기가 도와줄 뜻을 비쳤다. 나는 당황했다.

"절대로 그럴 필요 없습니다. 그동안 내가 교단으로부터 다달이 받아놓은 돈도 쓰지 않고 가지고 있습니다. 윤 선배가 나오시면 돌려드리려구요."

그 가운데 이십만 원은 구두닦이 소년에게 주었다는 말을 하려다가 그만두었다. 윤두명은 단번에 불쾌한 얼굴이 되었다.

"선배의 호의는 순순히 받아두는 게 도리요. 서형은 어째서 그처럼 꼬장꼬장 융통성이 없소. 한 번만 더 그런 소릴 하기만 하면 절교할 테니 그렇게 아시오."

그러자 정진동도 한마디 했다.

"서 선배의 고집도 큰일이오. 교조님의 제안을 순순히 받아들이는 게 좋을 텐데 왜 그러십니까?"

나는 교단이니 교조니 하는 말에 묻어 있는 그 내음에 반발을 느낀다고 쏘아주려다가 가까스로 참았다.

윤두명과 정진동을 보내놓고 나니 한꺼번에 피로가 엄습해왔다. 자리에 드러누워 눈을 감았다. 아무리 생각해도 윤두명의 정신상태는 정상이 아닌 것이다.

'상제교? 삼만 명의 신도? 차성희와 안민숙이 상제교에 입신한다구? 착각·착오, 뭔가 잘못되어 있는 거지.' 하다가 문득 나는 강력한 세계관은 거의 착각에서 비롯된 것이 아닌가 하는 상념에 부딪쳤다. 착각에 의하지 않곤 어떤 세계관이건 사람을 미치게 하도록 강력할 순 없는 것이다. 칸트의 세계관, 그것도 강력한 부분은 착각이다. 헤겔에 이르러서는 말할 것도 없다. 그 굉장한 체계의 전당은 모두가 착각의 소산이다.

피카소의 두 눈이 세로로 한꺼번에 붙어 있는 여자의 그림이 뇌리에 떠올랐다. 그 요귀의 상이라고 할 수밖에 없는 그림이 풍겨내는 환상적이며 주술적인 의미! 그것은 바로 착각의 성공이며 성공된 착각인 것이다.

'그렇다면 윤두명의 강점은 바로 그의 착각에 있는 것이 아닌가. 명식明識은, 그러니 지긋지긋한 평범을 견디기 위한 수단일 뿐이다!'

그래도 좋다. 나는 명식을 택하겠다는, 즉 평범을 견디겠다는 각오를 익힐 때까진 상당한 시간을 필요로 했다. 그리고 '맞춰둔 결혼반지를 찾으러 가야지.' 하고 몸을 일으켰을 때 "등기우편입니다. 도장을 주시오." 하는 소리와 함께 노크하는 소리가 났다. 편지는 박문혜로부터 온 것이었다. 갑자기 심해진 가슴의 동계를 가까스로 진정하고 나는 그 편지를 열었다. 선뜻 시야로 들어온 것은 '박문혜가 우프살라에서 씁니다……'

그 글월과 글씨가 어쩌면 이렇게도 정다울 수 있을까.

—서재필 씨에게 편지를 쓰기 위해 나는 이곳 우프살라로 왔는가 봐요. 그러나 그런 감상적인 얘기를 적고 있으면 한이 없을 것 같아 이번엔 용건만 적겠습니다. 며칠 전 우리 연구실 내에서 우연히 서재필 씨가 화제에 올랐어요. 얘기를 하다가 보니 내가 열을 올렸는가 보지요? 우리 연구실장이 뜻밖인 제안을 했어요. 만일 서재필 씨가 원하기만 한다면 약 이 년 동안, 성과를 보고선 삼사 년 동안이라도 스웨덴에 와서 공부할 수 있도록 해주겠다는 겁니다. 그분은 스웨덴이 가지고 있는 조그마한 문화재단의 이사인데 그 재단에선 스웨덴을 좋아하는 외국의 예술지망생이나 과학지망생을 선발해서 한 달에 천 불 상당의 체재비를 제공할 뿐 아니라, 본인의 지망에 따라 어떤 학교나 시설이라도 이용하게 하는 편리를 보아준다는 것입니다. 워낙 작은 재단이라서 정예적으로 뽑는 것이 아니고 그런 사람이 우연히 나타나면 편리를 보아주는 지극히 기분적인 기관이고 제도라고 합니다. 그런데 우리의 연구실장이 전권을 위임받고 있어 그분의 의사만 있으면 수월하게 된다고 합니다. 내 말을 듣고 그런 청년이라면 언제라도 받아주겠대요. 다만 형식상 동봉하는 서류에 필요한 사항을 기입해 보내기만 하면 초청장과 비행기료, 기타 여비를 보내겠다고 하니 뜻이 있으시면 곧 연락하길 바랍니다. 아주 너그러운 조건이고, 좋은 조건이고 하니 망설일 것 없이 내 권유에 응해주실 것으로 믿습니다. 여기 오셔서 스웨덴어를 공부하셔도 좋고 그럴 필요가 없으면 영어와 프랑스어로써 뭣이건 할 수가 있습니다. 조국을 떠나 조국을 바라보고 조국을 생각한다는 것이 조국을 사랑하기 위해서도 문학을 가꾸기 위해서도 기막히게 유익할 것이란 말은 하나마나한 일이 아니겠습니까. 서재필 씨의 그 치밀하고 섬세한 문학의 소양을 스칸디나비아의 풍광에 살큼 바래기만 해도 굉장한 보

람이 있을 것으로 믿습니다. 우리 연구실장은 또 이런 말을 하는 것이었습니다. 자기가 그렇게 노력하는 것은 미지의 청년 서재필 씨를 발굴하는 의미도 있는 것이지만 마드모아젤 박문혜의 생화학 연구가 서재필 씨가 스웨덴으로 옴으로써 천재적으로 개화할지 모른다는 기대가 있기 때문이랍니다. 아무튼 가슴 설레는 사건이에요. 나는 지금부터 흥분상태에 있어 공부가 손에 잡히질 않는답니다. 나는 벌써 서재필 씨와 함께 스칸센의 공원을 산책하고 있어요. 서재필 씨의 문학이 스웨덴을 영양으로 급속도로 성장하리라고 믿어요. 너무나 활달하고 자유로운 이곳 남녀들의 사랑의 광경에 자극을 받은 것만으로 내가 흥분하고 있는 건 아녜요……

나는 더 이상 그 편지를 계속 읽어 내려갈 수가 없었다. 돌연 박문혜가 기왕 보내준 그림엽서의 사진이 찬란하게 생동하며 내 눈앞에 전개되었기 때문이다. 어느덧 숨을 죽이고 있었던 모양으로 나는 가쁘게 숨을 몰아쉬었다. 깊은 한숨이 잇달았다.

잔이 있을 땐 술이 없고 술이 있을 땐 잔이 없다 _헷벨

난들 외국행을 생각 안 해본 것은 아니다. 그러나 그것은 어디까지나 상념의 파편에 불과했던 것이지 소망의 형태로서 괴어본 적은 없다. 지나간 옛날의 어떤 장면이 가끔 토막토막으로 명멸하되 회상으로서의 흐름을 이루지 못하듯, 외국에 대한 나의 생각은 과거에 대한 마음의 명멸을 미래로 방향을 돌린 그런 것에 불과했던 것이다.

어느 한 시기, 이민을 간 친구를 만난 기회에 이민에 생각을 미쳐본 적이 있긴 하다. 그때 나는 낯선 이국의 거리, 함박눈이 내리고 있는 골목을 여윈 어깨를 움츠리고 걷고 있는 나 자신의 뒷모습을 마음속에 그려보았다. 그러고는 그 초연한 고독감에 약간의 감상을 즐기기도 했던 것인데 이것은 곧 구체적인 문제로선 이민을 생각할 수 없었다는 것이 된다.

외국을 생각하기엔 내 생활이 너무나 가난했다고나 할까. 본연적으로 지니고 있는 나의 보수성이 너무나 강했다고나 할까. 언제 가도 한 번은 가보아야 할 외국이란 관념은 있어도 지금 어떻게 서둘러 외국엘 가야겠다는 그런 작정을 해본 적은 한 번도 없었던 나였다.

그런데 박문혜의 편지는 내 가슴속에 혁명에 유사한 회오리바람을 일으키고 말았다. 심상에 걸린 스크린 위에 서양 영화의 예고편을 방불케 하는, '톤'만 있고 맥락이 없는, 그런 만큼 변화무쌍한 극채색의 영상이 다음 다음으로 전개되기도 하고 겹쳐지기도 했다. 그 사이사이로 퍼세틱한 자막이 누비는 것인데,

　—오전 다섯 시. 식사를 하려도 맥심의 문은 열리지 않았고, 자살을 하려도 에펠탑에 오를 수가 없다.

는 어떤 영화에서 들은 나라타주가 들려오는가 하면,

　—파리의 거리는 파리를 짝사랑하고 찾아든 관광객으로 붐빈다. 그러나 파리는 매정스러운 미녀처럼 싸늘한 곳.

이라고 한 어느 작가의 기행문이 떠오르기도 했다.

　—여기는 오슬로. 안개 속의 파도소리에 그리그의 솔베이지송이 들리지 않습니까.

　그러면 내 눈앞에 비탈진 골목길과 그 골목을 기어오른 곳에 펼쳐진 북해가 보이고, 그 언저리에 레이스를 두른 것처럼 파도 속에 하나의 섬이 보인다. 아아 저것은 피에르 로티의 「빙도의 어부」의 빙도!

　—이곳은 코펜하겐. 키에르케고르가 살던 집이 있지요. 사람을 우울하게 만드는 철학을 썼다지요.

나는 그의, 차분하고 어쩌면 너무나 슬픈 눈빛이어서 세속의 일들은 투시해버리고 고민하는 영혼의 '드라마'만 응시하고 있을 것 같은 철학을 읽고, 얼마 후 조그마한 명예 문제로 채무를 독촉하는 고리대금업자처럼 서둘렀다는 기록을 읽었을 때 배신당한 것 같은 느낌이 되었던 것인데 그때의 기억을 더듬으면서 영상 속에 나타난 키에르케고르의 집 앞에서 서성거린다.

그런가 하면 나는 어느덧 음울하게 납빛으로 드리워져 있는 하늘을 바라보며 어떤 다락방 창가에 앉아 있었다. 고개를 밑으로 하니 구릿빛 크리크가 보이고……나는 입속에서 중얼거렸다.

"네바 강이다. 페테르부르크의……" 그러니까 어느 사이 라스콜리니코프의 하숙방에 그가 앉아 있던 자리에 내가 앉아 있었던 것이다…….

뿐만 아니라 계속 교차되는 영상을 홀린 듯 보고 있으면서 나는 감탄했다.

'내 어디에 이처럼 상상력, 아니 공상력이 숨어 있었던가.'

동시에 나는 자조와 자멸을 닮은 기분이 되었다.

'독창적인 이미지는 가당치도 않고 옛날 본 영화의 스크랩북 같은, 쓰레기통 같은 뇌수, 유행가를 닮은 감상!'

나는 지저분한 공상의 비약에 제동을 걸 양으로 박문혜의 편지를 꺼냈다. 읽으면 읽을수록 경질硬質의 문장이란 느낌이 들었다. 자기의 센티멘털리즘을 약간의 거리를 두고 관찰할 수 있는 눈이 거기엔 있었다. 그리고 한 군데 특히 빛나고 있는 부분.

—서재필 씨의 그 치밀하고 섬세한 문학의 소양을 스칸디나비아의 풍광에 살큼 바래기만 해도…….

'살큼 바래기만 해도'란 '바랜다'는 단어가 마음에 든다. 아무렴, 문학은 세탁물과 같은 것이 아닌가. 이곳저곳에서 주워 모은 빨래와 같은 경험을 열심히 세탁하는 작업. 세탁하는 것만으론 끝나지 않는다. 태양과 바람에 바래야 한다. 그렇다. 나도 나 자신을 바래야 하겠다. 더욱이 스칸디나비아의 풍광에 바랠 수 있게 된다면 얼마나 좋을까.

'얼마나 좋을까.' 하는 것은 나의 기분의 문제이다. 그러나 세상일은 기분의 문제가 아닌 것이다. 약속의 문제, 신의의 문제, 타자와 어울려 사는 사회의 문제…….

나는 덕수궁 돌담을 끼고 걸어볼 생각을 했다. 큰길을 걸을 필요가 없었다. 동물의 창자를 방불케 하는 골목길을 꼬불꼬불 걸어 신문로에까지 나갈 수가 있고 거기에서 육교 하나를 건너면 덕수궁 뒤쪽으로 통하는 길이 나온다.

나는 골목길을 걸으면서도 기분의 문제와 신의의 문제를 생각하고 있었다. 그러다가 돌연 나는 가장 절실한 문제를 일반 문제로, 구체적인 문제를 관념의 문제로 바꾸려고 하는 나 자신의 사술을 발견하고 움찔했다. 말하자면 목전에 다다른 결혼 문제와, 이제 막 제기된 외국행 문제를 대립시켜야 하는 것을 엉뚱한 설문으로 바꿔치기함으로써 나 자신의 에고를 보존하려는 비겁한 사술을 모르는 사이에 꾸미고 있었던 것이다. 내가 만일 성실하다면 정명욱과 박문혜를 내 마음의 광장에 대결시켜 결연한 답을 내야 하는 것이 아닐까. 물론 '그러나' 하는 단서는 붙는다. 박문혜는 스웨덴에 공부하러 오라고 했지, 연애하러 오라고 한 것도 아니고 결혼하러 오라고 한 것도 아니었으니까. 하지만 이 '그러나'는 기만일밖에 없다. 한국에서의 박문혜는 오로지 하나의 학구였

214

다. 그에겐 연구실이면 족했고 실험 설비가 있으면 족했고, 책이 있으면 족했고. 그처럼 치열한 서상복의 사랑도 호두껍질을 집적이는 바늘과 같은 것에 불과했다. 정념이 총명한 두뇌와 협동하는 바람에 학문 이외의 아무것도 박문혜의 세계에 범접할 수 없었다. 그런데 스웨덴에서 그 마음이 바래지자 고국이란, 여태까진 생각지도 못했던 실체가 나타났다. 이런 실체가 나타나기만 하면 반드시 마음의 한구석을 요구한다. 마음의 한구석을 차지하기만 하면 주변에 감정의 색채를 필요로 한다. 사람이 벗은 채 살 수 없듯이 관념도 의상을 둘러야 하는 것이다.

이때까지는 순일하게 박문혜의 학구에만 봉사해오던 정념이 가끔 조국이란 관념에도 얼만가의 봉사를 하지 않으면 안 되게 되었다. 그러나 짐작할 수가 있다. 박문혜에 있어서의 조국의 실체는 서재필이라는 사람의 모습을 닮아 있을 것이라고. 그런데다 그녀가 살고 있는 환경이 자유분방한 남녀들의 사랑으로 꽃밭을 이루고 있을 것이라고 상상할 수 있으니…….

나는 다시 어떤 상황을 뒤집어본다. 박문혜는 아무렇지 않게 편지 속에선 어느 재단의 호의만을 강조하고 있지만 조금이라도 세상을 살아본 경험이 있는 사람이라면 그런 일이 그처럼 수월하게 이루어질 수 없다는 것쯤은 쉽게 짐작할 수가 있다. 그녀가 속해 있는 연구소에서 그녀가 차지하고 있는 비중이 크고 그녀가 주변의 신뢰와 기대를 모으고 있다는 전제를 감안하더라도 한 달에 천 불 상당의 협조를 받을 수 있는 유학생의 자리를 얻어내기 위해서 박문혜가 얼마나 애를 썼을까 하는 생각을 안 해볼 수가 없다. 나는 미국에서도 유명한 축에 드는 육영 재단으로부터 매년 오천 불을 받고 있는 친구를 알고 있는데 일 년에 오천 불이면 대단한 액수라고 듣고 있는 것이다.

사정이 이와 같을 때 내가 스웨덴에 간다는 것은? 들먹이나마나한 얘기다. 나는 건너서면 덕수궁 뒷길로 통하는 육교 앞에 서서 다졌다.

'요는 내 마음의 문제다.'

나는 무너지려는 흙벽을 가슴으로 막아서는 기분으로 공중전화를 찾았다. 정명욱을 불렀다.

"원장님 어때요." 나의 첫말이었다.

"원장님은 무사해요. 그런데?"

정명욱의 카랑카랑한 목소리.

"조금 저어, 나 산책하러 나왔던 길인데."

내 음성이 무거워지는 것을 내 자신 깨달을 수 있었다.

"왜 그러시죠? 어디 아프시지나 않으세요?"

명욱의 소리도 침하하고 있었다.

"아픈 덴 없소."

"그러면?"

비로소 나는 할말도 없는데 전화를 걸었다는 사실을 알았다. 공중전화에서 우물쭈물할 수가 없었다. 얼른 구실을 꾸며 달았다.

"반지 찾으러 가는 길인데 어때, 시간이 있어? 같이 가게."

"좋아요. 건너편 다방으로 나오세요."

정명욱이 송수화기를 놓는 민첩한 동작이 눈에 보이는 듯했다.

방향을 바꿔 길을 걸으면서 생각을 쫓았다.

'편지 한 장으로 이처럼 뒤흔들리는 의지력 갖고 앞으로 어떻게 살까.'

'편지도 편지 나름이지, 스칸디나비아의 풍광에 바래라는 편지 아닌가……'

이렇게 이어지는 마음의 파랑波浪 위로 박문혜의 모습이 갈매기처럼 비상하고 있었다.

정명욱과 나는 거의 동시에 다방에 들어섰다.

"이대로 갈까요? 조금 앉았다가 갈까요?" 정명욱이 물었다.

"커피나 한 잔 하고 가지." 하고 나는 구석진 자리를 찾았다.

"우리 이상해요." 정명욱이 발음한 '우리'라는 단어에 뒤통수를 얻어 맞은 느낌이 되었다.

'그렇다, 명욱과 나는 우리인 것이다. 이미 우리가 되어 있는 것이다.'

그러니 선택할 수 있는 것처럼 생각을 쫓고 있던 나라는 인간이 어처구니가 없다.

"뭣이 이상하단 말인가."

내 말이 덤덤하게 되었다.

"표정두, 말소리두, 그리구 뭐랄까……."

"기후의 탓이겠지. 요즘 좀 이상기후 아냐?" 정명욱은 잠자코 얼굴을 숙이더니 스푼으로 커피를 저었다.

나는 정명욱의 텔레파시가 민감하다는 것을 잘 알고 있다. 나는 내가 우울해 있는 이유를 명욱에게 인식시켜야겠다고 꾀를 꾸몄다. 명욱과 나 사이의 어색한 분위기를 순간이나마 견딜 수가 없었기 때문이다.

"사실은, 우리 이웃방의 지함공장 직공이 실직했어."

"그게 우리와 무슨 상관이 있수?"

"상관이 있다마다. 아무런 저축도 없다고 들었는데, 저축이 있을 까닭도 없구."

"그렇다고 우리가 그처럼 우울해요?"

"옆집에서 굶게 되었는데 태연할 수가 있겠어?"

"태연할 수야 없죠. 없지만……." 하고 명욱은 나를 살피는 눈이 되었다.

"하기야 사람이 굶기야 하겠나. 아주머니 얘기론 함지장사라도 하겠다며 태평하더라만."

"그럼 됐지 않수. 마음에 걸리면 함지장사의 밑천이라도 대주면 될 것 아뇨?"

"간단하구만."

"뭣이요?"

"세상을 살아가는 요령이."

"간단하지 않으면 어떻게 하겠수? 우리 처지에 그들의 실직을 어떻게 할 수 없는 게 아녜요?"

나는 잠잠해버렸다. 정명욱의 생각이 내 생각이었던 것이고, 그 얘길 꺼낸 것부터가 건성으로 한 짓이었던 것이다. 내 시선이 엉뚱한 곳으로 방황하고 있었던 모양이다. 명욱이 손톱을 세워 탁자를 가볍게 두드렸다. 내가 시선을 명욱 쪽으로 돌렸다.

"우리." 하고 명욱이 나직이 시작했다.

"우리는 우리 자신의 일을 감당하는 데도 힘겨운 정도예요. 전연 남의 일에 무관심할 순 없겠지만 이편의 생활이 그 때문에 흔들릴 정도로 관심을 갖는다는 건 위생상 나쁠 것 같애요. 안 그래요? 관심을 가져 보았자 별다른 성과도 없는 일로 말예요."

명욱이 내가 우울한 원인을 이웃집 실직문제에 있을 것이라고 납득한 모양이다. 그것으로 됐다는 생각을 하며 일어섰다.

"가볼까?"

거리로 나와 천천히 명동 쪽으로 걸어가며 나는 자문자답했다.

'지금 선택의 자유가 있다고 치고 넌 어느 편을 선택할 것인가. 정명

욱과 박문혜 사이에서.'

'박문혜를 선택한다는 건 실감이 나질 않는데?'

'그렇다면 정명욱?'

'그럴 수밖에 없지. 그러나 박문혜에의 가능을 봉쇄해버린다는 것은 아쉬워.'

'선택을 못할 바에야 잊어야지.'

'스칸디나비아의 풍광까지도?'

'스칸디나비아는 당장 없어지는 것이 아니니까, 언젠간 갈 수도 있겠지.'

'그러나 어때, 이 상황에서 가는 것하고 먼 훗날 가는 것하고는⋯⋯.'

'그래도 단념을 해야지.'

'결혼을 일 년쯤 연기하면?'

'어림도 없지. 나는 그처럼 무책임한 놈이 되긴 싫어⋯⋯.' 하면서도 나는 만일 내가 지금 박문혜 옆에 있었더라면 박문혜를 택하는 마음으로 기울어 있을 것이라고 추측하지 않을 수 없었다. 그리고 나는 아니꼽게도 마누라를 넷까지 허용한다는 사우디아라비아의 풍습에 마음을 미쳐보기도 했다.

내 마음속에 어떤 상념이 오가고 있는질 알 까닭이 없는 정명욱은 나와 함께 백주의 대로를 걷고 있는 것이 마냥 기쁜 모양이었다. 나는 문득 시어도어 드라이저의 『아메리카의 비극』을 연상했다.

가난하게 자란 클라이드 그리피스는 자기 애를 밴 로버타를 데리고 호젓한 호수로 보트놀이 하러 간다. 로버타는 뱃속의 아이를 위해서라도 결혼해달라고 간원하고 있었는데 클라이드는 손드라하고 결혼하고 싶었다. 출세와 화려한 생활이 약속되어 있는 손드라와의 결혼이 이루어지지 못할까봐 로버타를 죽일 작정을 한 것이다. 헌데 로버타는 그것도 모르고 클라이드와 같이 가는 것이 기쁘기만 했던 것 아닌가……. 나는 지금 그 클라이드와 같은 입장에 있고 정명욱은 로버타와 같은 입장에 있고 박문혜는 손드라의 입장에 있는 것이 아닌가, 하는 연상으로 기가 질렸다. 물론 나는 정명욱을 죽일 생각도 해칠 생각도, 매정하게 그녀와의 결혼을 거절할 생각도 없다. 그러나 심리의 몇 부분에 있어선 클라이드의 마음과 비슷한 데가 있지 않을까. 만일 정명욱이 지금 내 마음속에 전개되어 있는 심상풍경을 알기라도 했다면 얼마나 놀랄 것인가.

드라이저는 클라이드의 행위에서 『아메리카의 비극』을 보았다. 즉 미국의 자본주의가 시민들 사이에 빈부의 불평등을 만들었기 때문에 가난한 클라이드가 그 빈부의 차를 손드라를 통해 뛰어넘기 위해 로버타를 죽였다는 얘기다. 그러나 문제를 그렇게 끌고 가선 안 된다는 마음이 든다. 클라이드의 범죄는 사회적인 문제이기에 앞서 인간의 문제이다.

수양산에서 고사리를 따먹다가 죽은 백이와 숙제를 들먹일 것까지도 없다. 부패가 유행처럼 되어 있는 사회에서도 뇌물을 먹지 않는 사람이 있다. 굶어죽을 궁경에까지 말려들어 있으면서도 도둑질을 하지 않는 사람이 있다. 어떻게 원한에 사무쳐 있어도 사람을 죽인다는 건 꿈도 꾸지 못하는 사람이 있다. 식모살이를 하고, 그보다 못한 천업을 하더라도 화류계엔 발을 들여놓지 않는 여자가 있다. 범죄인의 정상을 재량할 땐 제도와 환경을 들먹여 벌을 가볍게 해줄 사정은 있겠지만 살인과 같은 흉악한 범죄를 본질적으로 사회문제로서 처리하려는 태도는 옳지 못하다. 그러니 클라이드의 범죄는 클라이드의 비극으로서 인간의 문제일 뿐, 아메리카의 비극으로 확대하여 사회문제로서 다룰 성질의 것이 아니다. 드라이저의 문학이 평판적平板的인 까닭은 이런 곳에 있다.

'그러나저러나 나라는 인간은······.'

이런 기분이 저절로 한숨이 된 모양이다. 정명욱이 놀란 얼굴로 나를 쳐다봤다. 그 눈에 물음이 있었다.

"도대체 어떻게 된 일이우?"

"아냐 아냐. 저 남산 쪽을 봐. 서울의 하늘이 오늘은 제 얼굴을 찾은 것 같애." 하고 나는 부러 쾌활한 체 꾸몄다. 그 부자연한 연기가 명욱의 마음을 다시 흐리게 한 것 같았다.

"이웃집 실직이 그처럼 마음에 걸리우?"

"아냐 아냐."

"나허구 이렇게 걷고 있는 게 싫어진 게 아뉴?"

"천만에."

"그렇다면 얼굴을 고쳐요. 평생에 한 번 있을 나들이를 하면서······."

"평생에 한 번 있을 나들이?"

"그럼 맞추어놓은 결혼반지 찾으러 가는 나들이가 두 번 세 번 있어서 되겠어요?"

"아, 그렇군."

나는 명욱의 허리를 가볍게 안았다.

요즘의 서울에선 백주 대로에서도 이만한 수작은 예사로 되어 있지, 하는 마음을 앞세운 동작이었다.

한 돈쯤의 백금에 삼 부짜리 다이아몬드를 점청한 반지는 한 돈의 백금이나 삼 부의 다이아니 하는 물질의 값을 훨씬 넘어선 제법 의젓한 상징이 되어 있었다. 더욱이 나는 그 세공이 마음에 들었다. 잔꾀를 부리지 않은 간결한 선으로 다이아를 머리로 치고 한 마리의 학이 양쪽으로 활개를 쭉 펴고 있는 것이다.

"어머나." 하고 명욱도 숨을 죽였다.

그러고는 속삭이듯 중얼거렸다.

"다이아까지."

지난날 명욱에게 한 말이 있었다.

"아무런 장식도 없는 백금으로 만지를 만들겠어."

그때의 명욱의 대답은

"약속이 중요하지 반지가 중요한 게 아니니까요."

그래서 내가 말했었다.

"약속보다도 사랑이 중요하다."고.

그런데 나는 약속조차도 깨뜨릴 뻔한 절벽 위를 걷고 있었지 않았는가. 그러나 이젠 그런 망설임도 끝났다는 마음으로 반지 값 잔금이 들어 있는 봉투를 점원에게 건넸다.

"감사합니다."

세어보고 나서 점원이 한 말이다.

"내가 감사합니다." 하고 세공이 마음에 들었다고 덧붙였다. 점원의 입이 귀에까지 찢어졌다.

"마음에 드신다니 반갑습니다. 아닌 게 아니라 그 반지에 세공을 하신 분은 인간문화재, 아니 인간문화재 이상의 자격을 가지고 있는 분이죠."

나는 얼른 그 가게를 나왔다. '인간문화재'란 말은 내가 듣고 알레르기를 일으키는 말 가운데의 하나다. '문화재'란 말 자체도 거부반응을 일게 하는데 거기에다 한술 더 떠 인간문화재라니. 인간문화재란 말은 인간을 모욕하고 문화를 모욕하는 말이라고 생각하게 된 건 언제부터의 일이던가. 나는 이런 무신경한 말이 거침없이 통용되고 있는 상황을 슬퍼한다. 문화재는 문화적 유물, 문화적 유적이란 점잖은 말로 환원하면 될 것이고 인간문화재는 도예·가창·무용 등 각 분야별로 명인이란 이름으로 부르면 될 것이 아닌가. 도예 명인·가창 명인·무용 명인 등으로 말이다. 재財라고 하는 돈에 연결되는 가치를 상정해야만 가치를 정립할 수 있다는 그 발상의 바탕에 나는 저항감을 가지는 것이다. 특출한 기술을 가진 공예가가 문화재라고 하는 각인이 찍혀 일종의 재화적 서열 속에 자리를 차지하는 것이 명예에 속하는 일이라면 이는 너무나도 서글프다. 이러한 서글픈 마음의 표현이 또한 문학일 테지만…….

그런데 이건 뒤에 보충한 나의 감상일 뿐이고 그때 나는 정명욱의 너무나 좋아하는 모습에 마음을 빼앗겼다.

"그렇게 좋아?" 하고 명동 입구의 잡답을 헤쳐가며 물었다.

"좋지 않구요."

명욱의 얼굴은 상기되어 있었다.

"그렇게 좋아할 줄 알았으면 다이아를 한 캐럿쯤으로 했을 것을. 물론 돈이 없어 못한 거지만."

"다이아가 문제 아녜요. 우리가 자기 발로 보석점까지 가서 그걸 맞추었다는 마음먹이가 그 반지엔 나타나 있는 걸요."

"반지가 없었다면 마음의 행복도 없을 뻔했겠구나."

"그런 건 아니지만두요." 하고 명욱이 두리번거렸다.

"왜 그러지?"

"시원한 사이다가 마시고 싶어서요."

"사이다?"

"가슴속에서 불이 활활 타오르는 느낌이에요. 목이 말라요."

"그렇게 쉬운 소망을." 하고 나는 근처의 케이크점으로 명욱을 데리고 갔다.

케이크점이니까 케이크를 곁들여 사이다 한 병을 샀다.

명욱이 맛있게 사이다를 마시고 갈증을 풀곤,

"그 반지 누군가가 보았더라면 한마디 할 거예요." 하고 웃었다.

"뭐라고 할까?"

"전형적민 소시민적 의식의 표현이라고 할 거예요."

"삼 부짜리 다이아가 꽂혔다구?"

"그래요. 평범한 백금반지면 의식용으로선 그만일 것을."

"그래 그게 싫어?"

"싫진 않아요. 싫진 않지만 소시민 냄새가 물컥 나서요."

"난 소시민이 좋아. 대시민도 싫구 프롤레타리아도 싫어. 좋은 것은 갖고 싶고 좋은 걸 가질 순 없고, 선을 행하고 싶지만 용기는 없고, 되도록이면 자기 키보다 낮게 움츠려 살면서도 뭔가 자기만족은 채워야겠고, 하는 소시민. 소시민 만세다. 나도 소시민으로서 살 거요."

괜히 나는 새살을 늘어놓았다. 아닌 게 아니라 백금에 삼 부짜리 다이아를 끼워달라며 내 주머니 사정을 이리저리로 계산하고 있을 때 나는 확실히 전형적인 소시민이었다. 뿐만 아니다. 그때 나는 죽은 어머니를 생각했다. 새끼손가락 크기만한 금반지를 저고리 고름에 차고 기뻐하시던 그 얼굴. 환갑 때 형과 시집간 누님이 어울려서 한 쌍의 금반지를 장만한 것인데 어머니는 그 반지를 차고 기뻐하며 우셨다.

"느그 아부지가 이걸 봤더라면 얼마나 흐뭇해하셨을까. 불쌍한 영감!"

224

나는 어머니의 넋두리를 상기하며 지금 어머니가 살아계시기만 하신 다면, 결혼반지는 평판백금으로 하더라도 어머니에겐 다이아 반지를 사드릴 것인데 하고 잠시 숙연한 기분이 되었다.

어머니는 물으실 것이었다.

"얘야 이게 뭐꼬."

"다이아몬드라고 하는 겁니다."

"다이아몬드가 뭐꼬."

"금강석인데요. 이 큰 지구, 아니 이 땅덩어리가 그 깊은 곳에서 엄마의 손가락에 끼워드리라고 마음먹고 만들어낸 것이랍니다."

"땅덩어리가 나를 위해 마음먹고 만들어낸 것이라꼬?"

"그래예, 그렇습니다."

"그것 희한한 일이로구나. 땅덩어리가 우째 그런 마음을 먹었을꼬."

"우리를 키우느라고 고생하신 것을 땅덩어리는 알고 있거든요."

"아이구 고맙기도 해라."

"엄마, 이렇게 조그마하지만 땅덩어리가 마음먹고 만든 것이니까, 돌아가셔서 극락으로 가실 때까지 손가락에 끼고 계셔야 합니다이."

"암, 그러고말고."

이런 공상 자체가 지극히 소시민적인 것인지 모른다. 그러나 나는 이러한 마음의 차원에서 비약할 순 없다.

정명욱의 말에 정신을 차렸다.

"고맙긴 해도 무리하신 건 싫어요."

"무리? 다소의 무리는 되겠지, 그러나." 하고 나는 다이아 반지를 어머니에게 사드렸을 경우 있었을지 모를 아까의 대화를 명욱에게 얘기했다.

명욱은 조금쯤 감동했는가 보았다. 백에서 손수건을 꺼내더니 눈시울을 눌렀다. 순간 북받쳐 오르는 것이 있었다.

'아아, 이런 여자를 두고 내가 무슨 생각을 하고 있었담.'

"그러니까 어머니에게 사드리는 기분으로 그걸 맞추신 게로구먼요."

손수건을 백 속으로 넣으며 명욱이 물었다. 그 질문을 받고 보니,

"꼭 그렇다고는 할 순 없지만 그런 기분도 다소……." 하는 대답을 할 수 있는 심정임을 알았다. 명욱이 뚜벅 말했다.

"행복해요."

"……."

"어머니를 소중히 하는 사람은 마누라도 소중히 한다거든요."

"결국 당신 중심의 얘기군."

"그럴 수밖에 없지요. 지금 전 우리 생각으로 꽉 차 있는걸요."

명욱은 확실히 나와 자기 사이를 분별하지 않고 있는 것이었다.

명욱은 활짝 갠 얼굴이 되면서 포크로 케이크를 찍었다.

"우리 케이크 안 먹어?"

"안 먹어."

"하나쯤 먹어봐요."

"안 먹어."

"이 집 케이크 맛이 있어요. 하나만이라도 먹어봐요."

"나는 문화인은 못 돼도 케이크를 먹을 만큼 야만인은 아냐. 아니 케이크를 먹을 만큼 저개발 미각은 아냐."

그러자 명욱이 발끈했다.

"케이크를 먹으면 저개발 미각인가요?"

"그렇지."

"어째서요."

나는 정명욱을 설교할 기회를 포착한 셈이었다.

"그럼." 하고 포즈를 취했다.

"달다는 것, 즉 감미는 미각 가운데선 가장 저차원의 것이고 가장 유치한 거야. 어린애들을 봐. 단 것을 제일 좋아하지? 어른이 될수록 단 것관 멀어지구. 어른이 되었는데 계속 단것만을 좋아하는 사람을 봐보라구. 어딘지 모르게 빠진 데가 있든지 IQ가 모자라든지 할 테니까. 어린애는 인생의 초보단계에 있으니까 단 것을 좋아한다는 건 당연하지만 머저리 아니고서야 어디……."

"그럼 난 머저린가 보군요."

"욱이야 어디 단 것을 그렇게 좋아하는 편이 아니잖아."

"그래도 가끔 먹는걸요. 먹으면 맛이 있는걸요."

"그 정도야 당연하지. 여자란 건 남자보다 조금 모자라는 게 보통이니까."

"괜히 케이크를 권했다가 망신 톡톡히 당했구나. 그럴 바에야." 하고 명욱은 내 몫의 케이크까지 집어 입으로 옮겨갔다.

흐린 날씨가 갠 것처럼 내 마음에 파란 하늘이 나타났다. 그렇대서 구름 한 점 없는, 그런 쾌청은 물론 아니다. 나는 삼분의 일쯤이라도 정명욱에게 솔직해야겠다고 마음을 고쳐먹고,

"이런 날엔 술을 한 잔쯤 해도 되지 않겠소?" 하고 그녀의 얼굴을 살폈다.

"그럴 것 같네요. 술을 마실 명분이 있는 날예요."

명욱의 대답에도 구김살이 없었다. 바깥으로 나오니 바야흐로 황혼

이다. 내가 사랑하는 계절이다.

황혼을 계절이라고 하는 것은 어색한 표현 같지만 내 기분엔 꼭 들어맞는다. 황혼과 다른 시각과는 하루 안의 시간인데도 달라진 계절만큼 확연하게 다르다. 이 계절에만은 모두들 제 얼굴로 돌아간다. 찌푸리지 않고 눈을 뜰 수 있으며 근육을 긴장시키지 않고도 남의 눈에 얼굴을 내밀 수가 있다. 붐비며 걷고 있는 거리의 사람들을 거리낌 없이 바라볼 수 있는 것도 이 계절이며, 발을 밟혀도 성이 나지 않는 것도 이 계절에서다.

술집마다에 몰려 들어가는 사람들을 턱으로 가리키는 기분으로 명욱의 말이 있었다.

"왜들 저렇게 술집에 몰려들까요."

"버릇이지."

"단순한 버릇?"

"단순하진 않겠지."

"그럼?"

"일단 자기를 찾아보고 싶은 거지."

"자기를 찾아본다?"

"하루 종일 어떤 메커니즘 속에 있어야 했던 것 아냐? 그 메커니즘 속의 한 개의 단위에 불과했다가 그 단위로서의 존재가 인간이 되려는 서야."

"그런 생각으로 모두 술집으로 갈까요?"

"그런 생각이나 의식을 뚜렷하게 가지고 있는 것은 아니겠지. 술집으로 가는 충동의 바탕을 그렇게 설명해볼 수도 있다는 얘기야."

"내 생각은 조금 달라요." 명욱은 장난스럽게 나를 쳐다봤다.

"어떻게."

"술집으로 가는 충동의 바탕을 꼭 설명해야 한다면 그들은 자기를 찾기 위해서가 아니라 분실하기 위해서일 거예요. 그저 술이나 마시고 자기를 잊고 싶은 거예요. 구질구질했던 하루의 일을 말예요. 더러는 우리처럼 행복을 더욱 실감하기 위한 행차도 있지만요."

"그건 명욱의 오해다. 분실하기 위해선 분실할 자기를 가지고 있어야할 게 아닌가. 분실한다는 것은 결과적인 현상일 뿐이다. 그들은 맹렬히 자기를 찾고 싶은 거야. 자기가 사람이란 걸 확인하고 싶은 거야. 알코올중독이거나 음주벽이 병적으로 되어 있는 사람이 아닌 담에야."

"그것 우리의 체험담?"

"그럴는지도 모르지. 내가 회사에 있을 때의 경험이지만 자기 자신을 다져가며 일할 수 있었던 날이라든가 자기를 분실할 정도로 바쁘지 않은 날이라든지 할 땐 특별한 초대나 해프닝이 없는 한 나는 곧바로 하숙엘 돌아갈 수 있었지. 그런데 뭐가 뭔지 모르고 지나버린 하루라든가, 메커니즘 속의 단위에 불과하다는 것을 철저하게 느껴야 할 그런 일이 있다든가 했을 땐 곧바로 하숙으로 돌아갈 수 없으면 누구라도 청해서 술집으로 가야 했어."

"혼자만은 못 가나?"

"때론 혼자서 가기도 하지. 그러나 대강의 경우 혼자 술집에 가는 사람은 드물어. 그야말로 중독증에 걸렸거나 중독증에 가까운 사람이 아니면. 그것을 보더라도 술을 마신다는 건 단순한 생리적인 욕구에만 원인이 있는 게 아니야. 술친구가 있어야 한다는 건 무의식적으로 대화의 상대가 필요하다는 얘기라고도 할 수가 있어. 사람이 생각한다는 건 자기 속에서 대화한다는 뜻이거든. 그러나 언제나 제자리걸음이 되고 마는 혼자서의 생각, 즉 자기와의 대화엔 대강 지쳐 있거든. 그러니 타자가 필요한 거지. 특별한 테마도, 작위의 목적도 없이 자기가 인간이라고 하는 존재의 의미만을 증명하려고 드는 것 같은 대화. 옆에서 들으면 거의 전부가 씨알머리 없는 얘기들뿐이지만 요컨대 얘기의 내용에 문제가 있는 것이 아니라 그저 대화를 한다는 동작 자체에 의미가 있는 그런 대화. 아무리 무력한 사람이라도 술집에서만은 당당할 수가 있거든. 과장이나 사장의 욕을 예사로 할 수가 있고 말야. 미국 대통령이건 일본의 수상이건 엘리자베스 테일러이건 상관없이 그놈, 그년 할 수 있고 말야."

"기껏 자기를 찾는다는 게 그 꼴이면 너무나 슬프지 않아요?"

"슬프지, 슬퍼도 할 수가 없지. 그래서 인생을 포말에 비유하기도 하는 것 아닌가."

"아무래도 납득할 수가 없네요. 곧바로 집으로 돌아와서 마누라와 대화해도 될 거구, 아이들하고 대화해도 될 텐데. 반주라도 하면서 말유."

"그것 나보구 사전 교육하는 건가?"

"아녜요. 그런 건 아녜요. 다만 언제나 내가 품어오던 의문예요. 가정이 있고 마누라와의 사이가 나쁘지도 않은 사람이 왜 낭비를 하면서까지 꼭 술집에 들러야 하는가 하구요. 자기를 찾을 수 있는 가장 좋은 곳이 가정 아니겠어요?"

"나는 우리 명욱을 어른으로 알았는데 아직 남자에 대해 일차방정식 정도의 인식밖엔 가지고 있시 않군."

"그럴까요?"

"그렇지. 생각해봐. 사내 녀석이 가정에 돌아가서 과장이나 사장 욕을 예사로 할 수 있겠어? 그건 가장으로서의 위신에 관한 문제야. 사랑하는 처자식 앞이라고 해서, 아니 사랑하니까 더욱 남자는 모든 것을 다 털어놓을 수 없는 거라. 최악의 경우가 예상되기 전에 직장에 있어서의 자기의 위치를 안전한 것, 좋은 것으로 보여주고 싶게 되는 거지. 우선 마누라나 아이들을 안심시키기 위해서도. 그러니 가정에서 상사들을 욕할 수가 없고 불평할 수도 없게 되는 거지. 그뿐 아냐. 사내놈들이란 괜히 엘리자베스 테일러와 자보고 싶다, 그레이스 켈리를 안아보고 싶다는 씨알머리 없는 소리도 하고 싶은 건데 그런 얘길 어떻게 집에 가서 하나. 또 있지. 더러는 인체의 하부에서 상부까지를 망라한 진설기설珍說奇說을 듣기도 하고 보태주기도 하는 것인데 가정에서 그럴 수가 있겠어?"

명욱은 웃음을 참는 시늉으로 팔을 내 팔에 걸었다.

"이렇게 빙빙 돌고만 있을 게 아니라 우리도 어딜 들어가요."

"사람 속을 누비며 밀리고 채이고 하면서도 우리의 대화를 지속해나가는 것, 재밌는데?"

나는 정말 그렇게 생각했다. 우리가 붐비고 있는 인파 속을 누비며 걷고 있는 이 광경을 그대로 동판으로 뜨면 우리가 걸은 그 궤적만은 황금빛으로 빛나고 있을 것이 아닌가 하는 느낌마저 들었다.

"그러나 언제까지나 이러고 있을 순 없잖아요?"

"어떻게 할까."

나는 길 옆으로 비켜서버렸다. 그곳은 명동과 충무로가 교차하는 가장 붐비는 일곽이다.

"값이 싸고 음식이 맛있고 높은 소릴 내지 않아도 얘기할 수 있는 곳이 없을까. 생각을 좀 해봐요." 하고 명욱의 어깨를 가볍게 흔들었다.

"글쎄요."

명욱은 생각하는 표정이 되면서 중얼거렸다.

"좀처럼 생각이 안 나네요."

"그렇다면 아무데라도 갑시다. 이곳을 벗어나서."

결국 우리들이 간 곳은 당주동에 있는 단골 갈비집이였다. 그곳에 자리를 잡고 앉아 내가 말했다.

"생활의 지혜라는 것은 단골을 정하는 게 아닌가 해. 갈비집은 어디, 냉면은 어디, 도가니탕은 어디, 비빔밥은 어디, 간단히 한 잔 할 땐 어디, 이발소는 어디, 꽃가게는 어디, 하는 식으로……."

"앞으로 명심하겠어요."

"그렇게 하도록 하시오."

나는 제법 폼을 잡았다.

그런데 갑자기 생각나는 일이 있었다. 차성희와 한창 「행복어사전」을 만들기에 열중하고 있을 때 나는 다음과 같이 그 노트에 기입한 적이 있었다.

'행복은 일종의 분위기다. 분위기를 만들어내는 데 있어서 가장 중요한 것은 디테일, 즉 세부이다. 세부가 잘못되어 있으면 그림도 음악도 문학도 작품으로서의 보람을 다할 수 없듯 생활을 꾸려나가는 데 있어서 세부를 무시하면 그 생활은 엉망으로 된다. 세부를 조심할 것!'

"좀더 구체적으로 말해봐요. 여자에게 참고가 되도록 말예요."

명욱이 내 술잔에 소주를 부어놓고 한 말이었다.

"여사가 할 일은 여사가 알아야지."

"그건 그렇지만 소설가의 의견을 듣고 싶어요."

"소설가는 만능인가?"

"적어도 만능에 가깝긴 해야 할 것 아녜요?"

"소설가구 뭐구 집어치우고 행복어사전을 만들겠다고 벼르던 사람으로서 한마디 하지." 나는 소주를 마시고 갈비를 한 대 뜯고 서서히 시작했다.

"아내는 알뜰할 필요가 있잖아? 알뜰하려면 철저하게 알뜰한 게 좋아. 가령 멸치는 어디서 사야 하느냐. 그건 중부시장에 가서 산다. 이조목기로 된 재떨이가 하나쯤 장식용으로서 필요하다 싶으면 동대문 근처의 평화시장 뒷골목으로 간다. 타월이나 메리야스가 필요할 땐 남대문시장으로 간다. 청과는 용산시장, 이런 식으로 주부로서의 서울 지도를 장만해놓는 거라. 음식점도 그렇구 그밖에 여러 가지, 즉 이번 일요일엔 어디를 놀러갈까, 하고 생각하기에 앞서 이번엔 개울 소리가 듣고 싶으니 북한산성으로, 단풍이 보고 싶으면 광릉으로, 강가에서 하루를 지내고 싶으면 여주 신륵사로, 그뿐인가, 뜨개질을 배우고 싶으면 어디 있는 어느 학원, 타이프는 어디, 이런 세밀한 지도는 만들 때에도 흥미가 있고, 그 지도를 보충해나가는 데도 재미가 있고, 쓸데없이 망설이는 시간을 절약할 수 있으니 유익하구……."

명욱은 내 말에 홀린 듯 귀를 기울이고 있다. 바로 그것이, 그 태도가 사랑의 증거이지 않을까. 웬만한 정도의 호의를 가졌대서 이따위 소리에 귀를 기울이고 있을 수 없을 테니 말이다.

그런데 명욱의 다음의 말이 내 가슴을 섬뜩하게 했다.

"신춘문예, 매년 신문사가 하는 현상모집에 응모해보면 어때요."

나는 가까스로 당황하는 마음이 분노로 변하는 감정을 억눌렀다. 잠자코 빈 잔에 술을 부어 홀짝 들이마셨다. 갈비를 씹어 돌릴 흥미가 일지 않았다. 민감한 명욱은 사람을 읽는 덴 기민하다.

"실수한 것 같애요. 무심결에 말해본 거예요. 우리쯤 되면 그런 것 문제 없을 테고, 소설을 쓰려면 그런 게 계기가 되지 않을까 싶어서요."

명욱이 무슨 변명을 할 땐 입만을 놀리는 게 아니다. 전신의 동작이 변명하는 마음으로 움직이는 느낌이다.

"신춘문예가 아니라도 큼직한 현상 같은 게 있잖아요. 어떤 계기는 있어야 하잖아요. 세상에 나서기 위해서는요."

명욱은 변명이 제대로 되질 않아 이렇게 저렇게 말을 바꾸고 있었지만 말의 요점은 언제나 원점으로 돌아가기만 한다.

나는 계속 잠자코 술을 마시고만 있었다. 따분했다. 한동안 고양된 듯한 마음이 한마디 말로써 흐려진다는 것은 고요한 호면을 흔들어놓으려면 돌팔매 하나로써 족하다는 뜻일까. 어느덧 나는 박문혜를 생각하고 있었다. 박문혜 같으면 어떤 일이 있어도 신춘문예 따위를 들먹이지 않을 것이란 마음이 겹쳤다.

'좋은 작품을 쓰기 바라요.' 하는 말은 어쩌다 할망정,

'신춘문예에 응모하세요.' 하는 말은 안 할 것이다.

그렇다고 해서 정명욱의 속물성을 탓한다면 명욱이 너무 불쌍하다는 마음은 있었다. 명욱의 경우는 소설을 쓴답시고 언제나 무명으로 웅크리고 있는 나의 꼴이 답답해 보일까봐 선수를 쳤을 뿐일 것이었다. 공교롭게 신문사에 몸담아 있고 보니 저절로 그런 발상이 나기도 했을 것이다. 그런데 박문혜는 오직 진리만이 소중한 세계에 살고 있다. 문학인가 아닌가, 진실이 담겨진 작품인가 아닌가 하는 데만 관심이 있을 뿐이지 현상에 당선되고 안 되고가 문제도 아닌, 이를테면 세속적인 관심이 끼어들 수 없는 환경에 있다는 얘기일 뿐이다.

잠잠해버린 내 태도를 견디어낼 수 없는 정명욱이,

"왜 그러시죠? 설마 모욕으로 받아들이신 건 아니죠?" 하고 내 마음을 읽으려고 했다. 모욕적으로 받아들인 건 아니죠, 하고 묻는 걸 보면

명욱이 사태의 핵심을 이해하는 언저리에까진 간 것 같다.

"실컷 지껄였으니 가끔 쉬기라도 해야지."

모욕을 느낄 기분이 되었다는 사실 자체가 이중의 모욕이 될 것 같아 나는 애써 태연하게 꾸미고 말했다.

"그런 건 아닌 것 같은데요."

아니면 어떻게 할 것이냐고 폭발하고 싶었으나 나는 역시 참고 조용하게 말했다.

"현상 같은 덴 나는 절대로 응하지 않을 거다. 내 명예와 심사위원들의 명예를 위해서. 어쩌다 낙선하는 일이라도 있으면, 현상이란 그런 위험을 많이 내포하고 있는 건데, 첫째 내 기분이 좋지 않을 것 아닌가. 다음엔 그 심사위원들로선 평생 동안 씻지 못할 불명예가 될 게 아닌가. 명작을 옳게 평가하지 못했다는 사실로서 말야. 나는 그만한 자부는 가지고 있어. 내가 현상에 응모할 만한 작품을 썼다고만 하면 사정은 그렇게 된다는 얘기야. 그래 나는 나와 심사위원들의 불행이 될지 모르는 노출은 안 하겠단 얘기야. 알겠어?"

"알 것 같애요. 미안했어요."

"미안할 것까지야 없지. 이건 현상이 아니지만 이런 일이 있었어. 1901년 노벨 문학상 제1회 때의 얘긴데. 그때 톨스토이가 수상자 후보에 올랐거든. 그랬는데 심사과정에서 떨어져버렸어. 지금 내가 그 이름을 기억해내려고 해도 도저히 떠오르지 않는 어떤 사람이 그때의 문학상을 받게 되었지. 이렇게 노벨 문학상은 그 시작부터 타락해버린 거라. 그런 창피한 꼴이 어디 있어. 제1회 수상자가 톨스토이로 되어 있어봐. 노벨 문학상의 영광은 문학의 영광을 상징적으로 대표하는 것으로 되었을 텐데. 아무튼 나는 나 때문에 사람들을 실수시키는 그런 것은 안 하겠어."

듣기에 따라선 얼마나 악취 분분한 말이겠는가. 그러나 나는 그렇게라도 말해놓지 않고는 배겨낼 수 없는 심정이었던 것이다. 정명욱은 술병을 들어 내 앞에 놓인 빈 잔에 술을 따랐다. 팔에 힘이 없어 보였다. 나는 또 지껄이기 시작했다.

"태평양 한복판쯤에 상부도嬬婦島라는 섬이 있대. 상부란 청상과부라고 할 때의 상부. 무변제의 대양 가운데 홀로 서 있는데 어느 각도에서 보면 손을 앞으로 끼고 고개를 숙이고 있는 모습 같아 과부를 연상케하는 까닭에 그런 이름이 붙었을 거란 얘기야. 해도를 보면 수면상 백 미터의 높인데 그 주변은 수심이 이백 미터, 삼백 미터, 육백 미터로 함몰되기 시작해서 삼천백팔십일 미터의 깊이까지 이르고 있어. 미루어 상상컨대 그 섬은 삼천 미터를 넘는 고산의 정상인 거라. 그것도 보통의 산이 아니고 유곡·단애·절벽투성이의 몰골스럽고 처참한 얼굴과 체모의 산악이란 것이지. 창창암암한 심연 속에 돌연 그런 기괴한 봉우리가 솟아 있다는 걸 상상해봐요. 수면상에 나타난 부분이 백 미터라고 해서 백 미터 높이의 섬이라고만 생각하고 그로써 그 섬을 알았다고 할수 있겠어?"

"잘못했어요. 다신 그런 얘기 끄집어내지 않을게요."

사과를 듣고 보니 쑥스럽기란! 뒷맛이 써서 견딜 수가 없었다.

나는 연거푸 소주 석 잔을 마셨다. 그래도 말리질 못하는 정명욱이 너무나 안타까워 얼버무렸다.

"미안해, 아무래도 오늘 내가 좀 이상한 것 같아. 이상기후 탓인지 모르지."

낙엽의 계절에 피는 꽃이 있다

"삼촌."

형식이 부르는 나직한 소리에 눈을 떴다. 창문은 아직 어두운 채로 있었다.

"좀더 자지, 왜 그래." 나는 몸을 돌려 누우며 다시 눈을 감았다. 맥락도 갈피도 잡을 수 없는 꿈의 연속에 시달려 지난밤엔 제대로 잠을 이룰 수가 없었던 터였다.

"삼촌."

또 형식의 나직한 소리.

"말해봐."

나는 눈을 감은 채 중얼거렸다. 두 번씩이나 부르는 것을 보니 딴엔 중대한 문제가 있는 것 같아서였다.

"삼촌, 언젠가 말한 행복 제1형이란 게 뭐였습니까."

"행복 제1형?"

"그래요. 행복 제1형 말입니더."

"무슨 잠꼬대 같은 소릴 하고 있는 게야."

나는 전연 그의 말뜻을 알아차릴 수 없어 이렇게 투덜댔다.

"삼촌이 한 말인데 몰라요?"

"내가 한 말?"

"그렇대두요."

"무슨 소린지, 아무튼 나중에 얘기하자. 그런 얘기면."

"아직 노망할 나이도 아닐 긴데 자기가 한 소릴 그렇게 잊어묵었습니꺼."

꺼, 꺼 하는 소리가 귀에 거슬렸다. 안동 사람이 하도,

"그렇습니꺄, 저렇습니꺄." 하는 바람에 서울 양반이 화를 내어

"자네 그 꺄, 꺄 하는 소리 그만둘 수 없어?" 하고 나무랐다. 그랬더니 그 안동 사람,

"내가 몇 번이나 꺄, 꺄, 합디꺄." 하더란 얘기가 생각이 나서 나는 눈을 감은 채 피식 웃었다.

그 피식 웃는 소리를 형식은 자기가 한 말에 대한 반응으로 알았던 것 같다.

"그런 기억력 갖곤 소설가 어림없습니더. 그만두이소."
하곤 설명을 시작했다.

"옆집 일 말입니다. 아무리 곤란한 일을 당해도 불평은커녕 웃기만 하는 아주머니를 행복 제1형이라고 안 했습니꺼."

"응, 그런 일이 있었나?"

그런 생각을 해봤다는 기억은 났다. 그러나 그 얘길 형식에게 한 기억은 없다. 혹시 술김에나 했는지.

"삼촌이 말하는 그 행복 제1형이 목하 파괴될 위험에 있습니더."

형식의 말소리가 침울하게 변했다.

"아주머니 함지장사가 잘 안 된다더냐?" 나는 눈을 뜨고 물었다.

"아주머니의 장사는 그냥저냥 되는 모양인데."

"그럼 걱정 없지 않나."

"그런 게 아니라예. 그 집 아저씨의 술값을 대주자니까 본전에 축이 나는 형편이라 캅디더."

내가 알기로도 옆집 아주머니의 장사는 썩 잘 되는 편이었다. 어느 때는 비누를 갖다 팔고, 어느 때는 건어물을 갖다 팔고 하는데 워낙 인심을 얻은 분이라서 함지를 이고 돌기만 하면 즉각즉각 다 팔려버리는 것이었다. 시장에서 사는 값과 다를 것이 없으니 모두들 아주머니가 가지고 다니는 물건을 환영했을 뿐 아니라 더러는 주문을 하기도 해서 그것만으로도 수지를 맞출 수가 있다고 당자의 입에서 들은 지가 열흘 전이던가, 일주일 전이던가.

"아주머니 남편도 사정을 알 만한 사람인데 서로 의논하면 그런 꼴이 안 될 것 아닌가."

내가 이렇게 말했더니 형식은

"삼촌, 그처럼 심리학을 몰라갖고 무슨 소설 쓸 겁니까." 하고 혀를 끌끌 찼다.

"기억력도 모자란다, 심리학도 모른다. 어차피 나는 소설수업 그만둬야겠구나, 네 말 들으니."

"농담하고 있는 것 아닙니데이. 아주머닌 매일매일 지겹게 시간을 보내고 있는 남편이 안타까워 죽을 지경인 기라. 그래서 술이라도 마시라고 돈을 주는데 요즘 술값이 좀 비싸요? 한 자리 앉으면 오천 원을 넘겨버린다는 겁니다. 그래 매일 삼천 원씩 주던 걸 오천 원씩 주게 되었는데 그게 무린 기라요. 그럼 이틀에 오천 원씩 주면 되지 않냐고 했더니 아주머니의 말이 좀더 주었으면 주었지 깎을 수는 없다는 깁니더.

남편이 너무 불쌍하다는 깁니더. 뿐만 아니라 돈을 적게 줄라 카다간 여편네가 돈 번다고 사내 얕잡아보는 기냐고 화를 낼 것 같아서도 겁이 난다는 얘기더만요. 그리고 이런 말, 아니 눈치라도 남편에게 보여선 안 된다 카는 것 아닙니꺼."

아닌 게 아니라 상당한 심리학적 조예가 있어야만 이해할 수 있는 사정임엔 틀림없었다.

"그렇다고 해서 우리가 어떻게 할 수 없는 것 아닌가."

"행복 제1형이 파괴되는 걸 보고만 있자 그겁니꺼?"

"보고만 있지 않으면 어떻게 하자는 얘기야."

"한번 생각해보자는 깁니더." 하고 형식이 일어나 앉았다. 눈을 창문으로 돌려보니 창은 아슴푸레 흰 빛을 띠기 시작하고 있었다. 에에라 하고 나도 일어나기로 했다.

형식이 변소엘 갔다. 그가 돌아오길 기다려 나도 변소엘 갔다.

변소에 가 앉으면 변소의 사상이란 게 일게 마련인데 요즈음 나의 변소에서의 주된 사상은 이런 변소에 정명욱을 쪼그리고 앉게 하긴 너무나 미안하다는 문제를 둘러싼 사상이었다.

결혼일자 앞으로 일주일. 정명욱이 이 변소를 사용하지 않은 건 아니지만 매일처럼 이런 변소에 드나들게 한다는 것은 생각해볼 만한 일인 것이다.

'이러고 보니 나는 속절없이 소시민 근성에 사로잡힌 놈이군!'

쑥스러운 웃음을 띠고 나오는 얼굴에 그러나 아침의 공기가 싱그러웠다. 나는 활개를 펴며 심호흡을 하곤 방으로 들어갔다. 창문은 열려 젖혀져 있고 이부자리도 치워져 있었는데 형식이 돌연,

"생각이 났어요. 생각이." 하고 손뼉을 쳤다.

"무슨 생각이 났단 말인가."

"아까 변소간에 앉아 생각한 긴디요."

형식의 얼굴은 중력의 법칙을 발견하고 '유레카'를 외친 아르키메데스를 방불케 하는 느낌으로 밝아 있었다.

"도대체 무슨 생각을 했단 말인가."

"이웃집 아주머니 문제를 해결하는 방법 말입니다."

"좋은 방법이 있단 말인가?"

"정확하게 말하면 방법의 방법이지만, 일석이조의 효과도 있고……."

"방법의 방법이라니, 어지간히 소피스티케이트한 언사를 쓰는구나."

"아주머니의 문제를 해결할 수 있는 방법을 연구하는 방법인께 방법의 방법 아닙니꺼."

"그럼 그 방법의 방법인가, 하는 것을 알아보자."면서 나는 앉았는데 그는 벌떡 일어섰다.

"낯을 씻고 정신 바짝 채리고 얘기할랍니다. 논리 정연하게, 정리 숙연하게 해야 설득력이 생길 긴게."

나는 수도꼭지에서 물이 쏟아지는 소리를 들으며 잠깐 생각에 잠겼다.

'나는 소시민임을 면할 수가 없고 저놈은 확실히 대시민인가 보다. 나의 변소의 사상은 기껏 정명욱과 그 변소와의 연관이었는데 저놈은 변소에 앉아서 이웃집을 살릴 궁리를 하고 있었으니…….'

형식이 수건으로 얼굴을 문지르며 내 앞에 앉았다. 내 손가락 사이에 담배가 끼어 있는 것을 보고 눈길이 반짝하는 것 같았으나 그것에 관한 말은 없었다. 나를 설복시켜야 할 다른 문제가 있고 보니 사소한 일로 내 심상을 상하지 않겠다는 마음먹이인 것으로 짐작했다.

"카터 씨가 어떻게 해서 대통령이 되었는지 압니꺼?"

이런 당돌한 질문엔 익숙해 있으니까 별반 당황할 것도 없었으나,

"결론만을 말해. 영리한 사람들끼리의 대화는 결론만을 말해도 되는 거라."고 정색을 했다.

"순서라는 게 있는 거라요. 그래서 묻는 것 아닙니꺼. 조지아의 피넛 농부가 우뚜케 했길래 대통령이 되었는가. 모르시면 내가 설명하겠십니다. 카터 씨가 주지사를 그만두고예, 그때 비서였던 조던과 파웰을 부른 자리에서 지금부터 뭘 할까 하고 의논을 한 거라예. 그때 조던인가 파웰이 제기랄, 미국 대통령이나 한번 해봅시다 하고 제안을 했거든요. 카터 씨가 좋다, 한번 해보자. 그런께 우떠케 하몬 대통령이 될 수 있을 긴가 계획서를 꾸며보라고 했다는 깁니다. 며칠인가 걸려 칠십 페이지 남짓한 계획서를 조던과 파웰이 꾸몄는데 카터가 그걸 보고 이대로 하면 대통령이 될 수 있겠구나 하고 시작해선 대통령이 되었다, 이 말입니다. 요컨대 계획 또는 방법만 좋으면 안 될 일이 없다는 얘기 아닙니꺼. 그런데 조던과 파웰이 만든 계획서가 뭣이었느냐 하면 소설이었어요. 계획서를 소설적으로 썼다고 해도 될 기고 소설을 계획적으로 썼다고 해도 될 기고, 하여간 카터는 소설적 방법으로 대통령이 되었다고 할 수 있는 깁니다."

"기가 막히군. 그런 얘기 어디서 주워들었노." 나는 어이가 없어 이렇게 말했다. 그랬더니 형식은 한술을 더 떴다.

"이건 얘기가 아니고예 정봅니다, 정보. 구세대 사람들이 실패하는 것은 이야기와 정보를 혼동하는 데 있는 깁니다."

"얘기건 정보건."

"그 차이는 엄청납니더. 이야기는 흘려들어도 그만, 안 흘려들어도

242

그만인 것을 말하는 기고 정보라 카는 것은 우리가 행동을 일으키는 기점이 되든지, 행동을 못하게 하는 브레이크가 되든지, 행동하는 데 있어서 참고가 되든지 할 수 있는 재료가 되는 것을 말하는 깁니더."

형식의 이 말엔 그런대로 조리가 있었다. 만일 형식 자신의 조립에 의했다면 꽤 칭찬해줘야 할 성질의 것이란 생각조차 들었다.

형식의 말은 계속되었다.

"참고가 될 만한 기면 그건 정봅니더. 정보는 활력을 지니고 있는 지식이라고도 할 수 있을 깁니더. 단순한 얘기완 다릅니더. 아무튼 우리는 카터가 한 편의 소설을 바탕으로 대통령이 되었다는 정보를 소중히 해야 할 깁니더."

"결론부터 빨리 말해보라니까." 하고 나는 웃음을 머금었다.

형식은 이 찰나를 기다리고 있기나 했던 것처럼,

"그래서 의논입니더." 하고 무릎을 바싹 내 앞으로 들이대며 말소리를 낮추었다.

"삼촌 말입니더, 소설을 한 편 써보라, 이깁니더."

"소설을?"

"옆집 아주머니 사정은 삼촌이 잘 알고 있지 않습니꺼, 그 사정을 바탕으로 어떻게 하면 잘살 수 있을까 하는 방법을 소설적으로 꾸며보는 깁니더. 아주머나 아주머니 남편의 성격을 고쳐야 지금의 형편을 개선할 수 있다고 생각하면 그 성격을 어떻게 고치면 되는가를 쓰고 노력이 부족하다고 느끼면 노력을 얼마쯤 보태면 되는 것인가를 쓰고 외부로부터의 도움이 필요하다면 얼마만한 도움이 최저한 필요한가, 최대한으로 얼마만한 외부의 도움이 가능한가를 공상을 일절 배제하고 그야말로 현실적으로 분석적으로 과학적으로 써보는 깁니더. 만일 그 소설이 리얼하고 그들에게 도움이 될 만한 것이라면 소설로서도 성공한 것이니 문학수업과 그들을 구제하는 사업이 동시에 이루어지는 것 아닙니꺼. 한번 해볼 만한 일 아닙니꺼."

나는 얼떨떨했다. 형식의 말이 황당무계해서 얼떨떨한 것이 아니라 기발하다고도 할 수 있는 그 아이디어엔 진실이 있다는 점이 놀라워 얼떨떨했다.

형식은 이미 다음과 같이도 말했다.

"조던과 파웰은 조지아의 시골뜨기를 미국 대통령으로 맹그는 소설을 쓸 수 있었는데 우리 삼촌이 쪼맨한 지함공장에서 실직한 직공의 가족을 살리는 방법을 연구하는 소설을 쓰지 못한다 캐서야 말이 됩니꺼. 소설은 현실사회의 수단이 될 수 없다고 해도예, 그런 걸 시도해보는 것도 의미가 있지 않겠습니까예. 우선 시안부터 맹글어보이소. 그 시안을 놓고 부족한 데를 보충해나가면 결정적인 방법을 맹글어낼 수 있지 않겠습니꺼. 그래갖곤 그걸 나에게 주이소. 그 방법에 따라 움직여볼 기니까예. 삼촌은 옆집 아주머니에 관해선 소설을 꾸미기만 하면 됩니더. 행동은 내가 할 긴게. 소설공부 되고 옆집 위하게 되고, 그래서 일석이조라 쿤 깁니더. 이 시험으로 진짜로 가치 있는 문학작품이 나올지 알 수 없는 일 아닙니꺼."

열어젖혀 놓은 창을 통해 분홍빛으로 물들기 시작한 하늘이 시야로 들어오고 나무와 집들의 윤곽이 선명하게 나타났다. 밤은 말쑥이 자취를 감추고 새로운 아침이 시작된 것이다.

형식은 지껄일 대로 다 지껄여놓곤 내 답을 들을 생각도 않고 일어서서, "햄이나 볶아갖고 빵이나 먹읍시더." 하고 부엌 쪽으로 나갔다.

사실 나는 한 대 얻어맞은 기분이었다.

형식이 말한 대로 옆집 사정을 두고 그들이 갱생해나갈 수 있는 방법을 연구해서 그것을 소설로 쓰면, 그 방법이 그들에게 보람이 있도록 짜여지기만 한다면 소설로서도 성공할 것이 틀림없으리란 생각이 들었다. 책상이나 그밖의 기구는 뚜렷한 목적의식을 갖고 만든다. 그리고 그것은 결과적으로 예술이 될 수도 있고 단순한 가구로서 끝날 수도 있다. 마찬가지로 옆집 사정을 개선할 목적으로 쓴 것이 결과적으로 소설이 될 수도 있고, 계획서로서 끝날 수도 있겠지만 그 계획서가 충분한 보람을 가질 수 있다면 그로써 또 만족할 만한 것으로 될 것이었다.

자기 손으로 볶은 햄을 빵 속에 끼워 샌드위치를 만들어 우유와 함께 씹으면서도 형식은 지껄였다.

"운젠가 삼촌이 방법의 승리란 말을 한 적이 안 있었습니꺼. 카터의 대통령 당선도 바로 그 방법의 승리라고 할 수 있지 않습니꺼. 이번 삼촌의 그 작품이 성공하면 방법의 승리인 동시에 소설의 승리도 되는 깁니더. 우쨌든, 한 개 맹글아보이소. 옆집을 위한 행동은 나에게 맡기고예. 삼촌은 소설만 쓰몬 되는 깁니더."

빵 부스러기를 쓸어모아 입에 털어넣곤 식어버린 블랙커피를 숭늉 마시듯 꿀꺽꿀꺽 마시고 형식이,

"빵을 묵곤 커피를 마셔야 한다는 기 묘한 기라. 입 안의 찌꺼기를 요놈이 말쑥이 소제해주거던……." 하고 씨부렁거리며 책가방을 들고 일어섰다. 그러고는 문간에서 말을 남겼다.

"삼촌, 행복 제1형을 온전하게 하는 건 삼촌에게 매었습니데이."

아침, 형식이 책가방을 들고 나서기만 하면 복도에서부터 시끌덤벙해진다.

"학생 아저씨."

"학생 아저씨." 하는 참새소리 같은 재잘거림과 동시에 형식의 소리가 누빈다.

"덕이 이놈 지난밤엔 일 센티쯤 컸구나."

"순이 넌 일 그램쯤 살이 쪘고. 안아보면 안다. 아, 어제보다 훨씬 무겁고나."

"그래, 그래 희야 너도 컸구나."

이런 소란은 아파트 문을 나설 때까지 계속된다. 돌연 주위가 조용해졌다 싶으면 형식이 아파트의 뜰을 벗어난 것이다.

'서씨 문중에 별놈이 난 셈이로군.'

가끔 해보는 이 생각을 다시 한 번 되풀이해보고 나는 책상 앞에 앉았다.

옆집 아주머니의 사정을 두고 소설을 써보란 형식의 말이 의식의 바닥에 깔려 있었다. 그러나 나는 억지로 그 아이디어를 밀쳐놓기로 하고 매일 열 페이지씩 읽기로 정해놓은 제임스 조이스의 『율리시스』를 읽기 시작했다.

내 존경하는 작가 이 모씨는 감옥에서 『율리시스』를 읽다가 삼분의 일쯤 되는 분량에까지 가서 혈압이 높아지는 바람에 포기해버렸다고 정직하게 고백하고 있었지만 아닌 게 아니라 이 작품은 난물이다. 들은 바에 의하면 『율리시스』를 읽는 데 도움을 주기 위한 참고서·주석서·어휘집·대조집·해설집 등이 수십 종 쏟아져 나왔다고 한다. 어머니의 젖과 더불어 영어를 먹고 마시며 자란 영국인의 경우가 그럴진대 극동의 반도에서 중학생 때부터 엉터리 영어를 배운 우리들의 정황은 불문가지의 일 아닌가. 나는 몇 개의 참고서를 놓고 읽기 시작하곤, 삼분의 일쯤의 분량에서 작가 이 모씨가 혈압이 올라갔다는 얘기도 기실 정직을 가장한 거짓말이 아닐까 하는 생각을 하게 되었다. 몇 개의 참고서를 가지고 있어도 알쏭달쏭해서 두 시간에 열 페이지로 작정해놓은 것이 사오 페이지 정도 이상을 넘어서지 못할 경우가 있는데 참고서도 없었을 이씨가 감옥에 있었을 무렵엔, 그런 참고서가 한국에 들어왔을 까닭도 없는 그때에 무슨 재주로 삼분의 일까지라도 읽을 수 있었겠는가 하는 생각으로였다.

역사가 토인비의 아들로서 그 아버지보다는 월등하게 머리가 좋은 듯싶은 필립 토인비는

─확실히 『피네건스 웨이크』를 삼 년 동안의 과정으로 소화할 수 있다면 그것만으로도 충분히 대학원 졸업자격을 인정할 수 있는 것이지만 『율리시스』에 접근하는 것은 불가능한 일이 아니다. 한 달 동안만 전념하면, 약간 힘들긴 해도 그 의미를 파악할 순 있을 것이다.

고 말하고 있는데 그건 어디까지나 머리가 좋은 필립 토인비 자신의 사정을 말하고 있을 뿐이다. 그 증거를 필립 본인이 제시하고 있기도 하다.

─조이스는 독자에게 먼저 『오디세이』에 관해 완전한 지식을 요구한다. 그리고 초기 라틴의 연대기부터 '뉴먼', '칼라일'을 거쳐 현대 신문에서 보는 상투적 언사, 대중소설에 흔히 쓰이고 있는 문체의 패러디를 식별할 수 있는 박식을 요구한다. 뿐만 아니라 『율리시스』를 완전히 이해하기 위해선 아일랜드의 현대사에 관한 상세한 지식, 더블린의 지리에 관한 어느 정도의 지식, 어원에 관한 본격적인 조예, 프랑스어·독일어·라틴어에 관한 상당한 실력을 구비하고 있어야 하며 아일랜드와 그밖의 나라의 신화, '비코'와 '융크'의 업적, 가톨릭 교회의 교의와 의식, 교부전教父傳에 관한 지식도 필요로 한다. 물론 이런 것만으론 아직도 부족하지만……

그리고 그는 다음과 같이 묻고 있는 것이다.

　—하나의 작가가 독자들에게 자기의 작품을 읽기 위해선 얼마만한 양의, 어떠한 질의 지식을 미리 갖추고 있어야 한다고 요구할 권리를 가지고 있는 것일까.

이러한 필립의 말을 기다릴 것 없이 내 자신 충분히 곤욕을 치르고 있다.

가령 '블룸'이란 하찮은 등장인물의 술 취한 의식 속에 다음과 같은 상념이 엮여나가는 판이니 사전을 뒤지다가 내 자신 술 취한 사람처럼 의식이 몽롱해진다.

　—나소드론, 골드핑거, 크리스스톱, 망드레, 실버스마일, 질버셀버, 비파르장, 바나큐로스…….

도대체 무엇이 라틴어이고 무엇이 이태리어인지도 분간조차 할 수 없는 노릇이다.

그래도 내가 제임스 조이스에 애착하는 까닭은 가시덤불의 오르막길 같은 험한 길을 걷고 있으면 가끔 하계에선 볼 수 없는 고산식물의 그 신비하고도 향기로운 정경에 접할 수 있기 때문이다.

예컨대 이런 대목이 있다.

　—아침의 고요 속에 숲의 그늘이 계단의 입구로부터 바다 쪽으로 소리 없이 옮겨지고 있었다. 그가 바라보고 있는 바다 쪽으로. 해안에서 수평선을 향해 거울 같은 수면이 하얗게 물결치는데 사뿐한 구두를 신고 달리는 발길에 채이는 느낌. 둔한 빛깔의 바다의 하얀 가슴. 두 개씩 얽혀드는 스트레스. 하프를 탄주하는 손이 헝클어진 현을 어루만지고. 파도와 같이 하얗게 거품을 이루는 언어군言語群이 어두운 조수 위에

그윽하게 빛난다.

때론 유머도 없지 않다. 예컨대 다음과 같은 장면.

—디지 선생은 걸걸한 신음소리를 내며 숨을 들이마셨다.

"잠깐 말해둘 게 있어." 하고 그는 입을 열었다.

"아일랜드는 명예스럽게도 유대인을 박해하지 않는 유일한 나라로 되어 있는 모양이다. 알겠나? 모른다구? 그 이유가 뭔지 몰라?"

그는 밝은 빛을 마주 받으며 얼굴을 찌푸렸다.

"그 이유가 뭡니까." 스티븐이 미소를 지으며 물었다.

"놈들, 즉 유대인들을 절대로 입국시키지 않기 때문이야." 디지 선생은 엄숙하게 선언하듯 한 번 더 되풀이했다.

"절대로 놈들을 입국시키지 않거든."

수수께끼만이 가득 찬 언어의 정글을 헤매다가 이런 유머를 만나면 얼마나 반가운지 모르겠다. 그 반가움은 나는 결코 허영심만으론 『율리시스』를 읽고 있는 게 아니란 확인을 갖게 하는 또 하나의 반가움으로 번진다.

조이스의 문학에 있어서의 야심은 천상을 향하고 아득히 역사의 지평선을 향한 것이었고 지상의 통속엔 통속적인 것마저도 그의 용광로에 털어넣어 연금하길 서슴지 않았지만, 일고도 하지 않았다. 그는 안경다리를 고칠 돈이 없어서 노끈으로 안경다리를 대신할 정도로 가난했지만 그 수발한 재능을 가졌음에도 베스트셀러를 만들어 돈 벌 생각은 안 했다. 유랑지의 학교에서 훈장 노릇을 해서 호구하면서도 자기의 문학을 돈 버는 수단으로 할 작정은 엄두도 내질 않았다.

그는 순교자였다. 그 난해한 『피네건스 웨이크』는 이를테면 그의 순교적 문학비로서 주술적인 신탁이라고나 할까. 나는 드디어 그 해독을 단념해야 할지 모른다.

'나도 이 나라의 조이스가 되어볼까. 주옥과 같은 지혜와 명장의 기량을 만재하고 어깨를 돋우어 백두산에서 한라산, 한라산에서 지리산, 지리산에서 설악산으로 이 나라의 하늘을 날아다니다가 이윽고 별이 되어야 하는데 별이 되기에 앞서 스웨덴으로……'

조이스로 인해 고양된 가슴의 파도 위에 돌연 박문혜의 얼굴이 갈매기처럼 날기 시작했다.

'갈매기처럼 날아라 실컷 날아라!'

나는 어젯밤의 그 맥락도 갈피도 잡을 수 없었던 꿈이 결국 박문혜에 관련된 꿈이었다는 사실을 비로소 깨달았다. 그렇다면 억지로 그녀의 모습을 내 심상 위에서 지워버릴 노력은 도로에 속하는 일이다.

'갈매기처럼 날아라, 실컷 날아라. 만나야 할 사람을 만나지 못하고, 얻어야 할 것을 얻지 못하고 가야 할 곳에 가지 못하는 게 인생이 아닌가. 마음속에서나 실컷 날도록 해야지.'

나는 『율리시스』를 덮고 일어섰다. 연자방아에 매달린 소처럼 근처를 산책하고 돌아와 시량柴糧의 수단으로 되어버린 번역에 착수해야 하는 것이다. 하루의 양 삼십 매를 채우기 위해.

자하문 쪽으로 발길을 돌렸다.

바로 그 가까이에 순직한 경찰관의 동상이 있다. 그 동상을 바라볼 적마다 그 가족들이 어떻게 살고 있을까 하는 생각을 해본다. 그 경찰관을 죽인 건 북쪽에서 파견된 놈들이었다. 나는 놈들과 순직한 경찰관이 그곳에서 만나 피차 죽음으로 끝장을 낸 그 만남의 의미를 탐구하는 마음이 된다. 김일성은 과연 괴물이다. 도대체 어떻게 할 작정으로 유격대를 파견했단 말인가. 본격적으로 전쟁을 하자는 것도 아니고, 정치적으로도 아무런 의미가 없는, 단순한 살인행위 이상의 의미가 없는 그런 짓을 지령했다는 것 자체가 그들의 사악성을 증명하고 있는 것이 아닌가. 그 사건으로 인해 나타난 유일한 결과는 그들이 지닌 사악성의 노출뿐이다. 상식으로는 도무지 납득할 수 없는 오직 정신분석학적인 대상일 수밖에 없는 인간의 자의에 나라의 정세가 이렇게 변하기도 하고 저렇게 변하기도 한다면, 아니 그러한 상황임이 틀림이 없을 때 정치는 그야말로 어려운 것이다.

나는 나의 군대생활을 회상해본다. 그 귀중한 삼 년이란 시간과 한창 생산적이었던 육체와 정신이 오로지 놈들의 사악성에 대비하기 위해 바쳐진 것이 아니었던가. 나만이 아니라 수십만을 헤아리는 친구들. 그리고 지금도……. 아무래도 평화주의는 집어치우고 삼천만 남한인구가 총무장하여 쳐 올라가서 사악한 놈들을 근절한 뒤가 아니면 아무것도 할 수 없다는 광포한 충동이 솟구치기도 한다.

동상은 말할 줄 알아야만 비로소 동상의 구실을 한다고 쓴 글을 읽은 적이 있는데 자하문 가까이에 호젓하게 서 있는 이 순직 경찰관의 동상은 말을 할 뿐더러 이처럼 강포한 충동을 내 가슴속에 일으키기도 한다.

나는 그 동상 앞을 지나 느릿느릿 자하문으로 걸어갔다. 이끼가 시커멓게 끼인 성벽의 언저리에 각기의 형상과 성질 그대로 가지를 뻗어 더러는 얽히고설켜 있는 수목들의 차림새는 마음을 끄는 게 있다. 특히 그곳에서 수목들의 차림새를 느낀다는 것은 자하문이 지니고 있는 창연한 고색 때문이었지만 바야흐로 신록이 농록으로 짙어가고 있는 이 무렵의 경치는 향수를 닮은 정감을 내게 안긴다.

언젠가 나는 그 근처의 나무 이름을 알기 위해 정진동을 데리고 간 적이 있다. 정진동은 식물 관계의 학문을 했지만 육종학이 전문이라서 자신이 없다고 겸손해했는데 그래도 내게 비하면 대박사였다.

키가 삼 미터쯤 되고 잎사귀가 참빗모양 비슷하게 생긴 관목을 가리 키며 이름을 물었더니 '개비자나무'라고 했고, 소나무를 닮았으면서도 침엽이 송이송이 총생하고 있는 이십 미터 남짓한 키의 나무를 가리켰 더니 '곰솔'이라고 했다.

편백의 종류가 한두 가지가 아니라는 것을 배운 것도 그곳에서였다. 원형으로 된 잎의 아랫부분이 톱니처럼 되어 있는 갈색 무늬를 섞은 누 르무레한 나무의 이름을 물었더니 정진동은,

"사시나무 고개 아래……" 하고 돌연 목청을 뽑아 유행가를 한 소절 부르더니,

"바로 그 사시나무 아닙니까." 하며 웃었다.

나도 그 유행가는 기억하고 있었다. 군대에 있을 때 전우 한 사람이 기회만 있으면 그 노래를 불렀기 때문이다.

'신나무'란 것도 있었다. 고향의 산에서도 퍽이나 안면이 익은 나무 였지만 이름을 몰랐었는데 역시 정진동에게 배웠다. 높이는 삼 미터가 량, 나뭇가지는 갈색, 털이 없다. 그 가운데 흑갈색의 가지도 있는데 그 것은 이년지二年枝 이상이라고 했다. 잎은 대생, 난상타원형, 삼각상 난 형三角狀卵形 하반부가 셋으로 얕게 갈라져 있는데 가장자리는 불규칙 한 이빨 모양이다. 평범한 나무인데도 자세히 관찰하면 기막히게 델리 케이트하다는 발견으로 해서 나는 신나무를 기억하고 있다. 그런데 그 날 정진동은,

"이런 나무가 여기에 있나?" 하고 놀라며 묘한 나무 하나를 가리켰다.

"그게 뭔데." 내가 물었다.

"말오줌대라고 합니다." 하고 정진동이 웃었다.

말오줌대면 말좆이란 말이 아닌가. 그래서,

"정군 농담하고 있는 것 아냐?" 했을 때 그는 정색을 하고 말했다.

"모르는 건 도리가 없지만 내가 말한 건 정확합니다. 헌데 하필 붙일 이름이 없어서 말오줌대가 뭡니까. 이런 걸 언어의 빈곤이라고 하는 것 아닐까요."

나무는 그 이름을 알아두는 데서 사람으로 하여금 애착케 하는지 모른다. 이름 모르는 나무보다는 이름을 아는 나무가 훨씬 정다운 것이다. 나는 신나무도 찾아보고 사시나무도 찾아보고 곰솔도 개비자나무도 식별할 수가 있었지만 '말오줌대'만은 알아볼 수가 없었다. 꺾여 없어져버린 것인지, 내 기억이 불분명한 탓인지 알 수가 없었다. 정진동의 말이,

"전남과 경남의 해안지대에나 있을까, 경기도엔 없는 나문 줄 알았는데 이상하다."고 했으니 혹시 적소가 아니어서 말라 죽었는지도 모를 일이다.

정진동의 도움을 받지 않아도 미리 알고 있었던 나무도 있었으니 자하문 근처의 나무 이름은 꽤나 알고 있는 편이 될지 모르지만, 모르는 나무가 아는 나무보다도 더 많았다. 그런 사정은 어설프게 익힌 외국어 실력으로 원서를 대하는 감정과 비슷하다고 할 수 있을 것이다.

자기 주변에 있는, 말이 없다 뿐이지 다소곳한 정감으로 자라고 있는 나무 이름 · 풀 이름 · 꽃 이름을 모르고, 아니 그 이름을 등한히 하고 살고 있는 인생처럼 쓸쓸한 게 또 있을까.

꽃을 사랑하라, 그러면 꽃은 꽃의 비밀을 너에게 말해준다.

나무를 사랑하라, 그러면 나무는 나무의 비밀을 너에게 말해준다.

바다를 사랑하라, 그러면 바다는 바다의 비밀을 네게 말해준다.

…….

이것은 실로 비리秘理라고도 할 수가 있고 사람의 생활을 아기자기한 것으로 만들 수도 있게 하는 비결이란 수도 있는 것인데 대부분의 사람들은 이러한 이치를 알고도 행하지 못하는 것이니 행복하기엔 실격한 사람들이라고 말할밖에 없다.

—이름 모르는 땅을 헤매다, 이름 모를 나무와 꽃을 보고, 이름 모를 새들과 짐승을 만나기도 하며 이름 없이 죽었다네.

덴마크의 어느 시인의 시 가운데 이런 것이 있더라만 이름을 알아도 결과적으론 몰랐던 거나 다름이 없다는 감상이 묻어 있지 않은 말이라면 이건 게으름뱅이 잠꼬대나 다를 바가 없다. 시랄 수도 없다…….

이처럼 자하문 근처에서 서성거리며 이런 생각 저런 생각을 해보는 것이지만 내 의식의 바닥에 깔려 있는 형식의 말이 간간이 발성한다.

'삼촌, 행복 제1형을 온전히 하는 건 삼촌에게 매어 있습니데이.'

그렇다면 나는 아주 목적적으로 소설을 써봐야 하는 것이다.

'그런데 제임스 조이스의 소설미학과 내가 써야 할 소설과의 거리는 얼마쯤 되는 것일까.'

나는 북악 스카이웨이로 통하는 길을 먼빛으로 바라보고 발길을 돌렸다.

빵으로 점심을 때우고 호구지책인 일을 해야 했기 때문이다. 아파트의 입구에 있는 담배가게 공중전화에서 명욱에게 전화를 걸었다.

"원장님 바꿔주시오."

"잠깐 기다리세요."

잠깐 동안의 사이.

"우리." 하고 울려오는 명욱의 카랑한 소리.

"원장님 별고 없으시죠?"

"하믄요. 우리는?"

"별고 없다고는 할 수 없어."

"뭔데요?"

"형식이란 놈 때문에 난 못 살겠어."

"왜요."

나는 약간 길지만 행복 제1형 안보대책에 관한 형식의 제안을 설명하기 시작했다. 제한 시간 삼 분이 두 번 지났다. 나는 도합 사십 원을 투자하고 그 설명을 끝냈다. 그런데 명욱의 결론은 이랬다.

"아무래도 서씨 가문에 중시조 나게 생겼네요."

"여보시오. 무슨 소릴 그렇게 하는 거유. 서씨 문중의 중시조는 서 누구인가 하는 코미디언이 맡은 모양인데 동시대에 둘이나 중시조가 나면 어떻게 해."

"농담 아녜요. 보통 인물은 아닐 것 같애요. 그 소설은 형식 씨가 쓰도록 하면 좋겠네요."

"그럼 그놈을 소설가로 만들어버린다?"

"그게 좋겠네요." 하다가 명욱은 후다닥 말을 바꿨다.

"역시 소설은 우리가 쓰구 그분에겐 딴 일을 맡겨야 해요."

"어떻게 될지, 난감하구만."

"난감한 건 앞으로 미루기로 하구 점심 어떻게 했어요."

"지금부터 먹을 참이오."

"내 그곳으로 갈까요? 우리가 이리로 나올래요?"

"오지도 말구 가지도 않겠어. 작업량이 고스란히 밀려 있거든. 내 다섯 시쯤 또 전화할게요."

"그렇게 하세요."

송수화기를 걸면서 생각했다. 전화는 명욱이와 하고 있는데 눈앞에 빙빙 돌고 있는 건 어째서 박문혜인가 하고.

아파트의 뜰을 걸어 계단에 발을 걸었을 때 계단 꼭대기에 꼬마 둘이 앉아 있는 것이 보였다. 꼬마 하나는 실직한 지함직공의 아들, 여섯 살 난 덕규이고 다른 하나는 이층에 사는 집의 아들, 역시 여섯 살 난 순기였다. 두 꼬마는 반쯤 그늘이 피어 있는 계단 위에 햇빛이 부신 듯 눈을 찌푸리고 앉아 있었다. 장난질을 하지도 않았고 장난질을 한 흔적도 없었다.

"덕규야, 왜 그렇게 앉아 있지?" 내가 말을 걸었다. 덕규는 무슨 낭패나 당한 것처럼 얼굴을 엉뚱한 곳으로 돌렸다.

"엄마 안 계시니?"

덕규는 고개를 끄덕끄덕했다.

"너 엄마 기다리고 있는 거로구나."

덕규는 고개를 아래로 숙였다. 그의 엄마는 행상을 나간 모양이었다.

"아빠 계시냐?"

덕규는 고개를 저었다.

더 할 말이 생각나질 않아 옆의 아이에게 말을 걸었다.

"순기 엄마는 집에 계시니?"

"응." 하는 사뭇 만족스러운 대답이었다.

"아빠는?"

"회사에 나가셨어요."

힘찬 순기의 대답이었다.

나는 아차, 했다. 덕규의 풀이 죽은 모습을 눈 아래에 두고 나는 실수를 범한 셈이다. 작년엔가 금년 들어선가 덕규가 순기에게 자랑하고 있던 광경이 기억 속에 되살아났다. 덕규는,

"우라부지 지함 만들걸랑. 지함 없으면 캬라멜이나 초코렛 못 담걸랑. 라아멘도 못 넣걸랑." 하고 제법 으스대며 말하고 있었던 것인데…….

나는 호주머니에서 돈 오백 원을 꺼내 덕규 무릎 위에 놓으며,

"자 순기랑 같이 가서 빵이라도 사먹고 저기 그네 있지 않나, 미끄럼대도 있구, 재미나게 놀아라 응." 하고 덕규의 머리를 쓰다듬어주었다.

그래도 덕규는 움직이질 않았다.

"가서 뭘 사먹으래두."

"조금 있으면 누나 올 거거든요. 누나 오면 같이 사먹을 거예요."

덕규는 떠듬떠듬 말했다. 덕규의 누나 정희는 국민학교 이학년이다.

"음 그래? 누나 생각하는 것 보니 덕규는 착하구나. 누나하고 같이 사먹으려면 오백 원 갖곤 모자라겠다. 순기도 있으니, 자 오백 원 더 주지." 하고 다시 오백 원짜리를 꺼내 덕규에게 쥐어주었다.

"선생님, 고맙습니다." 하고 덕규는 앉은 채로 머리를 꾸벅했다. 그러나 활짝 갠 얼굴론 되지 않았다.

방으로 돌아와 책상 위에 책을 펴놓고 앉았는데 꼬마 덕규의 풀이 죽어 있는 얼굴과 모습이 망막에 얽혀붙은 채로 오랜 시간을 끌었다.

그의 누나 정희도 마찬가지였지만 덕규는 그 나이 또래로선 드물게 보는 착한 아이였다. 장난도 잘하고 떠들기도 잘하고 개구쟁이 노릇도

다른 꼬마에게 손색이 없었으나 엄마가 시키는 일엔 두말을 거듭할 필요 없이 순종했다. 작년 여름이니까 덕규가 다섯 살 먹던 해이다. 같이 수박을 먹은 적이 있었다. 엄마가 "배탈 날라, 그만 먹어라."고 하자 이미 쟁반 위에까지 뻗어 있던 손을 얼른 거둬들이는 장면을 나는 보았다. 내가 옆에 있었기 때문인가 하고 그후 주의 깊게 보아왔는데 덕규가 엄마의 말에 순종하는 태도는 기특하다고 할 정도였다. 이웃집서 텔레비전을 보고 있다가도 엄마가 부르면 당장에 일어섰고 뜰에서 동무들과 장난을 치고 있을 때도 엄마가 부르면 그 놀이를 즉각 중지하고 달려오는 것이다.

나는 덕규의 그 기특한 습성을 한량없이 마음이 고운 어머니의 장점을 이어받은 것이라고도 짐작했는데 덕규의 자기 아버지에 대한 숭앙이 또한 대단한 때문이란 것도 알았다. 덕규는 자기 아버지가 지함을 만들고 있다는 데 대한 자랑이 이만저만이 아닌 사실은 그가 동무에게 자랑하는 태도로써 알 수 있었지만 그런 자랑스러운 마음을 갖게 된 것은 결국 그의 어머니에게 원인이 있었다. 덕규네 집의 선반 한쪽엔 크고 작은 종이상자가 십여 종 진열되어 있는데 그것을 일일이 가리키면서 어머니가 설명하고 있는 광경을 나는 우연히 본 적이 있다.

"이 상자 예쁘재? 이 상자는 캬라멜을 넣는 상자다."

"이 상자도 예쁘지? 이건 비스켓트라쿠나 그런 걸 넣는 상자다……."

"이건 라아멘을 넣는 상자고……."

"저건 라디오를 넣는 상자고……."

"저쪽에 있는 건 텔레비를 넣는 상자고……."

"상자가 없으몬 아무리 물건을 만들어놔도 간수할 수가 없고 옮길 수가 없어서 파인기라⋯⋯. 그런데 이걸 모두 느그 아부지가 만들었단다. 느그 아부지 참으로 용채? 훌륭하재?"

그때 덕규가 어떤 표정을 하고 있었는진 볼 수가 없었지만 짐작건대 자기 아버지에 대한 자랑으로 얼굴이 천사처럼 빛나고 있었을 것이었다.

그러한 아버지가 지함을 만들지 못하게 되었다. 침울한 얼굴로 방안에 처박혀 있거나 바깥에 나갔다고 하면 술이나 마시고 돌아오게 되었다. 게다가 어머니는 함지를 이고 나가선 하루 종일 바깥에만 있다가 저녁나절에야 돌아온다.

그 생활의 변화가 얼마나 큰 충격이었던가는 아까의 그 덕규의 표정이나 태도를 보면 알 수가 있다. 어릴 때 인생의 슬픔을 보아버리면 좀처럼 그 눈은 맑게 갤 수가 없지 않을까.

나는 어느덧 윤두명의 얘기를 상기하고 있었다. 윤두명은 덕규 또래의 나이에 아버지를 잃었다고 했다. 그 후 얼마지 않아 어머니가 개가했다고 했다. 총명한 만큼 민감하기도 했을 소년 윤두명의 눈과 가슴이 어떤 빛깔로 물들었을까 하는 건 아까 본 덕규의 모습을 통해서 눈앞에 그려볼 수가 있다.

'상제교니 옥황상제니 하는 종교에의 경사는 참담했던 어렸을 때의 마음속에 돋아나기 시작한 버섯과 같은 것의 성장한 형태가 아닐까.'

나는 이 세상이, 아니 사람이란 얼마든지 불행할 수 있는 계기와 가능을 지닌 것이란 상념으로 말려들기 시작했다. 어렸을 때 보아온 비참한 광경, 군에 있을 때에 겪은 갖가지의 사고. 덕규네가 들어오기 전 그 방에서 살았던 미순 일가의 처참한 최후⋯⋯.

이러한 불행이 가득한 세상에 앉아 투렌의 번역은 가당한 일일까. 제임스 조이스의 『율리시스』와 『피네건스 웨이크』가 어떻단 말인가. 높은 절벽 위에 별장을 지어놓고 그 경승에 도취하며 술을 마시고 있는 극히 소수인 행복한 사람들!

'그러니까 소설이 필요한 것이 아닌가.'

'언제 나도 불행하게 될지 모른다는 그 공포로 해서 남의 불행을 양심의 고통 없이 방관할 수 있는 것이 아닌가.'

'인류사회에서 불행을 없애야겠다는 순수하고도 고귀한 신념을 횡령해갖고 더 많은 불행을 만들어낸 스탈린 같은 괴물도 있지 않은가.'

'이차대전 이후 이날까지 세계 각국이 전비로 쓴 돈이 수조억 불에 이를 거라고 하는데 합심해서 그 돈을 인류의 행복을 위해 쓸 수 있었더라면 얼마나 좋았을까. 그런데 그것이 가능하지 않았고 앞으로도 가능하지 못할 때 내 왜소한 두뇌, 내 비좁은 마음이 어떠한 처방을 만들어낼 수 있단 말인가.'

'저마다 각기의 운명을 살아 비참하건 불행하건 고문을 당하건 학살을 당하건 관심할 바 없이 하늘의 별이나 헤며 산다?'

'그렇더라도 어린아이들만은……'

'그러자면 아이를 만들어선 안 된다는 것 아닐까. 아이를 만들지 않으면 불행의 씨앗을 없게 한다. 불행의 계기를 없게 하는 소극적인 효과만은 확보할 수 있을 것이 아닌가. 만일 명욱에게 우린 아이를 갖지 말자고 제의하면 명욱은……?'

책상 앞에 그대로 앉아 있어선 망상과 공상을 털어버릴 수 없을 것 같았다. 나는 다시 오월의 햇빛을 찾아 나왔다. 계단에 서서 눈으로 덕규를 찾았다. 덕규는 보이지 않았다. 아파트의 어느 방에선가 불이 붙은 듯 어린애의 울음소리가 터져나왔다. 달래는 사람도 없는지 그 울음소리는 꽤 오래 계속되었다. 계속되는 동안 나는 귀를 기울이고 있었는데 울다가 지쳐버린 탓인지 어린애의 울음소리는 그쳤다. 아파트의 뜰에 다시 고요가 돌아왔다.

싱그러운 신록을 곁들인 오월의 태양 아래 서 있으니 세상에 불행이 있다는 것이 거짓말처럼 느껴지기도 하는 것인데 근처에 덕규가 보이지 않는 것이 내 가슴의 일각에 어두운 그림자를 드리웠다. 이처럼 덕규에게 관심을 가져보는 것은 처음 있는 일이란 생각을 했고 그 원인이 아침 형식이 남겨놓고 간,

"행복 제1형이 온전할 수 있는 건 삼촌에게 매었습니데이." 한 말 때문이 아닐까 했다.

정희가 돌아온 흔적은 없었다. 국민학교 이학년생이 그렇게 늦게 학교에 남아 있을 까닭이 없으니 혹시 뜰에서 덕규를 만나 무엇을 사먹으러 갔을까도 싶었다. 그러나 정희는 어머니가 행상을 하게 된 후론 학교에서 하교하면 곧바로 집으로 돌아와서 집 안을 치우기도 하고 덕규와 놀아주기도 하며 조금이라도 어머니의 수고를 덜어주려고 애쓰는 아이란 사실을 나는 알고 있었다.

나는 우선 아파트 앞 가게로 내려가보았다. 그 근처에도 덕규는 없었다. 순기도 보이지 않았다. 마침 팽이를 치며 그늘에서 놀고 있는 아파트의 꼬마들이 있었기 때문에 물어보았다.

"너희들 덕규 보았나?"

"덕규는 아까 요 아래로 내려갔어요." 하고 꼬마 하나가 대답했다.

"순기도 같이 가던?"

"순기는 가게 앞에서 덕규와 헤어져서 즈그 집으로 돌아갔어요."

"그럼 덕규 혼자 갔단 말야?"

"즈그 누나 마중간다고 하던데요."

다른 꼬마가 한 말이었다.

덕규가 누나의 마중을 갔다면 학교로 갔을 것이 틀림이 없었다. 불안한 생각이 들었다. 거기에서 국민학교를 가려면 교통이 붐비는 대로를 거쳐야만 했다. 나는 다소 바쁜 마음이긴 했으나 느릿느릿한 걸음으로 학교의 방향으로 걸어 내려갔다. 골목을 돌아 큰길로 나서려는 고빗길에서 우뚝 서버렸다. 눈물과 먼지가 범벅이 된 얼굴로 훌쩍거리며 정희가 어떤 어른과 같이 걸어 올라오는데 그 어른의 등에 덕규가 업혀 있었던 것이다.

정희는 나를 보자 그만 엉엉 소리내어 울기 시작했다. 덕규는 내 시선을 피해 고개를 돌렸는데 그 얼굴에도 흥건한 눈물자국이 있었다.

"정희야, 어떻게 된 거냐."

정희는 채 대답을 못했다. 덕규를 업고 있던 어른이 대신 말했다.

"하마터면 큰일날 뻔했어요. 골목에서 자동차가 나오는 바람에 이 애가 질겁을 하고 피할 때 전신주에 부딪쳐 넘어져 무르팍을 조금 다쳤습니다. 대단하지 않아서 집에 있는 약을 발라주고 집이 가까이에 있다기에 업고 오는 길입니다."

"그럼 당신이 그 차의 운전사요?"

"아닙니다. 나는 근처에서 쌀가게를 하고 있죠."

"운전사는 어떻게 하구요."

"꼬마가 제풀에 자빠진 거니 자동차완 관계없다고 가버렸지 뭡니까."

나는 맹렬한 분노를 느꼈지만 그 친절한 사람 앞에서 분노를 터뜨려 보았자 소용없는 노릇이었다.

"꼬마는 내가 업고 가겠습니다." 하고 덕규를 받아 업고 쌀가게의 위치를 들어두곤 그 사람을 돌려보냈다.

나는 덕규를 업고 근처의 병원을 찾았다. 대단한 게 아니라고 했지만 무릎의 부상은 특별히 조심해야 한다는 걸 군대에서 배웠고, 뿐만 아니라 길바닥에서 입은 외상은 파상풍을 경계해야 한다는 상식을 가지고 있었기 때문이었다.

문文을 배워 고목처럼 말랐다.
처세에 졸렬하길 망치와 같다 _이상은

살이 쪄서 통통한 누에를 연상케 하는 의사의 손가락이었다. 왼손 약지엔 자수정을 백금으로 둘러싼 큼직한 반지가 끼어 있었다. 박사학위를 받았을 때 기념으로 선사받은 반지일까. 번들번들 윤기가 나 있는 의사의 얼굴이었지만 표정은 없었다. 가난한 청년이 업고 들어온 꾀죄죄한 몰골의 꼬마가 좋은 상품일 까닭이 없는 것이다.

"어떻게 된 거요."

의사의 질문은 쌀쌀했다. 아니 지극히 사무적이었다. 하루에도 수십 명씩 환자를 상대하다가 보니 감정이 메말라 있는 것인지도 모른다.

나는 대강의 설명을 했다.

의사는 덕규의 환부를 슬쩍 보더니 종이를 꺼내 뭔가를 갈겨 써놓곤 그것을 간호원에게 건네며 덕규를 저리로 데리고 가라는 시늉을 했다.

"파상풍의 혈청을 맞아야겠죠?" 이렇게 말하자 의사는 힐끔 나를 보았다. 동시에 입 언저리에 냉소 같은 느낌이 서렸다.

"왜 파상풍의 혈청을 맞습니까?"

"상처에 흙이 묻었을 텐데요."

"상처에 흙이 묻으면 파상풍에 걸린다고 누가 말하던가요?"

나는 군대에 있을 때 파상풍으로 죽은 전우가 있었다는 말을 하려고
했는데,

"저리로 데리고 가시오." 하고 명령조의 말투로 바꾸더니 의사가 덧
붙였다.

"아무나 그렇게 쉽게 파상풍에 걸리는 줄 알아요? 파상풍에 걸리는
건 복권에 당첨되는 것보다도 쉽지 않은 일입니다."

그러곤 귀부인처럼 차린 부인이 덕규 또래 아이의 손을 끌고 진찰실로
들어오자 의사는 딴 사람으로 바뀌었다. 전신이 애교덩어리로 되었다.

"경과가 어떻습니까. 퍽 좋아졌죠? 아, 사모님 이리로 앉으세요. 오
늘은 날씨가 좋군요. 이런 날은 집에 있기가……."

의사가 재잘거리는 소리를 등 뒤로 들으며 나는 덕규를 데리고 치료
실로 갔다. 간호원은 덕규의 상처를 소독약으로 씻고 연고를 바르더니
노란빛 가제를 덮곤 붕대를 감았다. 노란빛 가제는 아마 리바놀 가제였
을 것이었다. 그러고 나서,

"곪으면 안 되니까요." 하고 무슨 주산가를 세워든 채 덕규의 궁둥이
를 까선 놓았다.

"약국 앞으로 가세요." 간호원의 말투도 쌀쌀했다. 약국이 카운터도
겸하고 있는 모양이었다. 안경을 쓴 젊은 여자가 말했다.

"구천 원이에요."

나는 덜렁 겁을 먹었다. 호주머니에 있는 돈이 모자라면 어떻게 하나
싶어서였다. 당황한 기분으로 이곳저곳을 뒤졌더니 다행히도 경화^{硬貨}
까지 합쳐 구천 원을 채울 수 있었다.

"식후에 하나씩 먹이세요."

돈을 받으며 약봉지를 내밀고 약국의 여자가 말했다.

병원 문을 나서 덕규를 업으려고 하니까 덕규는 고개를 살래살래 흔들었다.

"걸을 수 있어요."

"아프진 않나?"

"안 아파요."

덕규의 손을 잡고 느릿느릿 걸어오는데 정희의 말이 있었다.

"아저씨."

"응."

"치료비가 구천 원이나 됐지예?"

정희의 그 말이 내 가슴을 찔렀다. 국민학교 이학년생이 할 소리가 아니었기 때문이다. 나는 되도록이면 태연한 표정이 되려고 애썼다.

"왜, 구천 원이 무슨 문제라도 되는가?"

정희의 답은 없었다.

"걱정 마. 덕규가 빨리 나으면 되는 거니까. 그러나," 하고 얼만가를 망설이다가 말했다.

"엄마나 아빠보군 치료비 얘긴 하지 말아라."

"……"

"알았어? 그런 얘긴 어른들이 할 얘기야. 정희나 덕규 같은 애들이 할 얘긴 못 돼. 알았지?"

그제야 정희는 고개를 끄덕였다.

아파트 앞 가게까지 왔다.

"정희 배고프지? 덕규도 그럴 테구. 우리 초콜릿이나 빵 사 먹을까?"

"돈 있어." 하고 덕규가 오른손을 폈다. 아까 내가 준 천 원짜리가 꼬깃꼬깃 겹쳐진 채 나왔다.

"그건 덕규가 가지고 있어."

나는 가게 안으로 들어가 초콜릿 두 개와 빵 두 개를 외상으로 샀다.

"빵 속에 초콜릿을 넣어 샌드위치처럼 해갖고 먹어봐. 참 맛있데이."
하며 그들에게 나눠주었다.

정희와 덕규는 어린 마음으로도 미안해서 어쩔 줄을 몰라하는 것 같아 아파트의 앞마당으로 들어서며 얘기를 꾸몄다.

"초콜릿은 영어다. 프랑스 말론 쇼콜라라고 하지. 서양에서 가장 발달된 과자가 초콜릿, 프랑스 말로 쇼콜라, 덕규 한번 따라해볼래? 쇼콜라."

"쇼콜라."

덕규의 발음은 야무졌다.

"야아, 우리 덕규가 프랑스 말 하나 배운 셈이로구나. 프랑스 말 하나 배웠으니까 덕규는 쪼매한 문화인이 되었다."

"문화인이 뭐예요?"

정희가 물었다. 이렁저렁하는 바람에 정희도 부담감에서 해방된 모양이었다. 내 마음도 한결 가벼워졌다. 그러나 난처한 문제에 당면했다. 문화인이 뭐냐는 것을 정희에게 가르쳐야 했으니까.

"문화인은 그렇다……" 해놓고 쉽사리 뒤를 이을 수가 없었다. 국민학교 이학년생이 알아들을 수 있도록 문화인을 설명할 수 있자면 톨스토이와 같은 천재를 필요로 한다는 사실을 돌연 깨달았다.

"문화인이 뭣인가 하는 것은 그렇지, 정희가 열심히 공부를 하고 있으면 언젠가는 알게 되는 그런 거란다."

정희는 요령부득한 얼굴을 했다. 그럴 수밖에, 요령부득한 말을 듣곤 요령부득한 얼굴이 될 수밖에 없는 것이니까.

아파트로 올라가는 계단 가까이로 가자 덕규가 걸음을 멈췄다. 얼굴에 불안한 표정이 있었다.

"음, 그래 계단을 올라가긴 힘들겠구나. 내가 업어주지." 등을 내밀었으나 덕규는 고개를 흔들 뿐 업히질 않았다.

정희가 계단을 뛰어오르며 소릴 질렀다.

"엄마 왔는가 가보고 올게."

그제야 나는 덕규가 멈춰선 까닭을 알았다. 엄마가 없는 집에 들어서기가 불안한 것을……

정희가 파릿한 안색으로 나타났다. 그들의 엄마는 아직 돌아오지 않았던 것이다.

"엄마가 없으면 어때. 우리 방으로 가서 놀자."

"아저씨 들어가세요. 난 덕규랑 여기서 놀고 있을 테니까요."

정희의 말이었다.

나 혼자 방으로 돌아왔다. 스무 장을 채워야 할 번역이 열 장을 넘기지 못하고 있었다. 원고지를 펴고 펜을 들었다. 그러나 일이 손에 잡히질 않았다. 나는 어느덧 가난이란 무엇일까, 하는 생각을 골똘하게 쫓고 있었다.

가난! 나는 가난을 모른다. 부자가 어떤 것인지를 모르니까 가난을 알 수 없는 것이다. 이날까지 가난하게만 살아오고 보니 가난이 공기처럼 되어 가난을 알 도리가 없다고나 할까. 굶어본 일은 없으니 가난하지 않았다고 될 수 있는 것일까. 그러나 근근한 연명이었으니 결국 가난하다고 할밖엔. 부자에게도 층층이 있듯이 가난에도 층층이 있다. 겨우겨우 연명할 정도의 가난. 굶어 죽어야 하는 가난.

덕규 집과 나의 형편과 별반 다른 데라곤 없다. 시민아파트에 살고 있는 형편이 같고, 무슨 일이건 하지 않으면 굶을 수밖에 없다는 사정도 같다. 다른 것이 있다면 나는 약간 안정된 수입원을 갖고 있다는 사실이다. 그러나 그 정도란 극히 사소하다. 그런데 내가 도대체 그들을 동정할 수 있는 자격이 있는 것일까, 없는 것일까.

나는 최후의 수단으로 정명욱과 의논한 다음 덕규네 형편이 풀릴 때까지 내 수입의 반쯤을 쪼개 그들을 도와줄 수밖에 없다는 결론을 냈다. 그런데 그 결론에 석연할 순 없었다. 돈이 아깝다는 생각이 첫째이고, 그럴 여유도 자격도 없는 주제에 남을 돕겠다고 나서는 태도 자체가 쑥스럽지 않을까 하는 생각이 두 번째였다.

나는 이것을 주제로 소설을 써볼까 하는 생각을 했다. 혹시 도스토예프스키의 「가난한 사람들」의 아류쯤은 되지 않을까. 소설로서의 성공 여부는 고사하고 가난의 정체와 가난이 사람의 마음에 끼치는 영향을 확인할 수 있지 않을까.

그러자 문득 일인 작가 K씨가 쓴 가난의 기록이 기억 속에 떠올랐다. 일본이 패전한 직후의 상황을 회상한 것인데 나는 그것을 읽고 부유한 오늘의 일본과 대비하는 마음으로 적잖은 충격을 받았다. 세계에서 가장 번영하고 있다는 오늘의 일본이 그러한 비참함으로부터 출발했다는 사실이 충격이었던 것이다. 그러나 그 충격은 우리도 지금부터 시작해도 늦지 않다는 일종의 애국적인 자각을 유발하기도 했었다.

나는 결국 가난이 주제로 될밖에 없는 소설을 쓰는 데는 그 K씨의 문장이 참고가 될 것이란 의식으로 그 책을 찾았다. 공교롭게도 서가 한 구석에 먼지를 쓰고 끼어 있었다. 나는 그 책을 꺼내 먼지를 털고 '가난'의 부분을 찾았다. 그러곤 내가 해야 할 번역은 밀쳐버리고 K씨의 문장을 우리말로 고쳐보았다.

—어머니가 암시장에서 고구마를 사왔다. 지난 팔월(1945년 8월)까지의 전쟁 중에 물물교환을 하느라고 농이란 농의 서랍은 텅텅 비어 있다는 사실을 알고 있는 나는 어머니가 어떻게 해서 고구마 살 돈을 마련했는지 짐작할 도리가 없었다. 물어볼 용기도 없었다.

고구마를 삶아 광주리에 담은 채 식탁에 놓으면 조부·어머니·숙모·누이동생의 눈이 괴상하게 빛나기 시작한다. 한 개라도 더 먹고 싶다. 일 센티라도 더 큰 걸 노리고 싶다. 육친도 형매애도 아랑곳없다. 식탁의 전후좌우에서 번득이고 있는 눈을 보면 얼른 고개를 돌린다. 어머니도 누이동생도 나의 눈을 피하고, 그러는 어머니와 누이동생의 눈을 나도 피한다. 도무지 정시할 수 없는 눈인 것이다. 식욕, 바로 그것이었다. 무참하다고 말할 수밖에 없다. 고구마를 먹고 있는 것이 아니라 사람이 사람을 먹고 있는 것이다. 우리들은 서로가 서로를 잡아먹고 있는 것이다.

고구마의 광주리에 손을 뻗고 있을 뿐 누구도 아무 말이 없었는데 어머니는 돌연 통곡을 터뜨렸다. 전쟁이 없었으면 이런 일이 없었을 것 아닌가. 아버지가 살아 있었으면 이런 꼴은 아닐 것 아닌가. 당신들을 배불리 먹여줄 생각은 간절하지만 이젠 팔 수 있는 아무것도 없다. 옷도 화로도 아무것도 없다. 어머니는 이런 넋두리를 하며 울었다. 숙모도 누이동생도 고개를 숙이고 울기 시작했다. 어제도 그랬다. 그제도 그랬다. 매일매일 음산의 연속이었다. 그저 고개를 숙이고 슬큼 보곤 재빨리 손을 내밀어 고구마를 집는다. 먹은 것인지 삼킨 것인지 알 수조차 없다. 참는 건지 어쩌는 건지도 모른다. 퍼져 앉아 있을 뿐이다.

학교에 가는 것도 싫고 집에 있는 것도 싫었다. 뭣이건 싫었다. 보는 것, 듣는 것이 모두 싫었다. 걷잡을 수 없는 두려움과 슬픔이 아침 눈을 떴을 때부터 사람을 사로잡는다. 막을 수도 피할 수도 없었다. 그것은 조수처럼 넓기도 하고 깊기도 한데 언제가 썰물이고 언제가 밀물인지 분간할 수도 없었다. 전차를 기다리고 있을 때도 전화를 입은 폐허를 걷고 있을 때에도 돌연 아무런 전조도 없이 덤벼드는데, 덤벼들었다 싶으면 그 순간 나는 가루가 되어버리는 것이다. 이 팔월까지 전쟁 중엔 전연 볼 수도 없었는데, 평화가 돌아온 그 무렵에 다리 밑 지하철의 어두컴컴한 구내의 물바닥에 머리를 처박고 죽어 있는 몇 구의 시체가 있었다.

전쟁터에서 돌아온 사나이들이 만원전차의 연결기에 타고 있다가 커브를 돌 때 떨어져내려 두개골은 산산조각이 되었다. 백도색白桃色의 두부 같은 뇌장이 레일과 침목 위에 몇십 미터에 걸쳐 점점이 산란해 있었다. 영리하게 생긴 여윈 장의사 아저씨가 긴 대젓가락으로 그 뇌편을 한 개 한 개 주워선 볼 상자에 집어넣고 있었다. 창망한 황혼 속에 뜸북새가 논에서 미꾸라지를 찝으며 걷고 있는 모양이었다. 아이들은 노래를 부르며 연을 띄우고 있었고……

벼룩과 이 때문에도 심한 시달림을 받았다. 이자들이야말로 곤충계에 있어서의 고전형 부르주아이다. 먼 곳으로 물을 찾아 날아갈 필요도 없고 강한 벌레·새·악동들로부터 위협을 받지도 않는다. 사람의 피부라고 하는 장대한 방의 평원에 한가하게 누워 있으면 그만인 것이다. 그러고는 이편으로 뒹굴고 저편으로 뒹굴고 하다가 밥그릇도 젓가락도 필요로 하지 않고 주둥이만 대고 빨기만 하면 된다. 빨다가 지치면 누워 있는 그 채로 사랑이다. 사랑에 지칠 무렵이면 출산이다. 얼마든 낳아젖혀도 상관할 바 없다. 실컷 낳는다. 아무리 많이 낳아도 얼마든지 살아갈 수 있다. 초원의 메뚜기와 같다. 주인어른께서 영양실조가 되어 있건 말건, 호박만 삶아 먹어 손바닥까지 누렇게 되어 있건 아랑곳없다. 밤이 되어 벌판이 뜻뜻해지기 시작하면 스르르 눈을 떠선 이곳저곳의 피난처로부터 슬슬 기어나온다. 그러곤 되도록이면 부드러운 곳, 사람의 손가락이 이르지 않는 곳, 또는 일등지만을 골라 돌아다니며 움직일 수 없을 정도로까지 피살이 찐다. 쌀알만큼한 이는 언제이건 발견할 수 있었다. 학교에 가서 아침 건포 마찰을 할 양으로 내의를 벗으면 앞에선 친구의 목에 도망칠 기회를 놓친 이가 기어다닌다. 목욕탕에 가서 옷을 벗어 광주리에 넣으면 그 어두컴컴한 널판 사이로 회색으로 기름진 낱알이 비틀비틀 허리를 흔들며 걸어다니고 있다.

매일 밤 겪는 일이니 그동안에 숙달이 된다. 요령이 생긴다. 기술과 의식이 서로 손을 잡고 정착한다. 잠들어 몽롱한 의식 속에서도 그들이 만찬회나 무용회를 시작하게 되면 부지불각 중에 손이 뻗어가서 한 마리, 또 한 마리 찝어내는 것이다. 그뿐이 아니다. 찝어낸 이를 두 손가락으로 비벼 굴리다가 토실토실 야물어졌다 싶을 때 툭 하며 깨어버린다. 말하자면 이런 수련을 무의식중에 부릴 수가 있게 된 것이다.

동작이 둔한 이를 이렇게 처리하는 건 물론 쉬운 일이지만 민첩하게 도약하는 벼룩까지도 처리할 수 있는 기량을 어느덧 익혔다. 나의 경험에 의하면 그들에게도 밤사이 활발해지는 시간대와 그렇지 않은 시간대가 있는 모양이었다. 그 호흡을 파악해놓고 있기만 하면 이 과묵하면서도 탐욕스러운 미식가들을 컨트롤하기란 쉽다.

견딜 수 없는 건 공복이다. 벼룩이 따끔따끔, 이가 스멀스멀해도 배가 고프지만 않으면 참을 수가 있는데 배가 고프면 마적魔的이라고 할

밖에 없는 양상을 띤다. 그리고 공복이 기아라고 부를 수 있는 단계에 이르면 전신이 오한으로 떨리기도 하고 눈이 보이지 않을 만큼 백열하기도 한다. 그것이 폭풍처럼 교대해가며 몸을 휩쓴다. 논픽션이나 픽션에 가끔 나타나는 기아의 묘사를 읽고 있으면 몸의 경련을 막기 위해 나무 조각이나 담요를 악무는 묘사가 있는데, 정확하다. 무참할 정도로 정확하다. 그것은 열병을 닮아 있다. 차가운 전율과 뜨거운 전율이 각각 노도처럼 밀려 얽히고설킬 땐, 비명을 견디느라고 뒹굴며 모포이건 기둥에 매달린다. 그러곤 썰물처럼 그 징후가 지나가버리고 나면 전신이 허허하고 싸늘한 공동으로 되어 지쳐버린다. 깜박깜박 졸린 듯하며 시야가 어둡게 되자 무수한 작은 안화眼華의 난무가 시작된다. 식은땀이 솟고 구토증이 치민다.

이어 처참한 빈궁의 기록이 계속되지만 이 이상 인용할 필요는 없을 것 같다. K씨는 지금 세계를 좁다 하고 미식여행을 하며 미식의 기록을 남기기도 한 사람이다.

가난하고 굶주린 기록에 있어선 우리나라가 도리어 풍부한 형편인데 남의 나라의 것을 인용했다는 덴 일본의 오늘과 어제의 상황이 천국과 지옥만큼이나 달라진 데 대한 어색스러운 콤플렉스의 탓이기도 하지만 그런대로 가난을 실감하게 하는 강렬한 무엇이 있기 때문이다.

가난, 실로 이것은 인류의 대문제이다. 나의 가난은 기아에까진 이르진 않은 가난, 그러나 기아상태와의 사이에 아슬아슬한 선으로 이웃하고 있는 가난, 이를테면 가난은 나의 친구처럼 되어 있는 것이다. '궁하진 않게 가난하게'란 말이 있는데 나는 나의 얼만가의 능력 때문에 목하 가난하긴 하지만 궁하진 않아도 되는 것일까. 그러나 이것도 생활의 정도가 훨씬 낮추어져 있기 때문에 성립되는 얘길 뿐, 높은 생활수준으로 보면 궁색, 바로 그것인지 모른다.

신문사에 근무하고 있었을 때 외국잡지의 잡보란에서 비아프라의 정부가 국민들에게 "개미를 잡아먹어라. 개미는 단백원이다." 하는 지시를 내렸다는 기사를 읽었다. 그것을 읽었을 때,

"아, 비아프라의 참상은 국민이 개미를 먹어야 할 상황에까지 이르렀구나." 하는 한탄을 금할 수가 없었는데 뒤미처 우리 국민도 개미를 먹었다는 사실을 알고 적잖은 충격을 느꼈다.

이바노프의 소설엔 배가 고파 쥐를 잡아먹으려다가 도리어 굶주린 쥐떼에 잡아먹히는 사람의 기록이 있었다.

'그러나저러나 내게 덕규네 집을 동정할 자격이 있는 것일까, 없는 것일까.'

아침에 형식이 던져놓은 말이 커다란 부담이 되었다.

실직한 지함공장의 직공이 읽어 분발할 수 있는 그런 소설을 써야 할 것일까. 그 아주머니가 읽고 이익이 되는 그런 소설을 써야 하는 것일까. 더구나 정희의 눈을 통해 그 생활의 진실을 적어 갱생의 길을 모색해야 하는 것일까.

아득하다. 막연하다.

소설이란 결국 실리와 무관한 것이다. 누구의 말마따나 필패의 기록이다.

강물처럼 흐르고 있으면 어느 사람은 그 물을 이용해서 발전소를 만들고, 어느 사람은 농토에 물을 대고, 어느 사람은 낚싯바늘을 드리우고, 어느 사람은 발을 씻고, 어느 사람은 거기에 빠져죽고, 어느 사람은 다만 풍경을 감상할 뿐이고. 이를테면 그렇고 그런 것이 소설이 아니겠

는가.

이런 생각을 하며 멍청히 앉아 있는데 노크소리가 들렸다. 고개를 돌렸다. 정명욱이 들어서고 있었다.

"어떻게?" 나는 요령부득하게 우물쭈물했다.

"전화가 없구 해서 와봤어요."

"전화?" 하고 시계를 보았다. 일곱 시였다.

"벌써 그런 시간이 됐나?"

그녀가 퇴근하기까지의 시간에 전화를 하도록 우리 사이엔 약속이 돼 있었던 것이다. 나는 오늘 있었던 일을 대강 설명했다. 명욱이 이맛살을 약간 찌푸렸다. 결혼을 며칠 후에 두고 그런 엉뚱한 데 신경을 쓰고 있는 내가 못마땅하다는 심정의 표명일 것이었다.

일인 작가 K씨의 문장을 번역해놓은 것을 명욱에게 건넸다. 그러고는 간단하게 K씨를 소개하고 한번 읽어보라고 했다. 읽고 나더니 명욱이,

"일본인도 한땐 이처럼 가난했단 말인가요?"

"그런 뜻도 있긴 하지만……."

"극히 일부분의 현상 아니겠어요?"

"아냐, 패전 당시 일본인의 반수 이상이 그런 상황이었던 모양이오."

"아무리." 명욱은 믿으려 하지 않았다.

나는 기를 쓰고 그렇지 않다는 설명을 하기 위해 기억 속에 있는 사례를 들먹였다.

"그럼 그랬던 일본인이 오늘날 세계 각지로 엽색행각을 할 만큼 되었다는 얘긴가요?" 명욱은 왜 내가 그 기록을 번역했는가의 이유를 모르겠다는 표정이었다.

"그런 건 아니고 형식이란 놈이 너무나 엄청난 과제를 주었기 때문에

276

이럭저럭 생각하다가 혹시 참고나 될까 해서 번역을 해본 건데."

"제가 그걸 읽고 느낀 소감을 말해볼까요?" 명욱이 장난스러운 표정이 되었다.

"해봐."

"그 K씬가 하는 사람은 꽤나 훌륭한 작가라고 했죠?"

"일본의 젊은 작가 가운데 괜찮다 싶은 작가를 꼭 하나만 들먹이라고 하면 나는 그 사람을 들겠소."

"그러니까 생각한 거예요. 그런 가난 속에서 그만한 작가가 성장했으니 남의 가난 같은 것 걱정하지 마라, 이 말예요. 우리는 덕규와 정희가 불쌍하다고 하지만 그 애들이 후일 K씨처럼 훌륭하게 될지 모르잖아요. 물론 작가가 된다는 뜻은 아니에요. 어느 분야에서건 말예요. 지금 비참하다고 해서 영원히 비참할 건 아니잖아요?"

명욱의 그 얘기는 구원이었다. 내 얼굴이 활짝 밝아진 모양이었다.

"그렇잖아요?" 하고 명욱이 다짐을 했다.

"그건 그래."

"그렇다면 우리 할 일이나 합시다. 오늘 우리 가봉할 날이에요."

그제야 나는 결혼식에 입기 위해 양복을 맞추었다는 사실을 상기했다.

"오늘은 이왕 늦었으니 내일 가겠소. 형식이 돌아오길 기다려 같이 식사하러 나갑시다. 오늘은 내가 식사당번인데 어쩌다 보니 그 준비를 잊어버렸소."

"그럼 내가 준비할까요?"

"귀찮아. 얘기나 합시다. 중국집에 가서 자장면 한 그릇 먹으면 될걸, 수선을 피울 필요가 없잖소."

일어서려다가 말고 못 이긴 체하고 앉더니 정명욱이 이렇게 시작했다.

"우리 결혼하거들랑 집을 옮깁시다. 당분간 저의 집으로 와 있다
가……."

"처가살이?"

"처가살이면 어때요. 식구래야 어머니하고 동생뿐인데. 당분간 그렇
게 살다가 적당한 아파트나 하나 사가지구."

"내 처지에 아파트 사려면 십 년은 더 걸릴 거요. 아니 십 년이 지나
도 무망한 노릇인지 모르지."

"아파트 살 돈은 내게 있으니까요. 노처녀가 그만한 준비 없이 시집
가겠수?"

"그렇겐 하기 싫다고 언젠가도 얘기했을 텐데."

"그건 로맨틱한 무드 속에 있었을 때의 얘기구요. 지금은 현실적으로
처리해야 할 때 아녜요?"

"현실적으로도 그렇소. 좋으나 궂으나 나는 내 집을 가지고 있소. 그
리고 지금의 내 형편엔 이 집이 꼭 알맞소. 그런데 뭣 때문에 다른 데로
옮기겠소. 편리하고 좋은 집에 살려구? 그만큼 정신적인 부담은 더할
것 아닐까? 약간 불편하더라도 정신적인 부담이 없는 곳에 사는 게 위
생상 좋지 않을까?"

"우리는 너무나 에고이스트야. 내 사정도 좀 생각해주셔야죠?"

"허긴 우리 욱이가 이곳에 와서 살게 되면 저 변소 때문에 어쩌나, 하
는 생각은 했지. 공동변소인데다 추잡하구……."

"그런 건 문제도 아녜요. 우선 제게 딸린 물건을 갖다놓을 곳이 없잖
아요. 옷장도 그렇구 찬장도 그렇구……."

나는 대답할 말을 찾지 못했다. 그러나 명욱의 집에서 같이 살자는
제의를 받아들일 순 없었다.

"남자가 왜 그래요." 명욱이 짜증스럽게 말했다.

나는 잠자코 있을 수밖에 없었다.

"좀더 활달할 수 없을까요?"

명욱의 말에 한숨이 섞였다.

그래도 나는 이 집을 떠날 생각을 할 수 없었다. 새가 그의 둥지를 예사로 바꿀 수 없듯이, 나는 이 둥지에서 알을 까고 그 알을 부화해서 그 새끼새들이 훨훨 날아가는 것을 보아야 하는 것이다. 샤를 필립이 그의 다락방에서 딴 데로 거처를 옮길 수 있을까. 샤를 보들레르가 그의 체온으로써 그의 한숨으로써 벽지를 자기 피부 빛깔처럼 물들여놓은 방으로부터 어디로 옮겨 앉을 수 있을까 말이다.

명욱은 자기 집으로 옮겨가야 하는 이유를 다음 다음으로 설명하고 있었지만 나는 이미 듣고 있지 않았다. 그런 까닭에 내일모레 결혼해야 한다는 사실 자체가 비현실적인 것으로 느껴지기까지 했다.

"우리, 결심하세요." 명욱은 기어이 나의 승낙을 받을 요량인가 보았다.

"이 집이 불편하면 당분간 따로따로 살아도 되잖을까."

겨우 이렇게 한마디 한 것이 명욱의 비위를 결정적으로 거스른 모양이었다. 더 이상 명욱이 입을 열지 않았다.

그 따분한 침묵을 깨뜨린 것이 이웃집의 아주머니였다.

"선생님 계십니꺼?" 하고 들어서며 아주머니는 천 원짜리 몇 장을 내밀었다.

"이거 오천 원입니더. 덕규 때매 오늘 욕을 많이 보셨담서요."

"돈을 도루 넣으시지요." 나는 당황하며 말했다.

"안 됩니더, 선생님. 우리 덕규 때문에 욕을 보신 것도 뭣한데 돈까지 안 받으몬 우짭니꺼." 하고 아주머니는 돈을 방바닥에 놓았다. 나는 그걸 얼른 집어 아주머니의 손에 쑤셔넣었다. 그러곤 성낸 투로 말했다.

"이러시면 내 호의가 어떻게 됩니까. 덕규를 위해 내 재량으로 한 겁니다. 돈을 받을 생각이었다면 내가 미리 아주머니께 물어보았어야 할 일이 아닙니까. 절대로 나는 그 돈 받지 않을 겁니다."

내 서슬이 퍼렇게 되자 아주머니는,

"그람 우짜지요." 하고 울상이 되었다.

"덕규 아버지는 들어왔습니까?" 하고 나는 말소리를 부드럽게 했다.

"아직 안 들어왔습니더."

"어딜 갔는데요?"

"오늘은 새벽 일찍 나갔습니더. 어디 일자리를 찾아보겠다 캉서로예."

"오늘 아주머니 장사는 잘 되었습니까?"

"잘 되었어예. 그런디 덕규가 다쳤단 말을 듣고 얼마나 식겁을 했는지."

"별로 대단하진 않으니 걱정 없을 겁니다. 이따가 덕규 아버지 오거든 얘기합시다. 애들 저녁이나 먹이도록 하세요."

"선생님께 자꾸 폐만 끼치고, 우짜지예." 하며 아주머니는 문을 닫았다. 나는 이웃집 아주머니의 얼굴에서 웃음이 가신 경우를 오늘 처음으로 보았다는 느낌으로 가슴이 무거웠다.

늦은 봄날의 긴 해도 어느덧 저물었다. 방 안에 어둠이 차기 시작했다. 명욱은 여전히 말문을 닫고 있었다. 나는 일어서서 전등의 스위치를 돌렸다. 그 불빛에 을씨년한 방안의 정경이 환히 드러났다. 겸연쩍게 나는 한마디 했다.

"역시 신부를 모셔다놓을 방은 아니군."

명욱의 눈이 반짝했다. 나는 얼른 말을 보탰다.

"그런데도 나는 이 방에 신부를 모시고 싶은 걸 어떻게 하지?"

명욱의 얼굴에 웃음이 돋아났다. 어이없어하는 웃음이긴 했지만 토라진 얼굴인 채 있는 것보다는 훨씬 기분이 가벼웠다. 그래 한 말을 더 덧붙였다.

"갑신정변의 서재필 씨나 전 교정부원 서재필 씨나 꼭 같이 고집이 세니까 내 사상을 바꿀 생각은 아예 마시오."

"알았어요. 그러나 남편이면 아내가 손해 보는 것을 그냥 방관만 하고 있을 순 없잖을까요? 조금만 고집을 꺾으면 손해 보이지 않아도 될 경우라면 말예요."

"그런 추상적인 얘기 갖곤 뭐라고 대답할 수 없군."

"그럼 구체적으로 말을 할게요. 이리 와서 좀 앉아봐요."

이어 정명욱이 한 말은,

"돈이 오천만 원 왔다갔다하는 건 비교적 큰 문제죠."

"작은 문제는 아니지." 하면서도 오천만 원이란 액수엔 실감이 나지 않았다. 너무나 천문학적인 숫자였기 때문이다.

"우리가 저의 집으로 들어가면 줄잡아 오천만 원은 가진 것으로 된다 이 말예요." 하고 명욱이 설명을 했다. 명욱의 아버지는 그 집을 은행에 담보를 하고 돈을 쓰곤 그 돈을 삼분의 이쯤 갚았을 때 별세했다. 그 나머지를 갚는 데 명욱이 협력했다. 그런 때문에 어머니는 그 집을 명욱의 것으로 치고 있었다. 아들이 결혼하면 아파트나 작은 집을 사서 내보내고 그 집에서 명욱과 같이 살다가 명욱에게 남겨줄 예정이었다. 헌데 그 집의 시가가 팔천만 원이니 삼천만 원쯤 들여 동생에게 아파트를 사준다 치고 오천만 원은 남는다는 얘긴 것이다.

"그러나 그 집에 계속 살고 있어야 그런 결과가 되지 일단 나와버리면 어찌 그렇게 되나요? 동생 보구 집을 팔아 오천만 원 내놓으라고 할 수 있겠어요?"

나는 명욱의 얼굴을 말끄러미 바라보았다. 이 세상에 형제라야 남동생 하나뿐인데 그 남동생을 상대로 그런 계산을 하다니, 하는 심정이었다.

"그렇다면 욱이 아까 한 말이 거짓말이 되지 않는가. 아깐 당분간 그 집에 살다가 아파트로 나가자고 하잖았어?"

"그렇게라도 말을 해야 우리가 들어줄 것 같아서였죠. 굳이 같이 살기가 싫으면 그 집을 팔아서 돈을 나눠갖고 아파트를 살 작정이기도 했구요."

"동생에게 그 집을 다 줘버리면 배가 아프나?"

"배가 아프고 안 아프고가 문제 아녜요. 제 권리가 당당하게 있는 걸요. 아무리 형제간이라도 무조건 권리를 양도할 수 없는 것 아녜요?"

"출가외인이란 말도 있잖소."

"출가외인이라도 제 경우는 달라요. 그 집의 담보를 배제하는 데 제 힘이 얼마나 들었다구요. 동생은 그 사실을 죄다 알고 있어요. 그래 제 권리를 인정하고 있는 거예요. 제가 무리한 소릴 하고 있는 게 아니거든요. 게다가 동생을 교육시킨 비용도 제가 부담한 거구요. 동생은 그 집에 삼분의 일의 권리밖에 없다는 걸 잘 알고 있어요."

명욱은 당연한 얘기를 당연하게 하고 있는 것인지 몰랐다. 나 자신도 그런 처지가 되었으면 그렇게 주장하고 나설지 몰랐다. 그런 만큼 가타부타할 처지는 못 되는 것이지만 왠지 싸늘한 바람이 불어오는 느낌이었다. 섣불리 재산을 남겼기 때문에 형제간에 그 재산을 두고 알력이 있게 된다면 재산이 곧 화근이 아닌가.

"그 집을 지니고 있다가 필요할 때 집을 팔아 작은 집으로 옮기면 남은 돈으로 우리가 평생 동안 돈 걱정 없이 문학을 할 수도 있는 거예요."

명욱이 타이르듯 속삭였다. 달콤한 유혹이었다.

"그러니까 고집을 꺾고 당분간 처가살이를 해라, 이거요?"

"말하자면……."

명욱이 안타까운 표정을 지었다. 나는 이윽고 명욱의 설득에 넘어가고 말 것이 아닌가 하는 예감을 가지면서도 말은 다음과 같이 했다.

"나는 내 힘으로 백지로부터 시작하고 싶소. 현재 그러고 있는 셈이오. 동시에 나는 내 힘으로 아내를 먹여 살리고 아이들을 키우고 싶소. 돈 걱정 없는 문학은 하고 싶지 않소. 돈 걱정이 곧 인간의 생활이고, 그런 생활을 바탕으로 한 문학이라야 문학일 것이라고 나는 믿고 있소. 그러니 나는 욱이가 자기의 재산을 어떻게 처리하건 그 일에 관여하고 싶질 않소. 욱이를 위하는 일이라면 처가살이 아니라 그 이상의 노릇도 못할 바가 아니오. 그러나 나는 결혼하고도 꼭 이 집에, 이 아파트에 살고 싶소. 나의 이 심정을 감안하고 무슨 계획이라도 세우시오. 그 전제는 불변한 것으로 알아주기만 하면 어떠한 조건에도 응할 것이고 어떠한 일에도 협력하겠소. 하지만 한 가지 꼭 부탁할 것은 재산을 두고 형제간에 다툼이 있다거나 모녀간에 알력 같은 것이 있어선 안 됩니다. 나는 정명욱이란 사람을 필요로 했지 다른 재산을 필요로 하진 않소."

"우리는 결혼을 남자에게 여자가 따라오는 것이란 인습적인 생각만 하고 계시는군요. 결혼은 남녀의 단순한 결합만이 아니라 남자가 가진 것과 여자가 가진 것의 결합이에요. 남편이 여자를 먹여 살리려고 하면 여자도 남편을 먹여 살리려고 하는 것이 나쁠 것이 없잖아요. 그럴 능력이 있다면 말예요. 우리는 너무 고루해. 고집도 필요하지만 옹고집은

문을 배워 고목처럼 말랐다. 처세에 졸렬하길 망치와 같다 283

나빠요. 왜 결혼하면 여자가 남편한테로 오는 것이라고만 생각해요?
편리하게 산다는 것도 지혜의 하나예요."

　명욱의 이 말에 대꾸하기가 거북했다.

　"형식이 녀석이 왜 아직 안 오나. 우리 나갑시다." 하고 나는 어름어
름 일어났다.

인간은 제각기 하나의 심벌이다. 하늘의 별들처럼

"덕규야."

"응."

"넌 뭐가 제일 좋든?"

"초콜릿."

"그럼 물어본다아."

"뭘?"

"초콜릿 한 개가 좋으냐, 엄마가 쭈욱 집에 있는 게 좋으냐."

"그야 엄마가 쭈욱 집에 있는 게 좋지."

"그럼 초콜릿 열 개가 좋으냐, 엄마가 집에 쭈욱 있는 게 좋으냐."

잠깐 동안의 침묵.

"그야, 그야……."

"그야 어떻단 말야?"

"그야 초콜릿 열 개가 좋지 뭐."

잠깐 동안의 침묵.

"누나."

"응."

"이번엔 내가 물어본다아."

"그러럼."

"누나가 갖고 싶은 건 뭐야?"

"색깔 열두 개 있는 크레용."

"그럼 크레용 한 통이 좋나, 엄마가 쭈욱 집에 있는 게 좋나."

"그야 엄마가 집에 있는 게 좋지."

"크레용 열 통이 좋나, 엄마가 집에 있는 게 좋나."

"……."

"왜 대답 안 하노?"

"그야 크레용 열 통이 좋지."

창밖 그늘에서 정희와 덕규가 주고받고 있는 말이다. 어머니가 없는 방에 앉아 있기가 싫어서 두 아이는 바깥에 나와 있는 것이다.

나는 펜을 놓고 그들의 대화가 계속되길 기다렸다.

"덕규야."

"응."

"하루 한 차례씩 엄마한테 두들겨 맞고 엄마가 집에 쭈욱 있는 게 좋으냐, 안 맞고 엄마가 나가 있는 게 좋으냐."

"맞아도 좋은께 엄마가 쭈욱 집에 있는 게 좋아."

"그럼 하루 열 번씩 두들겨 맞아도 엄마가 집에 있는 게 좋으냐, 그렇지 않고……."

"엉터리야 누난."

"뭣이 엉터리구?"

"엄마가 어쩐다고 하루에 열 번씩이나 왜 나를 때려?"

"말하자면 그렇다는 거야."

"아무리 말하재도 그렇지 않아? 엄마는 날 때리지 않아."

"그렇게 치고 말야."

"그렇게 치고 어찌고가 어딨어. 누나는 엉터리야, 엉터리."

"애두."

"애두고 뭐고 다 싫어. 엄마는 날 때리지 않아, 때리지 않아, 때리지 않아."

"그런 게 아니라니까, 애는."

"뭐가 그런 게 아냐, 누나는 엉터리, 엉터리. 어째서 엄마가 날 열 번 이나 때려……."

정희는 자기의 심정을 설명하려고 하고 있지만 그게 제대로 되질 않아 안달이 나는 모양으로,

"넌 상대도 안 돼." 하고 소릴 질렀다.

"왜 상대가 안 되노?"

"말귀를 못 알아들으니까 상대가 안 돼."

"말귀가 뭣구?" 정희는 다시 난관에 봉착한 모양으로 잠잠해버렸다. 밋밋한 침묵이 흘렀다. 조금 있더니 금방 싸운 것을 말쑥이 잊은 말투로 덕규가 시작했다.

"누나."

"응."

"아까 내 거짓말했어."

"무슨 거짓말."

"초콜릿 열 개가 좋다고 한 건 거짓말이야. 초콜릿 같은 것 안 먹어도 좋아. 엄마가 쭈욱 집에 있으면 좋겠어."

"……."

"열 번씩 두들겨 맞아도 좋은께 엄마 집에 있으면 좋겠어."

"나두야."

정희는 조금 사이를 두었다가 말했다.

"나두 거짓말을 했어. 크레용 열 개 싫어. 엄마가 집에 있는 게 좋아."

그 언저리에서 시간이 정지해버린 느낌이 감돌았다.

'이것이 프랑스의 부르주아 사회를 침식하고 있는 전형적인 형식논리적 사고방식이다.'

이제 막 써놓은 번역문을 나는 멍청한 눈으로 훑어보며 사상이니 사고니 하는 것이 도저히 인생의 델리커시를 따를 수 없다고 느꼈다.

덕규와 정희의 대화는 어머니에 대한 자식의 본능적 애착이란 어휘로썬 도저히 어떻게 할 수 없는 인생의 심층단면을 열어 보여주는, 물론 그것도 극히 일부분인 단면을 비춘 조명인 것이다.

"덕규야."

"응."

"너 셈할 줄 알지?"

"백까지 셀 줄 안다이."

"그럼 됐다. 덕규야, 지금부터 우리 세어보자."

"뭣을?"

"얼마까지 세고 있으면 엄마가 돌아올까 하고 말이다."

"백까지 세면 돌아올까?"

"백이 넘으면 백에서 줄을 하나 그어놓고 다시 하나부터 세면 안 되나."

"그러면 우찌 되는 건데?"

"나중에 줄을 세어보면 백 개가 몇이나 되는가 알 수 있거든."

"알았다."

"그럼 지금부터 센다아."

"좋아."

"하나, 둘, 셋, 넷, 다섯……."

도란도란 나지막한 소리로 수를 헤아리는 소리가 진행되고 있는 가운데 나는 미순을 생각했다.

미순은 덕규네 방에서 전에 살았던 아이다. 연탄가스로 부모와 형제를 다 잃고 천애의 고아가 되어 지금 윤두명의 집에서 자라고 있는 아이다. 그 아이의 슬픔이 얼마나 컸을까. 나는 미순과 한 달 넘어 같이 살면서 물론 그 아이에게 마음먹고 잘 해주느라고 하긴 했지만 그 엄청난 슬픔까진 미처 생각하지 못했던 것이 아닌가.

덕규와 정희는 어머니가 돌아올 때를 저렇게 헤아리기라도 할 수 있는데 미순은 헤아릴 수도 없는 것이다. 나는 눈물을 흘리고 있었다. 그런데 그 눈물은 어느덧 누굴 동정하는 눈물, 즉 덕규나 정희에 대한 눈물도 아니고, 미순에 대한 눈물도 아니고 내 어머니에 대한 눈물로 변하고 있었다.

지금 고향의 동산에 한 개의 무덤이 되어 있는 어머니. 그 어머니에게 있어서 나는 무엇일까. 어머니의 고통을 알기라도 했던가. 그 인생의 고비마다에 눈물과 한숨을 섞어 보이지 않는 고통의 새끼를 꼬듯 살다가 돌아가신 어머니의 마음의 자락 자락을 알려고라도 했던가. 인간에 있어서의 지고지대한 행복이란 어머니를 즐겁게 해드릴 수 있는 심성에 있고, 노력에 있고, 그 실적에 있는 것이 아닐까.

창밖의 셈소리는

"……마흔둘, 마흔셋, 마흔넷……."으로 진행되고 있다.

나는 생각한다.

살아 계실 때 어머니를 행복하게 못 해드렸다면 내 자신 불행을 자청해서라도 속죄해야 하는 것이 아닐까, 하고.

스르르 용기가 솟기도 했다.

'불행을 겁낼 필요가 없다. 견디지 못할 불행이 있을 까닭이 없다. 어떤 사람이건 그에게 있어서 최대의 불행이라고 할 수 있는 죽음마저 견뎌야 하는 것이니까.'

이런 사상을 익힌다면 남의 불행에 대해서도 태연할 수 있다. 무관심할 수가 있다.

'그러나 그렇겐 될 수가 없다. 그렇게 되지 않으면 어떻게 한다?'

사람은 나면서부터 저마다의 숙명을 짊어지고 산다. 인류에 봉사하는 길은 인류니 뭐니 하는 생각을 아예 염두에도 두지 말고 저마다의 숙명을 충실하게 살아가는 것뿐이다. 불행한 부호가 있고 행복한 가난이란 것도 있다…….

이런 생각은 엉뚱한 비약을 한다. E. H. 카가 쓴 『도스토예프스키』를 읽었을 적의 독후감이 되살아났다.

가난한데다가 낭비벽이 있고 게다가 행동을 컨트롤 못하는 의지력의 약점을 가진 도스토예프스키는 그의 감옥 생활과 만년을 제외한 평생에 걸쳐 언제나 부채에 시달렸다. 그에겐 인류니, 정의니 조국이니 하는 것을 바로 그것만을 주제로 해서 생각할 겨를이란 없었다. 어쩌다 창작의 재능이 있었고 보니 그 길을 통해 생활해야 했고 빚을 갚아야만 했다. 극단하게 말하면 빚을 갚기 위해 소설을 써야 했는데 소설을 쓰자니까 인류를 생각해야 했고, 정의를 생각해야 했고, 진리를 생각해야 했고, 이웃에 대한 사랑을 생각해야만 했다. 절박하겐 자기 자신 이외를 생각할 여유라곤 조금도 없었다. 이를테면 그는 그의 숙명을 충실하게 산 것이다. 그 결과 그는 인류에 커다란 공헌을 했다. 인류의 역사에 빛나는 탑을 세웠다.

탑을 생각하면 '바벨의 탑'이 염두에 떠오른다. 나는 『구약성서』에서 가장 문학적인 부분으로서 '바벨의 탑' 얘기를 친다.

―온 땅의 소리가 하나요, 언어가 하나이었더라. 이에 그들이 동방으로 옮기다가 시날 평지를 만나 거기서 살기로 하고 서로 의논하길, 벽돌을 만들어 견고히 굽자 하고 이에, 벽돌로 돌을 대신하고, 역청으로 진흙을 대신하고, 성과 대를 쌓아, 대 꼭대기를 하늘에 닿게 하여 우리 이름을 내고 온 지면에 분산됨을 면하자 하였더니, 여호와께서 인생들이 쌓는 성과 대를 보시려고 강림하셨더라. 여호와께서 가라사대 이 무리들이 한 족속으로, 언어도 하나이므로 이같이 시작하였으니 이후로는 그들이 경영하는 일을 금지할 수 없으리로다. 그러니 우리가 내려가서 그들의 언어를 혼잡케 하여 그들이 서로의 말을 알아듣지 못하게 하자 하시고, 여호와께서 그들을 사방으로 흩으신고로 그들이 성 쌓기를 그쳤더라. 그러므로 그 이름을 바벨이라 하니 이는 여호와께서 거기서 온 땅의 언어를 혼잡케 하셨음이라. (창세기, 11장 1~9절)

질투의 신, 여호와의 면목이 약연한 대목이기도 하면서 인류의 이상이 결코 달성될 수 없다는 것을 명백하게 시사한 것이기도 하다. 바벨의 탑은 역사적인 탑이기도 하고, 심리적인 탑이기도 하고, 혁명의 한계를 일러주는 탑이기도 하고, 남이 나와 같을 수 없고 사람은 따로따로라는 것을 알리는 교훈의 탑이기도 했다.

창밖의 셈소리는,

"……스물둘, 스물셋, 스물넷……."으로 바뀌어 있었다. 어느 사이 한 차례의 백이 지나버린 것이다.

나는 '바벨의 탑'을 상기하게 된 연유를 살피는 마음이 되었다. 덕규와 정희의 그 절박한 정황에 내 스스로 사로잡히지 않아야겠다는 경각 본능의 발동일지도 몰랐다.

한마디로 말해 나는 무심코 그들의 셈소리를 듣고 있을 수가 없었던 것이다.

결혼식은 앞으로 삼일. 그 안에 나는 지금 맡고 있는 번역을 끝내야 했고 얼만가의 번역료를 받아내야만 했다. 바깥의 셈소리에 귀를 막을 양으로 나는 펜을 들었다.

그래도 들려오는 셈소리,

"쉰여섯, 쉰일곱, 쉰여덟." 하더니,

"야아." 하고 덕규가 일어서는 듯하며 환성을 질렀다. 이어,

"야아." 하는 정희의 환성도 있었다.

'덕규의 엄마가 돌아온 게로군.' 했는데 형식의 툭툭한 소리가 들렸다.

"야 인마, 거게서 뭣하노?"

"놀았어요."

"놀아? 정희 넌 뭣했노."

"나도 놀았어요."

"그런 건 노는 게 아니다."

"노는 게 아니면 뭐예요?" 정희가 묻는 소리다.

"노는 게 아니고 쪼그리고 앉아 있는 기지."

"쪼그리고 앉아 놀았어요."

"정희가 무슨 소릴 해도 그런 걸 노는 거라고 할 수는 없어. 폭삭 가라앉아 있으면서 놀긴 어떻게 놀아."

"놀았다니까요." 덕규가 응석을 부렸다. 밝은 목소리였다.

"난 다 안다. 느그, 엄마 기다리느라고 풀이 죽어 있었지?"

"아녜요. 아녜요." 정희의 응석이었다.

"느그가 그런 꼴로 엄마를 기다리고 있으면 느그 엄마 마음이 우떠컷나. 장사하느라고 고달프고 느그 생각하느라고 고달프고. 엄마의 걱정을 덜어줄 줄도 알아야지."

"어떻게요?" 정희가 물었다.

"엄마가 있으나 없으나 멋지게 노는 기라. 어떻게 노는 게 노는 건지 가르쳐줄까?" 하더니 바로 내 코앞의 유리문을 드르렁 열곤,

"삼촌 자아." 하고 책 꾸러미를 던지듯 해놓고 형식은 정희와 덕규를 데리고 앞뜰로 뛰어 내려갔다.

나는 일어서서 창가에 기댔다. 형식은 어디서 주웠는지 막대기를 긴 것과 짧은 것을 가지고 오더니 설명을 시작했다. 말은 들리지 않았지만 이른바 '자치기 놀이'를 가르치고 있는 모양이었다.

이윽고 '자치기'가 시작되었다. 튀겨진 막대기와의 거리를 잰다, 다시 막대기를 친다, 하며 정희와 덕규는 분주하게 뛰어다녔다. 깔깔대는 웃음소리가 들려왔다. 드높이 오월의 하늘은 맑았다.

'저놈은 천성의 교유자? 천성의 사회사업가?' 아무튼 나는 새삼스럽게 아연한 기분이 되었다.

'나는 왜 그들의 처량한 셈소리를 듣고 있으면서도 같이 놀아줄 생각을 안 했던가.'

하기야 나는 그들에게 있어서 약간 마음씨 좋은 이웃의 아저씨일 뿐

이다. 형식처럼 환호성과 더불어 환영받는 그들의 친구가 못 되는 것이다. 형식이 그들과 노는 것은 자연스러운데 나는 그렇지를 못할 것이었다. 하는 수 없이 같이 놀아준다는 어색스러움에서 벗어날 수 없을 것이기 때문이다.

나는 책상 앞으로 돌아왔다. 일이 능률적으로 진행되었다. 얼마만한 시간이 경과되었던가. 복도에서 형식의 소리가 났다.

"자아, 가서 수건 가지고 오너라. 목욕 가자. 정희는 미스코리아보다 더 예쁘게, 덕규는 알랭 들롱보다 더 미남자가 되어갖고 있으면 엄마가 돌아와 얼마나 기쁘겠노, 자아."

"소설 어떻게 되었습니꺼." 식탁에 앉아 형식이 싱글벙글했다.

"두고두고 구상해볼 참이지만 현재로선 포기했다." 나는 잘라 말했다.

"왜요?" 하는 질문이 잇달았다.

"도대체 네가 말하는 그런 소설이 가능할 까닭도 없고, 보다도 목적의식을 갖고 쓴다는 것이 불가능하다는 것도 알았어."

"삼촌이 그런 비명을 올린다면 소설이란 결국 무용지물이다 그거네요."

"일단은 무용지물이라고 쳐야 하겠지."

나는 그렇게 해두는 것이 뒷일이 귀찮지 않을 것이라고 생각하며 말했다.

"그 각오, 좋습니다. 무용지물에 생애를 바치겠다는 것은. 그러나 그걸 유용한 것이 되도록 애써보는 것도 어떨까요. 덕규네 집에 도움이 되는 것을 씀으로써 한번 실험을 해보이소."

"소설문제는 젖혀놓고 말이다, 뭣이 행복이고 뭣이 불행인가를 나는 알 수 없는 기분이다. 행복이란 이런 거다, 하고 자신 있게 말할 수 있는 그 뭔가가 붙들리기라도 하면 또 몰라."

"지금 덕규네 집에 가장 필요한 게 뭔지 아십니까?"

"돈."

"삼촌의 사고방식이 그처럼 속물적이니까 안 되는 깁니다."

"속물이고 뭐고 지금 가장 필요한 건 돈 아니겠나. 돈이 있으면 당면 문제는 풀릴 테니까."

"지금 덕규네 집에 가장 필요한 것은 덕규의 어머니가 항상 집 안에 있게 되는 그겁니다. 돈이 있으면 그만이라, 하는 것하고 같지 않습니다. 그 다음에 중요한 것은 덕규 아버지가 취직하는 문젭니다. 돈만 있으면 그것도 해결되지 않나 싶지만 그런 것도 아닙니다. 왜 다르냐 하면……."

형식은 입 안에 든 것을 마저 씹어 넘기고 김칫국을 마시곤 다음과 같이 이었다.

"덕규네 집에 가장 필요한 것은 뭐냐 했을 때에 돈이다, 하는 답을 내는 것은 그 집 일을 자기 일처럼 생각하지 않고 있다는 증거입니다. 돈이 있으몬 대강의 문제가 해결된다 카는 건 누구도 다 압니더. 그런데 그 돈이란 게 수월하게 되는 게 아닌께 가난이란 문제가 생기는 거 아닙니꺼. 그런께 돈 문제는 빼놓고 구체적인 문제를 생각해야 하는 깁니더. 우리가 도울 수 있도록 말입니더."

형식의 말뜻을 알아들을 것 같았지만 나는 아랑곳하지 않고 말했다.

"덕규네 집을 위해 소설을 쓸 궁리보다, 난 결혼비용을 절약해갖고라도 돈을 얼만가 주었으면 싶다."

"그거 안 됩니더. 나는 절대로 반댑니더. 돈에 관해선 사람은 절대로 구두쇠가 되어야 합니더. 돈 아닌 것 갖고 사람을 도와야 옳게 도우는 기지 섣불리 돈을 내놓는다는 건 이편이 손해 보는 만큼 저편이 이득을 보는 것도 아닙니더. 삼촌의 지금 당장 입장으로 돈을 백만 원 내놓겠습니꺼. 천만 원 내놓겠습니꺼. 기껏 한 달치의 생활비 정도 아닙니꺼. 그것 갖곤 탄 돌에 물 붓깁니더. 그러고 그걸 언제까지 계속하겠습니꺼. 설령 계속할 수 있다고 해도 나는 반댑니더. 남을 위해 삼촌의 생활을 희생한다는 사실 자체가 도리에 안 맞는 일입니더. 어쩌다 정 굶게 되었을 때 얼만가의 돈을 주는 것은 좋지만 풍부하지도 않은 주제에 남의 불행을 돈으로 도와준다 카는 건 나는 절대로 반댑니더. 돈 아닌 다른 힘으로 도와야 오래 가기도 하고 피차에 도움이 되기도 하는 깁니더."

아닌 게 아니라 나도 그와 비슷한 생각을 해본 적이 있었다. 남의 불행을 동정할 수도 없고 동정 안 할 수도 없는 딜레마적인 심정을 해결하려고 할 때 꾸며내는 일종의 처방은 돈 아닌 다른 방법으로 가능한 한 도와주어야 한다는 것으로 될밖에 없다. 없는 돈으로 어떻게 남에게 돈을 줘서 동정할 수 있을까 말이다. 어쩌다 주머니에 돈이 있을 경우라도 가난한 사람의 경우엔 그게 돈이 있다로 되는 것은 아니기 때문이다.

그러나 이것은 말이고 당장 어느 불행을 구할 수 있을 만한 돈도 호주머니에 가지고 있으면서 그 불행을 본체만체 지나치지 않을 수 없는 것은 뒷맛이 쓰고 새삼스럽게 자기의 속을 들여다보는 느낌이 되어 자기 불신의 혐오감이 생기게 마련이다. 그런 만큼 가난한 이웃 속에 끼어, 나도 가난하니까 하는 자기변명을 앞세워 아무렇지 않게 살아가기도 하는 것인데 그럴 때 형식이 말하는 '구두쇠의 철학'은 멋진 방패가 되기도 한다.

이런 얘기를 해놓고 나는,

"역시 부처님은 영리하다."고 했다.

"칙간에서 면장 만나기로 뜻밖에 부처님이 웬일입니꺼."

형식의 익살이었다. 내가 자란 시골에선 엉뚱한 곳에서 엉뚱한 사람을 만났다는 것을 칙간에서 면장 만났다는 비유로 표현한다.

"칙간에 면장이 아냐. 부처님은 어디서라도 나타날 수 있지."

"부처님이 왜 영리한가, 그 얘기나 해보이소."

"부처님은 줄 것이 있으면서 주지 않는 것이 고민 가운데 가장 큰 고민이며 죄 가운데도 가장 큰 죄라고 생각하신 거라. 그러니까 중이 되기 위해선 먼저 모든 재물을 없애버리라는 거라. 주려고 해도 줄 것이 없으니 굶어죽는 사람을 만나도 비록 슬퍼해주기는 할망정 고민할 건덕지는 없거든. 자기 자신이 빌어먹는 형편이니 말이다. 섣불리 얼만가를 가지고 있으면 누구에겐 주고, 누구에겐 안 주는 고민이 생기고, 그렇다고 해서 이웃을 그 가진 것으로 골고루 동정할 수도 없구. 그러니까 일절 줄 것을 갖지 말아라. 이렇게 된 게 아닐까?"

"부처님 말씀은 그만 하이소."

"왜?"

"죽어라 하고 설법을 해도 듣는 사람보다는 안 듣는 사람이 많을 기라는 전제 위에서만 겨우 성립되어 있는 게 부처님의 가르침 아닙니꺼."

"옳아, 예수의 가르침은 그렇지 않은 줄 아는가?"

"마찬가지지요 뭐. 그런께 나는 종교가 싫다, 이겁니다. 어떤 종교라도 자기모순 속에 있는 것 아닙니꺼. 어느 종교라도 좋으니 천하의 사람이 그 교리대로 해보이소. 지구는 몽땅 망하고 말 긴께. 남의 것을 서로 빼앗으려고 일어나는 전쟁은 그래도 욕심이란 것은 남아 있어서 그 것으로 얼만가는 살아남을 깁니더. 그런데 남에게 자꾸만 주려고 덤비는 데서 발생한 전쟁엔 살아남은 사람 아무도 없을 깁니더. 전부 부처 님의 수제자가 되어보이소. 참말로 세상은 우습게 될 기거만."

"그런 걱정 하지 마. 바벨의 탑이 무너졌을 때 그렇겐 안 되게 되어 있으니까."

"바벨의 탑?"

"『구약성서』 창세기를 읽어봐."

"가만 있자. 그 얘기는 중학교 영어교과서에 있어요. 사이드 리더에 서 배웠던가?"

"그건 그렇구. 요즘 대학은 어떠니?"

오랜만에 나는 그의 대학생활을 물었다.

"얼마 전 E대학 여학생들하고 미팅이 있었어요. 재미있더마. 갈가마 귀 떼처럼 모여서 제각기 공작인 체 뽐내는데 꼴불견이었어요. 그래 내 가 대선언을 했습니다."

"무슨 선언?"

"나는 삼학년 때 고등고시 사법과에 합격할 예정이다. 예정은 미정이 라서 가끔 변경할 수도 있다. 하지만 내 이 예정은 내가 교통사고로 고 故 서형식이가 되지 않는 한 변동이 없을 거다. 그런디 우리 조부모를 위시해서 선조들을 명산에 모셨으므로 교통사고 같은 것은 없게 되어 있다. 뿐만 아니라 손금으로 봐서 내가 아흔아홉 살까지 살도록 되어 있으니 까딱없다. 요는 내가 삼 년 후엔 고등고시에 합격한다, 이 말이 다. 그런께 그때 가서 마담 뚜, 또는 뚜 부인에게 천만 원, 천만 원의 뇌 물을 써서 나와 접근하려고 시도하지 말고 지금 신청해주기 바란다. 신

298

청 접수순으로 열 명을 골라 심사한 끝에 두세 명의 후보를 정해서 교제하겠다. 행운은 앞이마에 상투를 달고, 뒤통수는 홀랑 벗겨져 있다는 이야기다. 주저 말고 신청하시오. 만시지탄에 눈물 흘리지 말라. 이렇게 선언 안 했습니꺼."

"너, 그 참말이야?"

"삼촌 상대로 뭣 땜에 거짓말합니꺼."

"그랬더니?"

"그랬더니 깔깔거리고 웃기만 하고 무반응이라예. 상금까지 반응이 없는 걸 본께 트 자에 리을인 성싶습니더. 기회를 봐서 이차 선언을 할 참입니더."

나는 한바탕 웃고 그에게다 '한국 현대판 쥘리앙 소렐'이란 칭호를 주었다.

"쥘리앙 소렐이 누굽니꺼."

"스탕달의 작품에 『적과 흑』이란 게 있어. 그 소설의 주인공이다." 하고,

"꼭 너 같은 놈이 백 년 전 프랑스에 있었던 모양이라."고 덧붙여주었다.

형식은 스탕달이 어떤 사람이냐고 파고들었다.

"스탕달이 스무 살 때부터 일기를 쓰기 시작했는데 그 일기를 파리은행에 맡겼어. 자기가 죽고 난 백 년 후에 공개하라고. 백 년 후 일기를 펴봤더니 첫머리에 이런 글이 있었어. '① 나는 지금부터 절대로 참말을 하지 않을 것이다. ② 여자와 돈과 명예를 위해선 수단과 방법을 가리지 아니할 것이다. 상기 두 가지의 방침을 어떻게 관철하느냐를 기록하기 위해 나는 이 일기를 쓰노라.' 말하자면 이런 작자야."

"평생에 참말을 하지 않겠다는 것은 평생에 참말만 하겠다는 것과 비

슷하게 어려운 것 아닙니꺼. 그 사람 대단하네예. 그 소설 한번 읽어봐야겠습니더."

"넌 꼭 읽어봐야 할 거다. 쥘리앵 소렐이 자기 행동에 책임을 지고 교수대로 가는 것이 결말이니까."

"교수대로 가는 건 재미없는데요."

"그러니까 한국 현대판 쥘리앵 소렐은 그렇게 되지 않기 위해서라도 그 소설을 읽어봐야 한다 이거다."

"나는 삼촌의 소설 이외는 안 읽을 작정이었는데."

"무리하지 마."

이런 시시껄렁한 얘기를 하는 것은 나쁘지 않은 기분이다. 그러자 형식이 돌연 정색을 했다.

"삼촌 결혼식이 삼일밖에 남지 않았는데 준비는 다 되었습니꺼. 아부지는 내일 올라온다 카던데. 어무니하고예."

"여관방을 구해봐야겠구나."

"뭣할라꼬예."

"형님과 형수님 유할 데를 정해봐야 될 것 아니가."

"필요 없어예. 이 방에 같이 자몬 됩니더. 결혼식 하고 나면 삼촌은 신혼여행 갈 것 아닙니꺼. 이틀 밤 같이 자는 긴다."

"이 방은 비좁아."

"천만에. 한국 사람의 방은 고무방입니더. 사람이 불면 그만큼 늘어나는 깁니더."

이런 토론이 있으면 나는 지게 마련이다. 잠잠해버렸다.

형식이 또 말이 있었다.

"삼촌 결혼식 사회는 내가 할까예?"

나는 어이가 없어 웃었다.

"어느 세상에 이놈아, 조카놈이 삼촌 결혼식 사회한다더냐."

"내가 하면 멋지게 할 긴디."

형식의 제안이 솔깃하지 않은 바는 아니었다. 그놈을 시켜놓으면 무슨 말이 터져나올지 모르기 때문이다. 어쩌면 만장에 폭소를 일게 할 수도 있을 것이니까. 그러나 나는 그의 제안을 거절했다.

넥타이를 멋지게 맬 수 있다는 것,
그것이 인생의 멋진 제일보가 된다 _오스카 와일드

결혼식 하루 전.

상당히 중요한 날이라야 하는 것인데 밤이 지나니까 아침이 왔을 뿐이고, 아침이니까 해가 돋았을 뿐이다. 그러나저러나 오월의 해돋이는 어디에서 무엇을 보건 절정이 아닐 수 없다. 내 눈앞에서 무르익은 오월의 신록이 햇살을 받고 황금빛으로 만발했다. 하늘의 푸르름은 황홀할 지경이었고.

그런데 나는 이날을 내일을 위한 준비로 몽땅 바쳐버려야 하는 우울한 날로 치지 않을 수가 없었다. 내일 결혼식이 있대서 감격이 새로운 것도 아니고, 신기한 발견을 기대하고 가슴이 떨릴 까닭도 없었다. 나는 이미 정명욱의 육체를 고스란히 암송할 수가 있다. 다만 마음의 가닥가닥을 죄다 알고 있었다곤 말할 수 없을 뿐이다. 마음의 부분에 아직 신비가 남아 있다는 사실, 그 인식이 중요하긴 하다. 요컨대 내게 있어서의 결혼식이란 정명욱에 대한 일종의 요식행위에 불과한 것이다.

'세상의 청춘 남녀들이여! 감격스러운 결혼식을 갖고자 하거든 결혼식 이전엔 결단코 육체의 교섭을 가지지 말지어다.'

역으로 마중 나갔던 형식이 형님과 형수를 모시고 돌아왔다. 비좁은 아파트가 초만원이 되었다.

"삼촌 덕택으로 서울 구경하게 되었고만요." 하면서도 형수는 내가 살고 있는 생활환경이 탐탁지 않게 느껴지는 모양으로 이곳저곳 두리번거렸다. 미닫이를 열고 부엌을 들여다보기도 하고.

어머니의 마음을 짐작한 듯 형식은,

"이 아파트 깔봐선 안 됩니데이. 이것도 당당한 집이라예. 삼촌이 마련한 집이라예. 서울서 제 집 지니고 사는 사람은 삼분의 일도 안 됩니데이. 이만한 집 지니고 사는 것도 대단한 깁니더." 하고 나를 추어올리기에 바빴다.

"그럴 기다, 그럴 기다." 하면서도 형수는 석연치 않은 얼굴이었다. 아마 속으론 혀를 끌끌 차고 있었을지 몰랐다.

'소 팔고 논 팔아 대학까지 졸업시켜 놓았는데 겨우 이 꼴로 살아?' 하는 마음도 없지 않았을 것이다.

형님은 말이 없었다. 무척 늙어버린 얼굴의 주름살 사이로 가늘게 뜬 눈엔 부드러운 빛깔이 있었다. 이렇게라도 집을 지니고 살고 있는 것이 대견하다는 뜻 같았다. 나는 반가움을 어떻게 표현할 줄을 몰라 마음에도 없으면서 고향에 사는 이 사람 저 사람의 소식을 물었다.

이윽고 이웃집 아주머니가 밥상을 갖다놓았다. 미리 부탁을 해두었던 것이다. 아주머니와 형수 사이에 경상도 아낙네들 특유한 인사가 부산하게 오갔다.

"세상에 선생님 같은 분 없을 깁니더." 하고 아주머니는 나를 치사하고 형식에 대한 칭찬도 잊지 않았다.

"우찌 저런 아들을 낳았을까예. 이 아파트에 사는 사람은 어른 아이

할 것 없이 학생헌테 홀딱 빠져 있습니데이."

자식을 칭찬하는 말에 흡족한 형수는 아주머니의 음식 솜씨가 좋다고 극구 찬양했다.

"경상도 여자들은 이래서 파이다." 하고 형식이 능글능글 웃었다.

"왜 파이라예."

아주머니가 물었다.

"누가 들으면 싸움한다 안 카겠습니꺼."

형식이 말하자 아주머니는 "힛히." 하고 웃으며 말했다.

"아닌 게 아니라 경상도 여자는 소리가 커서 괜히 오해를 받아예."

식사가 끝나자 형식이 일어섰다.

"삼촌 넥타이 사러 갑시더."

"넥타이야 나중에 사지 뭐."

"백화점이 붐비지 않을 때 가야 할 것 아닙니꺼."

"백화점까지 갈 건 뭐고."

"이번만은 백화점에 가야 합니더."

"왜?"

"왜고 뭐고 없는 기라예. 결혼식 날만은 산뜻한 넥타이를 매야 할 것 아닙니꺼."

"백화점에 안 가도 좋은 넥타이는 얼마라도 있어. 그리고 굳이 새것을 살 것도 없구. 매던 게 몇 개 있으니까 그 가운데서 골라……."

"헌 넥타이 매고 결혼식 할라꼬예?"

"헌 거면 또 어때."

"그건 안 됩니더. 절대로 반댑니더. 헌 넥타이를 결혼식 때 맨다는 건 숙모를 모욕하는 깁니더."

넥타이를 멋지게 맬 수 있다는 것, 그것이 인생의 멋진 제일보가 된다 **305**

형과 형수는 무슨 소릴 지껄이고 있는지 모르겠다는 얼굴로 나와 형식을 번갈아 보았다.

"아부지와 어무니는 한숨 자고 계시이소. 나는 삼촌하고 백화점에 갔다 올 긴께예."

형식이 일단 고집을 부리기 시작하면 누구도 감당을 못한다. 하는 수 없이 푸시시 일어섰다. 그러고는 형님과 형수에게 인사하고,

"형식이 넌 올 필요 없다. 나 혼자 갔다 올게." 하고 아파트를 나서는데 형식이 굳이 따라나섰다.

"삼촌 혼자 보내면 백화점에 안 갈 기라."

"꼭 백화점을 고집하는 이유가 뭐냐."

"그건 비밀, 헷헤." 하곤 꼭 백화점엘 가야 한다고 우겼다.

나는 이런 기회에 백화점 구경을 해두는 것도 괜찮겠다고 마음을 고쳐먹었다. 한길로 나가 버스를 탔다.

버스에 좌석을 잡자 형식이,

"아무리 비싼 거라도 넥타이 값은 내가 지불할 겁니더." 하고 빙그레 웃었다.

"별꼴 다 보겠구나."

"조카가 삼촌 넥타이 사주는 게 별꼴인가요?"

귀찮아 대답을 하지 않았더니 형식이 말을 보탰다.

"결혼식하는 데 선물치고는 넥타이가 제일일 기라. 돈 얼마 안 들고 광이 나고 말입니더. 삼촌 결혼식 때 맨 넥타이는 내가 사준 기라, 하고 두고두고 뽐낼 수도 있고……."

버스 창밖으로 오월의 거리를 보았다. 오월의 거리라고 하기보다 결혼식 하루 전의 거리라고 하는 것이 좋을지 몰랐는데 어쩐지 스산한 기

분이었다.

'여기 결혼식 때 매려고 백화점에 넥타이 사러 가는 머저리가 있다……'

머저리란 단어가 뇌리에 떠오르자 결혼식을 한다는 것 자체가 머저리의 소행처럼 느껴졌다.

우리 같이 삽시다, 하고 피차 양해가 되면 그만일 것을 예식장까질 세로 빌려 꼭두각시 놀음을 한다는 것이 머저리의 소행이 아니고 뭣이겠는가? 그런 점, 옛날의 풍습이 좋았다. 신랑이 신부집에 가서 결혼식을 하는 풍습은 훨씬 합리적이다. 소중하게 길러놓은 남의 집의 딸을 데리고 오려면 뭔가 의식이 필요하고, 예의를 갖추어야 하는 것이라면 신랑이 신부집으로 찾아가서 신랑 재배하는 것이 당연하다.

그런데 요즘의 꼬락서니는 뭔가.

상품으로 만들어놓은 예식장에, 신랑과 신부가 일시 상품이 되어, 상품으로 쪼개놓은 시간 속에서 서양식도 아니고 동양식도 아니고, 전통적인 유서가 있는 것도 아닌 조잡한 방식으로 결혼식을 하는 꼴이란 분명 머저리가 하는 것 아닌가. 의미가 있다면 예식장의 영업을 도와주어 그로 인해 얼마간의 세금이 국고로 들어간다는 사실에 있을 뿐이다. 서양의 소설이나 영화를 보아도 예식장이란 전문적 장소에서 결혼식을 올리는 경우는 드물다. 교회에서거나, 공회당 같은 데서거나, 호텔의 연회장 같은 데서 하는 것이 상례인 것이다. 상인들의 상혼에 말려들어 상술에 편승한 결혼식은, 만일 결혼이란 것이 신성한 것이라면 그 신성을 모독하는 짓이라고 극언할 수도 있다.

나는 정명욱이 옆에 있었더라면 예약해놓은 예식장을 당장 취소하고 남산 꼭대기, 또는 한강변 적당한 곳을 골라 오월의 훈풍이 우리의 결혼식을 누비도록 하라고 제안하고 싶은 마음이 되었다.

그러나 나는 결국 머저리일 수밖에 없을 것이라고 단념하지 않을 수 없었다. 그리고 머저리처럼 결혼한다는 아이디어가 마음에 들지 않는 바도 아니었다.

"가슴이 울렁울렁 안 합니꺼." 형식이 말을 걸어왔다.

"무슨 소릴 하고 있는 거고." 나는 미간을 찌푸렸다.

"내일 결혼할 기다 싶으면 가슴이 울렁울렁할 긴디."

"네 그 말버릇이 뭐고."

"장가들고 나면 말버릇 고칠 깁니더. 오늘까지야 아직 어른 아니지 않습니꺼."

우리 고향의 습속으론 장가들지 않으면 어른 취급을 하지 않는 것이다. 나는 형식의 시시껄렁한 농담을 다시 유발하지 않게끔 표정을 경화시켰다.

버스에서 내렸다. 백화점을 향해 가는 도중에 와이셔츠 전문점이 있었다. 거기에 눈을 끄는 넥타이가 보였다. 나는 그 가게에 들어서려고 했다. 형식이 내 팔을 잡아끌었다.

"백화점으로 가야 합니더."

신경질이 반짝했다. 그러나 가까스로 참고 볼멘소릴 했다.

"왜 그러니 너."

"이유가 있다니까요."

"그 이유를 말해보란 말이다."

"숙모하구 약속을 했습니더. 삼촌의 넥타이는 백화점에 가서 내가 골라서 사겠다고요. 기대해보라고 안 캤습니꺼."

그렇게까지 하는 덴 어쩔 수가 없었다. 게다가 백화점 가까이에 와 있기도 했다. 아까 느낀 대로 이 기회에 백화점 구경을 해두는 것도 나쁘진 않다는 생각으로 바뀌었다.

난생 처음으로 백화점에 왔다는 기분! 허나 그럴 리야 없지. 나는 기억 속의 한 토막에 국민학교 시절 수학여행으로 백화점에 왔다는 사실을 간직하고 있다. 그리고 학생시절에도 한 번인가 두 번, 군대에 있을 때 휴가에 한 번 와본 적이 있었다. 그러나 그 어느 기억과도 백화점은 달라 있었다. 우선 양이 다르고 빛깔이 달랐다. 팽창한 각종 산업을 반영하고 있는 것일까. 왕성한 구매력을 반영하고 있는 때문일까. 아무튼 백화점엔 세밀하게 인공人工된 인생이 있다. 백화점의 여점원도 김치 깍두기 먹고 된장찌개 마시고 사는 이 나라의 딸들일 것인데 그 매녀는 모두 서양제 마네킹을 닮으려고 애쓰고 있는 것 같다. 인간의 마네킹화. 마네킹의 인간화. 형식의 말대로 이 시간은 붐비지 않아서 좋았다. 오전 열한 시.

일용품 판매장의 한구석에 형형색색으로 쌓이고 진열된 타월. 타월에도 표정이 있다는 발견은 별반 신기롭지도 않다. 그러나 상품은 빛나고 있는데 여점원의 행색은 시든 조화 같다는 인식은 약간 충격적이다. 아니, 여점원 자체도 하나의 상품이 아니겠는가. 마네킹화된 여점원의 상품화. 상품화의 과정에서 마네킹화된 여점원들, 그 가운데서 나는 콧날이 높은 여점원 하나를 발견했다. 눈에 뜨이는 아름다움이었다. 그 여점원은 화장품 판매장에 있었다. 그 옆을 지나치며 들은 소리는,

"이건 불란서제 코티에 못지않아요. 이왕이면 같은 회사의 것을 쓰세요. 파운데이션도 파우더두요. 향기를 통일하기 위해서요."

그 여점원의 상대는 살이 찐 중년 여자였다. 화장하나마나로 되는 연

배와 몸집과 얼굴. 그런데도 화장품을 만지작거리고 있는 몰골이 을씨
년스럽다.

백화점은 국력의 표현이다, 라고 한 것은 누구의 말이었던가. 방금
내가 생각해낸 말인가. 백화점은 민중의 궁전이란 표현은? 유혹의 바
다라는 표현은? 금융자본가들이 쳐놓은 그물? 덫? 그런데 백화점의 색
채의 코러스 같은 속에 있으니 마음이 편안해지는 까닭이 뭣일까. 상품
들은 저마다의 교태를 부리며 나를 유혹하려고 드는데 내 마음에 전혀
구매욕이 일지 않는 까닭으로 나는 태평한 것일까. 사치를 초월해버린
마음은 어디로 가나 편안한 것이다. 나는 베르사유 궁전을 찍은 사진첩
을 보곤 사치를 졸업해버렸다. 사치를 하려면 베르사유 궁전의 주인처
럼 사치를 해야 한다. 그 정도의 사치를 못할 양이면 사치를 포기하는
것이 현명하다. 사진으로만 본 베르사유였지만 거기엔 정말 예술이 되
어버린, 신비가 되어버린, 그럼으로 해서 역사의 정점이 되어버린 사치
가 있었다. 그 사치, 그 호사 속에서 끌려나가 루이 16세와 마리 앙투아
네트는 단두대로 가서 목이 잘린 것이니 완성된 비극이란 점으로 그 이
상의 얘기는 꾸미려고 해도 꾸미지 못할 것이다.

"삼촌 뭣하고 있어요. 빨리 갑시다." 하는 소리에 나는 결혼식 하루
전에 있는 나 자신을 깨달았다. 나는 어느덧, 귀금속점에서 유리상자
속에 있는 에메랄드에 마음을 빼앗기고 있었던 것이다. 아무튼 귀금속
은 사람의 마음을 사로잡는다. 손에 잡힐 곳에 신비가 있기 때문이다.
생각해보라! 다이아몬드의 신비를, 에메랄드의 신비를, 루비의 신비를,
사파이어의 신비를, 토르말린의 신비를, 오팔의 신비를, 진주의 신비
를, 백금의 신비를, 마노의 신비를, 하다못해 황금의 신비, 은 빛깔의
신비를……

이러한 신비들은 삼십억 광년 저편에 있는 별들의 신비와 통하는 것인데 바로 그런 신비가 눈앞에 야무진 결정으로 놓여 있다는 사실, 항차 그것을 손으로 만져볼 수 있다는 사실이 놀랍지 않은가. 넋을 잃을 밖엔 없지 않은가.

"광석의 차원이 제일 높은 것 같아." 무심결에 중얼거린 말이었는데,

"삼촌 뭐라 캤습니꺼?" 하고 형식이 파고 물었다.

"광물계 · 식물계 · 동물계로 대별되는 지구 가운데 그 생명의 차원에 있어서 광물이 제일 높다는 얘기다."

"어째서요."

"어떤 웅변이 다이아몬드의 침묵에 대항할 수 있겠는가."

"삼촌."

손가락으로 자기 머리를 가리키며 왼편으로 돌리곤 형식이,

"내일 결혼식을 앞두고 삼촌 머리가 이렇게 된 것 아닙니까?" 했다.

"천만에."

"다이아몬드의 침묵을 인정해주는 것도 동물인 사람 아닙니꺼, 그런디 어찌."

"너 같은 속물하곤 말도 안 돼."

"삼촌은 보석이 그렇게 좋습니꺼."

"좋아."

"아까 보석을 들여다보고 있는 삼촌의 눈이 적색을 띠고 있던데요."

"적색?"

"도적 적자, 빛깔 색자."

"자식이."

"요는 훔쳐서라도 가지고 싶은데 용기가 없었다 이거 아닙니꺼."

"보석은 거기에 있다는 확인만으로 좋은 거야. 내가 그 보석을 가지고 싶다는 생각은 없어."

"되게 고상하네요."

"넌 못하는 말이 없어."

"그게 어디 어제 오늘 시작된 얘깁니꺼."

이때 문득 내 머릿속에 하나의 아이디어가 솟았다. 입 밖으로 낼 수 없는, 내 마음속에 진전되는 아이디어의 흐름은,

'보석 도둑은 법률적으로 악이라고 할 수 있을지 모르지만 도덕적으론 악일 수 없지 않을까. 아프리카의 산속, 아마존의 비경에 다이아몬드를 캐러 가는 사람을 나쁘다고 할 수 없는 이상, 어느 사람은 다이아몬드를 찾으러 콩고엘 가고 아마존으로 가는데 어느 사람은 보석상을 노린다. 모험의 성질은 비슷비슷하다. 콩고엘 가고 아마존으로 가는 사람은 다이아몬드는 구하지 못하고 생명을 잃을는지 모르고, 보석상을 습격하는 사람은 보석의 소재는 확인하고 있으되 실패해서 체포될지 모르니까…… 아무튼 보석만을 노리는 도둑놈에겐 도둑놈 이상의 그 무엇이 있을지 몰라.'

나는 보석상이 모여 있는 그 언저리에서 더 머물고 싶었는데 형식의 성화에 이길 수가 없었다.

엘리베이터를 타고 넥타이 파는 곳으로 갔다. 넥타이 매장 역시 색채의 온 퍼레이드. 마네킹 신사의 목에 걸린 극채색의 넥타이, 목이 없는 둥체에 걸린 와이셔츠에 붙여놓은 연지 빛깔의 타이, 밀집한 군단처럼 한쪽 코너에 밀집해 있는 타이, 타이, 타이. 목만 쳐들고 오면 신사로 만들어줄 각종의 타이가 골고루 준비되어 있다는 뜻이 되겠는데 넥타이의 진열은 보석의 진열과는 달리 사람을 피로하게 만든다. 나는 그

피로감에서 빨리 해방될 양으로 마네킹 신사 목에 매인 극채색 넥타이를 가리키려고 하는데,

"삼촌 잠깐만 기다리시이소." 형식이 나를 밀어내고 매장에 붙어 섰다.

"제일 좋은 넥타이 좀 봅시다."

"여기 있는 넥타이는 모두 제일 좋은 넥타이에요." 매장의 아가씨는 가볍게 웃었다.

"그런 줄은 아는데." 하고 형식이 물었다.

"외국제는 없어요?"

아가씨의 표정이 경계하는 빛으로 변했다.

"이분은 내 삼촌인데요. 내일 결혼합니다. 그래서 세계 제일 좋은 넥타이를 선사하려고 그러는 겁니다."

아가씨는 머뭇머뭇했다.

그러자 형식은 호주머니에서 접은 종이쪽지를 꺼내 펴들었다. 쪽지엔 깨알만한 글자가 가득 차 있었다. 그걸 보며 형식이 시작했다.

"도미니크 프랑스란 넥타이 없어요?"

아가씨의 눈이 동그랗게 되었다. 형식이 말을 이었다.

"도미니크 프랑스는 르네 브란드란 사람 혼자서 재료의 선택부터 디자인 · 커팅 · 봉제에 이르기까지 손수 만드는 넥타이인데 파리에서 사도 백오십 불을 줘야 한다나요."

"저희 집엔 없어요."

아가씨는 어느덧 웃음을 머금고 있었다.

"그럼 에르메스 없습니까. 실크 프린트가 기막힌 넥타이라던데요."

"없습니다."

"랑방은요?"

"없어요."

"엘레강스의 대명사가 된다는 넥타인데."

"미안해요."

"그래도 없어요? 직물의 조각가를 자처하는 마담 앨릭스 그레가 손수 디자인한 넥타이."

"없어요."

"그럼 프랑스제는 하나도 없다, 이 말씀이구만." 하고 형식은 종이쪽지를 들여다보고 있더니 물었다.

"이태리제 밀라 숀도 없소?"

"없는데요."

"여긴 이렇게 써 있는데. 귀족 출신의 디자이너 밀라 숀의 작품은 발렌시아가로부터 유행의 진수를 배운 만큼, 단순하면서도 우아한 넥타이라고."

"없어요."

"구찌는."

"그것도 없어요."

"바티스토니는?"

"없어요."

"이태리제도 없다, 그러면 영국으로 넘어갈까? 던힐 있어요?"

"없어요."

"세련의 프랑스, 격조의 영국, 깜찍한 이태리라고 되어 있는데 하나도 없구먼. 삼촌 다른 곳으로 가봅시다."

나는 정말 어이가 없어,

"아무거나 적당한 걸 하나 고르자."고 했다.

"안 됩니더. 적당하게 한 개 골라잡을 참이었으면 내가 넥타이학을 이처럼 공부하지는 않았을 것이고 오전 열한 시에 백화점까지 모시고 나오지도 않았을 겁니더."

이때 아가씨가 안쪽 서랍으로부터 종이상자 하나를 꺼냈다.

"이것 한번 보세요."

형식이 얼른 그 넥타이의 이면을 뒤집어보았다. 그러곤,

"설카구나. 설카 넥타이는 미제지만 족보에 있어."

하고 쪽지의 한 군데를 읽었다.

"뉴욕의 전용 남자 복식점 설카는 스트라이프 타이의 원조. 직물은 리옹, 염색은 코모. 옛날부터의 전통을 지키고 독자적인 공방에서 특수한 봉제기술로써 만들어냄."

"남의 장사 방해되겠다. 넥타이 하나 사면서 무슨 수선이구."

형식이 주위를 둘러보며

"아직 손님이 붐비지는 않는 걸요."

"괜찮아요." 아가씨의 말은 상냥했다. 아가씨는 넥타이학을 공부했다는 형식에게 흥미와 호의를 느낀 모양이었다.

"이건 어떠세요." 하고 또 하나의 상자를 꺼내 열었다.

"가만 있자." 형식은 넥타이의 이면을 챙겨 보고 있더니,

"이건 앙드레 제키에르. 역시 족보에 있군. 프랑스 칸에서 창업한 유서 깊은 메이커. 천문학을 좋아하는 삼 대째의 주인, 앙드레 씨는 태양 상표를 즐겨 쓴다." 하고 쪽지를 읽었다.

감색 바탕에 연지색 당초 무늬가 우아한데 태양 상표를 이곳저곳 배치해놓은 것이 세련된 아름다움이었다. 그러한 내 마음의 움직임을 알기라도 한 것처럼 형식이,

"삼촌 이거 좋아 보이지 않습니껴." 하고 내 앞에 내밀었다.

"좋았어." 나는 지루한 시간을 단절할 작정도 있어 이렇게 말했던 것인데 형식은,

"그럼 이건 일단 후보로 선정해놓고, 또 다른 게 없는가 보여주세요." 한다.

그래도 아가씨는 싫다는 빛이 없이 또 하나를 꺼냈다.

"이것도 족보에 있는 것이로구먼." 하고 형식은 쪽지를 읽었다.

"라 페. 라 페는 평화라는 뜻 아닙니껴? 엄선된 이태리의 비단을 재료로 프랑스다운 엘리건트한 색채와 디자인으로서 언제나 넥타이 업계를 리드하는 넥타이……."

갈색의 바탕 위쪽으로 물색의 사선이 가늘게 몇 줄 그어졌고, 아랫부분은 연지색인데 감색의 띠가 좌우로 굵다랗게 그려져 있는 화려한 디자인이다.

"신랑감의 넥타이로선 이게 화려하고 좋잖을까? 앙드레 제키에르는 우아하기만 하고 활기가 없네. 삼촌 어때요. 이 두 가지 사이에서 골라잡으면." 하고 형식은 아가씨더러 값을 물었다.

"이건 사만 원이구요, 저건 육만 원."

아가씨의 대답이었다.

나는 그 말을 듣고 그 매장을 떠나려고 했다.

"삼촌, 왜 그래요. 이 가운데서 고르십시오."

"사만 원이니 육만 원이니 들여 넥타이 맬 생각 없어."

나는 단호히 말했다. 바로 옆에 칠천 원짜리 팔천 원짜리가 나름대로 아름다운 색채와 디자인으로 수두룩하게 있는데 무엇 때문에 육만 원짜리, 사만 원짜리를 사야 하느냐 말이다.

그런데 형식은 나의 불쾌한 표정엔 아랑곳없이,

"이 두 개 다 주이소. 십만 원이면 되지요?" 하고 호주머니에서 한 묶음의 돈을 꺼내놓았다.

"얘가." 나는 정말 화를 냈다.

"결혼식을 평생에 몇 번 할 겁니꺼."

형식은 이미 내 감정 따위는 무시하겠다는 결의를 하고 있는 모양이었다. 포장을 하고 있는 아가씨에게 싱글벙글 씨부렸다.

"우리 삼촌 미남이지예? 그 넥타이 척 매놓으면 제법 어울릴 것 같지예? 요다음 내가 결혼할 땐 우리 삼촌 어떤 넥타이 사줄 긴지 지금부터 기대해볼 만하지 않습니꺼."

그 말엔 대답하지 않고 아가씨는 나를 보곤,

"조카님 결혼식 때도 저희 가게에서 넥타이 사세요." 하고 웃었다.

그때 등 뒤에 사뿐한 인기척을 느꼈다. 뒤돌아보았다.

거기 서 있는 사람은, 아니 여인은…….

"앗." 하고 소릴 지를 뻔했다.

작년엔가 재작년, 이태원에서 지낸 신기한 하룻밤의 사건이 검은 드레스에 싸인 가냘픈 몸집의, 상앗빛 얼굴의 그 여자를 매체로 해서 기억 속에 펼쳐졌다. 이태원의 양공주, 그 이름은, 김소향! 관철동 대폿집에서 일하고 있는 김소영의 이름과 비슷하대서 그 이름을 기억하고 있는 김소향! 낭패한 기분이 없지도 않았던 것은 옆에 있는 형식을 의식한 탓이었지만 그 낭패한 기분보다는 반가운 감정이 앞섰다. 신음하듯 나는 말했다.

"이거 어떻게 된 겁니까."

서양인의 매너로는 이럴 경우 가볍게 어깨를 안고 이마나 뺨에 키스를 하게 되어 있을 것이었다.

"전 사흘 후 미국으로 가요." 김소향의 첫말이었다.

"미국으로 가요?"

"예."

그런데 거기서 말을 이을 수는 없었고 그저 헤어질 수도 없었다. 나는 형식에게 백화점 정문에서 기다리라고 일러놓고 저편 쪽 구석에 보이는 찻집으로 김소향을 안내했다.

오렌지주스를 한 모금 빨고 김소향이 얘기를 시작했다.

"기다렸어요. 그런데 한 번도 오시질 않더만요."

나는 기억 속에서 파랑 대문이 달린 김소향의 집을 꼭 한 번 찾은 사실을 찾아냈다.

"내가 갔을 땐 이사한 후인 것 같던데요."

"서 선생을 만난 육 개월 후에 아파트로 옮겼죠. 단독집을 유지하기가 거북해서요. 그러나 그 집에 들어온 사람에게 서 선생이 나를 찾으면 알려주도록 주소를 말해두었는데요."

"묻질 않았으니까." 나는 아주 음미로운 마음의 한구석에 김소향에 대한 다소곳한 애착을 가꾸어온 내 자신을 발견했다.

사연은 이태원의 '알라스카'란 다방에서 시작되었다. 알라스카는 한국인을 거절하는 다방이었다. 그 거절에 나의 분격이 터졌다. 그러기전에 내 심상엔 심상치 않은 바람이 일고 있기도 했던 것인데 한국인에게 쌀쌀한 그 다방 분위기에 드디어 나는 분통을 터뜨린 것이다. 그때싸움을 말린 사람이 '에드몬 포랙'이란 뉴올리언스 출신의 미국 병사였다. 에드몬과 그의 애인 수잔이 나를 데리고 간 곳이 김소향의 집. 김소향은 지금은 귀국하고 없는 흑인 병사 잭슨의 애인이라고 했다. 그 집에 가기 전에 나는 에드몬으로부터 잭슨의 남성이 부대 제일이었으며 코카콜라의 병보다도 크다는 얘기를 들었던 것인데 김소향은 한국 여성으로서도 보통보다 가냘프고 작았고 얼굴 또한 양공주답지 않게 순진해 보였다.

"참 에드몬인가 하는 병사는 잘 있어요?"

"삼 개월 전에 미국으로 갔어요."

"그럼 그의 애인 수잔 임은?"

"지금 혼자 살고 있어요. 그런데 이름을 잘 외고 계시네요."

"그날 밤의 일들이 너무나 강렬한 인상이었기 때문이겠죠."

아닌 게 아니라 그날 밤의 인상은 너무나 강렬했다. 김소향의 생활은 양공주의 생활이었으나 그 육체는 처녀로 남아 있었던 것이다. 그리고 그 사실의 바탕엔 잭슨이란 흑인 병사의 김소향에 대한 갸륵한 사랑이 있었다. 나의 기억 속에 선명하게 되살아나는 한 장면……

나는 그날 밤의 김소향과 지금의 김소향을 비교해보는 마음이 되면서 물었다.

"미국엘 간다죠?"

"그 때문에 선생님을 찾았어요."

"나를 찾았다구요?"

"찾았다고 해서 이곳저곳 묻고 돌아다니는 그런 일은 없었어요. 마음속으로 찾은 거예요. 내가 미국으로 떠나기 전에 꼭 한 번 만났으면 좋겠다 하구요."

"진정이세요?"

"진정이에요."

"그렇다면 오늘의 우연은?"

"우연이 아녜요."

김소향의 음성은 나직이 가라앉았다.

"우연이 아니면?"

"오늘 새벽 꿈을 꾸었어요. 꿈속에 계시가 있었어요. 이 백화점엘 오면 선생님을 만날 수 있을 것이라구요."

"……?"

"제게는 가끔 그런 일이 있어요. 골똘하게 뭔가를 찾고 있으면 꿈이 그걸 가르쳐줘요. 그 증거가 바로 이곳에 있지 않아요? 이렇게 만나고 있지 않아요?"

"미국엘 가시면?"

"잭슨하고 같이 살 거예요."

"아아, 잭슨?"

결국 그를 찾아가는구나, 하는 마음으로 나는 중얼거렸다. 코카콜라의 병이 뇌리를 스쳤다.

김소향은 잠자코 나를 응시하고 있더니,

"놀라지 마세요." 하고 전제를 두었다.

나는 잠자코 귀를 기울였다.

"아무 말 없이 떠날까도 했는데……." 소향은 조금 사이를 두고 이었다.

"전 선생님의 아이를 낳았어요."

"옛?"

"놀라실 것 없어요. 그 아이는 제가 키워요. 잭슨이 아버지가 되어주었어요."

다시 선명해지는 기억…….

이태원의 그 밤, 김소향은 분명히 이런 말을 했었다.

"신경 쓰질 말아요. 기쁨에 방해가 돼요. 난 당신의 아이를 갖고 싶어요."

그 말을 들었을 때의 놀라움도 되살아났다. 나의 놀람을 보고 김소향은 다음과 같이 말했다.

"놀라지 마세요. 당신에겐 아무런 누도 끼치지 않을게요. 내겐 아이 하나 기를 만한 돈은 있어요. 아이만 낳으면 잭슨이 아버지가 되어준다고 했어요."

'그렇다면 김소향이 한 말 모두가 진실이었단 말인가! 헌데 이 세상에 어찌 그런 사랑이 존재할 수가 있을까.'

나는 김소향의 응접실에 걸려 있던 잭슨 상사의 검은 얼굴, 두툼한 입술을 기억 속에 더듬었다.

"잭슨 씨가 오라고 해서 가시는 거로구면요." 나는 겸연쩍스럽게 이렇게 물었다.

"그렇습니다. 한국에서 양공주의 사생아로서 키우는 것보다 미국에서 당당한 미국인으로서 키우는 게 좋지 않겠느냐는 잭슨의 의견이었어요."

소향은 희고 긴 손가락을 만지작거리며 말했다.

"훌륭한 분이군."

이 내 말엔 대꾸도 없이 김소향이 말했다.

"사실을 말하면 전 미국에 가기 싫어요. 모두들 미국에 가서 불행하게 산다는 얘길 들었어요. 샌프란시스코 감옥에 사형수로 수감되어 있는 이철이란 사람도 저와 같은 처지의 여자를 어머니로 하고 있다는 얘기도 들었구요."

"그러나 잭슨이란 사람은 워낙 마음씨가 좋다고 하니까."

"그래요. 그것 하나 믿고 전 미국으로 가는 거예요."

나는 뭐라고 말할 수가 없었다. 덤덤히 앉아 있었다.

"우리의 애기 보고 싶지 않으세요?"

"……."

"귀여워요. 선생님의 어린 시절은 꼭 그러했을 거예요."

나는 이태원의 밤이 있었던 것이 언제인가 헤아려 보았다. 어린애는 여섯 달? 일곱 달? 그 정도일 것이라고 짐작이 갔다. 보고 싶지 않은 바도 아니었다. 그러나 오늘은 결혼식 하루 전이고, 내일은 결혼식이고, 모레는 신혼여행으로 떠나 있을 것이고…….

바람을 심어 폭풍우를 거둔다는 구약성서의 말이 염두에 떠올랐다.

무책임한 향락의 하룻밤이 하나의 생명을 있게 했다면, 그것이 불행의 씨앗일 수밖에 없다면 나는 어떻게 해야 좋을까. 인과를 무시한 게 잘못이었다. 허나 지금 잘못이라고 뉘우친들 아무런 소용도 없는 일이다.

내 얼굴에 고민의 빛을 본 모양으로 김소향은 구김살 없는 미소를 띠곤 조용히 말했다.

"전 선생님에게 고민을 안겨드리려고 선생님을 찾은 건 아녜요. 먼 나라로 떠나기 전에 귀여운 우리 아기를 한 번 보여드리고 싶었던 것뿐예요."

나는 아이를 내게 줄 수 없느냐고 해볼까 하는 충동을 잠깐 느꼈다. 정명욱은 모든 것을 이해해줄 것이란 믿음 같은 것이 있었기 때문이다. 하지만 어떻게 그런 뻔뻔스러운 소릴 할 수 있겠는가 말이다. 나는 이마에 비지땀이 흐르고 있는 느낌을 스스로 가졌다. 아기를 보고 싶다는 말을 채 못하는 스스로가 부끄럽기도 하고 민망하기도 해서였다.

"오늘이 안 되면 내일, 내일이 안 되면 모레 공항에서라도 우리 아기를 보아주세요. 먼 훗날 그 애가 크면 아버지 얘기를 해줘야 할 것 아녜요?"

"……."

"참, 이름을 길남 김 서 잭슨이라고 지었어요. 길남은 좋을 길자와 남자 남이고, 김은 저의 성, 서는 선생님의 성, 잭슨은 인지認知한 사람의 성. 내 의견을 참작해서 잭슨이 그렇게 호적에 넣었대요."

울컥 밀어오르는 충동으로 나는 김소향의 손을 잡았다. 차가운 감촉이었다. 어느덧 내 뺨에 눈물이 줄줄 흐르고 있었다.

"왜 이러세요, 선생님." 김소향이 당황해하면서 손수건을 꺼내 내 얼굴을 닦았다.

"사람들이 봐요, 선생님."

"나는 어떡하면 되지?" 울먹이는 소리를 겨우 참고 나는 신음했다.

"어떡하긴요. 우리 아기를 한 번만 봐주시면 돼요. 그리고 한 번만이라도 안아주세요. 아직 어리지만 아버지에게 안긴 감동은 길이길이 아기의 피 속에 남을 거예요."

나는 잡고 있는 김소향의 손을 말끄러미 바라보았다. 그리고 손금을 살피는 눈이 되었다. 손금을 볼 줄 알 까닭은 없었지만 자기의 운명을 손금에 새겨넣고 태어난다는 얘기를 들은 적이 있어, 해독할 수는 없을 망정 거기에 김소향의 운명이 그려져 있다는 기분으로 보았던 것이다.

나는 두 손을 포개어 소향의 손을 힘주어 잡아보곤 말했다.

"계시는 데 주소를 가르쳐주시오. 오늘 오후 네 시쯤에 찾아가겠습니다." 이제 막 내 머릿속에 떠오른 생각이었다.

"그래요?" 김소향의 얼굴이 환하게 개었다. 핸드백에서 메모지와 샤

프펜슬을 꺼내더니 다음과 같이 적었다.

'평화장 아파트 칠 동 칠백삼 호. S구 A동.'

나는 그 메모를 소중하게 수첩 속에 끼워넣었다.

무슨 중대한 사연이 있다는 것을 느낀 탓이었는지 형식은 익살을 부리지 않더니 버스를 탔을 때에,

"백주에 여우에 홀린 거나 아닐까 해서 무척 걱정했습니다." 하고 싱긋 웃었다.

"그 여자가 여우로 보이든?"

신성을 모독당한 기분이어서 나는 쌀쌀하게 대꾸했다.

"아아뇨. 그런 것은 아니었지만 돌연 나타나서……."

"그 여자는 천사야."

나는 또박 말했다.

"천사?" 하고 받더니 형식이 뜻밖에도,

"잘은 알 수 없지만 천사 비슷한 분위기는 가졌데요." 하고 순순히 수긍하는 것이 아닌가.

"잘 보았어. 그 여인은 천사다." 하고 나는 이마를 버스의 유리창에 대었다. 창밖의 풍경이 흐려 보이는 것은 내 눈에 눈물이 가득했기 때문이었을 것이다.

나는 슬픔을 참을 수가 없었다. 죄의식이란 것과는 멀었다. 내 아이라고 한 그 아기에게 대한 연민감일 수도 없었다. 굳이 말하려고 하면 그저 인생이란 것에 대한, 터무니없게 엮어내는 인과라는 데 대한, 우리의 의지가 개재할 수 없는 운명이란 것에 대한, 어찌할 수 없는 무력감, 자기가 뿌린 씨앗조차도 감당할 수 없는 허전함이 이유였다고나 말

324

할 수가 있을까. 아무튼 나의 존재라는 것, 아니 내가 존재했기 때문에 없을 수도 있었던 불행의 씨앗을 이 세상에 뿌렸다는 느낌, 그것이 또한 슬픔의 원인일지도 몰랐다.

나는 애써 얼굴을 형식에게 보이려고 안 했기 때문에 어느 정도로 짐작했는지는 몰라도 여느 때 같으면 수다스럽기 짝이 없었을 그가 버스에서 내릴 때까진 아무 말도 없었다.

아파트 가까이에 왔을 때였다. 형식이 나를 불렀다.

"왜?" 하며 나는 애써 쾌활한 척 꾸몄다.

"삼촌, 오늘 이상하네요."

"네 말마따나 오늘은 결혼식 하루 전이 아니냐."

"그게 아닌 것 같은데요."

나는 답하지 않았다.

"아까 그 천사가 뭐라고 합디까?"

"아무 말 없었어."

"아무 말도 없는데 그처럼 오래 시간을 끌었어요?"

"……."

"혹시 삼촌 결혼식이 내일 있다고 듣고 한바탕 수탄장愁嘆場을 이룬 것 아닙니꺼?"

"그런 관계에 있는 여인은 아냐."

"그럼 왜……."

"사람이 살다보면 얘기하기 싫은 것도, 얘기할 수 없는 일도 있는 거다. 그처럼 꼬치꼬치 묻지 마."

"알았습니다."

형식이 순순히 말했다.

"헌데 넌 어디서 넥타이에 관한 지식을 그렇게 많이 모았노."

화제를 바꿀 요량으로 말하자 형식은,

"그까짓건 간단한 겁니다. 명동 골목의 미국 잡지 있는 가게를 들췄습니다. 요행히 복식에 관한 책이 있는데요. 그걸 마구 베낀 것 아닙니꺼."하고 웃었다.

"대단한 놈이다, 넌."

"왜요."

"만사에 그만큼 철저하면 넌 성공하겠다."

"물론이지요. 성공해야지요. 그러나저러나 내가 산 넥타이 삼촌 마음에 들어야 하겠습니다."

"마음에 들다 뿐이겠나."

"그런데 아부지와 어무니한텐 넥타이 사는 데 십만 원이나 줬다 소리하지 마이소. 난 만 원 주었다 쿨 깁니더. 그래도 기절초풍할 기거마."

사실 나도 십만 원이나 주고 넥타이를 산 형식의 행동을 탐탁하게 여기진 않았다. 넥타이란 것은 유럽의 풍물과 전통 속에서 만들어진 사치이다. 만사 서양풍을 따르려니까 넥타이를 필요로 하게도 된 것이었지만 나는 넥타이 맬 때마다 일종의 거부반응을 느껴왔던 터였다. '왜 넥타이를 매야 하느냐.' 하고.

그러나 그 문제로 형식과 왈가왈부할 의사는 없었다.

아파트에 돌아오니 형님과 형수는 없었다. 덕규 아버지를 따라 저자구경을 갔다는 아주머니의 얘기였다.

헌데 책상 위에 한 통의 편지가 놓여 있었다. 그것은 박문혜가 보낸 편지였다. 가슴이 뜨끔했다. 얼른 그 편지를 봉도 뜯지 않고 책상 서랍에 넣어버렸다. 형식의 눈에 뜨일까봐 우선 겁을 먹었던 것이지만, 왜 하필 오늘 편지가 왔느냐 하는 느낌이었다.

나는 유리창을 열어젖히고 서서 오후 네 시, 김소향을 찾아가는 데 관한 궁리를 하기 시작했다.

'가서 나는 뭐라고 해야 하느냐.'

'어떤 준비를 하고 가야 하느냐.'

'무슨 약속을 해야 하느냐.'

빈손으로 가서 어린애만 들여다보고 아무 말 없이 돌아올 순 없는 일이 아닌가. 결혼식 하루 전!

아무래도 오늘은 내게 있어서 길고 긴 날이 될 것 같다는 예감으로 우울했다. 슬펐다. 한편 일종의 신비감도 없지 않았다.

결과적으로 보면 형식이 백화점에 가자고 고집을 부린 것은 김소향과 나와의 재회를 위한 섭리를 그가 대행한 셈으로 된 것이 아닌가. 소향과의 재회가 없었더라면 나는 영영 길남 김 서 잭슨의 존재를 모르고 지나쳐버렸을 것이 아니었던가. 그의 존재를 안다는 것이 내게 있어서 플러스가 될지, 마이너스가 될진 판단하기 어렵지만 나 자신에게 유관한 진실은 알고 있어야 한다는 마음에 비추면 백 번 다행한 일이라고 나는 눈물을 머금었다.

일의 전개에 따라선 내일의 결혼식을 희생해야 될지도 몰랐지만 어떤 일이 있건 참고 견뎌야 하겠다는 각오가 가슴속에서 자라나기도 했다.

나직이 한 번 중얼거려보았다.

'길남 김 서 잭슨.'

행복을 생각해선 안 된다.
그건 영국인이나 생각할 일이다_니체

'결혼식 하루 전.' 이란 의식이 줄곧 내 마음의 바닥에 깔려 있는 터였다.

뭉게구름이 돋아나고 있는 남산의 언저리를 보아도, 택시의 창문으로 극장의 간판을 보아도, 지나가는 노인, 젊은 남녀를 보아도, 구두닦이 소년의 구두약이 묻은 얼굴을 보아도, 교통순경을 보아도, 이삿짐을 싣고 가는 딸딸이차를 보아도, 마음의 바닥에 새겨져 있는 결혼식.

'결혼식 하루 전.'

흥분이라든가, 그 밖에 무슨 정념이라든가 하는 일체의 감정을 동반하지 않고 그저 드라이한 활자체로 또박또박한 의식,

'결혼식 하루 전.'

택시를 타고 김소향의 아파트를 향해 가고 있으면서도 나는 마음의 바닥에 있는 이 의식을 응시하고 있었다.

그런데 강을 건너는 다리 위에서 일망무진할 정도로 아파트군이 시야에 들어섰을 때 나는 그 의식을 잃었다. 실로 장대한 풍경이었다. 캐러밴이 사막을 걷고 있다가 하룻밤을 자고 일찍 깨어나니, 어제까진 막막한 사막이었던 곳에 고층 빌딩이 즐비하게 서 있었다고 되었을 때 느낄 놀람을 닮은 놀람에 눈이 둥그렇게 뜨였다.

'내가 한강을 넘어본 적이 언제였던가. 이 년 전? 삼 년 전?'

아무튼 사 년은 넘지 않았을 것인데 그땐 모래밭이었고, 논밭이었고, 초가를 섞어 퇴락해가는 마을이 있었을 뿐인 이곳에 언제 이처럼 아파트가 꽉 차게 들어섰단 말인가? 나는 아연실색했다. 돌연 시간의 의미를 깨달은 느낌이었다. 청운동의 골방에 처박혀 남의 나라의 글을 우리글로 옮기면서 불모의 사상을 반추하고 있었을 때 이곳에선 이처럼 장대하기 짝이 없는 작업이 진행되고 있었던 것이로구나.

일정량의 물이 비등하면 육중한 기차를 끌고 천리를 달릴 수 있는 에너지가 만들어지기도 하는데 인구 팔백만으로 부풀어진 서울의 에너지가 이만한 아파트 도시를 만들었대서 놀랄 일은 아닐지 몰라도 나에게 있어선 적지 않은 충격이었다.

인간의 생활 형태가 비둘기집을 닮아가고 계사鷄舍를 닮아가는 데 따른 비애는 이른바 고소의 사상이고 거리의 먼지에 불과한 나의 눈엔 새롭고 엄청난 현실이 아닐 수 없다. 나는 아파트의 밀림 속 어느 장소에서 택시를 내리게 되었는데 택시 운전사로부터 거스름돈 받는 것을 잊었다. 김소향을 찾아 이곳에 왔다는 사실을 깨닫기 위해선 얼만가의 시간을 필요로 했다.

평화장 칠 동 칠백삼 호실 가까이에 갔을 때 칠백삼 호의 문은 열려 있었다. 함뿍 웃음을 담은 김소향의 얼굴이 열린 도어의 손잡이를 잡고 있었다.

"택시에서 내리시는 걸 보았어요." 하고 나를 맞아들인 소향이 도어를 닫았다.

홀에 들어섰을 때 나는 꿈을 꾸고 있는 것이 아닐까 하는 환각을 가졌다. 동화의 세계라기보다 『아라비안나이트』의 세계에 들어선 기분이었다. 금실·은실이 샹들리에를 중심으로 드리워져 있었고 벽면 하나 가득히 대소大小의 칸을 질러 각종 동물의 조상彫像이 자리잡고 있었다. 사자·호랑이·사슴·말·물소·토끼·코끼리·독수리·비둘기……. 아마 수십 종이 되지 않을까 했다. 목각·도제·브론즈 등 각각이었다.

"대단한 콜렉션이구먼요." 인사 대신 나는 이렇게 감탄했다.

"모두 잭슨이 보내준 거예요." 하고 웃곤 소향이 덧붙였다.

"아기를 위해서요."

그제야 나는 아기를 보러 왔다는 사실을 깨닫고 두리번거렸다.

"아기는 방에서 잠들어 있어요."

"그럼."

하고 방으로 가려는데 소향의 말이 있었다.

"앉으세요. 아기는 방금 잠이 들었어요. 먼저 차나 한 잔 하시구."

나는 권하는 대로 소파에 앉았다. 소파 앞 응접대 위에 혁제로 장정한 예쁜 책이 있었다. 표지엔 금박이로『WHAT IS GOOD AND WHAT IS EVIL』이란 제하에 데모크리토스·소크라테스·플라톤·아리스토텔레스란 이름이 있었다.

소향이 차 준비를 하러 부엌으로 간 사이 그 책을 집어들었다. 헌데 그것은 책이 아니고 상자였다. 책 두 권을 합본한 양으로 되어 있어서 열어보았더니 딸그락 하는 소리와 더불어 한 편에 불이 켜졌다. 그리고 상자 안엔 담배가 가득했다. 라이터를 곁들인 담배상자를 그렇게 정교하게 만들어놓은 것이었다. 하도 신기해서 담배를 한 개비 집어물고 불을 붙이고는 뚜껑을 닫았다 열었다 하며 라이터의 명멸을 즐기고 있는데 소향이 찻잔을 내 앞에 갖다놓았다.

"이 담배상자 멋이 있는데요."

"멋이 있죠?" 하며 생긋 웃곤 소향이 말했다.

"마음에 드시면 가지세요."

"아니, 아닙니다."

"미국엘 가면 그런 것 예사로 구할 수 있을 텐데요 뭐. 선생님이 가지세요."

"전 필요 없습니다. 누추한 집에 사는데 이런 걸 갖다놓으면 도리어 어울리지가 않습니다."

소향이 미소가 사라진 얼굴로 나를 응시하곤 찻잔을 밀어놓았다.

"차 드세요."

한 모금 차를 마시고 나는 뭔가 말을 해야겠다고 생각했는데 적당한 말이 떠오르질 않았다. 멍청히 앉아 있다가 시선을 왼편으로 돌렸는데 왼쪽 벽에 정장을 한 흑인 병사의 액자에 든 사진이 있었다. 번들번들 윤이 나는 검은 빛, 뭉클한 코, 두툼한 입술, 가슴팍에 찬란한 훈장. 그리고 그 눈빛은 부드러웠다. 너무나 부드러워 슬픔이 가득 차 있는 느낌이었다.

'아프리카의 슬픔!'이란 단어가 뇌리를 스쳤다.

"흑인 가운데도 좋은 사람이 많은 모양이죠." 나는 의례적으로 한마디 했다.

"좋은 사람은 흑인 속에 있어요." 소향은 나직이 말하며 자신의 손가락을 만지작거렸다.

"내가 실수를 했군." 나는 얼굴을 붉혔다.

"폴 로브슨이란 가수 아세요?" 소향이 물었다.

"이름은 들었습니다만."

우물쭈물 대답하자 소향이,

"노래 들으신 적 없어요?" 하고 물었다.

"없습니다."

"로브슨의 노래는 기가 막혀요. 들어보시겠어요?"

소향은 내 답을 기다리지 않고 일어서서 전축 있는 곳으로 갔다. 전축 옆의 벽장을 여는데 꽉 쌓여 있는 레코드가 눈에 띄었다. 그 가운데서 한 장을 골라내더니 전축에 걸었다. 이윽고 달빛에 젖은 잔잔한 흐름과도 같은 노래가 시작되었다. 소향의 말처럼 기막힌 성량, 기막힌 음색이었다.

"흑인영가군요."

"그래요, 그렇습니다. 흑인영가를 아시네요."

소향은 내가 흑인영가를 알고 있는 것이 반갑기 한량이 없는 모양이었다. 지그시 눈을 감고 소파에 기대앉아 노래에 귀를 기울이고 있는 소향의 얼굴엔 만족스러운 미소가 서려 있었다. 흑인영가가 끝나자 김소향은,

"다음 노래는 격렬한 것이라서 아기가 잠을 깰까 겁나요." 하며 전축을 끄고 도로 돌아와 앉았다.

"로브슨 좋죠?"

"좋은 정도가 아닙니다. 가슴이 짜릿합니다."

"로브슨의 그 레코드, 아니 저기 있는 레코드를 모두 드리겠어요."

"천만에요. 그럴 순 없습니다."

"저걸 다 가지고 갈 수도 없구 괜히 그냥 처박아놓는 것도 뭣하구 선생님이 가지고 가세요."

"가지고 가봤자 소용이 없습니다. 내겐 전축이 없으니까요."

"그럼 전축도 가지고 가시죠 뭐."

"아닙니다. 내가 사는 곳엔 그런 걸 갖다놓을 스페이스도 없습니다."

김소향의 표정이 다시 우울하게 되었다.

"지금도 신문사에 나가시나요?"

"신문사는 벌써 그만뒀습니다."

"그럼 무엇을."

"별루 하는 일도 없습니다."

"생활이 힘드시겠네요."

"힘이 들지 않는 바는 아니죠. 그러나 그럭저럭 살아가고 있습니다."

"직장이 없으면 어찌……."

"외국 책을 번역해주고 얼만가를 받는 그런 생활이죠."

"미국 책도 번역하나요?"

"적당한 것만 있으면 하죠."

소향이 일어서더니 잭슨의 사진이 걸려 있는 쪽의 벽장을 열었다. 거기엔 수십 권의 서적이 있었다.

"여길 한번 보세요. 잭슨이 좋아한 책만 있어요."

나는 그 벽장 앞엘 가 보았다.

거기엔 리처드 라이트를 비롯해서 킹 볼드원, 맬컴 X, 안젤라 데이비스, 아프리카 문학집 등 주로 흑인작가가 쓴 책이 소복이 쌓여 있었다. 아까 들은 흑인영가의 가수 폴 로브슨의 저서 『나의 세계』란 책도 있었다. 나는 거기 있는 책을 죄다 읽어보면 흑인들의 인생관과 세계관을 이해할 수 있을 것이란 생각을 하고 몇 권을 뽑아 뒤져보았다.

"그 책들 필요하시면 가지고 가세요." 김소향의 말이었다. 나는 대답 대신 웃음을 터뜨렸다.

"왜 웃으시죠?" 김소향의 얼굴이 바싹 내 눈 아래에 와 있었다.

"당신은 뭣이건 내게 주려고 하시는군요."

소향의 눈에 금세 눈물이 글썽글썽 차는 것 같더니 와락 내 가슴에 쓰러져왔다.

"그래요. 뭣이건 드리고 싶어요. 나까지두요."

어리둥절했다. 나는 뭐라 대꾸할 수도 없어 소향의 어깨를 안곤 소파로 돌아왔다.

소파로 돌아온 소향은 눈물을 닦고는,

"왜 이렇게 센티멘털해지는지 모르겠어요. 미안해요." 하며 웃는 얼굴을 지었다. 나는 알아둘 것은 알아두어야겠다고 마음을 먹었다. 자세를 고쳐 앉아 입을 열었다.

"미국에 가시면 어떻게 하실 건지 대강 계획은 서 있겠죠?"

"만사 잭슨이 시키는 대로 해야지 제게 무슨 계획이 있겠습니까만 나름대로 생각은 하고 있어요."

나는 이어질 소향의 말을 기다렸다.

"사실은요."

조금을 망설이더니 소향이 말했다.

"잭슨은 절 딸처럼, 누이동생처럼 생각하고 있지, 절 아내로선 생각하고 있지 않아요. 저 자신도 그를 남편으로 생각할 순 도저히 없구요."

소향이 일단 말을 끊었다. 코카콜라의 병이 뇌리를 스쳤다.

"잭슨이 저와 결혼한 것은 순전히 아기 때문이에요. 절 자기의 아내로 만들어야만 아기가 잭슨의 적에 들어갈 수가 있고, 우리가 미국으로 갈 수 있으니까요. 잭슨의 말은 우리가 미국엘 가기만 하면 곧 이혼 수

속을 해주겠대요. 이혼 위자료 명목으로 돈을 내어 우리 생활을 보장하구요. 그러니까 전 미국 가서도 자유롭게 살 수가 있는 거죠. 미국 가면 직장생활을 할까 해요. 제 능력에 맞는 일자리를 찾아서 말예요."

나는 소향의 그 말이 믿어지지가 않았다. 어디의 누구 자식인지 모르는 아이를 자기 아들로 만들기 위해 소향과 결혼하는 형식을 취하곤 미국으로 데리고 가서 생활비를 주곤 소향의 자유를 보장해주기 위해 이혼 수속을 취하겠다고 하는 얘긴데 아무리 마음씨가 좋은 흑인이기로서니 그렇게까지 할 수 있는 일인가 말이다.

"아라비안나이트와 같은 얘기로군요."

"아라비안나이트?"

"그러고 보니 이 아파트의 내부가 아라비안나이트 같군요." 나는 이에 약간의 설명을 보탰다.

"그럴 거예요. 보통의 상식으론 납득하기 어려울 거예요. 그러나 그게 사실인걸요. 잭슨은 그런 사람이에요."

"그래 미국 가서 자유의 몸이 되면 어떻게 할 거요?"

"생활의 기본적인 걱정은 없다고 보니까 제 취미를 살리는, 그런 일자리를 구하게 되겠죠."

"어떤 취미를 가지셨는데요."

"태피세리."

하곤 소향이 벽 한쪽에 걸어놓은 태피스트리를 가리켰다. 그 태피스트리는 아까부터 나의 눈을 끈 것이었다.

너그러운 언덕이 두 개 기복하고 있는 목장에 소들이 풀을 먹고 있는 광경을 짠 것인데 목가적인 리리시즘이 넘쳐 있는 아름다운 벽포였던 것이다.

"저런 것을 짠다 그 말씀이오?"

"저런 것을 짠다가 아니고 저것을 짭니다."

"그럼 저건 소향씨가 짠 거요?"

"그렇습니다."

나는 눈을 휘둥그렇게 떴을 정도로 놀랐다.

"믿어지질 않으세요?"

"그런 건 아니지만."

"이리로 와 보세요." 소향이 앞장서서 안방문을 열었다. 그 방엔 베틀이 차려져 있었다. 베틀엔 반쯤 짜다 만 직포가 걸려 있었다.

"하는 일이란 없지 않아요. 그래서 몇 해 전부터 배우고 있습니다. 유명한 선생님이 계시잖아요? 정정희 선생. 그분에게서 배운 거예요. 정정희 선생님은 정말 훌륭한 예술가예요. 그 선생님을 따라갈 순 없지만 계속 노력해볼 작정이에요. 제가 짠 것을 잭슨에게 보냈더니 잭슨으로부터 칭찬 편지가 왔어요. 미국으로 오면 직업으로 성립될 수 있겠다는 말까지 보태서요."

그러고는 이미 완성된 몇 가지를 차례로 내 눈앞에 펼쳐보였다. 헌데 그 하나하나가 훌륭했다.

"이런 방면엔 전연 문외한이라서 뭐라고 평할 순 없습니다만 내가 보기론 훌륭합니다. 타고난 소질이 있는 것 같습니다. 소향 씨는 예술가입니다. 앞으로 대성할 수 있을 것 같네요."

나는 기쁨을 억제할 수 없었다. 그녀에게서 광명을 발견했다는 느낌으로 기뻤다. 잭슨의 은혜에만 매달려 살아야 하는 불쌍한 양공주라고만 여기고 마음이 무거웠던 것인데 그녀에게 뜻밖인 예술가를 발견하게 되었으니 기쁘지 않을 까닭이 없다. 그때까지의 나는 경우에 따라선 내일로 닥친 결혼식을 희생하더라도 불쌍한 이들 모자를 위해 무언가 결정적인 행동을 해야 할 것이 아닌가 하는 마음으로 우울하고 답답한 심정이었는데 이제 활짝 개는 심정으로 바뀌었다. 소향은 내 말보다도 내 표정에서 그녀에 대한 찬사를 읽은 모양으로,

"선생님이 좋다고 하니 기뻐요." 하고 이제 막 활짝 핀 장미꽃송이처럼 화려하게 웃었다.

"길남일 보러 갈까요?" 하는 말이 내 입에서 가볍게 나왔다.

"그럽시다." 소향은 날쌘 동작으로 방 건너에 있는 목욕탕 문을 열었다.

"손을 잘 씻으세요." 구김살 없이 활달한 목소리였다.

나는 비누질까지 해서 손을 정성스럽게 씻었다. 암회색 땟물이 흥건했다.

'손은 자주 씻어야 하는 거라.' 하는 실감을 얻기까지 했다. 더러운 손으로 아기에게 접근하지 말라는 소향의 은근한 뜻이 갸륵하게 느껴졌다.

맑은 물로 두세 번 헹구고 옆에 걸려 있는 타월을 잡으려는데 소향의 소리가 등 뒤에 있었다.

"그것 쓰지 마세요."

소향이 새 타월을 건네주었다. 손을 닦고 나니 유액병을 내밀었다.

"비누 내음보다 나을 거예요." 하는 말이 따랐다. 나는 선뜻 생각이 나서,

"그것 바르지 않을라오. 내 체취를 아이에게 익히도록 해야지." 하곤 썩 잘 된 아이디어라고 속으로 흐뭇해했다.

아기는, 즉 길남 김 서 잭슨은 하얀 해먹 속에 깃이불을 덮고 잠들어 있었다. 천장으로부터 빨강·노랑·파랑·하양·자줏빛 등 오색찬란

한 방울이 조랑조랑 드리워져 있었다. 살큼 손을 갖다대기만 해도 부드러운 음이 다소곳이 울려퍼지는 이상한 방울이었다.

"자장가 대신."이라고 소향이 나직이 말했다.

나는 찬찬히 아기의 얼굴을 내려다보았다. 여섯 달 된 아이답지 않게 콧날과 입 언저리의 윤곽이 선명하고 귀엽게 다듬어진 얼굴에 나는 감동했다. 여태껏 나는 그렇게 잘생긴 어린 아기를 본 적이 없었던 것이다. 내 아이란 실감은 전연 없고 어떤 그림 속의 천사를 보고 있다는 감동을 닮아가고 있었다.

"예쁘죠?" 나직이 소향이 속삭였다.

"……."

"선생님이 어렸을 적 꼭 이랬을 거예요."

"천만에요." 나직하나 퉁명스러운 말투가 되었다. 내 딴으론 아기에게 모욕적인 언사라고 느껴 반발한 것인데 소향은 엉뚱한 오해를 한 모양이었다. 내 아이가 아니라는 것을 주장하기 위해 한 말이라고…….소향의 굳어 있는 표정을 힐끔 보고 나는 얼른 말을 보탰다.

"어렸을 적 내가 이처럼 귀여웠을까요?"

"닮았지 않아요? 이마·코, 그리고 입·귀."

그때 아기의 눈이 소리 없이 떠졌다. 그 형용을 어떻게 하면 좋을까, 꽃봉오리가 열린 것 같다고 할까. 이슬에 연꽃에 떨어진 충정이라고나 할까. 새까만 눈동자가 살큼 흰자위를 보일 뿐 거의 꽉 차 있는 눈이 나를 쳐다보고 있는 눈치더니 입 언저리가 움직인 듯하는 순간,

"아앙." 하고 울음을 터뜨렸다.

"아가, 아빠보고 하는 첫인사가 그거야?"

소향은 얼른 아기를 안아 올려 내 품에 갖다 맡겼다. 나는 아기를 안

은 팔을 가볍게 흔들어보았다. 보채려던 아이가 동작과 울음을 뚝 그쳤다. 생기가 돈 눈이 정녕 나를 바라보는 것 같았고 그 손, 어쩌면 그처럼 섬세하게 귀여울까, 그 손을 내 얼굴을 향해 뻗으며 얼굴에 웃음까지 띠는 것이 아닌가.

"우리 길남이가 아빠를 알아보네요. 다른 사람에겐 어림도 없어요. 낯을 보통으로 가리는 아이가 아니거든요. 안겨 있는 것만도 대단한데 손을 뻗고 웃기까지 하다니, 신통하네요. 참으로 신통해요."

소향은 기뻐 어쩔 줄을 모르겠다는 시늉을 했다.

나는 길남일 안고 홀로 나가 소파에 앉았다. 벌써 초여름의 날씨라서 아기에게도 나쁠 것이 없을 것으로 믿어서였다. 소향은 바삐 움직여 우유를 데워 와서 젖꼭지를 아기에게 물렸다. 아기는 힘차게 우유를 빨았다.

그걸 잠깐 지켜보고 있더니 소향이,

"저자에 갔다 올게요. 저녁식사 준비를 해야죠." 하곤 저자바구니를 찾아들고 바깥으로 나가버렸다. 이편에서 뭐라고 할 겨를이 없었다. 돌연 '결혼식 하루 전.'이란 의식이 되살아났다.

그러나 어떻게 하랴. 아기를 두고 일어설 수도 없는 형편이었다. 아니, 지금 소향이 나에게 아기를 두고 당장 물러가라고 해도 쉽사리 자리를 뜰 수 없는 심정이었다. 이상하기만 했다. 나는 여태껏 겪어보지 못한 묘한 감정, 분명 그것은 일종의 황홀감이었을지 모른다. 그런 감정에 사로잡혀 있는 스스로를 발견했다. 그런 까닭으로 어쩌면 암울하기 짝이 없었을지도 모르는 상념을 나는 가벼운 마음으로 쫓고 있었다.

양공주를 어미로 하고 신문사의 가난한 교정부원을 아비로 하고 태어나선 먼 나라 미국의 흑인 병사의 인지로 겨우 정상적인 사회기구에 속할 수 있게 된 그 이름도 착잡한 길남 김 서 잭슨. 한국에 나서 태평양을 건너 미국인으로서 자라야 하는 기구한 운명을 나면서부터 지니고 있는 이 아이의 장래에 과연 어떤 일들이 전개될 것인가. 서길남일수 있는 이 아기가 만일 한국에서 자란다면 대충 그 맥락은 짚을 수가 있다. 여섯 살이면 유치원, 일곱 살이면 국민학교, 열세 살이면 중학교, 열일곱 살이면 고등학교, 스무 살이면 대학, 스물넷이면 군대, 스물일곱이면 제대하여 무슨 직장을 찾고, 결혼을 하고, 꿈을 가꾸기도 하고 좌절하기도 하겠지만 산술적으로 풀이가 가능한, 때에 따라선 초등대수를 원용하는 정도로 해석할 수 있는 생애를 살 수가 있을 것이란 짐작이 가능하다. 말하자면 이 땅에 돋아난 풀처럼, 꽃처럼, 나무처럼, 극단한 무슨 사고가 없는 한 자연스럽게 자라고, 살고 그러곤 죽어가는 것이다.

그런데 미국으로 간 길남 잭슨은 노란 피부 빛깔을 하고 검둥이 · 흰둥이 사이에 섞여 이방인이란 낙인을 그 체구에 찍고 살아가야 할 것이니 순탄한 일생을 보내기란 힘들 것이 아닌가. 한국에서의 생활이 팔십 퍼센트까지 순탄하리라고 예상할 수 있다면, 그쪽에서는 순탄한 생활에의 예상이 십 퍼센트의 확률밖엔 되질 않는다.

나는 천사와도 같은 아이를 안고 있으면서 불길한 예상을 하고 있는 나 자신을 신성을 모독하고 있는 행위라고 여겼다. 되도록이면 밝은 전망을 해야지. 그래서 소설적인 상상력을 최대한으로 동원해보는 것이지만 생각은 암울하게만 물들어갔다. 우선 잭슨의 군대 지위는 상사라고 했는데 아무리 미국의 군인이라도 상사의 경제적인 조건은 그다지 윤택한 것은 아닐 것이 아닌가. 혹시 김소향이 병들어 죽는 일이라도 있으면 길남은 고아원 신세가 될 수밖에 없지 않는가……

아기는 쥐어준 방울을 흔들며 천진하게 재롱을 부렸다. 그 부드러운 뺨에 이편의 손가락을 대면 간지러운 탓인지 자지러지게 웃기도 한다. 다섯 손가락이 옥으로 만든 정교한 공예품 같기도 했다. 나는 아기의 발꿈치를 찾아내어 그 맨들맨들하고 우아한 발꿈치를 손아귀에 넣어 보았다. 이 발꿈치로 미국의 대륙을 밟을 것이다. 이 손으로 인류가 아직 갖지 못한 재보를 만들어낼지 모른다. 한참을 그렇게 아기를 안고 있는 동안 나는 하나의 상념을 가꾸고 있었다.

'이 아기는 아기인 동시에 하나의 계시이다. 새 시대, 새 역사, 새 인간상을 여는 계시. 기어코 보람이 있어야 할 생명. 자기 어미의 행복까질 감당해야 하는 천사…….

그러는 사이 천사의 모델이었던 아이가 자라 악마의 모델이 되었다는 애기가 의식의 바닥에 떠올랐다.

'안 되지, 이 아이만은 천사로서 그 생애를 온전히 지켜야 한다.'

차임이 울렸다. 아이를 안은 채 일어서서 나는 문을 열어주었다. 저자바구니 가득 물건을 사들고 온 소향의 이마엔 방울방울 땀이 솟아 있었다. 행복에 겨운 여자의 얼굴과 모습이 거기 있었다. 저자바구니를 부엌에 갖다 두고 손을 씻더니 소향이 아기를 받아 안고,

"우리 길남이 쉬잇 했을 거라."며 기저귀를 챙겼다. 아니나 다를까 기저귀가 젖어 있었다.

"이처럼 흥건히 기저귀를 적셔놓고도 아빠에게 안겼다고 울지도 않았니?" 하며 소향은 익숙한 솜씨로 기저귀를 갈아채우곤 아기를 도로 내 품으로 옮겨놓았다.

소향이 부엌에서 일하는 동안 나는 아기를 안고 이 방 저 방을 돌아보았다. 방이 네 개인데 방마다 깔끔한 가구가 채워져 있고 복사이긴 했으나 꽤 좋은 그림이 이곳저곳에 걸려 있었다. 그 가운데서도 특히

눈길을 끈 것은 김소향이 만들었다는 태피스트리였다. 색합도 좋거니와 구도는 보수적이면서도 참신했다. 동물이나 식물의 모양을 나타내려는 노력은 보수적인데 동물의 몸짓이나 배치에 새로움이 있었던 것이다.

부엌에선 달그락 소리가 나고, 나는 아이를 안고 흐뭇한 기분일 때 이것이 바로 가정적 분위기란 것이 아니겠는가 하는 마음이 들어 간지러운 기분이 되기도 했다. 이대로 이 집에 눌러앉아 버리면 어떻게 될까. 신랑이 나타나지 않는 예식장, 어쩔 줄 몰라하는 정명욱, 어이가 없어하는 하객들의 얼굴들. 주례를 맡은 우동규 부장은 정장 위에 꽃을 꽂고 의젓하게 기다릴 것이고 시골에서 올라온 형님은 눈만 껌벅거리고 있을 게고, 형식이란 놈은 우왕좌왕 광분할 것이고…….

길남 김 서 잭슨을 해먹에 뉘어놓고 나는 조촐한 식탁 앞에 소향과 마주보고 앉았다.

긴 여름해가 황혼을 향해 서성거리고 있어도 아직은 밝은데 소향이 쌍촛대에 불을 켰다. 그러고는,

"최초이자 최후의 만찬을 위해서." 하고 소향이 수줍게 중얼거렸다. 높은 글라스와 낮은 글라스가 놓였길래 무엇인가 했더니 높은 글라스엔 백포도주를 따르고 낮은 글라스엔 붉은 포도주를 따랐다.

"고기를 먹을 땐 붉은 포도주를 드세요. 생선을 먹을 땐 흰 포도주를 드시구요."

구운 고기도 맛이 있었고 생선찌개도 맛이 있었다. 거기다 백적의 포도주를 번갈아가며 마시다가 보니 얼근하게 취했다.

"왜 말이 없으시죠?"

"생각하느라구요."

"뭣을 생각하시죠?"

"길남 김 서 잭슨."

"우리 아기 예쁘죠?"

"천사와 같애."

"참 그래요. 우리 길남인 천사예요."

"길남이 미국엘 가면 천사 대접을 받을까?"

"잭슨이 잘해줄 거예요."

"잭슨 씨의 호의만을 믿어도 될까?"

"제가 있지 않아요?"

"그렇군요. 당신이 있으니까 길남인 천사로 자랄 겁니다."

"길남이가 커서 무엇이 되면 좋겠어요?"

"길남인 예술가가 되었으면 해요."

이렇게 말하며 나는 한국인으로서 미국에서 사진작가로 활약하고 있는 에드워드 킴이란 이름을 뇌리에 떠올렸다. 얼마 전 『내셔널 지오그래픽』이란 잡지에서 에드워드 킴의 북한 기행문과 북한의 사진을 본 탓이다.

"예술가에도 종류가 많지 않아요?"

"소설가?"

"소설가가 되었으면 좋겠는데."

"될 수만 있다면 네이폴 같은 작가가 되었으면."

"네이폴이 어떤 사람인데요."

"인도인이오. 영국에서 작가생활을 하고 있죠. 인도인으로서 영어로 쓰는 작가인데 뿌리가 없는 인간으로서의 비애가 서려 있는, 뿌리가 없으니까 세계를 보다 싸늘하게 관찰할 수가 있는 특이한 작가인데, 우리 길남이도 그 바탕이 네이폴과 비슷하지 않는가 말이오."

"소설가!" 하고 소향이 고개를 갸웃했다.

"길남의 입장은 많은 사람 속에 섞여 일하는, 그런 직업엔 맞지 않을 것이 아니겠소."

"그건 그렇군요."

"뿐만 아니라 내 소원이 소설가가 되는 데 있거든. 헌데 그게 그렇게 쉬울 것 같지가 않아. 길남이 내 대신 좋은 소설가가 되었으면. 영어로 쓴다면 전 세계를 상대로 할 수 있을 테고 말야."

"잭슨이 뭐라고 할까."

소향의 그 말이 내 가슴을 쳤다.

"소설가가 되려고 공부하면 말이오, 절대로 나쁜 사람이 되진 않을 겁니다. 소설을 공부한다는 건 인생을 공부하는 것이 되는 거니까요."

"전 우리 길남이 대학교수가 되었으면 해요."

"대학교수 좋지. 대학교수 노릇을 하며 소설을 쓸 수도 있을 테니까."

"아무튼 우리 길남이 소설을 써야 하겠네요."

소향이 말하면서 웃었다.

"소설을 쓴다는 게 그처럼 좋은 건가요?"

"좋구 말구. 좋은 소설은 사람의 영혼을 구제하는 겁니다. 고난에 빠진 사람에게 용기를 주는 겁니다. 인생의 깊은 의미를 알게 해서 사람답게 살 수 있도록 하는 지혜를 주는 겁니다. 인간이란 결코 곤충일 수 없다는 식견을 주는 겁니다. 어떠한 고통 속에서도 사람은 품위를 지킬 수 있는 것이며 살아볼 만한 인생이란 보람을 주는 겁니다. 아무리 풍부한 사회도, 아무리 호화로운 도시도 그것 없인 아무런 가치가 없게 되는 바로 그것, 인간의 진실을 주는 겁니다."

"잠깐 기다려요." 소향이 일어서더니 녹음기를 가지고 왔다.

"이제 그 말 녹음을 해둡시다. 먼 훗날 우리 길남이 들을 수 있도록 말예요."

장난으로 치고서는 재미있는 장난이라고 생각하고 나는 순순히 소향의 제의를 받아들여 아까의 말을 천천히 되풀이했다. 그리고 그밖에 많은 말을 보태어 카세트를 채웠다. 그 무렵엔 그럭저럭 여덟 시가 되어가고 있었다.

'결혼식 하루 전.'이란 의식이 고개를 쳐들었다.

"조금 늦어질 거라고 부인께 전화를 하시지 그래요."

나의 초조한 빛을 눈치챈 모양으로 소향이 한 말이다.

"내겐 부인이 없어요." 해놓고 내일 결혼합니다라는 말을 할까 했는데,

"어떻게 되었길래요." 하는 소향의 물음이 있었다.

"아직 결혼을 안 했습니다."

어색한 침묵이 흘렀다.

그 어색한 침묵을 견딜 수가 없어 내가 물었다.

"길남일 꼭 미국으로 데리고 가야 합니까!"

소향의 답이 없었다.

"한국에서 길남일 키우도록 하면 어떨까요."

"……."

"가난하지만 나도 응분의 노력을 하겠습니다."

소향은 말끄러미 내 얼굴을 바라보고 있더니 뚜벅 말했다.

"전 미국으로 가야 해요."

"미국에 가서 잭슨과 이혼 수속을 한다면서요?"

"그러나 전 잭슨을 제외하곤 인생을 생각할 수가 없어요."

"미국에 가서 서로 떨어져 사는 거나 한국에 그냥 있는 거나……."

"잭슨과의 약속을 지켜야 합니다. 잭슨은 저를 미국으로 오라고 했고 나는 가겠다고 했구요."

한동안 사이를 두고 나는 어떻게 할 수 없는 감동에 북받쳐 다음과 같은 제안을 했다.

"길남일 이곳에 두고 가실 순 없을까요? 길남일 잘 보살펴줄 여자를 아내로 삼을 테니까요."

소향의 얼굴에 냉소 같은 것이 비쳤다.

"그런 말씀은 안 하시는 게 좋을 거예요. 전 못난 여자, 부족한 여자, 천한 여자예요. 그러나 길남이에겐 최고의 어머니 최선의 어머니가 될 자신이 있어요."

"꼭 그러시다면 일단 미국으로 가세요. 그러다가 그곳이 당신을 위해서나 길남을 위해서 탐탁지 않다는 판단이 서거든 지체 말고 돌아오십시오. 그동안 나도 생활의 기반을 잡아놓을 거니까요."

"저는 한번 가면 절대로 다시 돌아오진 않을 겁니다. 이곳에서 버티다가 버티다가 떠나는 거니까요. 전 양공주란 이름을 버리러 가요. 길남일 위해서요. 제가 만일 돌아온다면 검둥이를 따라 미국으로 갔던 양공주가 실패하고 돌아온 것이 될 거예요. 전 실패한 양공주는 되지 않겠어요. 떳떳이 국제결혼을 한 숙녀로서 미국에 남겠어요. 미국에 가면 물론 잭슨과 이혼할 겁니다. 잭슨에게 어울리는 아내와 결혼할 수 있는 자유를 주기 위해서. 그러나 잭슨에 대한 저의 사랑엔 변함이 없을 거예요. 남자와 여자 사이에 육체를 떠난 순수한 사랑이 존재한다는 증명을 빛내기 위해서 전 미국에 남아 있을 겁니다. 미국에서 죽을 겁니다. 길남의 엄마가 실패한 양공주이어서는 안 되지 않아요."

소향의 조용조용 엮은 말에 나는 감동했다. 소향의 말은 계속되었다.

"그러니까 선생님도 훌륭한 사람이 되셔야죠. 길남이가 자기의 생부를 자랑하게 되도록 말입니다. 나는 길남에게 그의 출생의 스토리와 그의 양부 잭슨에 관한 얘기를 자랑스럽게 들려줄 작정이에요. 너의 아버지는 이러이러해서 너의 아버지가 된 것이고 너의 양부는 이러이러해서 너의 양부가 된 것이라구요. 그리고 길남이 열 살쯤 되면 그의 의사를 묻겠어요. 생부 곁으로 갈 것이냐, 양부의 나라에 남을 것이냐 하구요. 그때 길남이 한국으로 돌아오겠다고 하면 이별의 슬픔이 아무리 지독해도 길남일 선생님 곁으로 보내겠어요. 나의 이 결정은 오래 전부터 한 것인데 선생님을 만날 수가 없어서 애를 태웠죠. 그래서 오늘 아침에 최후적으로 집을 나선 겁니다. 챙겨 보니 서울에 신문사는 일고여덟 군데밖에 없다고 하데요. 신문사를 모조리 찾을 생각을 했지요. 서재필 씨란 신문기자가 없느냐고 물을 작정이었죠. 그런데 하느님의 도움이 있었어요. 택시가 남대문을 지났을 적에 버스에서 내려서는 선생님을 보았거든요. 황급히 택시에서 내려 뒤쫓은 겁니다. 꿈속에 계시가 있었다는 것도 거짓말은 아녜요. 어젯밤의 꿈에 선생님을 만나 오늘은 꼭 만날 수 있으리란 자신을 갖고 집을 나선 거니까요. 이로써 제가 하고 싶은 말은 다한 셈예요."

나는 소향의 손을 잡고 한참을 묵묵히 있었다. 뭐라고 형용할 수 없는 기분이었다.

"꽤 시간이 늦었어요. 가보세요." 내게 잡힌 손을 빼고 저편으로 돌아앉으며 소향이 한 말이었다.

"길남일 다시 한 번 보고 가겠습니다." 하고 일어서서 나는 방으로 갔다.

오색찬란한 방울을 보고 있던 길남의 맑은 눈이 내게로 옮겨졌다. 그 길남의 뺨을 나의 뺨에 사뿐히 갖다댔다. 아아, 그 현묘하리만큼 부드러운 촉감. 일순 '스킨십'이란 말이 떠올랐다. 어린 아기는 영양만으로, 위생적인 보호만으론 자라지 않는다. 사랑이 있는 피부의 접촉이 있어야 한다는······

"안아보세요." 하고 소향의 말이 등 뒤에 있었다. 나는 길남을 안고 한참을 어르다가 도로 해먹에 뉘여놓고 홀로 나와 호주머니에서 봉투를 꺼내 탁자 위에 놓았다.

"그것 뭐예요."

당황한 듯한 소향의 질문이었다.

"돈입니다. 얼마 되지 않지만 길남을 위해 써주시오."

나는 결혼비용과 앞으로 며칠을 지낼 최소한의 돈을 남겨놓고 통장에 있는 돈 전부를 꺼내 봉투에 넣은 것이다. 소향은 어쩔 줄을 몰라하는 것 같더니,

"길남일 위해 받겠어요." 하고 가볍게 머리를 숙이곤,

"여기에 선생님의 주소와 이름을 써주세요." 하며 그 봉투의 표면을 가리켰다.

주소와 이름을 써놓고 나는 문간으로 걸어나왔다.

소향이 황급히 달려들어 나를 안았다.

"절 한 번만 꼭 안아주세요."

나는 팔을 돌려 소향을 안았다.

내 팔 안에서 소향의 화사한 몸뚱어리가 격렬한 경련을 일으키고 있

었다.

소향이 떨리는 목소리로 속삭였다.

"모레 한 시 비행기로 떠나요. 부탁이에요. 공항에 오셔서 우리 길남이 전송해주세요. 당신의 아들을 전송하는 사람도 없이 고국을 떠난대서야 말이 안 되지 않아요?"

마지막 말은 울음 속으로 사라졌다.

"공항으로 가죠. 전송하고말고요." 나는 말에 힘을 주었다.

아파트를 나서서 몇 걸음 걷다가 칠백삼 호 쪽을 쳐다보았다. 커튼이 가리어 확인할 수 없었으나 불빛으로 보아 커튼에 틈이 나 있었다. 그 틈 사이로 김소향이 나를 바라보고 있으려니 싶었다. 나는 보이지 않는 그림자를 향해 두세 번 손을 흔들어 보이고 돌아섰다.

한길에 나와서도 꿈에서 깨어난 것 같은 기분을 지울 수가 없었다. 뺨에 흥건히 눈물이 흘러내리고 있었다. 그 눈물이 어떤 성질의 것인지를 분간해볼 마음도 일지 않았는데,

'결혼식 하루 전.'이란 의식이 서서히 돋아나고 있었다.

한길사의 신간들

로마인 이야기 14 그리스도의 승리
마침내 기독교가 로마제국을 삼켜버렸다

4세기 말, 로마제국의 나아갈 방향을 크게 변화시킨 것은 황제가 아니라 한 사람의 주교였다. 정·교가 분리되지 않은 국가가 초래하게 된 위기를 참으로 냉정하게 그렸다.

시오노 나나미 지음 | 김석희 옮김
신국판 | 반양장 | 404쪽 | 값 12,000원

권력규칙 1·2
권력, 그 냉혹한 인간세상의 규칙과 원리를 밝힌다

권력을 도모할 때는 수많은 위험과 희생을 감수하고, 권력을 쥘 때는 상황에 맞는 책략으로 온힘을 다해 실행하며, 권력을 견고히 할 때는 살얼음을 밟듯 조심한다.

쩌우지멍 지음 | 김재영 정광훈 옮김
신국판 | 반양장 | 475쪽 내외 | 각권 값 16,000원

메가트렌드 코리아
21세기, 우리 앞의 20가지 메가트렌드와 79가지 미래변화

항상 역사의 반환점에서 미래를 준비하지 못한 국가는 발전의 대열에서 뒤떨어진다. 우리의 메가트렌드 작업은 바로 미래를 대비하기 위한 시금석이다.

강홍렬 외 지음
신국판 | 양장본 | 408쪽 | 값 22,000원

2020 미래한국
창조적 상상으로 그려내는 내일의 모습!

꿈속의 희망이 오늘의 나를 움직인다. 꿈이야말로 미래를 준비하는 자세다. 각 분야 명망가들이 바라보는 다양한 미래상! 그들의 꿈을 통해 미래를 상상한다.

이주헌 외 지음
신국판 | 반양장 | 400쪽 | 값 15,000원

트랜스크리틱 칸트와 마르크스 넘어서기
가라타니 고진의 10년에 걸친 야심작

초월론적인 비판은 횡단적 또는 전위적인 이동 없이는 존재할 수 없다. 그래서 나는 칸트냐 마르크스냐의 소월관점 또는 전위적인 비판을 '트랜스크리틱'이라 부르기로 했다.

가라타니 고진 지음 | 송태욱 옮김
46판 | 양장본 | 528쪽 | 값 22,000원

춘추좌전 1~3
춘추전국시대 역사 이해의 필수 텍스트

중국 사상의 연원은 공자를 포함한 춘추전국시대의 제자백가다. 제자백가에 대한 이해의 출발점이 바로 당시의 인물 및 사건을 정확히 기록해놓은 '춘추좌전'인 것이다.

좌구명 지음 | 신동준 옮김
신국판 | 양장본 | 448~628쪽 | 값 20,000~30,000원

자유주의적 평등
평등권은 인간의 가장 근본적인 권리

드워킨은 대부분 정치사상의 입장들을 평등에 대한 하나의 견해로 해석하며, 고대 그리스 사람들처럼 정치철학의 문제를 진정한 평등이 무엇인가의 문제로 다루고자 한다.

로널드 드워킨 지음 | 염수균 옮김
신국판 | 양장본 | 730쪽 | 값 30,000원

중국사상사론 고대·근대·현대
중국 사상사 전체를 관통하는 방대하고도 뛰어난 저술

리쩌허우는 문화심리 구조와 실용이성의 관점을 이용하여 중국의 사상사와 전통문화를 해석하는 한편, 동시에 현대 중국이 가야 할 길을 제시하고 있다.

리쩌허우 지음 | 정병석 임춘성 김형종 옮김
신국판 | 양장본 | 568~792쪽 | 값 25,000~30,000원

지중해의 역사
물의 역사공간, 무한한 매력이 넘치는 지중해 연구

수많은 현상이 이 '액체 공간'에서 일어나고 있으며, 모든 움직임이 이 바다에 존재한다. 지중해에서는 바로 지금도 인간과 세계의 역사가 전개되고 있다.

장 카르팡티에 외 엮음 | 강민정 나선희 옮김
신국판 | 양장본 | 736쪽 | 값 35,000원

지중해 문명의 바다를 가다
지중해는 우리에게 무엇인가

시간과 공간은 지중해를 고이지 않는 물로 만들었다. 이 책이 묘표는 거기서 피고 자라거간 문명이 흐저든은 우리의 맥락에서 모아 '우리의 지중해'를 구상하는 것이다.

박상진 엮음
신국판 | 양잔본 | 316쪽 | 값 22,000원

대화 한 지식인의 삶과 사상

한국출판문화대상(기획편집) | 예스24 네티즌 선정 올해의 책 | 출판저널 올해의 책 | 한겨레신문 올해의 책 | KBS TV 책을 말하다 방영 | 한국출판인회의 이달의 책 | 책따세 청소년 권장도서 | 간행물윤리위원회 청소년 권장도서

리영희 지음 | 임헌영 대담
46판 | 양장본 | 748쪽 | 값 22,000원

해방전후사의 인식 1~6

80년대 정신적 좌표, 해방전후사 연구에 한 획을 그은 고전

1979~89년에 걸쳐 전6권으로 완간된 이 책은 일명 '해전사'로 불리며 80년대 엄혹한 시대상황하에서 이 땅의 학생·지식인들에게 사상적·정신적 좌표 역할을 했다.

송건호 강만길 박현채 외 지음
신국판 | 반양장 | 296~572쪽 | 값 12,000~18,000원

로마인 이야기 13 최후의 노력

더 이상 로마가 로마답지 않다

3세기의 위기. 국난극복에 나서는 로마인들의 최후의 노력이 펼쳐진다. 그러나 다가올 암흑의 중세는 피할 수 없고, '팍스 로마나'는 다시 돌아오지 않았으니.

시오노 나나미 지음 | 김석희 옮김
신국판 | 반양장 | 368쪽 | 값 12,000원

뜻으로 본 한국역사

살아 있는 역사정신 함석헌을 만난다

역사를 아는 것은 지나간 날의 천만 가지 일을 뜻도 없이 그저 머릿속에 기억하는 것이 아니다. 값어치가 있는 일을 뜻이 있게 붙잡아내는 것이다.

함석헌 지음
신국판 | 반양장 | 504쪽 | 값 15,000원

이이화 한국사 이야기 1~22

10년의 대장정, 마침내 가장 큰 한국통사 완성

돌아보면 길고도 긴 여정이었다. 수많은 독자들의 성원으로 나는 이 작업을 진행해나갈 수 있었다. 위대한 역사를 만들어낸 우리 민족에게 이 책을 헌정하고 싶다.

이이화 지음
신국판 | 반양장 | 각권 310~390쪽 | 값 10,000원

다산 정약용 유배지에서 만나다

진보적 지식인 이면의 인간 정약용

국가와 민족의 고난을 이겨내는 위대한 사상과 이론을 창출해내고 인생의 위기를 기회로 만드는 삶의 지혜를 스스로 실천해낸 다산은 오늘 우리들에게 무엇을 말하는가.

박석무 지음
신국판 | 반양장 | 560쪽 | 값 17,000원

이탈리아에서 보내온 편지 1·2

시오노 나나미 에세이. 영원한 도시 로마로의 초대

뒷바라지해주는 남자가 부족해본 적 없는 아름다운 창부…… 타고난 낙천가. 로마는 그런 자유로운 여자만이 가지는 매력으로 언제나 남자의 마음을 흔들어놓는다.

시오노 나나미 지음 | 이현진 백은실 옮김
46판 | 양장본 | 232, 272쪽 | 각권 값 12,000원

지식의 최전선

세상을 변화시키는 더 새롭고 창조적인 발상들

시사저널 올해의 책 | 조선일보 올해의 책 | 한국백상출판문화상 | 한국출판인회의 이달의 책 | 문화관광부 우수학술도서

김호기 임경순 최혜실 외 52인 공동집필
신국판 | 양장본 | 712쪽 | 값 30,000원

간디 자서전

영원한 고전, 간디의 진리실험 이야기

당신도 나의 진리실험에 참여하기 바랍니다. 나에게 가능한 것이면 어린아이들에게도 가능하다는 확신이 날마다 당신의 마음속에 자라날 것입니다.

함석헌 옮김
46판 | 양장본 | 648쪽 | 값 13,000원

월경越境하는 지식의 모험자들

혁명적 발상으로 세상을 바꾸는 프런티어들

지식의 모험자들은 창조적 발상과 능동적인 실천력으로 미래의 시간을 앞당긴다. 그들이 보여주는 미래의 그림을 엿보면서 세계를 향해 지적 모험을 감행한다.

강봉균 박여성 이진우 외 53명 공동집필
신국판 | 양장본 | 888쪽 | 값 35,000원

슬픈 열대
레비 스트로스의 명저, 20세기 최고의 기행문학

저 생명력 넘치는 원시의 땅에서 배가 출항한다. 적도 무
풍대를 통과하면 신세계와 구세계 간의 희망과 몰락, 정열
과 무기력이 교차한다.

레비 스트로스 지음 | 박옥줄 옮김
신국판 | 양장본 | 768쪽 | 값 30,000원

정신현상학 1 · 2
인류 정신사의 위대한 성취. 헤겔 불후의 대작

헤겔은 특유의 치밀하고 심오한 사유논리로 인간과 신, 그
리고 자연을 포함한 존재 전체의 본질 규명을 향한 궁극의
경지를 아우르는 초인간적인 고투의 결실을 보여준다.

헤겔 지음 | 임석진 옮김
신국판 | 양장본 | 460, 376쪽 | 각권 값 25,000원, 22,000원

은밀한 몸
여성의 몸, 수치의 역사

'은밀한 그곳'에 대한 여성의 수치심과 그 본능의 역사.
시대와 지역, 민족을 초월하여 나타나는 여성들의 성기에
관한 수치심의 역사.

한스 페터 뒤르 지음 | 박계수 옮김
46판 | 양장본 | 672쪽 | 값 22,000원

음란과 폭력
성을 통해 본 인간 본능과 충동의 역사

쾌락과 공격의 두 얼굴로 사용된 '성', 그 폭력의 역사. 시
대와 지역, 민족을 초월하여 나타나는 인류 공동의 잔혹한
성 형태를 통해 본 음란과 폭력의 역사

한스 페터 뒤르 지음 | 최상안 옮김
46판 | 양장본 | 864쪽 | 값 24,000원

책의 도시 리옹
잃어버린 책의 거리를 찾아서

르네상스 시대, 리옹은 찬란한 출판문화를 꽃피웠다. 파리
에 이어 명실상부 프랑스 제2의 도시로서 당대의 금서든
을 탄생시키며 출판문화의 독특한 명성을 쌓았다.

미야시타 지로 지음 | 오정환 옮김
46판 | 양장본 | 672쪽 | 값 22,000원

대서양 문명사 팽창, 침탈, 헤게모니
거친 바다를 건너 세계를 지배한 열강의 실체

광대한 대서양을 배경으로 벌어진 제국들 간의 치열한 경
주. 팽창 · 침탈 · 헤게모니의 역사로 물든 문명의 빛과 어
둠을 파헤친다.

김명섭 지음
신국판 | 양장본 | 760쪽 | 값 35,000원

눈의 역사 눈의 미학
인간의 눈, 그 사랑과 폭력의 역사에 대한 성찰

눈이 있다는 것은 본다는 것이며, 본다는 것은 인식한다는
것이며, 인식한다는 것은 전체 중의 부분만을 파악한다는
것이기에 눈이란 진정한 감옥이다.

임철규 지음
신국판 | 양장본 | 440쪽 | 값 22,000원

세계와 미국
20세기를 반성하고 21세기를 전망한다

미국과 세계에 관한 연구는 단순히 정치사나 외교사적 서
술로 끝날 수 없다. 그것은 우리의 존재양식, 우리의 사유
양식, 우리 자신의 연구일 수밖에 없다.

이삼성 지음
신국판 | 양장본 | 836쪽 | 값 30,000원

호모 에티쿠스
윤리적 인간의 탄생을 위하여

참으로 선하게 살기 위해 우리는 희망 없이 인간을 사랑하
는 법을, 보상에 대한 기대 없이 우리의 의무를 다하는 법
을 배우지 않으면 안 됩니다.

김상봉 지음
신국판 | 반양장 | 356쪽 | 값 10,000원

그림자
분석심리학의 탐구 제1부…우리 마음속의 어두운 반려자

인간의 내면, 그 어두운 측면을 성찰하는 시간을 갖는다는
것은 하나의 축복이다. 나는 융의 '그림자' 개념을 통해
우리의 마음과 사회현실을 비추어 본다.

이부영 지음
신국판 | 반양장 | 336쪽 | 값 10,000원

서양의 관상학 그 긴 그림자
고대부터 20세기까지 서구 관상학의 역사를 추적한다

나와 타자를 이분법적으로 나누었던 관상학의 긴 역사. 관상학이란 그 시대에 잘 풀릴 수 있는 사람과 아닌 사람을 구별짓는 코드였다.

설혜심 지음
신국판 | 양장본 | 372쪽 | 값 22,000원

학벌사회
사회적 주체성에 대한 철학적 탐구

자기의 주체성을 실현해 나가야 할 인간이 사회적 존재를 확보하기 위해서 불행하게도 자기의 주체성을 스스로 양도하는 것이야말로 학벌의식의 실상이다.

김상봉 지음
신국판 | 양장본 | 448쪽 | 값 20,000원

나르시스의 꿈
자기애에 빠진 서양정신을 넘어 우리 철학의 길로 걸어라

자기도취에 뿌리박고 있는 서양정신은 영원한 처녀신 아테나처럼 품위와 단정함을 지킬 수는 있겠지만 아무것도 잉태할 수 없는 불임의 지혜다.

김상봉 지음
신국판 | 양장본 | 396쪽 | 값 20,000원

호모 에티쿠스
윤리적 인간의 탄생을 위하여

참으로 선하게 살기 위해 우리는 희망 없이 인간을 사랑하는 법을, 보상에 대한 기대 없이 우리의 의무를 다하는 법을 배우지 않으면 안 됩니다.

김상봉 지음
신국판 | 반양장 | 356쪽 | 값 10,000원

십자군 전쟁, 그것은 신의 뜻이었다
동방을 향한 서방의 침략과 약탈의 역사

음모와 배신과 암투 속에 신앙의 순수성과 정열은 사그라들고 그리스도교인과 무슬림, 비잔틴 제국과 몽골인들까지 뒤섞여 전쟁은 중세를 뒤흔든다.

W.B. 바틀릿 지음 | 서미석 옮김
신국판 | 양장본 | 528쪽 | 값 20,000원

중세유럽산책
암흑의 중세가 새롭게 태어난다!

중세 유럽은 아직도 미지의 세계다. 서양 중세사에 정통한 학자 아베 긴야가 중세 사람들의 생활과 내면에 최대한 파고들어가, 마치 산책하듯이 그들의 삶을 이야기한다.

아베 긴야 지음 | 양억관 옮김
46판 | 양장본 | 424쪽 | 값 22,000원

위대한 기사, 윌리엄 마셜
세계 최고의 기사를 만난다

저명한 중세사가 뒤비는 마셜을 '세계 최고의 기사'라고 말한다. 이 책은 기사도에 관한 독특한 해석과 탁월한 상상력을 바탕으로 중세 기사도 세계의 실상을 조망한다.

조르주 뒤비 지음 | 정숙현 옮김
46판 | 양장본 | 336쪽 | 값 17,000원

들꽃은 스스로 자란다
샛별초등학교 주중식 교장 선생님의 교육 이야기

아이들과 지내면 하고 싶은 말이 많아진다. 들꽃처럼 스스로 자라는 아이들, 말하지 않아도 답을 아는 아이들에게 배우는 것이 매일 조금씩 늘어나기 때문이다.

주중식 지음
국판 변형 | 반양장 | 320쪽 | 값 10,000원

중국인의 상술
상상을 초월하는 중국상인들의 장사비법

개방적인 자세로 상술을 펼쳐나가는 광둥사람, 신용 하나로 우직하게 밀고나가는 산둥사람. 이들이 바로 오늘의 중국을 움직이는 중국상인들이다.

강효백 지음
신국판 | 반양장 | 360쪽 | 값 12,000원

굶주린 여자 홍잉 장편소설
절망을 딛고 일어서는 한 소녀의 눈부신 젊은 날

기아는 나의 전생일 뿐만 아니라 현생이며 두 낭떠러지 사이에 걸린 구름다리 같았다. 흔들흔들 이 다리 위를 걸어갈 때 험악한 바람이 불어와 나를 날려버릴 것만 같았다.

홍잉 지음 | 김태성 옮김
신국판 | 반양장 | 416쪽 | 값 9,800원

아니마와 아니무스
분석심리학의 탐구 제2부…남성 속의 여성, 여성 속의 남성

당신은 첫눈에 반한 이성이 있는가. 가까워지고 싶은 조바심, 그리움과 안타까움. 이때 두 남녀는 상대방을 통해 자신의 아니마와 아니무스를 경험한다.

이부영 지음
신국판 | 반양장 | 368쪽 | 값 12,000원

자기와 자기실현
분석심리학의 탐구 제3부…하나의 경지, 하나가 되는 길

자기실현은 삶의 본연의 목표이며 값진 열매와 같다. 우리는 인간의 본성을 좀더 이해할 필요가 있다. 모든 재앙의 근원은 바로 우리 자신이기 때문이다.

이부영 지음
신국판 | 반양장 | 356쪽 | 값 15,000

잊을 수 없는 밥 한 그릇
나는 먹는다, 그리고 추억한다

음식은 기억이며, 음식은 추억이며, 음식은 삶이다. 언제 어느 때, 누구와 어떤 기분으로 그것을 먹고 향유했는가 하는 것으로 음식은 추억이 되고 기쁨이 된다.

박완서 외 12명 지음
신국판 | 양장본 | 224쪽 | 값 10,000원

조선통신사의 일본견문록
기행문을 통해 본 조선과 일본의 교류사

이 책은 조선통신사들의 기행문을 통해 조선과 일본의 교류사를 살펴보고 양국이 어떤 미래를 열어가야 할지를 조망하고 있다. 한일관계의 근원을 살펴보는 의미 있는 책.

강재언 지음 | 이규수 옮김
신국판 | 반양장 | 360쪽 | 값 14,000원

악인열전
풍류가무를 즐긴 우리 역사 속의 예인들

우리 역사에 명멸했던 음악인들과 그들을 둘러싼 문화적 동향을 소개한 책으로 악인들이 세상과 교감하고, 예술적 이상을 실현하는 방식을 보여준다.

허경진 편역
46판 | 양장본 | 626쪽 | 값 25,000원

인류학의 거장들
인물로 읽는 인류학의 역사와 이론

타일러와 모건의 시대로부터 포스트모더니즘에 이르기까지 인류학의 발달과정을, 21명의 '거장 인류학자' 들을 통해 설명한다. 인류학의 전체 흐름을 체계적으로 정리했다.

제리 무어 지음 | 김우영 옮김
46판 | 양장본 | 456쪽 | 값 15,000원

문화의 수수께끼
문화의 기저에 흐르는 진실은 무엇인가

힌두교는 왜 암소를 싫어하며, 남녀불평등은 무엇에서 비롯되었으며, 그 결과는 어떤 생활양식을 만드는가? 인류의 생활양식의 근거를 분석한 탁월한 명저.

마빈 해리스 지음 | 박종렬 옮김
신국판 | 반양장 | 232쪽 | 값 10,000원

음식문화의 수수께끼
기이한 음식문화에 관한 문화생태학적 보고서

마빈 해리스의 해석을 따라 기이한 음식문화의 풍습을 하나씩 검토하다보면, 우리는 인간의 놀라운 적응력과 엄청난 다양성을 깨닫게 될 것이다.

마빈 해리스 지음 | 서진영 옮김
신국판 | 반양장 | 328쪽 | 값 10,000원

침묵의 언어
시간과 공간이 말을 한다

홀은 사람들이 언어를 사용하지 않고 서로 '이야기를 나누는' 다양한 방식들을 분석하고 있다. 부지간에 행하는 인간의 모든 몸짓과 행동에 담긴 문화적인 의미.

에드워드 홀 지음 | 최효선 옮김
신국판 | 반양장 | 288쪽 | 값 10,000원

문화를 넘어서
문화의 숨겨진 차원을 초월하라

사람들은 지금까지 자신의 생활방식만을 당연시해왔다. 이제 인류는 잃어버린 자아와 통찰력을 되찾기 위하여 문화를 넘어서는 힘든 여행을 떠나야 한다.

에드워드 홀 지음 | 최효선 옮김
신국판 | 반양장 | 372쪽 | 값 12,000원